双城记

[英] 查尔斯·狄更斯 著　李妍 译

A TALE OF TWO CITIES

中国华侨出版社

图书在版编目（CIP）数据

双城记／（英）狄更斯著；李妍译. —北京：中国华侨出版社，2016. 6

ISBN 978-7-5113-6099-1

Ⅰ. ①双…　Ⅱ. ①狄…　②李…　Ⅲ. ①长篇小说—英国—近代　Ⅳ. ①I561. 44

中国版本图书馆 CIP 数据核字（2016）第 131841 号

双城记

著　　者／［英］查尔斯·狄更斯
译　　者／李　妍
策划编辑／周耿茜
责任编辑／文　喆
责任校对／高晓华
封面设计／一个人·设计
经　　销／新华书店
开　　本／640 毫米 ×960 毫米　1／16　印张／21　字数／346 千字
印　　刷／天津中印联印务有限公司
版　　次／2016 年 8 月第 1 版　2018 年 12 月第 8 次印刷
书　　号／ISBN 978-7-5113-6099-1
定　　价／39. 80 元

中国华侨出版社　北京市朝阳区静安里 26 号通成达大厦 3 层　邮编：100028
法律顾问：陈鹰律师事务所
编辑部：（010）64443056　64443979
发行部：（010）64443051　传真：（010）64439708
网　址：www. oveaschin. com
E-mail：oveaschin@sina. com

序言
Preface

我与我的孩子，还有我的朋友们，曾经一起演过威尔基·柯林斯先生创作的《冰冻的深远》。在那之后，我便有了将这个故事表现出来的愿望，因此我构思的主要情节也由此事启发。此后，我便开始在脑海中不断构思着人物的心理，并且精心地将他们描绘出来，想要有一天可以得到广大读者的欣赏。

由于我脑海里的画面越来越多，构思也越来越详细，渐渐地，它就成为了现如今我们见到的样子。在整个创作的过程当中，我全身心投入，所以这里的人物经历以及感受都是得到我认可的，这些经历也仿佛成为了我的亲身经历以及感受。

本书中描述法国人民在革命前和革命时期的种种，每一个小细节都是完全真实的，并且有证人的证言作为凭证。虽然谁也没有信心能为卡莱尔先生的哲学杰作添加任何东西，但我仍然希望在我的作品中添加一些通俗和生动的内容，使人们可以深入了解那个糟糕的时期。

塔维斯多克寓所

1859 年 11 月

目录
Contents

第三部　风暴的轨迹

第一部

死人复活

第一章　时代

那是一个既美好又糟糕的时代，那是一个既明智又愚蠢的年代。那是一个既笃信又备受质疑的时期，是既耀眼又混沌的季节，是失望与希望交织的春夏秋冬；我们既富足又空空如也；我们径直去往天堂，却又去了截然相反的方向。总之一句话，那时的情形跟现在类似，一些嚣张至极的权威一定要用最顶尖的词语来对它进行概括，不论好与不好，都要用最极端的形容词来评价。

英格兰的国王有个突出的大下巴，王后①相貌平平；法兰西国王同样有个突出的大下巴，王后却光彩照人。对于掌控国家经济命脉的老爷来说，国家大局再清晰不过。

当时的年代是耶稣纪元一七七五年，在上天恩宠的年代，英格兰同如今一样，非常信奉神的启示。骚斯柯特太太②今年刚年满二十五岁，王室卫队的一名先知先觉的士兵③早已放出话去，要让伦敦城和西敏寺永远沉浸下去，借此树立她的光辉形象。就算雄鸡巷的幽灵④在气焰嚣张地说出它的预言以后也隐没了十二年，去年的精灵们也发出了类似的预言，只是缺乏一些独树一帜的特点而已。前段时间英国国王和民众才听说了一些民间的信息，这些消息来自于千里之外的英国臣民的国会。令人称奇的是，这些消息对于人类的影响力远比那些幽灵们发出的预言还要大。

---

① 当时在任的英格兰国王是乔治三世，王后是夏洛蒂·索菲亚，法国国王是路易十六，王后却是玛丽·安托瓦内特。

② 骚斯柯特太太：乔安娜·骚斯科特，是一个农民的女儿，一七九二年，她发表了有关世界未来的预言。一八零一年出版了第一本预言集，曾获得信徒好几千人。

③ 这个士兵精神不正常，被拘禁在疯人院。

④ 幽灵：传说是某个被谋杀的妇女显灵。

法兰西的灵异事件和它以盾和三叉戟为标志的姐妹①相比，前者要失宠得多。法兰西正越来越不景气，疯狂印刷钞票，流通钞票。此外，在教士们的引领下，她也在打造着一些善良的美德，找点乐子，像判定把一个青年的舌头割掉、双手剁去，之后用火烧死。原因就是一队龌龊的修士在途经他的视线范围时，他竟然没有跪倒在雨地里臣服在他们脚下。而在那人被宣判死刑时，好好长在法兰西和挪威森林里的某些树木也许刚巧被砍柴的樵夫相中，要被伐倒，锯成木板，做成一种有史以来被强烈谴责的可以自如活动的架子，里面有一个口袋和一把铡刀。而在同一时刻，巴黎郊区那些坚硬的土地上一些破旧的农村小屋前，也许一些大车正停在那儿歇脚。那些大车做工很粗糙，上面满是泥土，猪群在旁边叫个不停，家禽也停留在上面歇息，这东西很可能已入了“死亡”的法眼，要在革命时期被当成囚车使用。可是那“樵夫”和“农民”虽然手脚忙碌，却一直沉默不言，小心翼翼，不发出一点声音，所以如果有人想到他们已经开始着手了，肯定会误以为他们在做反革命的事。

英格兰已经陷入一片混乱，很难为民族的浮夸提供证据，暴力分子光天化日之下入室抢劫和横行在京城重地。公众警示也出台了，所有人只要外出，就必须将所有的家具都放入家具店的仓库保存起来，以保证不被人偷盗。隐藏在黑暗中的贼人却是白天的商贩们。如果他被其他同伙认出来，他便会毫不犹豫地直接打中对方的脑袋，然后消失在众人的视线里。一辆邮车被七个强盗抢劫，负责押运邮车的卫士打死了其中三个强盗，可是卫士自己也因为没有后援而死亡，之后邮件被人轻松劫走。伦敦市的市长大人，一个耀武扬威的大员，途经特恩安森林时被一个强盗叫停，他也只能按兵不动。那强盗竟然在大庭广众之下把那个声名显赫的人物给抢得一丁点儿都不剩。伦敦监狱的囚犯们和监狱的看守发生了激烈的冲突，法律的最高权威守护者对着囚犯进行激烈扫射，大口径的短枪不停地被装上子弹。贵族大人脖子上的钻石十字架也被小偷盗走了。火枪手强行进入圣·嘉尔斯教堂搜刮私货，发动暴乱的民众们却对火枪手丝毫没有留情，火枪手也奋起反抗。这样的事情大家已经见怪不怪，在此种情形下刽子手难免会手足无措。这种人成事不足，败事有余，让人烦不胜烦。他们有时会将不同的罪犯一排排地吊起来。有时星期二逮住的强盗，星期六就被处以绞刑。有时在新门监狱将囚犯打得

① 用盾和三叉戟为标志的姐妹，指英格兰。

五体伏地，然后处以火刑；有时又在西敏寺大厅门口将小册子焚毁。今天杀死的还是一个罪大恶极的杀人犯，明天处死的可能只是一个抢了别人六便士的小偷而已。

已经发生过上千件像这类的事件了，在古老的一七七五年仍屡禁不止。在这样的重重包围下，“樵夫”和“农民”依然静静做着自己分内的事情，可是那两位大王和王后却极其嚣张，肆无忌惮地使用着他们神授的君权。一七七五年就是如此展示出了自己的杰作，也将数以万计的小人物都带上了他们的船，我们这部历史上的几位也名列其中。

第二章　邮车

时间停留在十一月下旬，这天正好是星期五。晚上，一个和这部历史有关的人出现在多佛大道上。当时，这个人就在多佛邮车的另外一面。邮车朝着射手山的方向一路向前疾行，这人正随邮车和其他乘客一起沿着凹凸不平的小路向山上走。并不是因为游人不想自己登山，实在是因为那陡峭的山坡、泥泞的马路、沉重的马具，还有邮件，都让马儿疲于前进，它们已经连续三次停住不动了，有一次还将邮车拉到马路另外一面，想要逃跑，将车带到荒郊野岭去。幸好缰绳、车夫、鞭子、卫士共同努力，马儿败下阵来，几匹马垂着头，摆着尾，深一脚浅一脚地向前走着，一会儿歪斜一下，一会儿差点摔一跤，似乎全身的骨头都要散架了似的。车夫每次想让几匹马停下来休息一会儿，他身边的头马就会剧烈摇晃它的头。那马好像意志非常坚定，完全不相信邮车可以到达山顶。每当头马这样剧烈活动一下，游客便会打个寒战，就好像所有精神极度压抑的病人一样，总是提心吊胆。

四周的山全部都笼罩着雾气，慢慢往山顶蔓延过去，好像是个奸诈的精灵，在四处找寻落脚的地方，可是却始终一无所获。那雾湿答答的，非常寒冷，慢慢在空中循环不断，一浪高过一浪，非常清楚，之后就好像浑浊的海涛，大家互相渗入，慢慢结合成一个整体。雾很大，就算开了车灯，也只能看见浓浓的大雾和几码以内的路。除此以外什么都看不到，辛苦工作着的马匹所发出的臭气也会升腾进雾里，似乎雾本身就来自于它们。

除了刚刚那两人以外，另外还有两个人在邮车一侧辛苦地前进着。两人都裹得严严实实，只露出两个眼睛在外面，脚上还穿着长度到达膝盖的靴子，因为有装束的掩盖，你根本没办法看清对方的长相。同行的人都猜不透彼此。那时的旅客都谨小慎微，跟人说话都是话到嘴边留三分，因为谁也无法断定对方和强盗有没有干系。后者的出现概率非常高，因为当时每个邮车站、每家酒店都有人收受贿赂，这样的人包括地主、马厩里说不清来历的人，这种情况出现的频率很高。一七七五年十一月末的一个晚上，那天正好是星期五，多佛邮车的押车卫士心里正好有这种想法，那时他正和轰轰作响的邮车一起前往射手山。他站在邮件车厢后面专门设置的踏板上面，脚不停地抖动着，眼睛有空就瞄着前面的武器箱，手也放在上面。箱子里有一打子弹已经装进去的大口径短枪，下面是六杆子弹已安装完毕的马枪，最下面还有一把短剑。

多佛邮车像平时一样，押车的提防着旅客，旅客之间又互相提防着，旅客还提防着押车的，他们对任何人都怀着戒备之心，车夫也是如此，他唯一可以放一百二十个心的就是马，他可以将手放在《圣经》上宣誓，他可以坦然地说自己良心并没有任何不安，他坚信马儿拉这趟车很合适。

“哟嗬！”赶车的说，“鼓把劲，马上就要到山顶了，你们就解脱了。把你们送上山还真是不容易啊，乔！”

“啊！”士兵愣了一下回答道。

“现在大概什么时候了，乔？”

“十一点十分。”

“我的个天！”赶车的人立马变得狂躁不安，大声叫道，“到现在都还没到射手山，加油啊，拉啊！”

那一直奋勇向前的头马刚有一点反对的迹象，身上就挨了狠狠一鞭子，只好再继续往上拉，另外三匹马也跟着效仿。多佛邮车继续艰难前行。旅客的长筒靴印在邮车旁的烂泥地里，嘎吱作响。刚才邮车稍事停顿时，他们也一道停了下来。他们一直伴随在它的左右。三个人中，如果有一个人大胆提出要往前行进几步进入雾气笼罩的天地和黑暗中去，他就很有可能当场被人当作强盗杀害。

历经千难险阻，邮车终于到达了坡顶。马匹也停下来重重地出了一口气。押车卫士下车将刹车拉紧，之后打开车门，让旅客上车。

“你听，乔！”赶车的人坐着没动，望着山脚下，小心翼翼地说。

“怎么了，汤姆。”

两人都屏住呼吸侧耳聆听。

“我觉着有一匹小马奔跑过来了。”

“我觉得是一匹快马，汤姆，”卫士答道。他将车门拉开，快速来到踏板上，“先生们，请允许我代表国王，请大家小心一点。”

他匆忙交代了一下，便扛起几支大口径短枪，随时准备进攻。

这个故事讲述的那位旅客已经一脚蹬在邮车踏板上，正准备上车，其他两名乘客紧跟在他后面，也准备上车。这时那人却把脚踩在踏板上，没有一点动静。他身子半边已进入邮车，另外半边还停留在外面，那两个人还在后面没上车。三个人都看看车夫，又看看卫士，都驻足聆听着。车夫回头看，卫兵也跟着回头看，就连一向严肃的头马也回头望着，没有做出任何反抗动作。

邮车终于停止了挣扎，轰隆隆的响声也戛然而止，四周也显得更加安静，悄无声息。马匹大口喘着粗气，带给邮车一份小小的震动，邮车也跟着兴奋起来，旅客的心似乎都要蹦出来。可是说到最后，在那片刻的静谧中，还可以窥见人们等待什么东西出现时忐忑不安的表情，浓重的喘气声，还有剧烈的心跳声。

紧接着，山坡上传来剧烈的马蹄声。

“哎嗬！”卫兵声嘶力竭地喊道，“那边的人，停下，要不然别怪我手里的枪不长眼。”

马蹄声瞬间消失在空气中，从浓重的雾里传来一个男人的声音，“请问前面是多佛邮车吗？”

“你晓得那么多做什么？”卫兵反击道，“你是何许人？”

“你们可是多佛邮车？”

“你打听那么多做什么？”

“如果是邮车的话，我想找一个旅客。”

“你要找哪个旅客？”

“他叫贾维斯·罗瑞。”

我们先前说到过的那位旅客立刻表示他就叫这个名字。押车的、赶车的，还有两位坐车的人都不置可否地看着他。

“停在那里！”卫兵对雾里的声音说，“我如果一不小心，你可能一辈子就葬送在这里了。谁叫罗瑞？请立刻回答我。”

“怎么了？”那旅客声音震颤着回答道，“谁找我？是一个叫杰瑞的人吗？”

“那个杰瑞的声音还真是不讨人喜欢，如果那就是杰瑞的话。”卫兵小声嘀咕道，“声音如此之哑，真不是我喜欢的类型。”

“是的，罗瑞先生。”

“发生了什么事?”

“那边给你送来了一个紧急信件，T 公司。”

“这个送信的是我认识的人，卫兵。”罗瑞先生来到路上，那两个旅客连忙从后面帮助他顺利下车，却不一定是因为教养，之后，他们马上爬到车里面去，将车门关得死死的，“你可以放马让他过来，放心吧，不会有事的。”

“我也希望一切都好，可是我这颗心就是一直悬着。”那卫兵恶声恶气地说道，“你好，那位。”

“你好!”杰瑞说，嗓子比先前更加嘶哑。

“缓缓走到我这边来，希望你见谅。你那马鞍上如果有枪，可千万不要拿手去触摸它。我这儿如果一不小心，很可能子弹就应声而出了，现在让我们近距离看看你。”

一个骑马人的身影慢慢从雾气中走出来，来到邮车旁边那旅客站着的地方。骑马人将身子躬下来，却拿眼看着卫士，递给旅客一张小纸片。他的马大口喘着气，不管是马，还是人，全身都沾满了泥土。

“卫兵!”旅客用一种特别平静又掏心窝子的口气说道。

之前一直小心戒备的押车卫士右手拿着短口径手枪，左右托住枪管，眼睛死死地看着骑马人，简单回答道，“先生。”

“没什么好令人恐惧的，我来自台尔森银行，伦敦的台尔森银行，你肯定清楚。我要去巴黎出一趟差，这个克朗①你可以拿去喝酒，这封信我可以读吗?”

“没问题，不过速度要快一点，先生。”

他把信打开，借着马车一边微弱的灯光读了起来，他自己先浏览了一遍，然后大声读出了声，“‘在多佛等候小姐。’这封信很简短，你看，卫士，杰瑞，告诉他们我的回答，死人死而复生了。”

杰瑞听到这句话明显愣住了，“回信也太奇怪了。”他说，嗓子已经哑得不能再哑了。

“你将这话带回去，他们就明白我们已经收到了信，和写了回信是一个效果，路上保重，晚安。”

这几句话说完以后，他就打开邮车的门，再次进到里面。这次旅伴们没有人伸出援手。他们早已经将手表和钱包急不可耐地藏进了靴子，

---

① 克朗：英国硬币，可抵五先令。

现在已经开始假寐了。他们并没有什么清晰的目标，只是本能地想躲避掉一切麻烦。

邮车继续发出轰隆隆的响声往前行，下坡时更是被浓雾包裹住。卫士马上将大口径短枪收回武器箱，又看了一眼座位下的小箱子，那里装着几把铁匠用的工具，还有两三个火炬和一个打火匣。他装备很到位，如果邮车的灯被意外熄灭（这种事间或会发生），他只需要进车厢，让燧石碰撞出的火星落到灯芯上面，就可以在短时间内重新让车灯闪亮，而且没有任何危险（当然是天时地利人和都具备时）。

“汤姆！”马车顶上传来温柔的声响。

“什么，乔？”

“你听见那个消息了吗？”

“听见了。”

“你有什么想法，汤姆？”

“我没什么想法，乔。”

“纯属巧合。”卫士沉吟着说道，“因为我也没什么想法。”

杰瑞一个人安静地留在伸手不见五指的雾气中，这时他从马背上下来，让他那匹筋疲力尽的马休息一会儿，也将自己脸上沾的泥污清洗一下，再将帽檐上的水分用力甩掉，帽檐里可以装半加仑水。他用沾满泥土的手臂托着马缰，停留了片刻，直到车轮声消失在空气中，夜又重新归入宁静，才取道下山。

“从圣殿关到这里，我们马不停蹄地赶到这里，我的老太太，你的前腿是不是快断了，我得先安抚一下你。”声音沙哑的信使看了一眼母马，说，“‘死人死而复生了’！这回答真是让人捉摸不透，它对你似乎大大的不妙，杰瑞，我说杰瑞！如果死人可以死而复生的事流传开去的话，你恐怕要深受其害，杰瑞。”

第三章　夜间黑影

每个人都是一个特殊的个体，让他人捉摸不透，这事如果仔细想，确实大有玄机。在夜幕降下来的大城市里，我总会挖空心思地想，那些连成一个整体的黑漆漆的房屋，里面到底隐藏了多少不一样的隐私，每间房子都会有属于自己的秘密。每个人的心中都藏有自己的秘密，即便是离它最近的心脏也猜不透。很多让人觉得畏惧和严肃的东西，甚至死亡本身和它都脱不了干系。这本我曾经多么珍视的书，我再也不会打开阅读了，可是我却痴心妄想有时间可以将它一览无余。我再也没办法看到这深不可测的水底所隐匿的秘密了。就着转瞬即逝的灯光，我曾经在水上看到过被珍藏在水下的宝物。可是这本书我才看了一页，却已经永远被打入了冷宫。那片水域注定只能在表面闪烁，而我只能悄悄立于岸边，将它封存在记忆里。我的朋友、邻居、我所珍爱的人、最靠近我灵魂的人都已经不在了。在那个人心中一直有一个难以控制的愿望，想要想这个秘诀保存下来，留给后人。现在我已经接过这个接力棒，要在我活着的时候完成它。在我所去过的这座城市的墓地里，最难懂的心灵世界应该是那些长眠于此的人，相比那些整日疲惫不堪的居民来说，他们要难懂得多。换句话说，他们要比我对我们还要晦涩难懂。

从这个角度来说，就算是天生具备不能被侵略的特点，这个生活在马背上的送信人和国王、大臣或伦敦城富甲一方的商人其实都一样。所以，坐在逼仄空间里的三个乘客对于他人来说都是秘密，和分别坐在六马大车或六十五马大车里的大员其实并没有区别，对于他人来说，互相都是近在眼前，却远在天边。

那位信使心情愉悦地往回走，经常在路边的酒家停顿一会儿，喝点酒。他想要时时刻刻都处于非常理智的状态，让帽檐向上卷着，不至于让自己看不清前面的路。他那双眼睛简直和帽子就是天生一对，看上去是黑色的，形状和颜色都只停留于表面。他的双眼之间距离太短，好像怕分开了便彼此不再关联了似的。他眼里迸发出危险的信号，从突起的三角形盂样的帽檐下面显露出来，眼睛下面用一条大围巾包裹着，只露出下巴和喉结，长度一直到膝盖处。他从马车下来喝酒时，只用一只左手把围巾拉开，右手往嘴里送酒，喝完又继续将围巾围好。

“不能这样，杰瑞，”信使说，他一边骑马一边散布他的言论，“这对你可是有非常不好的影响啊，杰瑞，你是个讲诚信的商人，这对你的业务可是没什么大的好处。死人复——如果他没喝醉，你可以找我出气。”

回信让他丈二和尚摸不着头脑，好几次都想把帽子摘下来，把头抓一抓。他的头顶已经没有头发了，头顶周边的头发却生长得非常茂盛，向四面八方散开，又顺着前额耷拉到下面，已经快接近扁平的鼻子上。说那是头发，还不如说是一个铁匠的代表作，特别像一个竖满了铁蒺藜的墙顶，就算跳田鸡的厉害角色也只能将此看成世界上难以逾越的天堑。

这个人骑着小马，疾速向前赶路。他必须马上把这个消息告诉给伦敦圣殿关大门旁台尔森银行的门口警卫棚里的守夜人，守夜人又必须把这个消息传达给银行层高一级别的领导，夜里的黑影就好像是从这个消息衍生出来的想象，呈现在他面前，又好像是母马心绪欠佳而出现的不同影像，赤裸裸地出现在牲畜前面。影像出现的频率好像越来越高，因为每看到一个黑影，他都要踉跄后退。

当时，邮车上坐着三个人变幻莫测地秘密弯弯折折地前行，在乘客们困倦的眼神和飘忽不定的思路中，窗外的黑影也变换出种种影像出现在他们眼前。

在邮车上，台尔森银行的业务正在有条不紊地进行着。银行职员脑袋偏着，正在闭目养神。他一条胳膊搭进皮带圈，凭借它的作用不让自己和身边的乘客产生摩擦，也不会在马车行进到凹凸不平的地面时被用力甩出去。马车车窗和车灯都隐隐约约进入他的视线，他对面旅客的旅行袋瞬间变成了银行，正忙得焦头烂额。马具的响声被钱币的叮当作响所代替，五分钟之内所签字认可的支票数量甚至超过台尔森银行在全球业务中所用的三倍时间所办的业务量，于是台尔森银行地下室里的保险库出现在他的眼前，里面有他所珍视的收藏品和隐秘（这类东西对于他来说来再熟悉不过）。他手里拿着一大串钥匙，靠着那一点忽明忽暗的烛光在收藏品之间来回走动，看到那里非常安定、平和，和他上次看到的一模一样。

可是，虽然钥匙差不多和他形影不离，邮车也是一样，可是总让人觉得不太真实，就好像那种疼痛被鸦片剂给麻痹了一样，可是却还有很多影像停留在脑海里，他正准备从坟墓里把一个死人挖出来。

可是晚上的黑影却没有清楚地显示出，在那一大堆出现在他面前的影像中，哪张才是那张死人的。可是这些面孔都是一个四十五岁的男人，它们的不同之处就在于它们所流露出来的情感以及让人毛骨悚然的形象。威胁、寻衅、坚强、软弱、痛苦、骄傲的一个个出现，还有陷下去的双颊、瘦得看不到一点骨头的双手和身体，可是主要面孔却是一张，每一张面孔的头发都是白的，半睡半醒的旅客第一百次问那个幽灵："你被埋在这多少年了？"

回答也始终是一致的，"大概有十八年了。"

"对于被挖出来，你还心存念想吗？"

"我早已不抱任何希望了。"

"你知道你死而复生了吗？"

"他们是这样跟我说的。"

"你愿意活下去吗？"

"这不好说。"

"你希望我将她带到你面前来吗？你愿意去看她吗？"

对于这个问题的回答却总是首尾不相顾，而且没有逻辑性。有时那支离的回答是，"不用心急，我如果看到她太早，我又会死一次的。"有时却是涕泪横流，一往情深地说，"让我去看她。"有时却是一副不可思议的表情，非常害怕地说，"我根本不知道她，我不明白你在说什么。"

在这种充满臆想的对话以后，那乘客又会不停地发掘，有时所用的工具是一把铁锹，有时是一把巨大无比的钥匙，有时却是用双手，将那个可怜的人从泥土里挖出来，最后他终于成功了，全身上下都沾满了泥土，他也许会忽然不见，归为一粒尘埃。这时，那乘客便会幡然醒悟，将车窗放下来，重新回归现实，让雨和雾都落到自己头上。

可是，就算他的眼睛看到了耀眼的灯光、路旁不断向后退的树木，浓雾和暴雨，可是车外夜里的黑影依然会和车里的合影交织在一块。伦敦圣殿关旁存在的银行大楼、昨天真切办过的业务、真实存在的保险库、对他紧跟不舍的急脚信使，还有他回答的答案都重合在那片影像里。那幽灵一样的面孔依然会从这重重黑影中脱颖而出，他又会和它对话。

“你被埋了多久了？”

“大概有十八年了。”

“我希望你愿意活下去。”

“这不好说。”

不停地挖呀挖呀，一直挖到一个乘客实在忍不住活动了一下，他似乎被批评了，将窗帘拉上，将手更扎实地穿入皮带。之后开始看两个昏睡不醒的人影，直到二人又从他的潜意识消失不见，和银行、坟墓交织到一起。

“你被埋了多久了？”

“大概有十八年了。”

“对于你被挖出来，你还想要活下去吗？”

“对此我已经不抱任何希望了。”

这些话依然回想在耳边，就好像才说出来一样，和他之前所听过的所有语言都一样。这时那疲惫不堪的乘客大吃一惊，天已经脱离了黑暗的桎梏，夜的影子已经全然没有了。

他将窗户放下来，看到外面冉冉升起的太阳。窗外一条刚整修过的地，上面有一个昨天晚上卸掉马轭后留下的铧犁。远方是一片安静的杂树林，还遗留有很多灿烂的树叶，地上尽管潮湿阴冷，天空却是晴空万里，太阳初升，平和而美丽。

“十八年，”乘客看着太阳大发感慨，“白天的和蔼的造物主啊，被活活埋葬了十八年。”

第四章　准备

上午，邮车终于如约到达多佛。皇家乔治旅馆的账房先生按照以往的习惯将邮车门打开，动作很有几分仪式感，因为可以在冬天从伦敦乘坐邮车到达这里，本身就是一件令他人仰慕的成绩。

具备这种敢于承担风险精神的旅客现在只有一个了，其他两位在半道上已经下车了。发了霉的邮车车厢里到处是刺鼻的气味，而且光线昏暗，和猪圈没什么分别。而从那个肮脏的车厢里走出来的旅客罗瑞先生此刻也是哆嗦个不停，满身破衣烂衫，沾满了泥巴，帽檐朝下垂着，就像是一个大号的狗。

“明天有邮船去加莱吗，账房?”

“有，先生，如果天气晴好，而且风向有利的话，下午两点左右起了海潮，就可以出海了。先生，你要订个铺位吗?”

“得到晚上，我才能睡，不过我还是得先订个房间，外加一个理发师傅。”

“然后，就可以吃早饭了吧，先生? 是，那好，我这就去办。请带这位先生到协和轩去！将先生的箱子还有热水都送过去，进了房间先帮先生脱掉靴子，里面有泥炭火会让人很舒适。除此之外再要个理发匠，都到协和轩做事去。”

协和轩客房通常都是给邮车旅客使用了，而且邮车旅客一般情况下都是包裹得密不透风的。所以在皇家乔治旅客的协和轩，便有了这样一幕颇有意思的场景：进屋时通通都是一个形象，出门时却迥然不同。所以，另一个账房先生、两个门卫、几个女侍从，再加老板娘都好像突然间驻留在协和轩和咖啡室之间的过道上，久久不曾离开。前段时间，一位六十岁左右的绅士从那扇门走出来，去吃早饭。这个人穿着一套公共场合才会穿的褐色礼服，那礼服的袖口很宽大，而且是方形的，荷包盖也是硕大无比，泛着些许旧印迹，可是却熨烫得特别体面。

那天上午，咖啡室只有这位身穿褐色礼服的先生，他的餐桌被搁置在壁炉前面，他坐在那里等侍者把早餐端过来时，炉火映照到他的身上，他纹丝未动，像是一尊雕塑一般。

他看上去十分考究，举止坦然，两手端正地放在膝盖上，他背心口袋里装着一只怀表，时针滴答滴答，像是在不停地述说着什么，似乎要拿它的严肃和快乐与火焰的不庄重一决高低。这人的腿非常漂亮，他也引以为傲，因为他那质量一流的褐色长袜紧紧地裹在腿上，发出耀眼的光泽。鞋和鞋扣尽管不是那么异彩纷呈，可是却也非常精致。他头上是一个亚麻色的小假发，款式独特，头发光泽度很高，紧紧压在头皮上。看质地，假发应该是用真头发做的，可是给人的感觉就像是用真丝或玻璃丝纺做出来的。他的衬衫尽管比不上长袜的质地，可是却非常白，就好像在海滩上欢快跳跃的浪花，又像是阳光中挂在船上的白帆。那张脸和往常一样板着，没有一丝表情，可是那闪耀的假发之下，那双发出动人光泽的眼睛，却闪烁个不停。由此看来，这个人在变成台尔森银行那种宠辱不惊的人才的历练过程中确实经过了实打实的训练。他的双颊透出红晕，尽管脸上皱纹明显，却看不出多少沧桑。这大概是由于台尔森银行解决私密事情的单身职员主要的服务对象是他人的忧愁，而这种转走的忧愁就好像转走的衣服一样，来去匆匆吧！

罗瑞先生似乎在变成雕塑的过程中睡着了，送早餐来的侍者把他喊醒了，他把椅子往前拉了拉，离餐桌更近了，对管账的说："请你们负责一下一位小姐的衣食住行，她今天可能就会到了，她也许会来打探贾维斯·罗瑞这个人，也许只会打探台尔森银行的人。到时请告知我一下。"

"好的，先生，是伦敦的台尔森银行么？"

"是的。"

"是，先生，贵行的人员在伦敦和巴黎之间因为公事出差时，我们时常接待他们。先生，台尔森银行每年有不少人出差吧？"

"是的，我们虽然是英国的银行，可是里面却有占据很大比例的法国成分。"

"是的，先生。我很少看见您出差啊？"

"这几年是很少出差了，我们，对了，就是我，上次去法国还是十五年前了。"

“真是这样啊，先生，那时候我还在国外呢，先生。那是在我们这批人抵达之前，先生。皇家乔治旅客那时还由别人经营，先生。”

“嗯，我也觉得是这样。”

“可是我想打个赌，先生，像台尔森银行这样的企业，至少在十五年前，或者更往前说一点，五十年前，应该就已经非常兴盛了吧？”

“你可以再把口子开大一点，一百五十年前，估计差不多。”

“天啊，先生！”

侍者的嘴张得老大，眼睛也瞪得圆圆的，从餐桌边往后退让了几步，将餐巾从右胳膊转移到左胳膊上，之后便无所事事地站着，好像是站在天文台上或是观望塔上，静静地看着客人，那是侍者们延续了不知道多少年的惯常做法。

罗瑞先生早饭用过以后便去了海滩，多佛小城面积很小，道路也不直，如同海上的一只鸵鸟。为了躲避大海，义无反顾地钻进了悬崖峭壁。大海与石头疯狂作战以后，海滩便留下来，大海已经做完了它本身想做的事情，而它想做的事情就是无休止地损坏。它曾经无所忌惮地摧毁过城市，穿透过悬崖峭壁，也曾经捣毁过海岸。街道上到处是浓浓的鱼腥味，让人觉得是鱼病入膏肓了，到这来洗澡。海港里有一部分渔船，晚上还有很多人漫步其间，看海景，在涨潮时涌过来的人就更多了。这给一些小商小贩带来了无限的商机。可令人啧啧称奇的是，这周边却没有人愿意支付一个点灯夫的工钱。

时间到了下午，一贯清澈的空气现在满是水汽，罗瑞先生的思想也随之蒙上了一层灰。傍晚时分，他呆坐在咖啡室的壁炉前，像等待上早餐一样静等晚餐上桌，这时他的心又在不停地工作着，像在烧得透亮的煤板里铲个不停。

对于在烧得血红的煤板里不断劳心劳力的人来说，饭后来一瓶红葡萄酒，除了让他难以继续工作以后，其他任何影响都没有。罗瑞先生已经闲下来太久，面带笑容地给自己倒上一杯。这位因为刚饮下一整瓶酒而因此红光满面的老绅士此刻元气满满。这时不算开阔的街道上却有了明显的车轮碾过的痕迹，之后轰隆隆的声音便进入了院里。

他放下一杯还没有来得及喝的酒，“小姐到了！”他说。

没过多久，侍者进来说：“曼内特小姐已经从伦敦出发，来到这里，很愿意和台尔森银行的先生当面谈。”

“这也太快了吧？”他说。

曼内特小姐在半路上吃了不少点心，这时一点食欲都没有，只是想尽快和台尔森银行的先生见面，如果他愿意的话。

台尔森银行的先生已无话可说，只好带着一种壮士献身的激情来喝下最后一杯酒，将耳朵边那奇异的亚麻色小假发收拾了一下，随侍者来到了曼内特小姐的房间。那间屋光线很昏暗，家具都是黑色的，桌子也是古朴的黑色。几张桌子上还补过多次油漆。横放在大屋最中央的桌面上有两只高高的蜡烛，现在也只能斑驳陆离地映照在桌面上，就好像是被吞没在黑色的桃花心木坟墓的底部，如果不认真去开采，就别指望它们会自己发出光亮来。

那黑暗不容易被捅破，当罗瑞先生在破烂不堪的土耳其地毯如履薄冰地走过去时，一瞬间竟然还认为曼内特小姐就待在旁边的房间里。直到他穿过那两支蜡烛以后，才发现迎接他的是一位年仅十七岁的小姐，站在蜡烛和壁炉的中间。那小姐身穿一件骑马披风，戴着一顶旅行草帽，带子还攥在手里。他的目光定格在这个玲珑娇俏的身躯上，一头金色的秀发，一双朝他打探的眼睛，正对着他的蓝色眼睛，还有一个那么时尚透亮、魅力独具、有时平展有时又紧皱的前额。那额头所展露出的神色并不仅仅都是疑惑，也不只是一种高度注意，可是它又将以上两者都包括进去。他只要看到这一切，就马上觉得这个画面非常熟悉。那是一个孩子，他在经过海峡时曾经揽在怀里的孩子。那天天气很冷，天空还在下着冰雹，海浪滔天。印象没有了，可以说就像她身后穿衣镜上的一声叹息而消失了。镜框上是医院里看望病人的一种黑色小爱神，个个都不健全，不是缺胳膊就是少腿，有的甚至还没有脑袋，都在捧着装满死海之果的黑色花篮献给黑色的女神。他向曼内特小姐深深地弯下了腰。

“先生，请坐。”年轻的声音非常悦耳，夹带着几分外国口音，可是不是太明显。

“让我吻吻你的手，小姐。”罗瑞先生又重复了一遍之前的仪式，然后才坐下来。

“昨天我收到银行寄过来的一封信，先生，告诉我有一个发现——”

“用什么措辞都没有关系，不管怎么叫都是没有问题的。”

“是有关我那令人怜悯的父亲的一小笔财富的，我从来和他未曾谋面，他已经去世了太长时间——”

罗瑞先生听到这话不禁挪动了一下自己的身体，带着些许左右为难的表情看了一眼黑色小爱神，似乎他们那让人忍俊不禁的篮子里会装有对别人有价值的东西。

“所以我非去一趟巴黎不可，我得和银行的一位先生见个面，那先生人非常好，他就是专门因为这件事而去巴黎的。”

“你所说的那个人就是我。”

“我猜想您会这样说，先生。”

她向他行了个屈膝礼，这代表着温和谦恭，代表她觉得他比她年龄大，而且更加睿智，他再次还了一个礼。

“我跟银行说，一个熟悉此事而且善意给我提出这项意见的人觉得我去一趟法国比较好，可是我一个亲人也没有，所以我觉得如果在旅途中我可以有幸被那位令人尊敬的先生所保护，我会非常感动。那位先生已经从伦敦走了，可我觉得我已经给他写了信，请他在这里和我会合。”

“我很愿意这样做，”罗瑞先生说，“更乐意去实施。”

“先生，我真的非常感谢您，衷心地感谢您。银行跟我说，那位先生会详细跟我讲明情形，让我提前有个心理准备，因为那事会让人诧异。我已经准备好了，我迫切想要知道事情的真相。”

“当然，”罗瑞先生说，“的确——我——”

他稍微停顿了一会儿，将耳边乱蓬蓬的假发梳理了一下。

“这事我还真不知道如何开口。”

他并没有马上开口，只是在徘徊间对上她的目光。那年轻的眉头伸展开来，似乎在表述着一种独一无二的神色，她把手举起来，似乎想要冥冥中抓住某个虚幻的影子。

“您是第一次见我么，先生？”

“难道我们见过面吗？”罗瑞将双手伸展开，双手无奈地摊开，脸上是若有若无的微笑。

在她那眉目之间，在她女性特征非常明显的鼻子上方出现了一道浅浅的细纹。她始终站在椅子的旁边，这时沉吟着在椅子上坐了下来，脸上不一样的表情越发醒目。他看着她思考，她稍一眯起眼睛，他就继续他的话语：“依我看，在你现在所居住的国家，我应该叫你英国小姐曼内特吧？”

“您请便，先生。”

“曼内特小姐，我是经商的，我正在完成一项业务工作，在和我的交流中，你只管把我看成是一个机器人就行了，我确实也只是这样。如果你愿意，小姐，我可以讲一个我们客户的故事给你听。”

“故事?”

他好像是故意要将她反复念叨的词意反面化，连忙补充说道：“是的，客户。在银行业务中，我们将和我们有业务往来的人都统称为客户。他是一位法国绅士，学识非常渊博，职业是医生，但也研究科学。”

“他不是来自于波维吧?”

“当然，他来自于波维，和您的父亲曼内特先生都是一个国家的人。这人和您的父亲一样在巴黎也是家喻户晓。我在那里有幸和他打过交道，当然是纯粹的业务关系，可是彼此很信赖对方，那时我还工作在法国的分行，那大概已是二十年前的事了。”

“那时？冒昧地问一下，我可以知道那是什么时间吗，先生?”

“二十年前，小姐，他和一位英国小姐成婚，他们婚礼的经办人之一就是我。他和许多法国人和法国家庭一样，将自己的大小事务都全权委托给了台尔森银行。而且，我是，也许可以说是曾经是，手上有几十上百个客户，不过都只是业务上的往来而已。小姐，这中间没有友情可言，也没有特别的爱好和情谊。在我工作的一生中，我接触过很多客户，一直到现在依然是这样。总的来说，我是一具没有感情的动物，我与一部机器没什么区别，我得说——”

“可您刚才所说的明明就是我父亲的故事，我认为——”她诧异地皱紧眉头看着他，“我父亲去世两年以后，我母亲也跟着走了，将我带到英国来的肯定就是您，这几乎没什么可怀疑的。”

罗瑞先生吻了一下那带有几分信赖，又带有几分犹疑地想跟他握的手，然后将年轻姑娘送回到位置上，之后他便用左手按住椅背，右手不停地摩挲着下巴，有时还梳理一下耳边的假发，有时看着她的脸，比划着说了下去——她坐在椅子上一直紧紧地盯着他。

“曼内特小姐，是我把你带回来的。你会知道我适才讲的话有多么可信。我从来只跟人谈业务，不谈感情。你刚才一直想说的是，我从此以后没有去关照过你吧。不，从那以后，台尔森银行就一直在暗中保护你，而我在忙着其他事情。感情，于我而言是最为奢侈的东西，也没有可能再讲这个。小姐，这辈子我一直在做的就只有一件事，那就是转动这架庞大的金钱机器。”

在将他的日常工作表述完以后，罗瑞先生再次用双手将头上的假发压平（其实那根本没有关系，因为他的头皮已经平整到极点了），又重新回复到先前的动作。

“到现在为止，小姐，我讲的的确就是你可怜的父亲的故事，这你肯定也已经察觉到了。现在我要跟你说的是和之前完全不一样的地方，如果你的父亲并没有死去，不要恐惧，你吓得抖了一下呢！”

她确实抖了一下，她用双手死死抓住他的手腕。

“麻烦你，”罗瑞先生劝慰道，将放在椅背上的左手放到他的右手上，那手指在不停地抖动着，“克制自己，不要过于激动，这只是我的职责所在，我适才也说过——”

姑娘的神色让他难以平静，他只好安静下来，走了几步，再继续往下说：“我刚刚说，如果曼内特先生还活着，只是悄无声息地消失了。假设他是被他人绑架了，而那时想要揣测到他被劫持到了什么令人恐惧的地方并不是一件难事，难的只是如何发现他的踪迹。如果他有个同乡和他有仇，而那人刚好可以运用某种凌驾于他人之上的权力。据我了解，在海的那边就算胆子再肥的人也不敢私自谈论这种特权，像签署一张没有任何字眼的拘捕证就可以将他人送进监狱，让他一直待在监牢里，不再被世人记起。如果他的妻子向国王、宫廷或者教会发出求助，却依然没有任何头绪。那么，你父亲的历史就会成为整个不幸的人类的真实写照，这位波维城医生的经历。”

“我希望您能告诉我多一些讯息，先生。”

“可以，没问题，我可以立刻就跟你说，可是你能禁受得住吗？”

“撇开现在您让我的心七上八下以外，我任何事情都禁受得住。”

“你这话听起来倒还算理智，可是你——也确实很冷静，好！”（尽管他的态度并不像他口头上所说那么称心如意。）“这是我的职责，就暂且将它当作职责来看吧，一种必须要履行的职责。好，假如那位医生的妻子尽管勇气过人，胆识也过人，在孩子生下来之前遇到过很惨的事情——”

“那是个女儿吧，先生？”

“对，是女儿，这是我的职责所在，小姐，你不要觉得悲伤。如果那个令人同情的太太在孩子出世以前受到过非常严重的伤害，可是她却打定主意不让她的孩子遭受类似的痛苦，只希望孩子知道父亲已经不在了，让孩子就这样长大——不，不要跪下，你跟我下跪是为什么？”

“我想要知道事情的本来面目，啊，亲爱的，可敬的仁慈的先生，我必须要知道事情的本来面目。”

“那是，这是我的职责所在，你让我的心无处安放了，心乱了，职责怎么能履行好呢？我们必须保持镇静。如果你现在可以跟我说，九个便士是多少，我就快活了，那对于你的心理状态，我也就安心了。”

他将她无比轻柔地扶起来以后，她安静地坐着，尽管没有对他的请求做出回应，可是抓住他手腕的力度明显比刚才轻了一些，于是贾维斯·罗瑞先生才稍稍觉得宽心了一点。

“好，就是这样，振作起来，这是我的职责所在。你前面有你的职责，你必须要履行你的义务，曼内特小姐，你的母亲和你一起走过了这所有。而在她辞世以前，我相信她的心已经千疮百孔了，一直鼓励你去找你的父亲，虽然并没有多大成效。在你两岁时，他就走了。她希望你可以快乐、幸福地长大，不管你的父亲是很短时间以后就平安出狱了，还是一直待在牢里被折磨得不成人形了，你的头上都是一片晴空，不需要整天如履薄冰似的活着。”

他说这句话时，怀抱一颗怜悯的心和欣慰的心看着满头的金发，好像在预想着它会马上变成灰白色。

“你知晓你的父母并没有多么丰厚的家产，他们的财产大多来源于你母亲的继承，之后就再也没有多少金钱，可是——”

他觉得手腕被再次抓紧了，于是顿了顿。刚才被他重点关注的前额开始变得严肃，显出害怕和担忧的神情。

“可是我们已经——已经找到了他。他还在人世上，只是变化太惊人了，这似乎是必然的。几乎和废人没什么两样，这是无可避免的，尽管我们还可以更乐观一点。不管怎么样，他还活着。你的父亲被他过去一个仆人接到家里去了，就在巴黎，我们要去的地方也是那里。我要去对他的身份进行核实，如果他还有辨识力的话。你呢，你要给他注入生命力、责任心，带给他幸福和宽慰。”

她全身猛地一颤，那颤抖蔓延至全身。她带着害怕，似乎像做梦一样低沉却非常清楚地说道：“我要去看看他的灵魂，那一定是他的灵魂！而不是他。”

罗瑞先生安静地抚摸着那只抓住他手臂的手，“好了，请听我说，现在我将一好一坏两个消息都跟你说了。你即刻就可以看到这个蒙受了不白之冤的令人同情的人了。只要海路和陆路畅通无阻，你就可以迅速和他会合了。”

她用同样的语气说，只是声音细若蚊蝇，“我一直渴望自由，没有忧愁，可是他的灵魂却从来没有来找过我。”

"还有一件事，"罗瑞先生为了让她集中到他这边来，说话时语气加重了几分，"我们发现他时他用的不是他本名，他本名已经被忘得一干二净了，或者被有意抹去了。现在不用再去弄清楚他到底用的是哪个名字，也不用去探究这么多年以来他是被拘禁的还是被刻意忽略掉了。总之，现在不要去追查任何问题，因为危险时刻会降临到我们头上。这个问题以后提都不要提，不管是在什么场合、什么位置，采取何种方式，只要想方设法把他弄出法国就可以了。我是英国人，是没有危险的，台尔森银行在法国也是声名显赫。可是即便如此，我和我的银行也从来不会提及此事。我不会就此事发表任何看法，这根本上就是一件私密业务。我的聘用书、通行证和备忘录都集中用一句话概括，那就是'死人复活了'，这句话可以解释一切。可是，怎么了？她没有听进去一句话?！曼内特小姐！"

她像雕塑一般，一动不动，也没有发出任何声音，甚至没有靠到椅背上，甚至已经没有了任何知觉。她张大双眼一直看着他，还带着些许难以忘怀的表情，就好像雕塑最后成形的样子。她的手一直牢牢地抓着他，他担心给她造成伤害，不敢随便叫人把她的手从他的手上移开，只好也像雕塑一样坐着不动，大声向他人求救。

一个怒气冲冲的女人在旅馆杂役到来之前先冲进屋子里，罗瑞虽然情绪也很亢奋，可是却也观察到她全身一片红色，红色的头发，红色的紧身衣服，连帽子也是红色的，感觉就像王室卫队扔弹兵所用的超大型的木质取酒器，或者像一大块斯梯尔顿奶酪①。这女人一进来，就马上将这二人分开，她只是将他的手用力推回去，他便退了好几步，结实地撞到附近的墙上。

"我差点以为他是个男人呢！"罗瑞先生被直挺挺撞到墙上时，心里还在思忖道。

"你们这些人在干啥呢？"这个女人对着旅馆杂役大声吼道，"你们看着我干嘛？去拿东西啊，把嗅盐、冷水以及醋都拿过来，要不然我让你们吃不了兜着走。我会的，赶紧去！"

大家马上作鸟兽散，去将以上的急救药品拿过来。那女人将病人温柔地放到沙发上，热心地照顾她，唤她"我的宝贝儿"、"我的小鸟

---

① 斯梯尔顿奶酪：斯梯尔顿是英国中部一个市镇，这里所出产的奶酪味道极鲜、极浓，非常酥脆，上面有蓝绿色的霉纹。

儿”，而且非常自豪地将她的一头金发平平整整地铺到肩上。

“穿棕色衣服的那个！”她气愤地看着罗瑞先生，“你为什么将不应该被她知道的东西告诉她，看，把她吓到了吧？你看看她，小脸儿一点血色都没有。你觉得你这样做，对得起你的职业吗？”

这问题提得太尖刻了，罗瑞先生无从回答，他只好在远处静静地站着，恻隐之心和羞愧之心反而没那么明显了。这个身体强壮的女人用“如果你们一直看着我，我会让你们吃不了兜着走”这种没有讲明白的神秘感将旅馆杂役都轰走了以后，又逐步开始她的拯救工作。她轻声哄着姑娘，将她垂下去的头放在她的肩膀上靠着。

“希望她现在恢复一点了。”罗瑞先生说。

“就是好了，我也不会对你这个穿棕色衣服的人感恩戴德——我可怜的小美人儿。”

“我希望，”罗瑞先生自惭了一会儿，“你能陪着曼内特小姐一路到法国？”

“说得很中听！”那个身体特别强壮的妇女说，“如果有人请我过海，你觉得上帝还会让我一直待在这个小岛上吗？”

这又是一个需要冥思苦想的难题。贾维斯·罗瑞先生静静地立到一边，开始思索。

第五章　酒店

酒馆门外发生了一件意外事件，一个大酒桶正被人从车上往下搬时，不小心滚落在地。桶箍给磕掉了，于是整个酒桶如散开的花瓣一样，散开在了酒馆外的大街上，酒香味顿时四散开来。

周围正在工作的人或者是路过的人，都纷纷聚拢过来抢酒喝。路上原本形状怪异，棱角粗糙，看似危险的石头，此时形成了一个个的酒洼，每个酒洼前都聚满了人，有男有女，纷纷争着抢着酒洼中的酒喝。有的人直接伸手去捧起酒喝，有时还捧给身后的探着身子的女人喝。有的人拿着残破的杯子舀着喝，有的人取下女人的头巾去蘸酒，待头巾吸满了酒再挤给孩子喝，有的人连忙堆起泥把酒围住，有的人在楼上看客的指挥下堵截四处流走的酒，还有的人打起了木桶板的主意，美滋滋地吮吸着被酒液浸透的木桶碎片，甚至忍不住放在嘴里咀嚼起来。这块地方完全没有排水的下水道，但是地上却没落下一滴酒，地上的泥土反而薄了一层。经常路过的人再次路过这里，大概会很惊讶这块地方怎么突然打扫得这么干净了！

这次意外突然就演变成了一场抢酒喝的游戏，充满了人们的欢声笑语，语声喧哗，男人女人们，包括孩子都参与其中。这场游戏中除了抢酒的那一点点粗暴，更多表露出的是人们快活的情绪。大家彼此似乎在这一刻成了伙伴，互相逗趣取乐。喝到酒的满足感和欢快的情绪让一些人互相拥抱起来，甚至还有一些人手拉手地跳起舞来。直到酒都喝完了，这场欢乐的酒会就像它突然发生那样的突然就结束了，只剩下地上的酒洼里挖酒时抠的横七竖八的爪印。锯木材的男人又拿起了锯子。那个把装满木灰的罐子放在门口的妇女，又回到门口的罐子那里了，她还指着这个罐子缓解她和孩子因为饥饿而发疼的手指、脚趾。从地窖里出来的那个光着膀子的男人，散着凌乱的头发，又回到地窖里去了。刚刚还阳光灿烂的天空，此刻又聚集起了乌云，变得阴沉起来，比起阳光，似乎阴云更适合这里。

泼洒的红酒，把巴黎近郊圣安托万的这条小小街道都给染红了，还有附近人们的脸上、手上、脚上，还有鞋子上，也都留下了红色的印记。锯柴的男人用兜过红酒的手拿起木柴，木柴上也留下了红酒印；用头巾吸酒喂自己的孩子的妇女重新戴上头巾，额头上也留下了红酒印；用力吮吸木桶板里浸入的红酒的人，脸上被木桶板上的红酒划上了一道道的红酒印，活像花猫脸。一个调皮的高个儿男人也是满脸的红酒印，此时正蘸着混合了泥土的酒渣在墙上写字，写了一个“血”字。

人们这时还不知道，过不了多久，这个男人写的这个东西就会在大街上流淌，溅在人们身上。

明媚的阳光没有在圣安托万的脸上持续多久，沉沉的乌云又在上方聚集起来，遮挡了阳光。这里失去了阳光的照耀，马上充斥着寒冷、疾病、愚昧和贫穷的阴霾，它们就像是掌握了大权的四位大爷，掌控着圣安托万。其中权利最大的当属贫穷，它不断地制造苦难，把穷苦的人们碾磨成标本。神磨可以把老头磨成年轻的小伙，贫穷碾磨得恰恰相反。它把小伙磨成了老头，把稚嫩的婴儿面孔磨成衰老的面孔，碾磨的痕迹在人们的脸上清晰可见，它跳到成年人的脸上刻下了一道道的岁月沟壑，又跳脱出去寻找下一个目标。贫穷还带来了无数的饥饿，它们霸道地四处彰显自己的存在。竹竿上、麻神上、高楼上挂着的破烂衣服是饥饿；衣服上用稻草，用木片，用纸补了又补的补丁是饥饿；冰冷的不冒烟的烟囱上趴着饥饿；饥饿飘荡的肮脏大街上，那儿的垃圾堆里一丁点能吃的食物都没有。饥饿也出现在商店陈列的食物上，面包房货架上为数不多的劣质面包上写着饥饿，腊肠店里挂着的死狗肉做的腊肠上写着饥饿，烤板栗的铁桶里饥饿在吵闹，一个铜板一小碗的薄洋芋片，掺杂着被几滴及其不舍的油翻炒着饥饿。

哪里适合饥饿居住它就存在于哪里。一条弯曲狭窄的街道又延伸出许多弯曲狭窄的街道，每条街都住着许多穿着破烂衣衫、戴着肮脏睡帽的人，到处充满了犯罪和臭味儿。每个人都是一副阴沉死气的样子，没有一丝欢快活跃的气息，眼神所及的一切也都是病恹恹的样子。在看似低沉无望的情绪里，也隐藏着一丝丝困兽犹斗的意思。有的人眼神冒火，嘴唇抿得很紧，努力控制着即将喷发而出的怒气。有的人紧皱着眉头，内心挣扎着送自己或者是别人上绞架。再看看街边的商店广告，内容也都是苍白匮乏，没有一点活力。面包房的广告上是最差劲的面包片，酒店的广告是粗劣的画着几个客人捧着点小酒发着牢骚，有啤酒，有淡酒，面容愤怒而神秘。在这万物颓靡的圣安托万里，有两样东西却是例外的，那就是工具和武器。铁匠手里挥舞的铁锤沉重结实，磨刀匠磨出的刀口锃光瓦亮且锋利，造枪工匠做出的枪充满了杀气。棱角锋利的石头路面聚了一个又一个盛着泥水的水洼，路面直通住户的家门口，路面上没有人行道，所以阴沟就直通街道中心，然而并不是真的直通，除非下大雨。不过下了大雨后，雨水兜兜转转又会灌进住户家里。街道上每隔一大段距离街心就会吊着一盏粗笨的路灯，晚上会有灯夫来点灯，通过绳子和滑轮放下灯，点燃之后再一盏一盏地升起来，在街道上照耀出淡淡的光明。这一片微弱的灯光，远远看去就仿佛是海上的焰火。这条街和街道上的人们就好比是海上的小船和船员，一场即将到来的风暴危险正悄悄逼近。

就在不久之后，一些贫困穷苦的人闲来无事，经常看着灯夫取灯点灯，竟然萌生了一个新的点灯方法，那就是用绳子和滑轮吊起那些富人，来照亮他们身边的黑暗。现在那个时期还没到来，但是当法西兰刮过的大风吹起穷苦人的破烂衣衫时，这种警钟已然响起，只是毫无作用而已。因为那些身着华丽衣衫的人们只顾沉浸在嘹亮的歌声里，毫不理会这种预警。

发生泼酒事情的酒店位于街角，酒店的档次远比附近的同行要高，事情发生时，酒店老板就站在门口看着人们抢酒，他穿着黄色的背心，黑色的裤子，耸耸肩说了句话：“这不关我的事儿，是市场送酒的弄翻了酒桶，他们应该补送一桶来。”

当他看到那个高个儿写在墙上的东西时，冲高个儿喊道：“嘿，加斯帕德，你在写什么东西?”

高个儿没有说话，反而意味深长地指了指墙上的字，他和他的伙伴们之间也经常这样。然而酒店老板并不吃他这套，他的伙伴们有时也是这样。

酒店老板径直走过街来，边走边冲着高个儿嚷嚷着：“怎么？你想进疯人院吗?”他走到字前抓起地上的泥巴把字糊弄着擦掉了，接着说道：“你干嘛非要在大街上写这种东西，你就不能画在别的地方吗？嘿，说话，伙计!”

他边说话边随意地把手落在了高个儿的心口上，高个儿挥手挡开了他的手，动作灵活地往上一蹦，跳起奇怪的舞蹈来，鞋子随着舞蹈动作甩了起来，又被他一把抓住。他刚才开玩笑写下的东西是非常危险的，严重的情况下弄得家破人亡也是有可能的。

“把鞋穿上，到那儿，喝杯酒去吧！”酒店老板说完，伸手在高个儿的衣服上擦了擦手上沾着的泥水，毕竟那是为了他才把手给弄脏的，然后穿过街道回他的酒店去了。

酒店老板今年大概三十岁上下，皮肤黝黑，目光有神，粗粗的脖子，一副好斗的样子。大冷天的，他却把外衣披在身上，还卷着衬衣袖子，一直卷到手肘的部位，看来一定是燥热体质。一头黑色的蓬松短发，带点微卷，看起来脾气不坏。他的眼神很引人注目，透着股坚决的倔劲儿，显然是个果断坚定的脾性，认准的事情一定是坚持到底，十头牛都拉不回来的主儿。

他走进酒店时，他的夫人德伐日太太正坐在柜台后面。那是个身材丰满的女人，和老板的年纪相仿，眼睛里充满了机警，手上戴满了戒指，虽然五官不够精致，但是看起来却很安详，她那副安然自若、有条不紊的样子，让人感觉她是值得信赖的，什么事情到了她的手里都会变得井井有条，包括经营的账目。和老板的燥热体质相反，德伐日太太很是怕冷，全身被裘皮裹得严严实实的，头上还缠着一条色彩鲜艳的大围巾，只露了两只大耳环出来。此时她正托着一边的手臂，用牙签剔牙，面前放着一堆还没织好的毛线。她看到丈夫进来后，没有说话，依然剔着牙，只是轻咳了一下，然后冲着他挑了挑她浓浓的眉毛，示意她的丈夫在店里巡视一下，看看他刚刚出去的那段时间店里有没有进来新的客人。

老板收到示意，周围打量了一下，除了角落里待着的一个老头和一位年轻姑娘外，其他的客人都还是老样子：两个客人在玩纸牌，两个客人在玩骨牌，还有三个客人在柜台前边聊边品着所剩不多的酒。走过柜台时，老板留意到那个角落里的老头正示意那年轻姑娘看向他。

老板心里疑惑道：“我又不认识你，你干嘛鬼鬼祟祟地躲在角落里打量我？搞什么鬼呢？”

不过他并没有把这疑惑表现在脸上，而是自然地走向了柜台前喝酒的三位客人，和他们聊了起来。

三个人中一人问道：“怎样了？雅克？整桶酒都被喝完了吗？”

老板回答道：“是的，雅克，一滴不剩。”

听着两人互称雅克，正剔牙的老板娘又轻咳了一下，眉毛也稍稍抬高了一点。

三人中的另一人又说道："那些人当中，有好多可怜人平时是尝不到酒的味道的。他们除了啃黑面包以外，再有就是品尝死亡的滋味了。对吧，雅克？"

老板答道："是的，雅克。"

听到他们第二次互称雅克，老板娘又轻咳了一下，眉毛也抬得更高了。

一直没说话的第三个人，此时放下酒杯，咂了咂嘴问道："哎，那这些畜生就更可怜了！生活困苦，嘴里永远都透着苦味。是这样的吧，雅克？"

老板答道："是的，雅克。"

老板第三次依然回答的雅克，老板娘这时已经放下了剔牙的牙签，并稍微挪动了下身子，眉毛还是高高地抬着。

老板冲着那说那三人低声咕囔道："别再说了，先生们，柜台里面坐着的是我妻子。"

于是三人纷纷对着德伐日太太脱帽致礼，动作花哨。老板娘看了他们一眼，点点头，示意接受了他们的致敬，然后抬眼漫不经心地在店里四处扫了几眼，接着便低下头气定神闲地织起了毛线。

老板的眼神一直都放在老板娘身上，这时又对那三位客人说道："先生们，我出去之前你们问的那个想要看的房间，就在那边五楼。"他伸手冲着一个方向指了指，"房间里按一个人的住宿标准配备了家具，上去的楼梯紧挨着左边的天井，就是我家窗户边上的那个小天井。对了，我记得你们中间好像有个人去过那里，让他带路吧。先生们，再见，慢走啊！"

三位客人付了酒钱，便走出了酒店。老板继续看着老板娘织毛线。那个角落里的老头此时走了过来，对着老板客气地打了个招呼，表示想要和他聊两句。

德伐日先生爽快地答应了，跟着老头走到了门边："说吧，先生。"

老头说的话并不多，但很直接利落。德伐日先生从听到第一个字开始就显得很吃惊，一直专注地把话都听完了。谈话不到一分钟就结束了，他听完后点了点头便走出了酒店。老头冲着之前和他一起来的姑娘招了招手，两人也一起出去了。柜台里的老板娘还是专心致志地织着毛线，刚刚发生的短暂事情她一点都没看到。

老头贾维斯·罗瑞和曼内特小姐走出酒店，来到了德伐日先生刚刚跟那三位客人指过的楼梯口，他已经在这里等着他们了。走进门口就是一个小天井，又黑又臭，外面的公共入口通往众多居民住房。德伐日走进楼梯口时，对着曼内特小姐，这位他以前的主人的女儿，一只脚跪在青砖铺就的地板上，拉着她的手放在了唇边。这原本是个温柔的动作，但此时在他做来却并不温柔。他的表情瞬间起了变化，前一秒还是温和开朗的样子，这时却突然变得怒火冲天起来，整个人看起来神秘而危险。

“这楼很高，不太好走。一开始走时最好是慢点，小心点。”两人跟着德伐日开始上楼时，他严肃地说道。

“他现在是一个人吗？”罗瑞先生小声地问道。

“当然，不然呢，还能有谁跟他在一起？”回答的声音同样很低。

“他一直都是一个人？”

“是的。”

“这是他自己要求的吗？”

“他只能这个样子。在我接手他的时候，他们还问过我愿不愿意，因为他很危险，我得留意小心。直到现在，他还是当时的那个样子。”

“他变化很大？”

“变化？！”

德伐日先生停下脚步，一拳打在墙上，口里恶狠狠地低咒了一声，他的强烈反应给了罗瑞最直接的回答。楼梯越走越高，罗瑞的心情也变得越来越沉重了。

在巴黎拥挤的老市区里这种楼梯和楼道设施已经算是很糟糕的了，对于不习惯这种环境、很少受过锻炼的人来说，行走在这种楼梯上，更是难上加难。每一栋这样的大楼都是一个肮脏的巢穴。大楼的每个楼道里都有着一间或几间住房通往这个公共通道，每间房里的垃圾不是从窗户扔出去，就是堆放在楼梯口。贫穷这种无形的肮脏已经充满了整个大楼，这种坑脏已经让人难以忍受了。再加上这些陈年累月堆积的垃圾分解出的肮脏污浊的空气，这两种空气污染混合在一起，让人更加无法忍受了，尤其是对第一次来到这里的人来说。他们行走的楼梯就是这样肮脏污浊的通道。因为总感到心神不宁，再加上姑娘越来越激动的情绪，罗瑞先生不得不中途停下了两次，稍作休息。每次休息都是停在栅栏旁边，只有这里好像还能呼吸到一点新鲜的空气，那些还没完全被污染的新鲜空气正争先恐后的从栅栏中挤出去，而那些腐败的、携带着病菌的污浊空气正从栅栏外扑面而来。透过生锈的栅栏，可以看到附近乱糟糟的样子，甚至是闻到那些地方难闻的气味。站在这里还可以看到圣母院两座高塔的塔尖，它和它周围的建筑一样，看起来都充满了颓废和肮脏，没有一点健康的活力。

楼梯终于爬到顶了，但是要到达阁楼，还要再爬过一道更窄更陡的楼梯，在这儿他们又一次停下脚步，稍作休息。德伐日先生似乎是怕姑娘问他什么，爬楼时始终是在前面几步，走在罗瑞先生的旁边。这时他扭过身子，伸手在身上搭着的外衣口袋掏着什么，不一会儿便掏出了一把钥匙。

罗瑞看到钥匙有些吃惊，问道："你是把他锁在里面了吗？"

"是的。"德伐日先生冷冷地回答道。

"他已经够不幸了，怎么还忍心让他与世隔绝呢？"

"我认为必须这么做。"德伐日先生皱着眉头轻声地在他耳边说道。

"为什么？"

"为什么？因为他被锁得太久了，他已经习惯被锁着了。你为他敞开大门，给他自由，只会让他恐惧，他会害怕得疯掉，会胡言乱语，甚至会伤害自己，还可能会死。"

"怎么会变成这样？"罗瑞更加吃惊地说道。

"怎么会变成这样？"他用力地重复道，"怎么不会变成这样？这个世界是多么的美好，什么样的事情都可能发生，现在这样的事情在这里发生了。在别的地方，可能也有类似的事情发生。不，不应该说可能，而是已经发生了。你听着，我说的是已经，在这里，在那里，每天都在发生着这样的事情。去他的上帝吧！我们继续走。"

德伐日先生和罗瑞先生的谈话声音都压得很低，所以小姐什么都没听到，也可以说是无暇去听了，因为强烈的情绪激动，她已经浑身发抖，害怕和恐惧的情绪都流露在脸上，还有严重的焦虑。罗瑞先生认为必须要说点什么来好好地安慰她一下。

"勇气，让自己勇敢起来，小姐！勇气！义务！艰难的事情很快就会过去了，跨过那道门，就结束了。你可以带给他很多美好的东西，安慰他，给他快乐。请让那位先生在那边扶着你，咱们继续走吧，德伐日先生。小姐记住，勇气！义务！"

通往阁楼的楼梯很短，即使他们放慢脚步走，也很快爬到了楼梯顶。接着转过一道急弯，却正看到有三个人正弯腰趴在门边，透过门缝专心地往屋里看着。听到脚步声，他们三个连忙站直了身体回过头来。原来他们就是刚刚在酒店喝酒的那三个同名的人，根据德伐日先生的指点，他们找来了这里。

“瞧我这记性，只顾着惊讶你们的来意，倒把他们给忘记了。”德伐日先生歉意地说道：“嘿，伙计们，你们今天先回去吧，下次再来，我们现在有点事儿要在这儿办！”

那三位客人没说什么，便一起下楼去了。

这层楼道里好像也就只有这一间住房。看着那三个客人走下楼梯，德伐日先生才转身走向房门，在门旁停住。罗瑞先生略带生气地低声问道：“你把他当展览品一样供人观看？”

“我也只是有选择地让某些人来看，就像你刚才看到的那样。”

“你这样做好吗？”

“我觉得这么做挺好的。”

“有选择地是什么意思？你都是根据什么条件来选择的？”

“我选择的这些人，都是真正的男子汉，他们都和我用着同一个名字——雅克，我认为让他们来看看他是有好处的。好了，这个话题到此为止，不要再说了，这对你们英国人来说是不一样的。你们先站在一旁稍等一会儿。”

德伐日先生说完就对着他们做了个禁止前行的动作，然后回头弯下腰，透过墙上的空隙朝里望了一下，又抬起头，在门上敲了两下。很明显，他这并不是拜访主人的敲门，而是单纯地想要敲出点声音来。接着，他用同样的敲法又用钥匙在门上敲了两下，之后才把钥匙插进门锁，他开门的动作很笨拙，弄出了很大的开门声。

开了锁，他慢慢推开门，先探头进去，冲着屋里说了句什么。里面也有个细微的声音给了回应，对话只有短短几个音节。

然后德伐日回头招呼罗瑞先生他们进去。年轻的姑娘几乎都要站不稳了，罗瑞小心地搂着她的腰扶着她走。

“啊——义务，义务！”罗瑞边扶着她边给她打气鼓劲，然而脸上闪耀的泪光与义务并无干系，“来，跟着我，进来吧！”

她发着抖说道：“我怕。”

“你怕什么？”

“我的父亲，他让我感到害怕!”

那边德伐日先生招呼他们进去，这边姑娘却害怕地不愿意进去，发着抖站都站不稳。罗瑞没办法，只好拉起姑娘颤抖的手臂架在脖子上，尽量拉着她站直身体，加快步伐把她带进了屋里。进屋后便放下她的手臂，扶着她紧靠着自己站稳。

罗瑞他们进来后，德伐日又掏出钥匙，把门反锁上。他锁门的动作很缓慢，还故意把门弄出很大很刺耳的声音。锁好了门，他轻手轻脚地走到窗户边，转过头来站好。

这间阁楼里光线很暗，原本是用作储存木柴杂物之类的。房顶上的那道门充当着这间屋子的窗户，老虎窗的样式，门上安装着一个活动的吊钩，一些储存在这里的东西都是通过吊钩从街面吊进来的。这扇门是原木的颜色，没有涂过油漆，类似于法式建筑的双扇门，从中间关闭。此时其中一扇门正紧紧地关闭着，另一扇门则留了一个小小的缝隙，微弱的光线正通过缝隙透了进来。猛一进入这个房间时，眼前几乎一片漆黑，根本看不清里面是什么样子的，只有在里面静静地站着，多待一会才能慢慢适应这个亮度。在这样光线暗淡的环境里，正常人很难做一些细致的活儿，除非是经过长期的适应和磨炼。但是此时这里却有个人在这里做着细致的活儿，那是个白发老人，佝偻着身子坐在一张矮凳上，背对着门，面向窗户，正专心地做着鞋子。德伐日先生就站在窗前低头看着他。

第六章　鞋匠

“日安！”德伐日先生看着头发花白的一个老头说道，他正在忙着做鞋。

那人听到声音微微抬了抬头，发出一个非常细微的声音，那声音悠远无比，似乎来自于一个遥远的星球。

“日安！”

“我觉得你的工作依然一如既往地辛苦？”

长久的安静，之后那人才缓缓抬起头，说道，“是，我在工作。”这一回他用那双无神的眼睛看了眼问话的人，之后把头又垂了下去。

那声音悠远之极，细小至极，不禁让人有了恻隐之心。可是也叫人听着难受，并不是因为体力不支，尽管拘禁和粗糙的食物在其中所起的作用不容置喙，可是这种衰弱却是因为孤单和被抛弃所导致的，而这刚好是其悲惨的特点。这个声音好像来自于远古时代，那声音如此微小，似乎马上就要断绝，它已经没有了人类嗓音所应该有的活力，好像只是一种曾经光芒四射的颜色所退化成的让人同情的锈迹。那声音感觉像来自于地下，深沉、痛苦，让人脑子里不禁回想起一个人在荒郊野外艰难前行的场面，那穷途末路的生物在即将告别人世时还心心念念地想着自己的故土所发出的哀鸣。

静默无言的工作持续了好几分钟，他再次抬起头看了一眼，无神的眼睛里没有任何光彩，只是单纯地觉得刚刚那个客人还一直站在那里。

“我想让屋子再亮一点，”德伐日直勾勾地看着鞋匠，“你愿意吗？”

鞋匠将手里的活暂时停了下来，脸上露出一种迷茫的神情，又看了看脚上的地板，又重新抬起头看着说话的人。

“你刚刚说什么？”

“你愿意让屋子再亮一点吗？”

“你如果想要这样做，我无可奈何。”

门被拉大了一些，暂时就这样开着。一大片光线投射进来，这时已看出鞋匠已经停下手头的工作，只见一只还未完工的鞋就这样放在他的膝盖上，几件寻常的工具和不同的皮料就摆放在脚旁或长凳上。他的胡子花白，虽然不长但杂乱不堪，面颊深深往下陷，眼睛绽放出异样的神采。面颊的瘦削，越发映衬出眉毛的浓厚和眼睛的深邃。尽管事实并不是这样，它们生来就很大，而且和整个脸部极其不协调。他上身所穿的黄衬衫领口敞开，露出瘦削的身体。因为一直以来不见阳光和空气，他的帆布外衣、松垮的袜子和破衣烂衫已经变得蜡黄，看不清真切的颜色了。

他一直企图用手将光线遮挡住，那手伸出来已经看得见里面的骨头了。他就一直这样坐着，不再工作，干瞪着眼。在看站在自己眼前的人时，他总要东张西望一下，似乎很难将声音发出的地方和本人联系在一起。开口讲话以前也是这样，总要先到处望一下，忘了嘴里要说的话。

“今天你必须要把那双鞋做完吗？”德伐日一边问，一边示意罗瑞先生走到前面来。

“你刚才说什么？”

“我是说今天你准备把这双鞋做完吗？”

“我不知道是不是准备，我想应该是这样，我不是太清楚。”

可是，这个问题却让他想起了他刚刚在做的事情，便又开始埋头苦干起来。

罗瑞先生请姑娘先等在门口，自己先上前去看看情形。他在德伐日身边站了大概两分钟之久，鞋匠才微微抬起头。他并没有因为看到另外一个人的出现而略感吃惊，可是他一只颤抖着的手指却在看着他时放错了位置，停在了脚上（他的手和指甲都是灰白的，非常瘆人）。之后抬起那手继续工作去了，他蹲下身重新开始做鞋，目光和身体的震颤都是转瞬即逝的。

“你来客人了！”德伐日先生说。

“什么？”

“你这里来了个客人。”

鞋匠像刚刚一样只是抬起头看了一眼，双手没有停止工作。

“请过来，”德伐日先生说，“这位先生很擅长鉴别鞋的好坏，把你做的鞋拿给他看看，先生。”

罗瑞先生把鞋接过来。

“告诉这位先生这种鞋叫什么名字，是谁做的。”

这一次所留下的空白比刚刚还要长，过了许久，鞋匠才开口说话：“我不记得你刚刚说什么？”

“我说，你能否向这位先生详细说明一下这种鞋？”

“这是女鞋，是专门为年轻女士订做的，是当下非常时兴的款式。虽然我没见过那种款式，可是我这儿有图纸。”他带着升腾起的一种优越感看了眼前面的鞋。

“鞋匠叫什么名字？”德伐日问道。

现在手上停止了工作，他就将左右手相互交叉，之后用一只手摸了摸自己胡子拉碴的下巴。他就这样渐次摸来摸去，每说完一句话他就要停顿一会儿。要想让他不至于继续迷茫下去，就好像在延续一个已经濒临死亡的人的生命似的，希望他可以讲出一些有用的讯息。

“你刚刚问我叫什么名字是吗？”

“是的。”

“北塔一 O 五。”

“就是这个？”

“北塔一 O 五。”

他发出了一声非常无奈的叹息，之后又继续开始自己手头的活，一直到沉默再次被划破。

“你不是一开始就是做鞋的吧？”罗瑞先生紧盯着他说。

他那双黯淡无神的眼睛看向德伐日，似乎希望由他来回答这个问题。从那里没有听到答案，他又在地下摸索了一阵，才重新看向提问者。

“我从一开始不是做鞋的吗？不是。我是在这里开始学做鞋的，我是自己慢慢摸索的，我希望让我……”

他的记忆再次被抽空，这回持续的时间比较长，有几分钟之久。这时他两只手又开始四处摸索起来。他的目光再次聚焦到刚离开的那张脸上，一看到那张脸，他脸上的讶异表情展露无遗，却马上又平复下来，就好像是从那时苏醒过来的人，又开始思考昨日的难题。

“我申请自己学做鞋，花费了很多精力和时间，最终获批了。从那以后，做鞋就成了我的职业。”

他伸出手想要把那双鞋拿回来，罗瑞先生依然看着他的脸，说：

“曼内特先生，你对我一点印象都没有了吗？”

鞋嘭的一声掉到地上，他坐在那里看着发问的人。

“曼内特先生。”罗瑞先生把自己的一只手放到德伐日的手臂上，“你对眼前的这个人一点印象都没有了吗？看看他，再看看我，你心里是不是有了些许印象，想到了以前的银行同事，以前相熟的人和下人，曼内特先生？”

这位多年的囚徒一会儿看看罗瑞先生，一会儿看看德伐日。他额头中央本来已经消失的睿智迹象冲破层层云雾显露了出来，可马上又被覆盖住了，看不清了，没有了，不过那种迹象确实有过。可他的这些表情却都彰显在一张年轻美丽的面孔上。那姑娘早已经顺着墙根一点点挪了过来，到了一个可以清楚看见他的地方，这时正一动不动地看着他。她刚开始把手举了起来，就算不是为了与他分离开，害怕看到他，也是包含了一种难以名状的害怕。现在那手又重新朝他伸过去，微微抖动着，急切地想把那张幽灵样的面孔抱在她结实温暖的胸膛上去，用爱让他复苏，让他萌生希冀——那表情清晰地表现在她那张年轻美丽的面庞上（尽管只是展露出了更加顽强的品性），竟好像是一道光芒在他和她之间传递。

黑暗再次席卷了他，他在两人的对望中再次放松下来，双眼用一种迷茫的表情再次搜索了一阵，便又开始重新四处张望，然后发出一声悠远的叹息，拿起鞋又重新做了起来。

“你知道他是谁了吗，先生？”德伐日先生问。

“知道了，只一小会儿，刚开始我还以为希望全无了，可我却马上意识到那张脸我非常熟悉，小声一点，我们再往后退一点。”

那姑娘从阁楼的墙壁来到老人的长凳边，老人一直在忙活着，挨着他的人影几乎要触及他，可是他却毫无察觉，这中间有一种东西让人觉得不寒而栗。

没有说话声，没有一点声音，她就像精灵一样静静站在他身边，可是他却一直在忙活自己手头上的活计。

一直到最后，他将手里的工器具放下来，要拿皮匠刀了。那刀就放在他的脚边，并不是她所站的位置。他将刀拿起，准备重新开始工作，这时却看到了她的裙子。他抬起头，看到她的脸。一直站在旁边的两个人想要靠近时，她却示意他们别过来。她并不担心他会伤着她，尽管那两人心里焦虑不安。

他害怕地看着她，过了许久，他开始讲话，尽管声音并没有发出来，他的呼吸开始变得急促，时不时就会停一会儿，可是却一字一顿地说了出来。

“这是什么?”

姑娘涕泪横流，将双手放到嘴边吻了一下，然后又将手伸向他，之后双手交叉放在胸前，似乎要把那个看个年迈的脑袋揽入怀中。

“你不是看守的女儿，对不对?”

她叹息了一声，回答道：“不是。”

“那你是哪位?”

她不放心自己就这样回答他，于是在他身边的长凳上落座。他往后退让了一步，可是她把手放在了他的胳膊上，一阵战栗穿越他全身。他将鞋刀轻柔地放下，坐在那里瞪大眼睛看着她。

她刚刚匆忙拂到一边的长发这时又重新落回到她的脖子上，他慢慢伸出手去摸，可是才到了半途，他就又迷糊了，发出一声无奈的叹息，然后专心做起鞋来。

可是他并没有做太多，她就将手从他的胳膊上挪开，放到他的肩膀上面。他犹疑地看了好几次，好像要确认它就在那里，之后停下手头的工作，将手放到自己的脖子上，把一根脏兮兮的绳子取下来，上面有一块卷好的布。他小心地将这块布展开，其中有几根头发，两三根金色的长发，是很多年以前从他的头上揪下来的。

他又将她的头发平铺在手上，认真看着，“是一模一样的，这是为什么？这发生在什么时候？到底发生了什么?”

他开始了冥思苦想，他似乎看到她的脸上也出现了同样的表情，便让她面对光亮站着，认真审视她。

“那天晚上我离开时，她的头正好倚在我的肩上，她担心我离开，尽管我并不害怕，我被送到北塔时，他们在我的袖子上发现了这些。‘我可以留下它们吗？尽管它们没办法助我身体溜走，可是却可以助我的精神逃离。’我当时是这样说的，我到现在都还有非常深的印象。”

他反复说了许久才表达出自己的意思。可是他一旦开口，便开始话语连珠，根本停不下来，尽管说得不疾不缓。

“如何，是不是你?”

两个局外人闻言吓得不轻，因为他突然看向她。可是她却任由他抓住，平静地坐着，轻声说：“求求你们，行行好，先生们，不要过来，安静一会儿，不要动。”

“听！”他大声叫出来，“是谁在讲话？”

他一边叫，一边已经放开了她，之后两手放到头上，不停地撕扯自己的头发。就像除了做鞋以外，所有的东西都会转瞬即逝一样，这阵发狂马上就结束了。他将小包收好，准备再次挂到胸前，却依然看着她，痛苦地摇着头。

“不，你过于美好，过于漂亮，这不可能。看看囚犯们应该是什么样子吧！这样的手她当年更是闻所未闻，这样的脸她当然也未曾见过，这样的声音也是头一回听到。不，她，还有他，都发生于很久远的时候，在去北塔熬过艰难的岁月之前，你叫什么？我可爱的天使？”

为了祝贺他的语调变得温和，女儿跪倒在他面前，用双手轻柔地摩挲着父亲的胸口。

“啊，先生，以后我会跟您说我叫什么，我的母亲叫什么，我的父亲又叫什么，对于他们曾经艰难的岁月，我为什么一无所知呢？可是我现在还必须保密，不能在这里跟你倾诉。我现在可以跟你说的是，我希望你可以抚摸我，恭喜我，亲吻我，亲吻我啊！”

他那满头银发和她那金色的头发混合到一起，金发让白发也显得不那么苍白，更加闪耀，似乎让自由的光芒也映照到他的身上。

“如果我的声音给你传达出了高兴的音乐，我不知道会不会这样，可是我希冀会——就请你尽情地哭吧，哭吧！如果您在抚摸我的头发时，会想到您不被拘束的青年时代曾经靠在您胸前的头的话，就请痛快地哭吧！如果我对您说我们还会有一个家，我会尽心侍奉您，用心照顾您，这话会让您想起来曾经支离破碎的家，所以让您的心也跟着忧伤不已，就请您尽情地哭吧！”

她死死地搂住他的脖子，就像一个孩子拼命地摇着自己的玩偶。

“如果我跟您说，我最亲爱的人，您的痛苦从此会远离您，我是来拯救您的，我们会去往英国，去那里安享太平，所以让您想到你无端被损耗的青葱岁月，想到生我们养我们的地方，对您这样残酷的法兰西，您就痛快地哭吧！哭吧！如果我跟您说了我的名字，说说我依然活在人世间的父亲和已经去世的母亲，跟您说我应该跪倒在我亲爱的父亲面前，请求他原谅我，因为我从来没有救他出于水火之中，没有整夜为他感到悲伤，没有夜不成眠，而那只是由于我的母亲过于爱我，不想让我明白他所遭受的苦难。如果是这样您就痛快地哭吧，哭吧，为她哭吧，也为我哭！两位好先生，由衷感谢上帝！我明显意识到他的眼泪滴到了我的脸上，他轻声地在我的耳旁哭泣，你看！让我们一起感谢上帝的庇佑吧，感谢上帝！”

他已扑倒在她的怀里，他的脸埋在她的胸膛上，这个场面非常感人，同样也非常令人畏惧（因为那件千古奇冤和惨烈的事迹）。两个在场的人都忍不住热泪盈眶。

阁楼的安静气息很久没有被打破过了，哭泣的声音和发抖的身体慢慢平复下来。就好像一切暴风雨之后都会归于平静。那是人世间的代表，被叫作生命的那场暴风雨终将会安静下来。两人上前将父女俩从地上拉起来，老人已经整个倒在地上，昏睡过去。姑娘是因为扶他而倒下去的，让他的头枕在自己的胳膊上，她的金发向下垂着，遮住了光线。

“如果一切准备就绪，”她说，罗瑞先生已经多次按捺不住自己激动的心情，这时才渐渐平复下来，她向他举手，“我们马上离开这里吧，不需要叫醒他就可以直接把他带走——”

“可是你必须得想好，那么远的奔波，他受得住吗？”罗瑞先生问道。

“这个城市于他而言处处是恐怖，让他奔波劳累也比在这儿强。”

“这倒是没错。”德伐日说。这时他正跪在地上看着，听他们讲话，“现在最重要的是，所有的证据都表明，曼内特先生离开法国是最好的选择，你看，我是不是先去请一辆驿车过来？”

“这是业务上的事情，”罗瑞先生说，片刻之间又恢复了他从前一本正经的工作态度，“既然是业务上的事情，那就应该是我的职责。”

“非常感谢您！”曼内特小姐加快语气说道，“就让我留在这陪他吧，您看，他已经恢复到冷静的状态，就让我留下来和他一起，不需要为我忧心。没什么可忧心的，是吧？如果您将门关上，保证我们不被外界打扰，我可以肯定在您回来之前，他一定会像现在一样安静。我保证会竭尽全力照顾好他，只要您一回来，我们就马上离开。”

对于她的建议，德伐日和罗瑞先生都不置可否。他们都期待有一个人可以留下来陪他们，可是接下来还有很多事情要做，他们不仅要去请马车，还要去办有关旅行的各种手续，而且现在夜色已慢慢降临，没有时间再耽搁了，于是他们只好迅速分头布置了工作，然后急匆匆办事去了。

夜幕渐渐降临，女儿头着地，挨着父亲躺下，仔细看着他，两人就这样安静地躺着。夜色越来越重，屋内墙壁的地板上透射进来一道若隐若无的光线。

罗瑞先生和德伐日将所有手续都办妥了。不仅带好了外出旅行要穿的衣服、围巾，还有很多吃的，像面包、咖啡和酒等。德伐日先生将食物和灯都放到鞋匠之前坐的长凳上（阁楼里仅有的一张家具就是一张草荐床）。他和罗瑞先生把门打开，搀扶着他站起来。

从他畏惧迷茫的眼上，我们看不出人类的任何思想。对于已经发生的事情，他是否有所洞悉？对于他们对他所讲的事情，他是否想起来什么？对于现在重获自由，他是否感知到了什么？没有任何一个智慧的头脑可以回答这些问题。他们尝试着和他沟通，可是他依然混混沌沌的，回答得非常慢。看到他那迷茫无知的样子，他们依然觉得恐惧，都不敢再去打扰他。他的脸上现出一种从来没有过的狂热表情，用双手紧紧地捂着脑袋。可是一听见女儿的声音，他就马上转过头去，脸上露出喜悦的表情。

他们递给他东西，他就吃。递给他水，他就喝。给他衣服，他就穿。给他围巾，他就围。看上去一副长年生活在恐惧中、来者不拒的样子。他的女儿搀住他的肩膀，他迅速给出反应，抓住她的手不放松。

他们开始往下走，德伐日先生举着灯走在最前面，罗瑞先生走在最后面。他们才刚下了几步楼梯，老人便停了下来，望着房顶和四周四处瞭望。

“你对这个地方还有印象吗，爸爸？你记得你上去的时候是经过这里吗？”

“你说什么？”

可是不等她再说一遍刚刚提到的问题，他就喃喃着给予了回应，似乎她已经重复了一遍。

“记得？不，没印象了，时间太长了。”

他们发现对于他被从监牢带到这里来的事情，他已经没有任何印象了。他们听见他小声念着“北塔一O五”。他朝四周看着，明显是在找寻他曾经被关押于此的墙壁。才刚到达天井里，他就无意识地改变了自己的步伐，似乎预见到前面要走吊桥。在他看来接下来要走的路不是吊桥，而是宽阔的大马路时，他不自觉地丢开女儿的手，死死抱住了头。

门口没有人来人住，可是有很多窗户，窗户前面也没有人，甚至街道上连一个行人都没有。一种不安席卷了他们，那里只有一个人，那就是德伐日太太，她坐在门口专心织着毛衣，没有往这边望一眼。

囚徒钻进马车，他的女儿也随之跟去了。罗瑞先生刚一脚踩上去，却被他提的一个问题给难住了，老人怯生生地问他，能不能把他的皮匠工具和没有完工的鞋还给他。德伐日太太听闻，马上跟她的丈夫说，她去拿，之后就一边织着毛线一边走，借着光亮，进了天井，迅速将老人要的东西取来，递到马车里面，又马上倚着门框开始打毛线，她非常专注。

德伐日坐在副驾驶座，说："去关卡。"驭手便挥动长鞭，一行人就在昏暗的路灯下开始前行。

马车在忽明忽暗的灯光下慢慢向前挪动着，灯光明亮时，街道也就随之被照亮了不少；灯光变暗时，马路也跟着暗淡下来。他们路过星星点点的店铺、热闹的人群，路过金碧辉煌的咖啡厅和大门，走向一道城门。拎着风灯的卫兵就站在岗哨小屋旁边，"请出示证件，客人！""请看这里，先生。"德伐日说，下了车将卫兵拉到一旁，"这个证件是车里那位老先生的，文件和他现在都由我来全权处理，是在——"他把声音尽量压低一点，几盏军用风灯跳跃个不停，身穿制服的士兵举起一盏，探进马车，用耐人寻味的眼神打量了一下车里的老人。"可以了，快走吧。"身穿制服的人说，"再见！"德伐日说。如此，他们就在不甚明亮的灯光的指引下走了出去，来到碧波无垠的星光之林。

天际里随处可见星星点点，夜色铺满了整个大地。有的光点离我们的地球非常遥远，专家甚至跟我们说，它们发出的光能否照亮自己都是个问题。它们只是宇宙中极其微小的一部分，而在宇宙中所有东西都要忍受下来。在天亮之前，整个旅途既动荡又让人惶恐，一座座阴影让贾维斯·罗瑞先生的脑海里再次想起了这个老问题。罗瑞先生面对死而复生的老人坐着，猜想老人哪些能力已经丧失了，哪些能力还可以被修复。

"我想你愿意重新回到人类世界吧？"

得到的依然是千年不变的答案：

"我不知道。"

第二部

金 丝 网 络

第一章　五年后

就算追溯到一七八零年，坐落在伦敦圣殿关旁的台尔森银行依然历史悠久。它占地面积狭小，光线昏暗，外表看上去丑陋不堪，进出都不自由。之所以说它历史悠久，是因为从道德层面出发，银行的股东们都因为它的狭小、封闭、怪异而自豪，因为它的不自由而自豪感顿生。他们甚至将它这些弊病夸大其词，而且因为心中一股长存的信念而激情飞扬。如果它不是那么令人讨厌，他就不会让人油然而生一股敬意。这并不是一种悲观主义，而是一种可以适时出手的积极策略。他们会声称台尔森银行不需要多么宽敞、明亮，也不需要装修得多么富丽堂皇。诺克公司也许用得着，斯努克兄弟公司应该也用得上，可是台尔森公司，算了，还是由衷祷告上帝好了。

如果有哪位董事的儿子想要对台尔森银行进行装修，他就丧失了继承权。有关这个问题，银行的董事们没有任何异议。对于那些想要对法律进行修订和对约定俗成的习俗进行更改的儿子们，国家会让他们丧失继承权，因为法律和习俗虽然一直以来被民众所唾弃，可恰恰又是他们极其尊敬的。

最后的结局便是，台尔森银行的不自如反过来成了它一种突出的成绩，它的大门僵硬得让人抓狂，在被你硬生生推到一边时，它就会不自觉地嘀咕一声，让你一个不小心就直接下了两步台阶来到银行。等到你心智定下来时，你已经来到了一个令人同情的大厅。那里有两个小柜台，柜台旁边站的是垂垂老矣的办事人员，正在昏暗的窗户旁边核对签字。看到这样的场景，你会觉得你的支票似乎要随风飘走。窗户一直都有从舰队街上飘过来的泥水为它洗澡，又因为它四周有铁栅栏和圣殿关的重重包围而显得更加昏暗。如果必须要去“银行当局”办事，你便会被人引领到后面一间类似于关押囚犯的地方，你会觉得自己掉进了一个陷阱而将肠子都悔青，一直到"当局"双手插在口袋里走进来，而在如此幽深的环境里面，你想要对他眨巴眨巴眼，似乎都难以完成。从虫蛀过的木质盒子里，你看到了你想要的钱，也是从那里把钱装进去的。抽屉在一开一关时，木料的飞屑就会钻进你的鼻子，到达你的喉咙深处。你的钞票有一股很大的霉味，似乎转眼之间就会变成碎片。你的金银器具被放进一个污浊不堪的地方，短时间内就会光泽全无。你的文件被随手放进一个勉强当作保险柜使用的柜子，那是用原来厨房的洗碗槽改良的。羊皮纸的脂肪都被挤压了出来，全部都糅合进银行的空气里。你装有家庭文件的箱子因为比较轻，被放到楼上一间叫巴米赛德①型的大厅里，那里一直放着一张硕大无比的餐桌，却一直没有摆过酒席。在那里，就算到了一七八零年，你的情人写给你的情书、你尚未成年的孩子给你写的第一封信，才刚刚从免受一排排首长窥视的白色恐怖期中走出来。那一排头被悬挂在圣殿关大门口以儆示人。这种做法之冷血无情、残酷和残暴，可以和阿比西尼亚和阿善提②相提并论。

可实际上在那时，不管在哪个行业，死刑都是一种时尚，台尔森银行当然也是如此。大自然中诸多难题都可以用死亡来解决，那为什么在立法上不可以使用死刑呢？所以伪造文件者被判处死刑；大言不惭者被判处死刑；私自拆封他人信件者被判处死刑；偷盗他人四先令六便士者将被处以死刑；在台尔森银行门前为他人负责牵好马匹却因此偷了马逃之夭夭者也会被处以死刑；假造先令者也将会被判处死刑。"犯罪"这个词，只要有一大部分的节奏被触及到了，他就难逃被处死的厄运。这样做于犯罪的预防一点意义都没有，差不多可以说一说的是，事实刚好是反过来的。可是它却将每件案件所带来的困扰一一解决掉，将很多长年累月累积下来的麻烦都一并除掉。这样，台尔森银行便在它存续的日子里，跟和它同一时期成长的大企业一样，让很多人的性命消失于无形。如果在他前面死的人不是偷偷地，而是并排放在圣殿关大门口，它们便很有可能在很大程度上让银行底层本就暗淡的光线变得更加昏暗。

躲在台尔森银行不同柜台后面兢兢业业工作着的人都是些垂垂老矣

---

① 巴米赛德：《天方夜谭》中水手的第六个弟弟讲的故事。富人巴米赛德请穷人沙卡巴克吃饭，桌上什么都没有，巴米赛德却做出一副请他吃吃喝喝的样子，对方也假装吃得非常高兴，并喝高了，将巴米赛德好好打了一顿。

② 阿比西尼亚也就是现在的埃塞俄比亚，阿善提在现在的加纳，在当时英国人心里被喻为文明不开化的地方。

之人。年轻人一旦进入台尔森银行，就会被偷偷藏到某个隐秘的地方，一直等到岁月更迭，变成一个小老头。这些人就会像奶油面包一样，被存放在不见天日的角落里，等到他慢慢长出霉菌，发出正宗的台尔森气味来，再让他见天日。那时他已经可以神灵活现地认真阅读庞大的账本，并将他的穿着都融进整个机构，让那个机构更加厚重。

台尔森银行外面有个打零工的，有时开一下门，打打杂，只有有人叫他，他才会进来。这人在银行起到宣传的作用，除非是干活去了，不然他会一直都在。可是他离开以后，他的儿子接任了他的职位。这是个十二岁的、讨人嫌的顽童，长得很像他父亲。大家都明白台尔森银行要做出很高的姿态，才能容忍这样的打零工的。银行一直都需要忍受这样一个人，可是时代和趋势却将这个人送到这里来。这个人姓克朗彻，很早时在东部的杭兹迪奇教区，因为其父母宣布放弃魔鬼的行为时被迫使用杰瑞这个名字。

地点是克朗彻先生位于白袍僧区悬剑胡同的个人居所。时间是安诺多米尼一七八零年三月，这天正好起风，早上七点半（克朗彻先生一直把“安诺多米尼”叫成“安娜·多米诺”，很明显他觉得基督教纪元的开始起源于一个叫安娜的女士，她发明了多米诺骨牌，而且被冠以自己的名字）。

克朗彻先生所居住的环境并不是很祥和，总共只有两间房屋，其中一间面积还很小，窗户就是一小块玻璃。可是这两间房屋都收拾得很干净利落。这个三月的清晨，风刮得很厉害，尽管时间还早，可是他睡觉的地方已经擦洗得窗明几净。一张非常干净的白色台布已经整齐地铺在不甚光洁的松木餐桌上，上面是早已经准备好的杯盘。

克朗彻先生所盖的被子图案非常显眼，上面是百衲衣的图案，很像是待在家里被人丑化的一个人物。刚开始他睡得很死，慢慢开始睡不着，一直到后来直接睡到盖被上面，露出一头乱糟糟的头发，似乎要像被子从中劈开样的，这时他异常愤怒地大叫道：“真是见鬼，她又开始活动了！”

一个打扮利落，看上去很贤惠的一个女人从角落里直起身来（她适才跪倒在那里），动作很麻利，眼里却闪烁着害怕的光芒，很显然刚刚被骂的就是她。

“真是的！”克朗彻先生在床上四处寻找自己的靴子，“你又干你的老营生了，是吧？”

他用这种让人匪夷所思的语气说早安以后，便将靴子直直朝女人扔过去，作为第三次打招呼。那靴子上沾满了泥，可以据此表明克朗彻先生家里独特的经济情况：他每天从工作的地方回来，靴子都是没有沾染丝毫的尘土的，可是第二天早上起来，靴子上却到处都是泥水。

“你又在搞什么新东西?”克朗彻先生没有击中她，于是便变换了询问方式，“又想找不痛快是吧?”

“我只是在做祷告。”

“祷告?真是太天真了!扑通一声跪下来诅咒我，你到底是想干嘛?”

“我没有诅咒你，我是在为你祈祷。”

“你没有诅咒我，你如果真的是为我做祷告，我会对你态度那么差?过来!你的妈妈是个难得的好女人。小杰瑞，她希望你的爸爸一败涂地，不让他成功。你那妈妈还真是个好妈妈啊，儿子。你那妈妈对上帝笃信不疑，孩子。扑通一声跪下来做祈祷有人将她宝贝儿子手里的奶油面包抢走。”

克朗彻少爷（这时他穿着衬衫）听到这样的话肯定气不打一处来，转过身便对妈妈控诉，不允许他人把自己的食物抢走。

“你觉得那个祈祷能起到什么作用?”克朗彻先生说，没有感觉到自己是前后矛盾的，“你这个自命不凡的女人，你觉得你那祷告有意义吗?”

“我是发自内心地做祷告，杰瑞，我只凭借这一点。”

“只凭借这一点，”克朗彻先生说，“那么，它就一文不值。总的来说，我不允许你祈祷我不好过，我跟你说，我会忍受不了。我不能让你唠唠叨叨地让我不顺利，你愿意跪你就跪，你得让你身边的人好过点，可不要希望他们诸事不顺。如果我老婆可以通情达理一点，这个令人同情的孩子的妈妈通情达理一点，我上个星期就可以赚很多钱了，也不至于被人骂得狗血淋头，被人肆意践踏，无法得到上帝的庇佑，倒了血霉了，真是要命!”克朗彻先生一边穿衣服一边说，“上个星期我一直不顺利，遇到了好多霉事，一个本本分分的生意人所经受的都是一些乱糟糟的事情。小杰瑞，穿衣服，孩子，我收拾我的靴子的时候，你拿眼睛看着点你妈妈。如果她一旦跪下来，你就马上告诉我。”他又回过头对他的妻子说：“我如今这个样子是很难出门的，我全身都快要散架了，瞌睡也没有睡好，腰也快断了。如果不是因为痛苦难忍，我真的怀疑它还是不是长在我的身上。可是口袋里还是一分钱收入也没有增加，所以我深刻表示怀疑，你一天到晚都在说让我的腰包瘪下去。我是不会放过你的，他娘的，你还有什么可以申辩的？”

克朗彻先生嘀咕着说：“啊，很好，你也笃信上帝。你绝对不会做出于你的男人和孩子不利的事情来。”说话时他脸上的肌肉扭动着，处处彰显着嘲讽，同时清洗着自己的靴子，准备明天上班穿。这时他的儿子则根据他的指示一直盯着自己的母亲。这孩子头上的头发也和尖刺一样的，只是发质要稍软一些，一对年轻的眼睛越聚越拢，像极了他的父亲。他时不时从他睡觉的小屋跑出来（他在那里清洗），把音量降到最小说道：“你又准备跪下了，妈妈——爸爸，你看！”一番无谓的折腾以后，他又带着大逆不道的笑容跑到自己屋里。他就一直这样，不停地打扰他的母亲。

克朗彻先生吃早餐时脾气还是那么火爆，他对克朗彻太太做祈祷始终都看不顺眼。

“好了！你又在搞什么？”

他的妻子回复道，她说她只是在祈求上帝的庇佑。

“千万别再祈求了！”克朗彻先生四处张望了一下说，似乎期待面包也因为妻子的祷告而消失不见，“我可不想最后被庇护得连个安身立命的地方都没有了，饭桌上也是空空如也，闭嘴！”

他两眼冒金光，脾气也非常暴躁，似乎一晚上没睡，刚参加了一个晚宴才回来，而那晚宴又一点意义都没有，他不是在吃早饭，而是在借早饭发火，像动物园里的居民一样对它大喊大叫。将近九点时，他才将他全身的刺散开，在他的本性外面罩上一副被人仰慕的一本正经的外衣，出去开始他的工作。

他尽管喜欢给自己冠以“诚信生意人”的称号，其实他的工作和“生意”二字根本挂不上钩。他的所有资本就只是一张木头做的凳子，那还是用一张破椅子将椅背卸下了所做成的。小杰瑞每天早晨都会携带这个凳子到银行大楼去，将凳子放在离圣殿关大门最近一扇窗户旁边，再从这里经过的车辆上揪一把干草，以免他做临时工的爸爸的脚受到寒气和潮湿的袭击，这就完成了一天的大本营建设工作。在舰队街和圣殿区，克朗彻先生做这件事情名声在外，可以和圣殿关本身的名气相媲美，也和它一样令人厌恶。

他在八点三刻将大本营布置完工，正好跟得上和陆陆续续来到台尔森银行年纪最长的老头子们碰了一下他的三角帽。在这个寒风凛冽的三月，杰瑞正式开始了工作。小杰瑞如果没有到法学院门口去恶作剧，或者向经过的孩子们进行身体或心灵的攻击（如果那孩子刚好个头不高，是他捉弄的对象的话），他就恭敬地站在父亲旁边。父子二人非常相像，都静默地看着大街上来来往往的车辆。两个脑袋像一双眼睛一样紧紧挨在一起，就像两只猴子样的，有时那已经是大人的杰瑞还在嘴里放点干草嚼着，再吐出来，小杰瑞那双滴溜溜的眼睛像看着舰队街上别的东西一样不停地转着，看着他。这时，两人几乎变成了一个人。

台尔森银行内部一个信使将脑袋从门里探出来，叫道："有信要送。"

"好啦，爸爸，一大早就有事可做了。"

小杰瑞像这样恭喜了爸爸以后，便在凳子上坐了下来，对他爸爸刚刚咬过的干草萌生了浓烈的兴趣，开始研究起来。

"什么时候都有锈①，没有哪一次例外的。"小杰瑞小声嘀咕着说，"我爸爸那铁锈来自于何处呢？这里并没有看到铁锈啊！"

---

① 其实是指泥，如果看懂了老杰瑞的夜间活动的秘密的话，我们就会知道它的来源。

第二章　看热闹

“你和老贝勒[1]很熟识，是吗？”一个年长的行员对打杂的杰瑞说。

“是的，先生。”杰瑞颇有几分不情愿地说道，“我对它是很熟悉。”

“这样啊，那你和罗瑞先生也很熟悉啰？”

“相比之下，我对罗瑞先生要熟悉得多，先生。”杰瑞说，那语气听起来像是很不情愿到老贝勒去当证人，“我觉得作为一个讲究诚信的生意人，我更愿意和罗瑞先生熟悉，而不是和老贝勒。”

“非常好，你去把证人从哪进出的门找到，然后将这个交给罗瑞先生的条子给门卫过目一下，他会允许你进去的。”

“要到法庭里面去吗，先生？”

“是的，得进去。”

克朗彻的一双眼睛靠得似乎更拢了，而且在互相打探：“你有什么看法？”

“需要我在法庭里等着吗，先生？”为了回答两只眼睛的质疑，他开口问道。

“让我来跟你说吧，门房会将条子转交给罗瑞先生，那时你就对着罗瑞先生挥手示意一下，让他看到你。之后你就在原地候命，等着有人叫你。”

“就仅仅是这样，先生？”

“是的，就是这样，他希望身边有个人充当信使，这信就是告诉他你在那里。”

老行员认真将字条折叠好，写上收件人名字。克朗彻先生一言不发

---

① 老贝勒：旧时的伦敦刑事法庭位于贝勒街上，所以这样称呼。犯人在老贝勒判决之后马上就会被送到附近的新门监狱服刑。

地看着他，在他将墨水吹干时说："我猜想你今天上午要参加一个伪证案吧？"

"通敌叛国的案子。"

"那可是要被处以极刑的吧，"杰瑞说，"非常残暴吧！"

"这是法律所要求的，"年长的行员看着他略显惊讶的表情，再次重复道，"这是法律所要求的。"

"我觉得依照法律，把人分尸好像过于严厉了点。把他杀了就行了，分尸有点残忍了，先生。"

"没什么的，"老行员说，"在法律面前要尽量说公道的话，把你的嗓子和胸口保护好。朋友，我劝你少管法律的闲事。"

"我这嗓子和胸口都是拜湿气所赐，先生，"杰瑞说，"挣钱过日子真不容易，要忍受多少湿气才行啊，你想想。"

"行了，行了，"年长的行员说，"我们都是靠挣钱过日子，每个人都不容易，只是方法不同而已。有的人要忍受湿气，有的人要忍受单调。信在这里，快去吧。"

杰瑞把信拿过来，表面上做出一副温顺的样子，可心里却一百个不情愿，嘴里嘟囔着，"你也是个干瘪的老头儿呢。"他弯了下腰，顺便将自己要去哪儿告诉了儿子，然后才启程。

那时泰本①还在执行绞刑，所以新门监狱的大门外那条街还是比较严谨的，不像后来变得那么臭名昭著，可是监狱却是个极其令人作呕的地方，不同的腐败、荒谬和流氓行为都层出不穷，有时甚至从被告席直接蔓延至大法官那里，让他没办法再坐在法官的宝座上。戴着黑色礼帽的法官高声对囚犯宣布死刑时，也间接宣告了自己的末路，甚至还要走在囚犯的前面。这种事情已经屡见不鲜了，除此以外，老贝勒还被冠以"死亡逆旅"的称号。没有任何表情的旅客一拨又一拨地从那里启程，坐着大车或马车经过这样一条血腥的道路通往另一个世界。在走了大概两英里半的大街和公路时，鲜少有公民（就算是有的话）因此满面羞惭。习惯是一股非常顽固的力量，习惯成自然，刚开始还是可以起到作用的。这监狱刚开始举世闻名就是因为它的枷刑，那是一种非常传统又非常睿智的制度。没有人可以预测到这种处罚会造成多大的伤痛。这里还以鞭刑柱闻名，那也是一种既传统又可爱的制度，看过以后会让人心

---

① 在现在的海德公园的位置。

生恻隐之心，心地也会变得更加善良。它还以无以计数的“血钱”[①]交易闻名于世，那也是我们祖宗智慧的一种表达，它能既详细又周到地向所有人展示最耸人听闻的为了金钱而去犯的罪。总的来说，那时的老贝勒是鉴证存在即合理这句话的最佳典范。这句名言如果没有包括“过去不存在的也就不合理”这个让人无地自容的推论的话，倒还可以勉强算成是总结性的，尽管并没有多大的实际意义。

丑恶的人群四处分散在这种令人害怕的现象。送信人已经轻车熟路地躲过拥挤的人群，找到他的目的地，从一扇小活动门将信递进去。那时正在掏钱看老贝勒的演出，就和如今掏钱看贝德兰[②]的表演没什么分别。可是老贝勒价格要高昂得多，所以老贝勒的门全都把守得非常严格——只有罪犯进出口的门是对外敞开的。

在耽搁了一阵后，那门非常不乐意地开了一条缝，杰瑞·克朗彻才来到了法庭里面。

“这里在做什么？”他小声向身边的人打听。

“还在准备中。”

“要审什么案子？”

“叛国案。”

“就是要将尸体大卸八块的，是吗？”

“啊！”那人饶有兴趣地答道，“先要在架子上把人弄得半死，然后再放下来，一刀一刀地割掉他的肉，再把他的内脏掏出来，当着他的面焚烧掉，之后再将他的头砍断，剁成四块。就是这样的刑罚。”

“你的意思是说，如果这个人真的有罪的话？”杰瑞说得疲乏了，似乎加上一份“但书”[③]。

“啊！他们会想办法认定他有罪的。”对方说，“这个你不需要担心。”

克朗彻先生此刻的注意力全部被门卫吸引过去了，他看到门卫拿着信走向罗瑞先生。罗瑞先生此刻正和一帮戴假发的先生们坐在一起，离囚犯的辩护人非常近。那辩护人头上也戴着假发，面前放着一大摞文件，他们对面还坐着一个头戴假发的先生，双手装在口袋里。克朗彻先

---

① 血钱：冤枉人，让人受苦或死亡可以得到的赔偿。

② 贝德兰：伦敦有名的疯人院。一七七零年以前所有人都可以交钱进去看，参观精神病患者的活动，找寻乐趣。

③ 但书：法律之反面补充条款，“若不能……则……”之类。

生不管是现在，还是以后看他，他都只顾看着法庭的天花板。杰瑞用力咳嗽了一声，又摸了摸下巴，打了个手势，罗瑞先生才看到他。罗瑞先生已经直起身来准备找他，看到他便又点头示意了一下坐下了。

“他和这个案子有什么关联？”刚才和他说话的人问道。

“我如果知道肯定告诉你。”杰瑞说。

“如果有人调查起来，你和这个案子又有什么关联？”

“我如果知道，我肯定告诉你。”杰瑞说。

法官进来，现场有片刻的慌乱，之后安静了下来。这也使得他俩的谈话被迫终止。被告席上变成了大家关注的焦点所在，一直站在那里的两个狱卒走出去，把囚犯带进来，送到被告席上。

除了那个戴着假发、一直关注天花板的人以外，所有人都看着被告。所有人的呼吸都蔓延至被告那里，像一阵狂风，像熊熊燃烧的火焰。一张张脸上现出焦急的面孔，都穿过柱头，越过角落，看向他。后边的观众还不自觉地站了起来，生怕错过他一根头发。站着的人攀着前面人的肩膀向前看去，不管是否对他人造成了影响，只想自己看个清楚——他们或者踮起脚站着，或者踩到墙根上，或者踩着根本不能踩的东西，想要看清楚囚犯身上的每一个部位。在拥挤的人群中，杰瑞非常打眼，似乎是新门监狱带铁蒺藜的墙壁的一个鲜活的部分，他泛着啤酒味儿的气息吹向囚犯（在来的路上他喝了一盅），也将自己身上独有的气味和他人的气味——杜松子酒味、咖啡味、茶味等——全都综合到了一起，变成一股强有力的波浪。那阵波浪已经变成一团污浊的雾和雨吹向他，也冲向他后面的大窗户。

这一切关注的对象都是一个大概二十五岁左右的男子，身材不高不低，面相极佳，有一张太阳晒得黝黑的面孔和一对褐色的眼睛，看上去是一个绅士派十足的人。他穿着很简单的黑色（也许是深灰色）衣服，头发很长，用一根带子挽好放在脑后，也许只是为了规避困扰而不是为了好看。心中的情感总是要通过身体表面散发出去的，所以他现在的境地所产生的无助便可以从他棕色的脸上一览无余。看得出来，他的精神世界要比阳光更为刺眼。除此以外他非常镇定，他和法官施过礼以后，就安安静静地站着。

人们聚焦于这个人，向他吐露雾气时所展现出来的兴趣并不是可以让人类精神升华的那一类兴趣。如果他所要面临的判决并不是那么让人退避三舍，如果那残酷刑罚的细节也许可以减去一部分，他的光华也会因此黯淡一部分。这人的美丽之处正在于他要被那么龌龊地一刀刀分离，一个活蹦乱跳的人要被宰杀，被大卸几块，躁动的情绪也就是从这里生发出去的。不一样的看客虽然可以用不同的语言和掩耳盗铃的本事来为这种兴趣辩护，可是说到底它还是残酷的。

法庭里一点声音都没有。查尔斯·达尔内昨天向公诉提出了无罪申辩。公诉状里列举了太多闪耀着光辉的语言，说他是一个假惺惺的叛徒，将我们冷静、灿烂、优秀的君主、国王给叛变了。因为他在不同的机会，选择了不一样的方法，在法国国王路易攻打我们冷静的、灿烂的、优秀的君主、国王的过程中，他助了前者一臂之力。也就是说，他游走于我们前面所说的冷静的、灿烂的、优秀的国王的国土和前面我们所说的法国国王——路易十四的国土上，进而离经叛道地、背主忘国地、穷凶极恶地向以上所讲的法国国王路易揭露了一些机要信息，那就是我们前面所说的冷静、灿烂、优秀的国王已经准备妥当，打算进驻到北美洲和加拿大的部队。法律文件里阵阵萧瑟，杰瑞的脑袋上也是汗毛直竖，像揸开了的铁蒺藜。他费了一大番周折才得到自己满意的答案，知道了前面那个被多次提到的查尔斯·达尔内这时正站在他前面接受审问；陪审团正在宣誓；检察长也蓄势待发，准备好了发言稿。

现场所有人的想象力几乎已经将被告处以了半个绞刑，脑袋被砍掉了，被剁成了几块。这一点被告也非常清楚，可是就算是在这种对他非常不利的情形下，他也没有表现出半点害怕，也没有表现出所谓的英雄主义。他一个字都没有说，聚精会神，安静地听着诉讼往下进行。一双手放在前面的木板上，木板上都是草药，他的手却放着很坦然，连一片叶子都不曾碰及。为了避免狱臭和监狱热的传播，法庭里处处都放有草药，醋也喷得到处都是。

囚徒头顶上面有一面镜子，是用来反射光线的。不知道多少面目可憎的人和惨遭不幸的人都曾被投射到镜子里面，又从它和地球的表面消失不见。如果这面镜子可以像海洋那样，将淹死的人衬托出来，那会使这片令人厌恶的地方一定到处是鬼影，让人汗毛直竖。或许囚犯心里也曾冒出过类似的想法，觉得这面镜子之所以一直被悬挂在这里，就是为了让囚犯觉得难过和惭愧的吧。总之他移动了一下位置，却发现一道光直直地照在他的脸上，抬头一看，看到镜子里有红晕，右手一挡，草药被碰到地上。

正因为这个动作，他将目光聚焦向左边的法庭。有两个人坐在法官位置上，视线所到达的平面和他一样。他看向这两个人，时间非常短，神色也变化非常迅速，让很多看他的人都将目光转向那两个人。

观众这时目光所及之处，一个是年方二十出头的小姐，一个很明显是她的父亲。后面这个人满头银发，非常打眼，脸上带着一种很难用语言形容的紧张神色：并不是活动自如的紧张，而是来自于内心的自我反省的紧张。这种表情出现在他的脸上时，他便开始慢慢变老，可是那表情马上又消失不见，现在又没有了。因为他和女儿讲话，他又重新变回一个魅力十足的男人，还处于最好时期。

他的女儿就挨着他坐着，两只手都攀着他的胳膊。她因为对这个场面感到很畏惧，再加上对囚徒有恻隐之心，身子挨得离父亲更近了。因为她只意识到了被告的危险，她的表情明确地表现出了由衷的害怕和可怜。这种表情太过于打眼了，太有感染力了，也流露得非常真切，那些对囚犯本来没有任何恻隐之心的看客也不禁觉得两眼发酸，法庭里出现一片嗡嗡声："他们是谁呀？"

送信人杰瑞用自己独特的视角看了看这样两个人，又在认真查看时，将手上的铁锈舔光了，这时他便探出头去，四处打听那两个人是谁。站在他身边的人慢慢聚拢，渐次向离他最近的出庭人提出质疑，答案又缓缓传回来，最后杰瑞也听到了。

"他们是来出庭作证的。"

"为哪一边作证？"

"持相反意见的一方。"

"对哪一方持相反意见？"

"对被告持相反意见的。"

法官将之前看向众人的目光收回来，舒适地靠在椅背上，聚精会神地看着那个青年——他手里牢牢地握住那人的性命。这时，检察长先生站了起来，将绳索绞起来，斧头磨平，将钉子钉到断头墩里面去。

第三章　失望

检察长先生必须得先跟陪审团声明，尽管现在站在他们前面的这个囚犯年龄不算大，可是干卖国求荣这个勾当却由来已久，而且是以自己的生命为代价的。这个让所有人都愤懑的叛徒卖国求荣已不是一日两日了，甚至不是一年两年了。早在很久以前，这个囚犯已经频繁往来于英国和法国之间，而他本人对于自己的所作所为，始终没有一个合理的解释。如果卖国求荣的行为也可以让一个人兴旺发达（当然这是天方夜谭），那么这个囚犯真正的凶险的所犯的罪行便不会被揭穿。幸好上帝启发了一个人，让他不畏艰难险阻，对这起犯罪案件的性质了如指掌，为此感到惊恐，便向国务总监和最荣耀的枢密院告发了这个人。这位爱国英雄马上就要被作为证人请上法庭，这个人的立场和观念的确非常光荣。他原来是罪犯的朋友，却在那特殊的时候发现了罪犯的丑恶行径，于是痛定思痛，决定将这个曾经敬爱的囚犯送上祖国的祭坛。检察官说，如果英国也和古希腊和古罗马一样，会为了为国家立下汗马功劳的人树立雕像的制度的话，那么这个人就当之无愧地被树立了。可是因为这样的制度暂时不存在，所以他要想为自己树立这座丰碑看来已是不可能了。就好像诗人所说，高尚的品德是可以传染的（检察官也非常清楚这样的章节非常多，陪审团这么人可以流畅地说出来，可是这时陪审团却露出惭愧的神色，表明他们对这一段落也不熟悉），而被人们叫作爱国主义，也就是对国家的喜爱的高尚品德特别具有蔓延性。所以这位证人，这位出淤泥而不染、防备森严、对王室无比忠诚的典范人物，这位不管在什么情况下说到都会油然而生一股敬意的人物和囚犯的仆人接上了头，启发他终于肯去搜查主人的衣服口袋和桌子抽屉，并将他的重要文件藏起来。检察长说，他明白肯定有人会责怪这位仆人，可是通常情况下，他却非常敬重那位仆人，甚至不亚于自己的父母和兄弟姐妹。他信心满满地号召所有的陪审团成员都接受这个观点。他还说，这两个证人的言辞和他们已经搜查到的、马上要在法庭上公示的文件，都深刻地表明这位囚犯拥有记录国王军队实力的文件，而且不用怀疑都指向他将这些文件透露给一个和本国敌对的国家。尽管这些文件还没有十足的证据表明就是该囚犯所写，可是这于整体没什么大的影响，因为它更彰显出了罪犯的心计之深，早就给自己留了退路，所以更应该受到严厉的处罚。他说证据将要追溯到五年前，这项证据将证明这个囚犯早在英国部队和北美公民交火之前已经多次进行此类违法活动。总的来说，效忠于王室，忠诚履行自己职责的陪审团各位成员（检察官确信，他们自己也具有如此信心）肯定会热心地拥趸这个罪犯被处死，不管他们是如何看待杀人的。检察官说，如果不将这个罪犯的头砍掉，陪审团各位成员都将睡不好觉，他们的家人也睡不安稳。也就是说，不管是陪审团各位成员，还是他们的家人都将从此没有好日子过。检察长先生在说话完毕时还义正词严地请求陪审团同意他的观点。他以他能想到的所有事实确定，也用他自己无比严肃的结论进行确认，这个罪犯被判死刑已是板上钉钉的事。

检察官发言刚一结束，法庭里便议论开了，似乎囚犯身边聚集了一大堆苍蝇，等着看他马上要面临的处罚。这阵子热闹刚过去，那完美的爱国志士就来到了证人席上。

副检察长先生于是效仿他领导的样子，对爱国志士进行了调查：这个人不是约翰·巴萨先生。他那高尚的灵魂的故事和检察长之前所讲的一模一样，如果有缺憾的话，那就是讲述得太过于完美了一点。在他将手中的重负卸下来以后，他本来是可以本着谦恭的态度下去的，可是坐在罗瑞先生附近，前面放着一堆文件的头戴假发的先生却希望他可以回答自己几个问题。这时，坐在他对面的另一个戴着假发的先生依然在对着法庭的天花板出神。

他自己曾经做过私人侦探吗？答案是否定的，他对这种私下的勾当不屑一顾，他依靠什么生存？依靠自己积攒的财产，他的财产又位于何处？他已经没什么印象了。是些什么样的财物？那已经和所有人都不相关。是别人的财产给他继承的吗？是的，是继承的别人的财产。谁让他继承的？是一个远房亲戚。住得离他远吗？有段距离。他在监狱里蹲过吗？肯定没有。从来没有因为债务问题而蹲过监狱吗？不知道这件事和案件有什么关联。从来没有债务问题蹲过监狱吗？来，再重复一遍。从来没有蹲过监狱吗？蹲过。几次？两到三次。不是五六次吗？或者是的。从事什么职务？绅士。被人打过吗？也许有。经常挨打吗？不是。被打下过楼梯吗？那个是没有的。有一次在楼梯顶上被人打过，是我自己从楼梯上滚下来的？肯定没有。是因为掷骰子掺了水分吗？打我的醉汉曾经说过类似的话，可是那句话并不十分可信。能赌咒说不是真的吗？肯定可以。过去靠赌博造假生存吗？从来没有。曾经依靠赌博维持自己的生活吗？不比其他绅士们厉害。向这位囚犯赊过账吗？赊过。还过吗？没有。和这位囚犯之间那点若有若无的情谊是在马车上、旅馆里和邮船上强行扯上的吗？不是。确定见到囚犯随身所携带的那些文件吗？确定。除了知道文件还知道其他别的吗？不知道。打比方说，自己没想办法去弄点别的吗？没有。估计自己从这次作证中，你能捞到多少油水？从来没有这样想过。不是被政府所聘请、接受正式津贴、诬陷他人吗？啊，我的上帝，不是。或者是出于别的什么原因吗？哦，不。可以发誓么？可以反复发誓。除了就是爱国以外还有其他目的吗？绝对没有。

具备崇高道德的仆人罗杰·克莱很快就宣完誓了。四年前，他开始一心为囚犯服务。在加莱邮船上，他询问囚犯，是否需要一个打杂的，囚犯因此聘请了他。并不是因为要囚犯同情他而雇用他的，这是绝对没有的事。他很快就对囚犯开始质疑，之后就开始暗中观察他。他在旅行途中帮囚犯整理衣物时，多次在他的衣服口袋里发现类似的文件。过去他在囚犯的抽屉里也发现过类似的文件，不是提前放好的。在加莱时，他看到过囚犯把这几份文件展示过给法国人，后来在加莱和波伦，又给法国人展示过。他忠心地热爱自己的祖国，不禁觉得怒火中烧，于是揭发了他。我从来没有偷盗过一个银茶壶，曾经因为一个芥末壶，我还因此被扣了一顶大帽子，可是那壶其实是镀银的。他和刚才那个证人认识已经长达七八年时间，不是特地的，完全是因为机遇，他并没有说是特别有缘分，大部分的缘分都让人稀奇。他之所以这样做，仅有的原因就是因为强烈的爱国主义。他并不将这看作是因缘际会，他是个正宗的不列颠人，希望很多人都能和他一样。

绿头苍蝇又在嗡嗡作响，检察长先生请贾维斯·罗瑞先生上庭。

“贾维斯·罗瑞先生，你来自于台尔森银行？”

“是的。”

“一七七五年十一月一个周五的晚上，你是否坐过邮车出去，从伦敦去多佛?”

“是的。”

“车厢里还有其他乘客吗?”

“有，两个。”

“他们两个是在夜里半路下车的吗?”

“是的。”

“罗瑞先生，你仔细看看囚犯，像不像那两个旅客中的一个?”

“我不能肯定地说是。”

“和旅客中的一个像不像?”

“两个人都包裹得密不透风，夜色又深，而我们大家又都彼此很拘束，就连他像不像，我都不敢百分百肯定。”

“罗瑞先生，你再仔细看看。如果他和你所见的那两个旅客一样将自己严实地包裹起来。身高和体形像不像那两个人?”

“不像。”

“你能发誓说他的确不是那两个人中的一人么，罗瑞先生?”

“我不能。”

“所以你的观点是，他有可能会是两个中的一个?”

“是的。可是在我印象中，那两个人当时非常畏惧，生怕强盗来了，和我一样害怕。可是这位囚犯却一点怯懦的表情都没有。”

“你看到过假装害怕的人么，罗瑞先生?”

“肯定见过。”

“罗瑞先生，你再认真看一下囚犯，你确信你从前见过他么?”

“见过。”

“什么时候?”

“那以后几天我从法国返回，在加莱，这个囚徒上了我所在的邮船，和我坐同一条船旅行。”

“他是什么时候上的船?”

“半夜时分以后。”

“那时夜已经非常深了，在那个不合宜的时刻上船的是不是只有他一个人?”

“是的，正好只有他一个。”

“不要管是不是正好，在夜那么深的时候上船的只有他一个人，是吗?”

"是的。"

"你是一个人在度假么，罗瑞先生？有没有人和你一起？"

"有两个人和我一起，一位先生和一位小姐，那两个人现在都在这里。"

"都在这里，那你和囚犯讲过话吗？"

"没怎么讲话，那天下很大的雨，刮很大的风，船一直摇晃不停，路又非常长，我差不多整个行程都是躺在沙发上度过的。"

"曼内特小姐。"

之前众人一直在用目光搜索的小姐，现在又重新聚集了全场人的目光。她从座位上站起来，她的父亲也跟着站起来——他不想他女儿将挽住他胳膊的手松开。

"曼内特小姐，好好看看这个囚犯。"

对于被告来说，直面这样坦诚的漂亮，直面这样的同情之心要比面对现场所有的人都要痛苦得多。他似乎是站在坟墓的边缘和她相望。这时所有人满怀好奇的目光也无法此刻让他保持镇静。他那一直没有停歇的右手此刻将手边的草边分成一摞一摞的，变成了梦境中的花朵。他想让呼吸平稳，努力让他的嘴唇止住不打战，血液也从嘴里一直奔涌至心里。场子里再次响起一片嗡嗡声。

"曼内特小姐，之前你和这个囚犯见过面吗？"

"见过。"

"在什么地方？"

"就是你们刚刚提到的那艘船上，先生，在相同的时刻。"

"你就是刚才我们所说到的那位小姐吗？"

"哦，对，是的。"

她出于可怜而发出来的痛苦的语调和法官低沉的声音混杂到一起。法官略带了几分恐吓的腔调说道，"问什么，你直接回答就行了，不要随便发表自己的见解。"

"曼内特小姐，在穿越海峡时，你和囚犯讲过话吗？"

"讲过，先生。"

"你再好好回想一下。"

她在一片沉静中用非常小的声音说道："那位先生上船时——"

"你是说这个囚犯吗？"法官露出不悦的神色说道。

"是的，大人。"

“你就叫他囚犯吧！”

“那囚犯上船时观察到我的父亲很累，一副弱不禁风的样子。”说时她回过头看了一眼站在她身边的父亲，“我的父亲觉得非常累，我担心他氧气不足，便在船舱台阶旁的甲板上给他临时搭了个床位，自己坐在他旁边的甲板上伺候他。那天晚上船上只有我们四个人，那位仁慈的囚犯希望我接受他的建议。他跟我说要怎么样才能让我的父亲少被风雨袭击——我不明白应该怎么做，也不知道我们出港以后风雨是不是会更加厉害，这都要仰仗他的安排，是他助了我很大的力。他非常关心我父亲的病情，我相信他是出于真心，我们就这样攀谈了起来。”

“我可以问一下，他上船时是一个人吗？”

“不是的。”

“和他一起上船的有几个人？”

“两个法国人。”

“他们在一起讲话了吗？”

“他们一直在讲话，直到最后，两个法国人要坐小船离开才停止讲话。”

“他们之间有没有递交一些文件之类的？”

“是有一些文件，可是我不明白是什么。”

“和这些文件形态很类似吗？”

“也许吧，不过我真的不太清楚，尽管他们就站在离我很近的地方。可是因为他们站在船舱楼梯的顶上，凭借着头顶闪耀的灯光。灯光非常昏暗，他们讲话的声音也很小，他们的讲话我完全听不清楚，只知道他们看过一些稿件。”

“那现在就谈谈你和囚犯之间的对话吧，曼内特小姐。”

“囚犯跟我说话没有藏什么心眼，因为我当时确实比任何人都困难。同样，他对我父亲也表现出了非常热情的关心，而且起到了实质的作用。”她的眼泪掉了下来，“我希望今天回报他的不会是伤害。”

绿头苍蝇又响起难听的嗡嗡声。

“曼内特小姐，出庭作证是你义不容辞的责任，你必须到场，不能回避。如果对于你不想出庭作证的心情，囚犯并不是十分理解，那么不理解你的除他以外，再无别人，请继续讲。”

“他跟我说，有一件很难说清楚，又非常麻烦，也许还会给他人带来灾难的事正落在他手上，他正在积极地四处奔走，所以旅行时并没有用真名。他说因为这件事，他前几天去了趟法国，而且还要频繁往来于法国和英国之间。”

“他提到过美国的事吗，曼内特小姐？麻烦你说仔细一点。”

“他跟我详细说明了那场纠葛①的前因后果，他还说，按照他当时的估计，应该是英国错了，而且错得相当离谱。他还戏谑地说乔治·华盛顿或许会流芳百世，和乔治三世②有得一拼。不过他说这句话并没有什么不好的想法，说时还面带微笑，只是为了消磨时间已。”

在所有人的注视下表演的节目，主演那受万人瞩目的面部表情就会被观众默默地效仿。那姑娘说出这些证词时前额紧锁，一副很慌乱的样子。在法官记录下她不得不暂停发言时，她也一直在观察律师们的表情，是否认可她所说的话。这时法庭在场的所有观众都露出相同的表情，而在法官记录完毕，再次面对全场观众时，对于有关乔治·华盛顿的大逆不道的言论表示厌恶时，证人脸上的神色也马上彰显到在场大多数人的脸上。

检察长此刻也对法国大人说，为了防止意外的发生，也为了让形式上完整，他觉得应当请这位小姐的父亲曼内特也出庭作证，于是曼内特医生被要求到庭内。

“曼内特医生，你好好看看这个囚犯，你以前和他见过吗？”

“见过一次，他曾经到过我伦敦的寓所，来探望我，那大概是三年或三年半以前。”

“你还能辨认出他就是和你坐一同船的人吗？对于他和你女儿的谈话，你怎么看？”

“对这两个问题我都无可奉告，大人。”

“你无可奉告是因为有什么特殊的原因吗？”

他小声说道：“有。”

“在你出生的地方，你遇到过很多不幸的事情，没有经过审判，甚至没有经过控告，就把你判处了长期监禁，是这样么，曼内特医生？”

他答话的语气让现场的每个人的心都一颤，“被长期监禁过。”

“刚刚说到的那个时候是你刚刚被援救出来吗？”

---

① 那场纠葛：“指一七七五年北美人民反对英国统治的斗争，第二次美国独立战争就爆发了，成立了美利坚合众国。”

② 乔治三世：英国国王，在位时为一七六零至一八二零年。也不是本节第一章所说的“大下巴的国王”。也就是因为他的残暴统治，才引发了美国的独立战争。

“他们是这样说的。”

“对于当时的情况，你的记忆已经消失了吗？”

“消失了。从某个时候开始，我自己也说不清是从什么时候开始，从我开始蹲监狱时，我开始自己尝试着学做鞋，到我发现自己已经身在伦敦，和现在和我最亲近的女儿住到一起为止，我的脑海里空空如也。善良的上帝在恢复我的意识时，我女儿已经和我非常熟稔，可是我连她是如何和我这样亲密也说不出来了。那整个过程我都忘光了。”

检察长这时坐下来，父女俩也跟着坐下来。

这时这件案子产生了一个非常奇特的变化。这个案件的宗旨就是要证明五年前那个十一月的星期五，站在这里的这个囚犯和某个还有待考证的和同案犯一起坐邮车往南，两人晚些时候一起下了车，到了某个地方，可是没有多逗留（目的就是为了伪饰），之后又马上返回了十多英里，到达某个重要关口和造船厂收罗情报。一个证人出庭前，曾反复确认囚犯曾经在某个时刻在那个重要关口和造船厂所在的城市旅店的咖啡馆里静候另外一个人。囚犯的辩护律师对这位证人进行了仔细询问，却只问出他在其他时刻根本和囚犯没有见过面，除此以外毫无收获。这时那位戴着假发、一直盯着天花板看的先生却将一个字条扔给律师。律师逮住空把纸条看完以后，对囚犯又认真审视了一番。

“你反复确认，你有十足的信心保证那个人就是这个囚犯吗？”

证人说，的确是这样。

“和这个囚犯样子很像的人，你见过吗？”

证人说，他是不会认错的。

“你认真看看我渊博的朋友，那边那位先生。”律师指着扔过纸条的人说，“之后再认真看看囚犯，你觉得如何？他们俩是不是惊人地相似？”

除了“我渊博的朋友”有待考证以外（如果和体面不挂钩的话），他和囚犯几乎没什么差别。两人一对比，不仅让证人震惊得说不出话来，就是在场的人也都被惊住了。众人要求法官命令那位“渊博的朋友”将假发取下来。那人不情愿地这样做了。这一来，两人之间的相似度就更高了。法官问斯特莱佛（囚犯的律师）下面需不需要用叛国罪对卡尔顿进行提审。斯特莱佛先生说不用了，可是他要请证人讲清楚：一次发生了是不是还会有第二次？如果早一点看到他粗俗，不是经过深思熟虑的证明，他是否会依然笃定呢？会不会更加坚信？询问的结果是将那证词像砸瓦罐一样砸个通身粉碎，也将证人在现场的表演完全颠覆。

克朗彻先生听到这时，已经从他的指头上啃下了不少铁锈，完全可以当一顿饭吃了。现在他已经看到，斯特莱佛先生将囚犯的案子化作了一件紧身衣，紧紧地箍着陪审团。斯特莱佛先生对陪审团发表言论说，那位爱国志士是个受人指使的汉奸，是个无耻的人血买卖之人，是个自从被诅咒的犹大以来最龌龊的流氓——而他长得也确实非常像犹大人。他提出，那位道貌岸然的仆人克莱是巴萨最忠心的伙伴。这两位作伪证的家伙对这个囚犯“一见钟情”，想拿他去祭祀，因为他是法国人，在法国有很多家庭上的事情需要他频繁往来于海峡两岸。而具体是什么事情，因为他的某些亲友有利害关系，所以他至死也不能说，而他们从这位小姐那里逼问出来的，被扭曲的证词一点意义都没有（大家已经看到她说证词时所强忍的痛苦），那只不过是像这种偶然遇见的青年男女之间微不足道的礼节罢了——只有对华盛顿的提法除外，那话非常失态，超出了一般的范畴，可也只能被认定为是一个有点夸张的玩笑。如果政府借最龌龊的民族对立情绪和害怕心理作文章来进行批判，建立自己的威慑力（检察长先生对此曾大肆形容），那恐怕只会成为政府的一个短板。可惜这种做法除了那性质不甚光鲜的证词以外一点根据都没有，而此类证词只会让这类案件的形象大打折扣。我国的国事审判庭里随处可见这类案件，他才刚刚讲到这里，法庭已经严肃打断了他，似乎这话完全没有依据，他不能坐在法官席的位置上，而对这种暗示性的言论无动于衷。

之后，斯特莱佛先生请他的几个证人出庭作证。再之后克朗彻先生就听到检察长先生将之前斯特莱佛为陪审团量身定做的衣服全部翻转了过来，他认为巴萨和克莱比他的预期要好上一百倍。相比之下，囚犯则要恶劣一百倍。最后，法官大人发表言论，他将这件衣服一会儿翻过来，一会儿倒过来。总的来说，肯定是又重新缝制了一遍，给囚犯做了一件尸衣。

现在，陪审团开始对案情进行斟酌，大苍蝇的嗡嗡声又响了起来。

就算是在这样跌宕起伏的环境下，一直紧盯着天花板的卡尔顿先生都一直没有变换过姿势。他的才高八斗的朋友斯特莱佛正在对面前的文件进行整理，和他身边的人小声说着什么，而且不时焦急地看向陪审团。在场的所有观众都不停地来回走动，重新组成谈话小集体；甚至连一向正襟危坐的检察官此刻也从座位上站起来，在台上慢慢走来走去，难免会让观众觉得他心中其实也很焦急，可是我们这位卡尔顿先生，依然是纹丝未动。他那敞开的律师长袍一半露在外面，稀疏的假发还是取下来以后随意一扣的样子。他双手放在口袋里，两眼依然牢牢地盯着天花板看。他有一种特别无所谓的表情，不但让他看上去觉得不够尊重，而且让他的囚犯之间的相似度也大打折扣（刚才大家对他俩进行对比时，他那短暂的严谨态度似乎将相似的印象加强了），所以许多观众现在都将目光聚焦到他这里，并交头接耳地说，刚才为什么会觉得他俩相像呢。克朗彻先生也是这样对他旁边的人讲的。他还说："我可以拿半个金币作赌注，这个人是没办法成为法律工作者的，他那副样子也太不像了，是吧?"

可是这位卡尔顿先生所观察到的现场细节却比他表面上给人的印象要多得多，因为这时曼内特小姐的头靠在了父亲的胸口，而这事是被他第一个发现的，并且一字一句地对法官说，"长官，请观察一下那位小姐，请帮忙搀扶她出去，你还没有觉得她已经快要支持不住了吗?"

在那姑娘被搀扶出去的时候，很多人都觉得惋惜，也对他的父亲充满了怜悯，再次提及他的牢狱生活明显会让老人再次陷入痛苦中去。在他被审问时，他难以抑制内心深深的震撼，从此以后他的头上仿佛笼罩了一片浓云。他一直在安静地思考着，露出一副老迈虚弱的样子。他到达现场以后，陪审团再次坐好，过了没多久，团长开始阐述。

陪审团意见有分歧，希望退庭。法官大人（心里或许还在回想乔治·华盛顿）对他们竟然会意见不统一深感诧异，并指出他们退庭后会被严密监管和保护，之后自己便下了庭。审判已经持续了一天，法庭也把灯点上了。有人说陪审团要退庭很长时间，观众陆续出去吃东西，囚犯也因此到被告席后面坐着。

之前搀扶那位小姐和他父亲离开法庭的罗瑞先生这时又出现了，他向杰瑞打了声招呼。这时众人关注的焦点已经不在这了，杰瑞轻松地来到了他的身边。

"杰瑞，如果你想要补充一点能量，现在就去吃。可是就在附近吃，陪审团回来以后，我一定要容易找到你才行。不要比他们回来得晚，因为我要你马上把判决带到银行去。你是我认识的信使里面，速度最快的，回到圣殿关要比我快多了。"

杰瑞的头发下有一点额头没被覆盖住，于是他便用指关节碰了一下，表示一定会完成任务，也得到了一个先令的回报。这时卡尔顿先生走了过来，触碰了一下罗瑞先生的胳膊。

“小姐如何？”

“她很痛苦，她爸爸正在安抚她，出了法庭以后，她好多了。”

“我可以将这句话对囚犯说，像你这样绅士的银行人员公开场合下和他说话是不好的，这你明白。”

罗瑞先生脸马上就红了，似乎察觉到他曾经在内心纠结过。卡尔顿先生到了被告席，法庭出口也在那里。杰瑞在他后面跟着，他的眼睛、耳朵，甚至连满头铁蒺藜都聚焦到他的身上。

“达尔内先生。”

囚犯听到有人叫他，直直走了过来。

“你肯定急于想知道证人曼内特小姐现在如何了，她很快就会好起来的，她情绪最亢奋的时候就是见到你的时候。”

“是我让她痛苦了，我觉得很不好意思。你能帮我转达一句话吗？还有，我非常感谢她对我的一番苦心。”

“没问题，如果你提出什么要求，我也会帮你转达。”

卡尔顿先生一副不屑一顾的表情，甚至有点没有礼貌。他半个身子都背对着囚犯站着，胳膊肘慵懒地支撑在被告席上。

“那我就直接说了，请让我再次感谢你。”

“那么你，”卡尔顿说，依然背对着他半个身子，“你会迎来什么呢？”

“最惨烈的后果。”

“这是最理智的期待，也是最有可能出现的结果。不过，我觉得陪审团退席会对你有好处。”

在法庭周边的路上停留是被禁止的，所以杰瑞没有听见更多的。他远离了这两个长相相似，可是态度却截然不同的人。那并排站着的两个人，都投影在上面的镜子里。

在下面全部都是小偷和流氓的走廊里，虽然有羊肉馅饼和麦酒的协助，一个半钟头也非常难熬。那沙喉咙的信使吃完简餐便开始坐在长凳上睡觉。这时一阵吵闹的声音响起，还有一股快速向前移动的人走向法庭的楼梯，也将他带了进去。

“杰瑞！杰瑞！”他匆匆赶到时，罗瑞先生正在门口叫他。

“我在这里，先生。挤回来还真是不容易呢，先生。”

罗瑞先生将一张纸条塞到他手心里，“拿好了没？”

"可以了，先生。"

纸条上只慌乱着写了几个字，"无罪释放。"

"就算你送的消息又是'死人复活'，"杰瑞转过身喃喃道，"我也会明白你想要表达的意思的。"

在他终于从老贝勒拥挤的人群中挤出来之前，他没有机会发表什么言论，甚至没有机会再思考什么，因为人群带着他直朝外挤，差点把他推翻在地上。一股喧闹的人流奔涌过大街，似乎那些失望的绿头苍蝇又开始飞起来，去寻找其他尸体去了。

第四章　祝贺

熙熙攘攘了一整天，现在正在慢慢回归平静。这时曼内特医生以及他的女儿、被告的代理人罗瑞先生，还有被告的辩护律师斯特莱佛先生此刻正聚拢在刚被当庭释放的查尔斯·达尔内身边，恭喜他逃过一劫。

就算灯光此时非常耀眼，再看看眼前这位精神矍铄、兴致盎然的曼内特医生，要想再从眼前这个人身上找到当年巴黎阁楼里那个面色灰暗的老鞋匠的影子已经很难了，可是多瞅他一眼的人也许还没有机会从他那低调的音乐中找到当年愁闷的调子，也没有看到过他经常没来由的精神恍惚的样子，也不禁想多看他一眼。可以让他灵魂出窍的也许只是外在的客观因素，也就是让他重新忆起当年曾经反复缠绕在他身上的痛苦过往（例如在这次审判中），也许是因为这种感情因素本身的出现，让他一直被阴暗所覆盖。这时，对事情的前因后果不了解的人难免会觉得疑惑，似乎觉得巴士底监狱的阴影被刺眼的阳光从三百英里之外照射到他的身上。

他心底的阴影，只有他的女儿有能力将它驱除。她就像一个会变戏法的魔术师，将他受苦受难的过去和他的将来联系到一起。她说话的腔调、面庞闪烁的光华、双手的感应，对于他来说，永远是积极的感应。当然不能说一直都是，因为她偶尔也让他想起曾经让他没有魔力的时刻。幸好这种时刻很短暂，也没有什么重要的，而且她相信很快就会从记忆中消除。

达尔内先生已经非常激情地、充满谢意地亲吻过她的手，也已经向斯特莱佛先生表示了强烈的谢意。斯特莱佛先生刚三十出头，看上去却已有五十多岁了。他身材魁梧，说话声音很粗，激情四射，根本不被礼法所约束，有一种初生牛犊不怕虎的勇气，一个劲朝人堆里挤，似乎什么时候都想发个言（身体上是这样，精神上也是这样），这对于他平时老喜欢挤进人堆的行为，就有了很好的注解。

他依然头戴假发，身穿律师的战袍，便冲到他的当事人前面，将单纯无害的罗瑞先生挤到一边。他说："非常高兴我可以把你救出来，达尔内先生。"这场审判太卑鄙，真是卑鄙到了极点。可是并不因为它的卑鄙而让他胜诉少了很多希望。

"我对你将一辈子感激——从两个意义上来说。"前当事人紧紧抓住他的手说。

"我已经想尽了方法，达尔内先生，我相信我这个人只要尽到了百分之百的努力是绝对不会比其他人差的。"

这话一听就是想让别人接着往下说，"你确实很棒。"罗瑞先生于是这样说了。或许他这样说并不是没有出于自身考虑，他是准备回到这个群体中来。

"你是这样觉得的吗？"斯特莱佛先生说，"是啊，你今天一整天都在，应该对事情比较了解。你也是个从事业务方面的人呢。"

"正是因为是这样，"罗瑞先生说。对法律了解的律师又将他挤了出去，就跟刚刚把他挤出去一样，"正是因为这样，我才跟曼内特医生说，希望大家可以暂停一下，让大家回来。露西小姐脸色看起来非常不好，达尔内先生这一天过得也是心惊胆战的，我们大家都累了。"

"你只能代表你自己发言，罗瑞先生。"斯特莱佛先生说，"我还要继续奋战一夜呢，你只能代表你个人的观点。"

"那我就代表我个人发言，"罗瑞先生说，"也同时代表达尔内先生的观点，代表露西小姐的观点——露西小姐，你觉得我可以代表我们大家吗？"他提出这个问题是针对她，可是同时也看了一眼她的父亲。

她父亲的脸似乎凝固了，非常疑惑地看着达尔内。那是一种专心致志的眼神，眉头也拧得非常紧，露出非常不耐烦和质疑的神色，甚至还包含着害怕。他露出这种古怪的表情，思绪已飘向了远方。

"爸爸。"露西轻柔地将一只手搭在他的手上。

他似乎慢慢从阴影中走出来，转向她。

"我们回家吧，爸爸？"

他长长地出了一口气，说："好。"

被释放的囚徒的朋友们各自回自己家去了，他们强烈地觉得：他当晚被放出来的可能性好像不大——可是这种错觉要归咎于他自己。走廊里几乎已经没有光了，铁门在清脆的声音响过后就关闭了。人们正在依次离开这个令人畏惧的地方，要到明天早上，他们才会重新对刑具、鞭刑柱以及烙铁提起兴趣。露西·曼内特走在她父亲和达尔内先生中间，走进了空旷的场地里。他们拦了一辆马车，父女二人坐着马车离开了。

在走廊里，斯特莱佛先生就已经跟他们说了再见，回到了衣帽间。除此以外还有一个人，他一直都一个人静静地待着，没有回到群体中，也没有和任何人说过只言片语，却一直倚靠在一堵墙上，等到大家都走散了后才慢慢从昏暗中走出来，站在边上看着，一直到马车消失不见。现在他走向罗瑞先生和达尔内先生所站的地方。

“您好，罗瑞先生！从事业务工作的人可以和达尔内先生说些什么了吧？”

一直到现在，对于卡尔顿先生在白天的诉讼中的出色表现，没有人对他表示过谢意，也没有人清楚，他已经卸下了律师战袍，可是他还是老样子。

“达尔内先生，你如果知道从事业务的人心里有什么纠结，你会很感兴趣的。内心里有两种力量在抗争，一种是人类仁慈的天性使然，一种从事业务工作的面子。”

罗瑞先生的脸唰地一下红了，热情洋溢地说：“你之前也说过类似的话，先生。我们从事业务工作的人一心只想着公司，不能替自己做主。我们必须要本着一切为公司着想的心，少为自己着想。”

“我明白，我明白。”卡尔顿先生接着说道，“不要动怒，罗瑞先生，你和别人一样仁慈，这没有什么好质疑的，甚至我可以说你比其他人都要仁慈。”

“事实上，先生，”罗瑞先生没有回答他，只是接着往下说，“我的确不晓得这件事和你有什么关联。我比你年长得多，很抱歉我说一句，我真的不知道这件事会成为你的业务工作所在。”

“义务！上帝眷顾我，我没有义务。”卡尔顿先生说。

“很抱歉你没有义务，先生。”

“我也觉得很惋惜。”

“如果你有业务在身的话，”罗瑞先生丝毫不肯放过他说，“你可能也会如此作为的。”

“希望主保佑你，不——我不会让你们称心如意的。”卡尔顿先生说。

“好吧，先生，”罗瑞先生失声大叫起来，对方的不屑一顾让他很是恼怒，“义务是个非常光荣的东西，也是个非常冠冕堂皇的东西，而且，如果因为义务，人们陷入了困境和麻烦中，却让人不得不停止说话的时候。达尔内先生是个非常讲义气的绅士，他肯定知道如何体面地处理事情的。达尔内先生，晚安，上帝会眷顾你，先生！希望你今天会一直顺利下去——轿子！”

罗瑞先生或许是有点气自己，也有点气那个律师。他迅速上了轿，回台尔森银行去了。卡尔顿先生浑身散发着啤酒气，看上去已经醉眼迷离了。他放声大笑，回过头对达尔内说：“让你我遇到一起真是一件非常奇怪的缘分。今天晚上你和一个长得非常像你的人一起站在街头，是否觉得感觉怪怪的？”

“我觉得我现在还在天上飘着呢。”查尔斯·达尔内说。

“这我觉得并不奇怪，你已经离死亡很近了呢，连说话都是有气无力的。”

“我倒真的觉得气力全无了呢。”

“那你为什么不去吃饭？那些傻子们在研究你的去向时，我已经用过餐了，让我带到你到最近的一家餐馆去好好吃一顿吧。”

他拉起的胳膊，和他一起走过路盖希尔，来到舰队街，经过一条有棚子的街面，来到一家小酒店。在服务员的带领下，他们来到一间小屋。查尔斯·达尔内在这里美美地吃了一顿，喝了些甘甜的酒，精力开始回到他身上。可是卡尔顿则带着满脸不屑的神情坐在他对面，前面放着一瓶啤酒。

“你现在觉得从天上飘下来了吗，达尔内先生？”

“我的时间感和空间感都乱成一团糟，让我心慌不已。不过，我的元气已经恢复了好多，不会觉得迷乱了。”

“你一定觉得非常高兴吧？”

他尖锐地说，又重新倒上一杯酒，那杯子容量还不小。

“对于我来说，最让我觉得高兴的事情莫过于和这个世界相隔离，这个世界于我没有任何意义——除了这杯美酒以外。同样，我对它也没有意义，因此在这个问题上，我俩的观点还是不一致的，事实上我开始觉得我们在所有方面都没有共同点。”

一整天精神上的压抑已经让查尔斯·达尔内觉得烦躁不安。他觉得和这位行为粗俗、和自己长得非常像的人在一起觉得不真实，所以不明白应该说什么好，最好只好干脆一个字都不说。

“你既然已经用完餐了，”卡尔顿马上说道，“为什么我们不为健康碰一个呢，达尔内先生？为什么不举杯庆贺一下呢？”

“为谁的健康，为谁庆贺？”

“怎么啦，那人不就在你口中吗？应该在的，肯定是在的，我可以保证他一定在。”

“那你说的就是曼内特小姐了。”

“曼内特小姐！”

卡尔顿正面朝向伙伴，看他敬酒，却将自己的酒杯使劲扔向身外，摔得稀烂，之后按响铃，请服务员再送一个杯子过来。

“你在昏暗里送到马车里面的小姐很漂亮呢，达尔内先生！”他往新拿过来的酒杯里倒满酒，说道。

他等到的回答是一句简单的是的，附带着眉头紧蹙。

“有这样漂亮的小姐为你觉得惋惜，她因为你而痛哭不止，你应该觉得很幸运吧？你觉得如何？可以得到如此的可怜，就算被宣判死刑也是值得吧，达尔内先生？”

达尔内依然一言不发。

“我将你的消息告诉她时，她表现得非常高兴，她尽管没有做出过多的表示，可是我觉得应该是这样。”

这句话里有话的话让达尔内警醒了，这个令人厌恶的家伙那天曾经主动帮他排除困难。他马上掉转话头，对他表示由衷的感谢。

“我不需要他人对我表示谢意，而且也不值当。”回答是非常不屑一顾的，“第一，那没有浪费多大精力和财力；其次，我也不明白那样做的动机是什么。达尔内先生，让我来向你咨询一个问题。”

“欢迎，也可以稍微回报一下你曾经对我的帮助。”

“你觉得我对你非常喜欢吗？”

“确实是这样，卡尔顿先生，”达尔内回答，没来由地觉得心慌，“我还从来没有这样自省过呢。”

“那你现在就自省吧。”

“从你的所作所为来看，你似乎对我有好感，可是我从心里觉得，你其实并不待见我。”

“我也觉得自己并不待见你。”卡尔顿说，“现在，我非常认可你的理解能力。”

“可是，”达尔内接下去说，一边站起身去按响门铃，“我希望这于我结账没有什么阻碍，也不会阻碍我们之间善良的分手。”

卡尔顿回答道，“我为什么要走?”达尔文按铃，“你准备所有的都由你付账吗?”卡尔顿说。对方的回答是肯定的。“那就再来我上一品脱同样的酒。伙计，十点钟把我叫醒。”

查尔斯·达尔内结完账后，跟他说了晚安。卡尔顿没有做出回应，却带着几分威胁性的姿态站起来，说：“我还要说一句，达尔内先生，你觉得我醉得一塌糊涂了吗?”

“我觉得你一直在饮酒，卡尔顿先生。”

“觉得？你知道我一直在饮酒。”

“既然我必须要回答，我要说，知道。”

“那你也必须要明白我喝酒是出于什么原因，我是个深感无助的人，先生。我对世界上的任何人都漠不关心，也没有他人在关心我。”

“非常遗憾，你的聪明才智是可以有更大的发挥余地的。”

“或许可以，达尔内先生，或者不可以。可是，不要因为你有一张睿智的心而自鸣得意，未来还说不定呢，晚安!”

这个怪异的家伙一个人留了下来，他举起一支蜡烛，走到墙上所挂的镜子前面，认真地审视镜子里的自己。

“你对这个人有好感吗?”他对着自己的影子小声地说道，“你为什么要喜欢一个长相与你酷似的人？你明白自己并不爱他呀。走开吧，你看看你自己身上都发生什么了？真是个拙劣的理由，居然让你喜欢上了一个人，只不过他让你看到你想得而得不到的东西，看到了你也许会将来会变成的模样。你如果和他位置交换，你也可以像他一样被那双蓝眼睛所喜欢吗？可以像他一样得到那张脸的怜悯吗？算了，说到底，你恨他!”

他猛灌自己一品脱酒，以让自己麻木，几分钟，那瓶酒就一滴不剩了。之后他就趴在桌子上睡着了，他的头发长长地拖曳在桌上，烛光落到他身上，好像一个裹尸布一样。

第五章　豺狗

那个时代非常放纵，绝大多数人都喝得如痴如醉，不过随着时代的变迁，这种风气已经改善了不少。现在，如果客观地评价当时一个人一晚上所喝下的葡萄酒和混合酒各占多少比例，而且说那完全不会影响他的绅士名声，现在的人是会觉得非常荒谬的。在对酒神大肆渲染的方面，法律这种通过知识的职业肯定不会比其他通过知识的职业差。正是迅猛前进，越来越具有规模，收入更加可观的业务天地的斯特莱佛先生在这方面和其他方面都没有什么差别，也是不会比业界其他同仁差的。

斯特莱佛先生在老贝勒和在法院里都非常受欢迎。这时他已经开始非常谨慎却大踏步地走向他已经迈上的台阶的下层，现在法庭和老贝勒都必须尽力去拥抱他们。人们每天都会看到斯特莱佛先生那张通红的脸穿过一片假发，就好像一朵硕大的向日葵直直地冲向满园春色，奔向皇家法庭的大法官。

有一次法院曾经观察到斯特莱佛先生虽然能言善辩、无所畏惧、胆大妄为，可是却很难从一大堆语言中找到问题的关键，可是这却是从事律师这个行业必不可少的一项杰出技能。可是他现在已经令人刮目相看了，他手里所掌握的业务越来越多，抓住问题要害的能力也日渐增强。不论他晚上和西德尼·卡尔顿一起喝到什么时候，一到早上他都可以抓住问题的关键之处，讲述得非常到位。

西德尼·卡尔顿是最不勤劳、最无所作为的人，却是斯特莱佛最亲密的伙伴。他俩从希拉里到到米迦勒节①之间所一起喝下的酒，几乎可

---

① 从希拉里到米迦勒节，大致是一月上旬到九月末。这是律师工作最为紧张的时期，从一月上旬底到复活节（三月底）为希拉里时期，米迦勒节在九月底，之后就是律师工作淡季。

以将一艘豪华游轮都托起来。斯特莱佛不管在什么地方申诉，卡尔顿都会两手放进口袋里，两眼直直盯着天花板。就算在他们一起参加巡回法庭审判时也一样喝到很晚。还有传言说，有人看见卡尔顿大白天喝得烂醉如泥地回到公寓去。最后，对这件事饶有兴致的人听说，尽管西德尼·卡尔顿一直没办法成为一头雄狮，可是却是一匹非常有能耐的豺狗[1]，他为斯特莱佛办案，一直努力扮演着一个卑劣的角色。

“十点钟了，先生，”酒店的人提醒道，卡尔顿曾经请他在这个时候叫醒他，“先生，十点钟到了。”

“有什么事情?”

“没什么事情，十点钟了，先生。”

“到底什么意思，是到了晚上十点吗?”

“是的，先生，你曾经这样嘱咐过我的。”

“哦，对，好，非常好。”

他晕晕乎乎，几次还想再躺下，酒店的人却灵活地对付了他——不停地拨火，拨了五分钟。卡尔顿直起身来，将帽子戴在头顶上，出去了。他转身进了圣殿区，在高等法院人行道口和报业大楼之间徘徊了两圈，让自己醒完酒以后再走进斯特莱佛的房间。

斯特莱佛那个从来不会在这类酒会中服务的职员已经回自己家去了，斯特莱佛自己开的门。他穿着拖鞋和舒服的睡衣，为了舒适，他还把领口敞开了，他的眼睛闪现出各种肆无忌惮、辛苦、衰弱的症状，这种种症状在他们这个阶层里每个生活放荡不羁的人身上都可以找到。从杰佛里斯[2]以下所有人的肖像上都可以看到，也可以从每个放纵喝酒时代的肖像画里通过种种被修饰过的艺术中找到。

“你迟到了!”斯特莱佛说。

“和平时一样啊，可能迟到了大概一分钟。”

他们来到一间非常脏乱的小屋，里面并排放着一排排书籍，还有随意摆放的文件，壁炉里炉火烧得很旺，壁炉架上还冒着升腾的热气。在堆放了多年的文件里有一张桌子堆放的全部是葡萄酒、白兰地酒以及糖、柠檬和甜酒。

---

① 豺狗：欧洲传说，豺狗为狮子赶出猎物，以供狮子享用，狮子留些余残余给他们。后专门用来指为人做苦力而得到回报的人。

② 杰佛里斯：英国的一个法官。

“西德尼，明显你今天已经喝过了。”

“今天我已经喝了两瓶，我想。白天我和我的当事人吃了一顿饭，更确切地说，是我看着他吃了顿饭——反正就那回事。”

“你把自己也作为证人，西德尼，这可是非常少见的招数。这个主意你是怎么想出来的？是谁启发了你灵感？”

“我觉得他长得很俊俏，又想，如果被幸运女神眷顾，也可以和他一样。”

斯特莱佛先生听后笑得合不拢嘴，笑得他提早出现的啤酒肚直打战，“就你那运气，西德尼，干活去吧！”

豺狗闷不吭声地把衣服解开，来到隔壁房间，拿进来一大缸子凉水、一个盆子和一两个毛巾。他将毛巾放进盆里，拧个半干，然后包在头上，那样子看上去有点古怪，之后坐到桌子旁边，说，“我准备就绪了。”

“今天晚上的摘要活没有多少，资料库。”斯特莱佛先生翻阅着手时文件，兴奋地说。

“有多少？”

“两份。”

“先把最难搞定的给我。”

“在这里，西德尼，开始吧！”

于是狮子聚精会神地坐在酒桌一边，后面是沙发，豺狗坐在桌子另外一边，上面堆满了文件。酒瓶和酒杯就搁在手一伸就可以拿到的地方。两人的手不停地伸向酒桌，一点也不吝啬，可是两人的方式却完全不同。狮子一般是两手挺在口袋里，歪倒在沙发上，望着炉火，或者间或翻阅没多少的文件；豺狗却一直眉头紧蹙，专心地处理着手头上的事情，伸手拿杯子都没时间看一眼，一般要来回摸索好长时间才能把酒杯准确拿在手中。有两三次，因为工作太过于麻烦，豺狗没办法，只好伸伸懒腰站起来，重新将毛巾醮湿。将水和脸盆拿回来，头上依然缠着湿答答的毛巾，形象之怪异让人难以形容，可他却一本正经，急得跟什么似的，样子让人忍俊不禁。

最后，豺狗终于给狮子备好了一份丰盛的大餐，狮子慢慢接过来，再挑三拣四一番，提出建议，之后豺狗再来帮忙。这份点心进到肚子里以后，狮子又将双手塞进腰带，躺下来陷入深深的思考中。于是豺狗又喝下一大杯酒，让自己更有了精气神，让喉咙更舒服了一点，再在头上用毛巾冷敷，开始准备第二份点心。这份点心也和第一份一样送给狮子，直到凌晨三点才全部消化完。

“事情处理完了，西德尼，喝一大杯五味酒吧。”斯特莱佛先生说。

豺狗将头上冒着热气的毛巾取了下来，摆摆手，打了个哈欠，又禁不住哆嗦了一下，然后去倒酒。

“所有迹象都表明，在那个被王室聘请的见证人面前，你显得非常聪明呢，西德尼，几乎看到了每个问题的核心。”

“我一向很智慧，不是吗？”

“这话我赞同，可是什么事儿让你生气了？喝点五味酒，把火关了。”

豺狗无谓地哼一下，依言照做了。

“现在你和那什么什鲁斯伯雷学校的西德尼·卡尔顿又很像了。”斯特莱佛对他点头示意道，对于他的曾经和现在开始发表自己的意见，“还是那个活蹦乱跳的西德尼，一天到晚不停歇，一会儿高兴得忘乎所以，一会儿又灰心丧气。”

“啊，”对方说，忍不住长叹了一声，“是的，还是那个西德尼，命运也没有被改变。那时我经常帮别的同学写作业，自己的作业却做得很少。”

“那是为何？”

“恐怕只有老天知道，我想，我天生就是那个样子。”

他将双手插到口袋里，双脚伸到前面放着，看着燃得正旺的炉火。

“卡尔顿，”他的朋友说，说时挺胸收腹，做出一副不可一世的样子，似乎壁炉是用来熔炼坚强的性格的，而可以帮助到老什鲁斯伯雷学校的老西德尼·卡尔顿的办法就只有让他到熔炉里面去。“你那脾气现在不吃香了，以前也是这样，你就是没动力，没有目的，你应该像我学习。”

“啊，真没劲！”西德尼比刚刚更加镇定也更加温和地笑了笑，“你就不要假装什么一本正经了。”

“我现在已经成功完成的事情是如何完成的？”斯特莱佛说，“是如何完成的？”

“在我看来，有一部分是我帮忙完成的，当然你是花了钱的。可你也用不着这样对我，或者对着空气颐指气使的，你想做什么就做什么去。你一直在前面，我在后面跟着不就行了。”

“我一定要在前面，我并不是一生下来就在前面的，对吧？”

“你出生那刻的盛典我没有那份幸运参加，可是，我觉得你一生下来就是站在前面的。”卡尔顿说完大笑不止，两人都忍不住笑了。

“不管是在什鲁斯伯雷学校之前，还是之后，还是到现在，”卡尔顿说，“你就一直在前面，我也一直在我现在的位置，就包括在巴黎的学生区，同学一起讲法国语言，研究法国法律，对有点离谱的法国破烂进行控诉，你也一直是闪闪发光的那一个，而我一直都是寂寂无名。”

“那你应该埋怨谁呀？”

“我用自己的灵魂起誓，不能一定说和你一点关系都没有。你一直都是吵闹不停，拥挤不停，一分钟也不消停，而我这一辈子除了生活舒适以外，还有什么可能？可是，在天即将要亮时去谈论自己的过往只会让人觉得兴致全无，还有其他事就只管对我说，我先撤了。”

“那么，让我们一起为美丽的证人干一杯吧，”斯特莱佛说，端起酒杯，“你现在心情是不是好多了！”

实际上并不是这样，因为他的脸马上又阴云密布了。

“美丽的证人，”他小声地说，低头看着酒杯，“我今天白天和晚上见到了很多证人，你所说的美丽的证人是谁？”

“像画上一样美的医生的女儿，曼内特小姐。”

“她长得好看吗？”

“不好看吗？”

“不。”

“我的上帝啊，整个法庭的人都倾心于她呢！”

“让整个法庭倾心于他的人都见鬼去吧，为什么老贝勒会变成选美评价师？她就是金发碧眼的布娃娃！”

“你晓得不，西德尼？”斯特莱佛目光定定地看着他，一只手掠过他通红的脸，“你晓得吗？那时我还以为你很可怜那个金发娃娃呢！那金发娃娃一有了症状，你马上就观察到了。”

“马上就观察到了问题，不管她是不是布娃娃，一个姑娘晕倒在离一个男士不到两码远的位置，他可以第一时间察觉到，根本用不着望远镜。我可以和你举杯，可是我不承认什么美丽。现在我喝够了，我想睡觉了。”

他的主人拿着蜡烛送到到了台阶上，他沿着光线走下去时，白天已经悄悄来临了。卡尔顿来到外面，屋外的空气冰凉彻骨，天空布满了乌云，河水昏暗浑浊，整个大环境就好像一片没有任何生命体征的沙漠。晨风吹得尘埃不停地翻滚，就像荒凉的黄沙在远处直直冲向天，其先锋已经开始突袭这个城市，要让这个城市消失于无形。

内心有种想要抛弃的声音，四周全是沙漠，这个人到了下一步安静的台阶，却没有再走了。转眼之间，他眼前的荒野里出现了一座由凌云壮志、自我约束以及刚强而组成的空中楼阁。在那漂亮的幻象城市里有着虚幻的走廊，走廊里爱和美都凝视着他，有挂满了成熟的生命之果的花园，有在他眼中熠熠闪烁的希望。可是这所有的转眼之间又没有了。他在纵横交错的屋宇的顶端到了一间地理位置很高的房屋，和衣卧在一张凌乱的床上，枕头上空的眼泪星星点点，还是湿润的。

太阳无比幽怨地升了起来，照耀着另外一个非常值得同情的人身上。那是个才华横溢、多愁善感的人，却没办法发挥自己的聪明才智。用自己的智慧和情感为自己谋取幸福。他明明知道它危害无穷，却任其发展，让自己日渐衰弱。

第六章 数以百计的来人

曼内特医生居住在一个非常安静的街角，和索霍广场离得很近。历经四个月的时光飞逝，叛国审判案已经从公众的记忆里消失了。这是一个星期日的下午，天气晴好，贾维斯·罗瑞先生从他所在的克拉肯威尔出发，顺着铺满阳光的街道一直往前走，去曼内特医生家吃饭。因为业务上的频繁往来，医生和罗瑞先生已然成为朋友，那安静的街角变成他生命中一个晴好的部分。

这一天星期日，阳光灿烂，罗瑞先生早早便走向索霍。仔细说来，有三个方面的原因。一是，晴好的周日吃晚饭前，他会和医生、露西两人一起去散步；二是，在阴天或雨天的星期日，他又会以一个朋友的身份到他们家和他们一起聊天、读书、欣赏窗外的美景，度过一天时间；三是，他考虑问题很细致，经常会有些小问题，可是他又清楚根据医生家的生活习惯，周日下午正好是处理这些问题的时候。

在伦敦，很难找到比医生的家更为独树一帜的街角。那里没有街道经过，从屋前的窗户望向外面，可以欣赏到一片美景，带有一种远离尘世的韵味，让人神清气爽。那时牛津街北面的房屋还很零星，在今天已经不见的野地里还有郁郁葱葱的树木和野花，山楂开得满山遍野都是，所以乡间的空气可以畅快地周旋于索霍，而不至于像穷途末路的穷汉闯到教区里一样畏畏缩缩。近处还有几堵漂亮的朝南坝墙，墙上的桃节到了丰收的季节便非常喜人。

上午，太阳光洒进入这个街角，可等到街道温度慢慢升高时，这个街角却已经进入荫凉世界。树荫并不深，越过它还可以看到夺目的阳光。那地方中规中矩，可是安静、幽远，让人沉浸其中，是个聆听回声的绝佳去处，是熙熙攘攘的市区之处一个很好的避风港。

在这样宁静的地方本来就应该有一叶扁舟，而且那小舟也实实在在有。医生在这栋安静的大楼里面占据了两层。听说楼里白天有不同职业的人在这里做事情，可是鲜少听见声音，而晚上人们又会远离这个地方。大楼后面有一个小天井，和另外一栋大楼相连。小天井里梧桐上的绿叶被风吹得沙沙作响。听说那栋楼里有一个非常奇怪的人，他一直在给教堂制作一架管风琴，雕铸银器，打造金器。这个人将一只金胳膊从墙上伸出来，似乎他将自己打得够价值连城了，还必须让他所有的客人都跟着升值。除了以上几种职业以外，听说还有一个很孤单的房客，一个人住在楼上，好像住在楼下的是一家专门制作马车装饰物的制造商的账房，可是鲜少有人看到或说过。有时一个四处晃荡的工人会一面穿衣服，一面从大厅走过。有时会有一个生人在这附近偷窥。有时从小天井那里也会想到非常遥远的叮当之声，或者从金胳膊的神秘人那里传来一声巨响，可是这一切都只是极少发生的例外。正好表明，从周日早上到周六晚上，屋后栖息在梧桐树上的麻雀和屋前街角回荡的响声都依照自己方式存活着。

曼内特医生在这里给人看病，因为他之前名声很好，再加上民间流传的有关他的故事，所以很多人都是慕名而来。他所掌握的知识、他不断进行创新实验的技能，这些都让来找他的病患数量猛增，所以他可以取得可观的收入。

这个星期日的下午，天气很好，在贾维斯·罗瑞按响这个街角小屋的门铃时，以上的所有情形他都了解，也观察到了。

“曼内特医生在家吗?”

正在等他回来呢。

“露西小姐呢?”

也正在等她回来。

“普洛丝小姐呢?”

或许在家。可是女仆却根本没办法预测普洛丝小姐去哪儿了，是拜见客人了，还是在家而不承认。

“我在这里跟到了自己家一样，”罗瑞先生说，“你不用招呼我，我自己上楼去。”

医生的女儿虽然对自己诞生的国家什么都不知道，却好像从那个国家继承来了用最少的代价，得到最大回报的才能。这本是那个国家最能派上用场，也最被大家欢迎的优点。这个屋的家具并不复杂，却到处是小装饰品。这些东西尽管不需要花很多钱买，却彰显了主人的格调和想象力，所以让人心情愉悦。室内所有东西的安排都是从大到小，颜色搭配、格调的变化（那是通过付出最小的代价，再运用灵活的双手，智慧的眼光和尚好的评鉴力才能达到的）都让人觉得美不胜收，表现出了设计者的情趣和雅致。所以，当罗瑞先生站在屋子中间四处观望时，就连一张桌子、一把椅子，似乎都带有一种他非常了解的神情来咨询他的意见：觉得怎样？

这层楼一共有三间屋子，屋子之间的门都是开的，让空气畅通无阻。罗瑞先生一间挨着一间走过，面带微笑看着身边不一样的东西所体现出的同样一颗慧心。第一间屋子无疑是最美丽的，里面摆满了露西的花儿、鸟儿、书籍、书桌以及工作桌、水彩画颜料。第二间屋子是医生的诊所，同时用作餐厅。第三间因为有天井里的梧桐来点缀而显得绿意盎然，叶声细若蚊蝇，是医生睡觉的地方。寝室一个角落朝左还堆放着那套许久没有人使用的鞋匠长凳和工具箱，和巴黎圣安托万郊区酒店附近惨兮兮的建筑物五楼所摆放的样子毫无二致。

“真是太意外了，”罗瑞先生暂时不再观察，“他竟然会把这些见证他痛苦的东西都保存了下来。”

“有什么意外的？”突然响起的反问把他吓得一哆嗦。

提问的是普洛丝小姐，这是一个胳膊粗、脸红的厉害角色，他俩的相识始于多佛的皇家乔治旅馆，后来渐渐熟悉起来。

“我应该想到的——”罗瑞开始辩解。

“呸！你应该想到的！”普洛丝小姐说，罗瑞先生马上便不说话了。

“你好？”这时这位小姐才想起来和他问好，语气虽然不太善，可是看上去对他还好。

“非常好，谢谢。”罗瑞先生说，态度很恭谨，“你还好么？”

“一切都如往常。”普洛丝小姐说。

“真的假的？”

“啊，当然是真的！”普洛丝小姐说，“因为那只小鸟，我快愁死了。”

“真的？”

“天哪！你除了会说‘真的’，你还会说点别的吗？叫人烦透了。”普洛丝小姐说，她的性格特色就是干脆利落——当然排除身高。

“那就换成‘确实’怎么样？”罗瑞先生马上纠正道。

“换成‘确实’也不怎么样，”普洛丝小姐说，“不过相比之下要好一点。不错，我现在很急。”

“我可以知道这其中的缘由吗？”

“成天有大几十个明显配不上我的小鸟儿的人到这里来烦她，我非常不高兴。”普洛丝小姐说。

“真的有大几十个人来烦她？”

“有几百个。”普洛丝小姐说。

这位小姐有个鲜明的特色，如果别人不太相信她所说的话，她反而会进行渲染。不只是她，很多人都是如此。

“天哪，”罗瑞先生发出感叹道，那是他所能想出的最为周密的话。

“从小鸟儿十岁起，我就和她一起生活，或者说是她花钱请我，让我和她一起过日子。她其实是不用花钱的，我是说，如果我可以不计较钱财养活她的话，从她十岁开始，可是我确实无能为力。”普洛丝小姐说。

对于普洛丝小姐所说的困难，罗瑞先生并不是十分了解，却也摇摇头。他将他身上那个重要部分看成仙人的大氅，可以表示任何意思。

“真是啥人都有，和我的心肝宝贝一点都不相配，却总是来。”普洛丝小姐说，“你最早做这件事时——”

“是从我开始的么，普洛丝小姐？”

“不是的吗？她爸爸复活是谁干的？”

“哦，如果是从那里开始的话——”罗瑞先生说。

“总不是完结吧，我看？你最先开始做这件事时可真是让人觉得难受。我并不是存心挑曼内特医生的刺，只是觉得有这样一个女儿，他太幸福了。我没有批评他的意思，因为任何人在无论什么情况下，都不应该去批评他。可是络绎不绝的人过来找他，想要把小鸟儿从我身边抢走，真是让人觉得太痛苦了，成倍的痛苦，虽然我可以谅解他。”

罗瑞先生明白普洛丝小姐很嫉妒，可是他现在必须清楚，她虽然外表可憎，可是内心却是纯良的，只有女人才能做到这样，这种人因为心中升腾的爱和欣赏，而让自己做牛做马。为了她们已经消逝的而别人还有的青春效劳，为她们从来没有过的漂亮效劳，为命运没有让她们登上巅峰的成功效劳，为从来没有照进她们生活的光明和希望效劳。罗瑞先生洞察人心，知道世界上所有的一切，和发自内心的真诚相比，都不值一提。那一种没有被雇佣思想浸染的忠诚的服务。对于她这种高尚的情感，他非常敬重，并在心里做了弥补（我们都会这样做的，只是孰多孰少而已)。将普洛丝小姐安放于几乎接近于天使的位置，排列在台尔森银行有自己账户的太太小姐之上，尽管后者的天赋和后天的修养要比她强上很多。

“能和我的小鸟儿相匹配的男人，不管是过去，还是将来，都只可能有一个。”普洛丝小姐说，“那就是我弟弟所罗门，如果他没有犯过这辈子犯过的仅有的一个错误的话。”

又面临着相同的情况，罗瑞先生经过对普洛丝小姐的调查发现，她的弟弟所罗门是个良心被狗吃了的混账。他将她所有的东西都抢占过去做了一次投资，之后便抛弃了她，让她一直过着困苦的生活，却一点也不愧疚。罗瑞先生非常看重普洛丝对所罗门的忠心和相信（如果不纠结他那一点小过错的话)。在他对她的好印象中，这一点占据的份额相当重。

“既然现在这里没有外人，又都是要履行义务的人，”两人回到客厅融洽地坐好了以后说，“我想向你打听一下，医生和露西讲话时从来没提过他之前做鞋的那段光阴吗?”

“没有。”

“可是他又将那种长凳和工具保存在身边?”

“啊!”普洛丝小姐也大吃一惊，把头摇得像拨浪鼓一样，“我并不觉得他心里就从来没有回想过之前那些事。”

“你觉得会想很多吗?”

“会。”普洛丝小姐说。

“你可以假想一下——”罗瑞先生才刚起个头，普洛丝小姐就没让他继续说下去。

“不要假想什么，一丁点假想都不要有。”

“我纠正。可是你假想——你有时也会这样做吗?”

“有时也会假想。”普洛丝小姐说。

“你假想——”罗瑞先生继续往下说，面目温和地看着他，眼光里带着盈盈的笑意，“对于过去的年代里，曼内特医生曾经遭到严重侵害的原因，或许对加害于他的人，他有什么想法吗?”

“我只相信小鸟儿跟我说的话。”

“她说过?”

“她觉得他是有想法的。”

“现在，我要咨询你一些问题，你千万不要动怒，因为我只是一个拙劣的业务人员，你也是个为他人效劳的女人。”

“拙劣?”普洛丝小姐尽量平静地说。

罗瑞先生有点想要把那个假装客套的形容词收回来，回答道，“不，当然不是。我们还是言归正传，说义务吧。曼内特医生没有犯过罪，这一点我们都相当笃定，可是他却对此事只字不提，这难道不怪异吗？我并不是他说必须跟我说，尽管我和他之间建立业务关系已经非常久，现在又变成了关系相当好的朋友。我是说他美丽的女儿应该有知情权。他对她非常眷顾，她对他又何尝不是呢？相信我，普洛丝小姐，我之所以跟你说这件事，并不是因为好奇心驱使，而是真正关心他们。”

“哦，在我看来，你肯定会觉得我最好的看法也是坏透顶的，”普洛丝小姐说，对方抱歉的语气让她的心瞬间柔软了下来，“对于这个问题，他表示强烈的畏惧。”

“畏惧?”

“我觉得他之所以感到畏惧，原因其实很明显，因为那回忆本身就是一个痛苦的经历。而且，正是因为这件事，他才丧失了原来的记忆。至于他的记忆是如何丢失的，又是如何补救回来的，他全然不知道。所以他觉得自己没办法保证，以后不会再丧失记忆。仅仅就这个理由，问题本身让人觉得不舒服了，我觉得。”

这个解释比罗瑞先生本身的理解要深远一些，“是的，一想起那段经历，他就会觉得非常恐怖。可是我心里还是在打鼓，普洛丝小姐，曼内特医生如果一直将那段痛苦的经历埋到心里，对他会有什么好处呢？事实上，我现在跟你谈我的看法，正是因为我觉得这个问题本身以及它让我觉得紧张。”

“非常无奈，”普洛丝小姐摇摇头说，“一提到那个问题，他就会躁动不安，最好还是不要提及它。简单地说，不管你是否喜欢，你都不要去提及它。有时我们半夜会听见他爬起来（也就是我们楼顶上）在那里不停地踱来踱去，后来小鸟儿感觉他又回到了从前的桎梏，就上去陪他一起走，一直到他安静下来。可是他却从来没有对她说过他为什么会觉得紧张的。她也发现最好不要跟他提及那个问题，两个就一直这样走，一直到在她的关心和陪伴下，他彻底安静下来。”

虽然普洛丝小姐否认自己假想过，可是她一直在说“踱来踱去”时也流露出因为被一个痛苦的经历所缠绕时的难受，这就表明她也有假想。

前面我们讲过，要想听回声，那个街角是个非常好的去处。这时一阵慢慢逼近的脚步的回声传过来，似乎一说到那疲倦的脚音，脚音便开始传过来。

“是他们回来了！很快就会来很多人。”普洛丝站起来说，不再讲话。

这真是个让人捉摸不透的地方，她的耳朵相当敏锐，有些不一般的音响效果。罗瑞先生站在窗前凝望已经有脚步声传回来的父女俩时，差一点以为他们不会再回来了——不仅他俩的脚步声会越来越远，而且还有很多不相干的人的脚步声，可是后者也没有靠拢，只在似乎要靠近时又没有了。可是，父女两人终于出现了。普洛丝小姐已经站在街边恭迎了。

普洛丝小姐虽然脸红、声音也大，又非常严肃，可是到了她口中的宝贝身边，却是一副喜不自禁的样子。她在她上楼时帮她把帽子取下，用毛巾角掸了掸，用嘴巴将灰尘吹掉。她将她的外套折叠好，以方便搁置。她抚摸着她那一头漂亮的秀发，脸上露出非常自豪的表情，似乎就算她自己是个最爱慕虚荣的女人，在感叹自己的头发多么美丽娇俏时，也只到这个程度。她的宝贝也是一副喜不自禁的样子，她热烈地拥抱她、感谢她，因为她这样辛苦地忙活表示反对——她只能用戏谑的口气，要不然普洛丝小姐是会觉得难过的，会躲到房间里去大哭一场的。医生也是一副喜不自禁的样子，他看着两个人，跟普洛丝小姐说，她太宠露西了，可是他讲话的语气和神态所彰显出的宠爱，和普洛丝小姐相比只会更甚。罗瑞先生也是一副喜不自禁的样子，他戴着假发看到眼前发生的这一切露出会心的微笑，对他单身生活里出现的这些阳光场景表示感谢，因为在他垂垂老矣的年纪，是他们照亮了他的生活，让他觉得自己拥有了一个家。可是接下来并没有出现大批量的人的景象，罗瑞先生想要验证普洛丝的预言，却始终一无所获。

到了吃晚饭的时间，普洛丝小姐口中的很多人一直没有出现。在日常琐事中，普洛丝小姐主要负责基层工作，她做得相当好。虽然食物用料很普通，可是设计却很华丽，做法也很适合，半英国式半法国式，非常优秀。普洛丝小姐的友谊是相当落到实处的。她在索霍区和附近地区到处找困苦的法国人，出一先令或半克朗的金币来向她们学习如何更好地烹调。从式微的高卢后裔①处，她知道了很多美妙的烹调技术，就连

① 高卢后裔：法国人。

仆役妇女佣中的杰出的人才也觉得她是女巫或灰姑娘的教母①：只要从菜场买回来一只鸡、一只兔、一两棵青菜，就可以任由自己想象，做出美味的菜肴。

周日，普洛丝小姐会和他们坐下一起用餐，其他日子她都会在无人知晓时到二楼或底层去吃——那个房间是蓝色的，只允许她和小鸟儿进去。这时，普洛丝小姐因为小鸟儿快乐的笑容，也觉得她在奋斗而为了让她高兴，表现得非常亲和，所以，大家用餐很愉快。

那是个非常炎热的日子，吃过晚餐后，露西提议到外面去坐坐，将葡萄酒拿到外面梧桐树下去喝。因为家里所有人都听她的，因此他们便将喝酒和说话的地方改到了梧桐树下。她专门为罗瑞先生抱过来一瓶葡萄酒，因为之前，她自称自己是罗瑞先生的捧杯使者。在梧桐树下闲聊时，她总是将杯子倒得很满。他们说话时，周边的建筑物都在悄悄看着他们，梧桐树也以自己独有的方式来他们上头喃喃低语。

普洛丝口中的很多人一直没有出现。他们在梧桐树下无所事事时，达尔内先生来了，可他是一个人来的。

曼内特医生亲切地接待了他，露西也是。可是普洛丝小姐觉得自己的身体抽痛得厉害，便回去休息了。她经常会发作这种病，无聊时便赋予它一个名字，叫“抽筋发作”。

医生状态还不错，看上去非常精神，也年轻了好多。在这时，他和露西是最相像的。两人并排坐在一起，她将头靠在他的肩上，他的手臂放在她的椅背上。仔细看两人的相同之处，还是很让人心情愉悦的。

医生精力相当好。他说了一整天的话，也涉及了很多话题。“请问，曼内特医生，”大家坐在梧桐树下，达尔内先生就着刚才所提到的话题，自然地接了下去。他们说的是伦敦的古建筑——“你对伦敦塔相当了解么?”

“露西和我一起去过一次，可是不是专门去的。可是，看的也很多。我知道它里面有很多有意思的东西，其他就不太清楚了。”

“我在那里坐过牢，你应该还有印象的。”达尔内说，面带微笑，可是因为生气，脸也有些涨得通红，“当时是以一个其他的身份，不是以一个参观者的身份。我在那里时他们跟我说过一件非常怪异的事情。”

“什么事?”露西提问道。

---

① 灰姑娘的教母：欧洲童话《水晶鞋》中的灰姑娘的教母。

“在对某个地方进行改建时，工人发现那里有一个地牢，建成以后却被别人遗忘了好多年。那地牢围墙上的每块石头上面都刻有字，是当时囚徒们雕刻的。上面的名字、日期、案情、祈求。在墙角的一块地基石上有一个囚徒（他似乎被杀死了）留下了他最后一个作品，是用非常粗制的工具雕刻出来的三个字母。乍看上去应该是D、I、C，可是认真一看，最后那个字母应该是G。姓名缩写为DIG的囚徒档案，我们并没有找到，也没有听到有关这个囚犯的任何事迹。对这名字，大家也做过很多无端的猜测。最后，有人把他假想成这些字母并不是姓名的缩写，则是一个单词DIG①。有人认真去核查了刻字处的地表面。在一块石头、砖头或铺有石子的碎块下面的泥土里看到了一张已经腐烂成灰的纸，还有一个小皮箱或皮口袋，二者已经融在一起分不清了。那无名的囚徒到底写了些什么，我们是无从得知了，可是他真的留下了一些东西，而且收藏得非常好，连狱卒都没有发现。”

“爸爸，”露西叫了起来，“你觉得难受了吗？”

他已经一只手抱着头突然站了起来，那样子让所有人都呆住了。

“没有，亲爱的，我很好。下雨了，雨点声太大了，把我吓了一跳，我们最好还是进屋吧。”

他似乎马上就冷静了下来，事实上，大颗大颗的雨珠正在往下落。他让大家看，他手背上已经积满了雨点，可是对于刚才的发现一句话，他却只字不提。而当他们回到屋里时，罗瑞先生那精明的双眼却发现了（或者自作聪明发现了），在医生看向查尔斯·达尔内时，那脸上的神情特别奇怪。那天在法庭走廊里，他看达尔内时，也是同样的表情。

医生马上就和往常毫无二致了，罗瑞先生甚至开始质疑自己那双精明的双眼。医生站在客厅的黄金巨人身下一动不动，跟大家说他现在一点惊吓都受不了（虽然有时也不是这样），那雨点就让他大吃一惊。这时那黄金巨人的胳膊，似乎也并不比他牢靠。

下午茶时间到了，普洛丝小姐正做着茶，抽筋痛又开始发作了。很多人并没有出现，这时卡尔顿先生也悠闲地踱来了，不过总共也才两个客人。

夜，燥热无比，尽管门窗都大打开着，依然热得让人难受。茶点时间结束以后，大家又一起坐到一扇窗户前面去看外面霭霭的暮色。露西

① DIG：英国中“挖掘”的意思。

挨着爸爸坐着，达尔内坐在露西身边，卡尔顿站在一扇窗前面，白色的窗帘拉得很长。狂风和暴雨将窗帘全部刮到天花板上，扑簌着，活像一只幽灵在舞动翅膀。

“雨还在下，稀稀拉拉，雨滴很大，而且下得很急。”曼内特医生说，“雷雨一般来得很缓慢。”

“可是却一定会来。”卡尔顿说。

大家都压低了声音——仔细看看，静候着的人也大抵是这样；在黑暗的屋子里凝神观察着，等待电闪雷鸣的人大概都是这样。

街头陷入一片慌乱中，大家都要抢在暴风雨来临之前找个避雨的地方。这个听回声的好地方响着嘈杂的脚步声，却没有脚步声近到眼前。

“有拥挤不堪的人群，却又是一片孤寂。”大家听了一会儿，达尔内说。

“这不是很扣人心弦的么，达尔内先生?”露西说，“我有时会在这里待一整晚，直到出现一种幻觉——可是今天晚上所有的东西都那么黑暗严肃，就算是一点点拙劣的幻想都让我害怕得要命。”

“我们也一起害怕吧，这样我们就可以知道到底发生什么了。”

“这对你来说好像不算什么，在我看来，这种幻觉是无法言说的，只有我们自己感觉到才能体会出其中的玄机。我有时会在这里待一整晚，最后才感悟到它只是快要进入我们生活的人的脚步声的回响。”

“如果是那样，有很多人是终究有一天会参与到我们的生活里面去的。”西德尼·卡尔顿用一贯忧伤的语调说。

脚步声时有时无，却越来越急促，在街角不停地回想。有的好像已经到了窗台下；有的好像已经到了屋子里面，来来去去；有的慢慢消失不见，有的转瞬即逝，却都发生在很远的街道上，这里连一个人影都没有。

“这些脚步声是一定会参与到我们生活里面来呢，还是要分时段参与我们的生活呢，曼内特小姐?”

“我不清楚，达尔内先生。我跟你说过，那只是一种拙劣的幻觉，你却一定要我作答。被脚步声驯化时，我是孤寂的，于是我便假想它们是终究会参与到我和父亲生活的脚步声。”

“我愿意让他们参与我的生活，”卡尔顿说，“我没有问题，也没有条件。人潮正在向我们涌来，曼内特小姐，我已经看到了他们——通过闪电的力量。”一道璀璨的电光闪过，照到他斜靠在窗前，接下来，他说出了最后这句话。

“而且还听见了，”一声响雷轰的一声响起，他又接着说道，“他们来了，又急又快，气壮山河。”

他说的是那场暴风雨，那阵势让他立即停了下来，因为已经听不到说话了。一阵让人永生难忘的闪电裹挟着骤雨而来，雷声轰隆隆，电光石闪，大雨喷洒个不停，一直到夜半时分才停下来，之后月亮又爬上了天空。

圣保罗大教堂的大钟在电闪雷鸣中敲响了一点钟，罗瑞先生才在穿上高筒靴、手执风灯的杰瑞的陪伴下起身回克拉肯威尔去。从索霍到克拉肯威尔的路上，有一段路比较偏僻，罗瑞先生有点恐惧，总是提前请杰瑞护送，尽管一般情况下动身要比现在早两个小时。

“这夜真恐怖！差不多让死人都可以从坟墓里跑出来！”

“我也从来没有见过这样的夜晚，大爷，也不希望再遇到——不晓得会不会一路顺利。”杰瑞说。

“晚安，卡尔顿先生，”业务人员说，“回见，达尔内先生，咱们以后还会像现在这样，坐在一起，共同度过这样的夜晚吗？”

或者会的，或者还会看到如潮的人群向他们涌过来。

第七章　大人在城里

每两个礼拜，宫廷里显赫一时的某个大人就会在他位于巴黎的府邸里举行宴会。大人坐在他的寝宫里，那个宫殿位于最里面，是圣殿中的内殿，也是聚集在外的大臣们心里最神圣的地方。大人要吃巧克力了，他可以一下吃掉很多东西，可是有些心生怨怼的人也觉得整个法兰西都在被他快速蚕食掉。可是，如果没有四个大汉（还不包括厨师）从旁协助，大人是连一块巧克力也吃不到肚子里去的。

是的，必须四个人从旁协助，四个周身都缀满闪闪发光首饰的人，他们的老大如果口袋里没有两只以上的金表，他就没办法生存下去（这是在效仿大人尊贵无比的样子），也没办法将象征着美满的巧克力递到大人嘴边。第一个仆役要将巧克力罐端到无比尊贵的大人面前；第二个仆役要用特制的小工具将巧克力化成泡沫；第三个仆役要准备好大人要用的餐巾纸；第四个（手戴两只金表的人）再倒上巧克力汁。如果少了一个仆役，就会让大人觉得尊严受损；如果只有三个仆役，他就会觉得这是他对整个家族的极大羞辱；如果只有两个仆役，他会觉得自己连命都会没有了。

昨天晚上，大人在外面吃了一顿简餐，在进餐同时，还有歌舞表演和动人的喜剧伴奏。大人几乎天天晚上都要和妖媚的友人们一起外出吃饭。大人非常讲究礼节、多愁善感，在解决繁杂的国家大事时，他更看重喜剧和大歌剧，整个法国的需要要弱得多。这是整个法兰西的幸运——蒙受上帝恩惠的国家大抵都是这样。比如在将英格兰悠闲的斯图亚特①出卖的令人惋惜的岁月里，英格兰也是如此。

---

① 斯图亚特：指斯图亚特王朝的国王查理二世，他为了在英国重新树立天主教的威信，听命于法国。一六七零年和法国签订合约，答应改变某些国家，并将克伦威尔夺占的位于欧洲大陆的敦刻尔克卖给法国。

对于普通性的公众事物，大人的想法传统又尊贵：所有发生的事物都是有其本身的发生规律的；对于非一般的公众事物，他又有另外一个想法：传统又尊贵：所有事物都要听从他的召唤——要效忠于他的金钱和权力。对于他的娱乐，不管是一般的还是非一般的，大人另外一个传统又尊贵的想法是：上帝之所以创造个世界，就是为了让他感到快乐。他的经典语录是："万事万物都归属于我。"

可是，大人慢慢察觉到，世俗的经济窘迫开始卷入他的生活，所以他只能和一个赋税承包商订立盟约。原来关于公众事物的经济问题，大人是漠不关心的，也对此不懂，只好交给一个内行人去打理。可是说起私人经济问题，赋税承包商拥有的金钱非常多，可巧大人经过几代人肆无忌惮的挥霍，经济开始出现捉襟见肘的情况。所以，大人便将他一个妹妹（已经去了修道院）给接了回来，在她还戴着修女面纱和不值钱的修女长袍时，将她作为礼物嫁给了一个出身贫寒却拥有金山银库的赋税承包商。这时这位承包商拿着一根金苹果嵌头的专用手杖，和外面的宾客围坐在一起。大家都对他非常尊敬，只有具有大人血统的杰出人才不会如此，这些人——包括承包商人的妻子，都对他居高临下，鄙夷不已。

赋税承包商是个极度奢华的人，他的殿内有三十匹良马，大厅里面有二十四名男仆，他的妻子由六个仆役侍候，总是做出一副只要他能拿到手的东西都要揽到自己怀中的姿态。除此以外，对其他一切都提不起兴趣的样子，并不在乎因为他的婚姻关系所引发的伦理道德，可是这个现实却是我们没办法忽视的。

因为这些房间虽然极尽奢华美丽，代表了当时最高设计水平，可事实上已经岌岌可危。考虑到别的地方那些衣着破烂、戴着睡帽的穷汉们（他们就在这附近，巴黎圣母院几乎就位于两极的正中央，从那里可以看到这两个地方），这些房屋已经成为人们害怕看到的地方——如果大人所在的府邸里有人专门对这个问题进行研究的话。对于军事完全不在行的军事官员，对于船舶根本不了解的海军大员，对于政事几乎没有一点观念的政府要员，还有一切向钱看的龌龊教士，目光奸淫、口无遮拦，生活作风极其败坏，这些人全都都混在其中，都在扯着一个又一个谎，假装出一副对工作极其在行而且乐在其中的样子。他们都和大人有着或近或远的关系，凭借这人厮混于所有公众事务中，从中捞到好处。这样的人太多了，在这里有一种人也非常多，他们和大人并没有直接的关系，跟所有现实事物也没有必然的联系，和千里迢迢、穷乡僻壤的生活也没有必然的联系。用各种各样的药物将病人假想中的病治好了的医生，他们因此发了一笔横财，此刻正在大厅里对着仪态万分的病人微笑。在关系到国家不值一提的小困难时，大人们却想象出花样百出的计谋，可是却连任何一个小犯罪案件都没有办法彻底清除掉。在大人的招待会上，对于愿意聆听他们的耳朵，他们总是连绵不绝地高谈阔论。想用凭空想象来对这个世界进行改造，想借助纸牌来成立巴别塔迈向天堂的不相信神明的哲学家。在大人的招待会上，和专心想要让铝变成金子的炼金术士相谈甚欢。受到最杰出教化的先生们（在那个杰出的年代——之后也是这样——最杰出的教养可以从它所教化出来的人和对人类利益相关的话题兴味索然分辨出来）在大人的府邸里玩得累趴在椅子上，由此变成众人眼里的模范代表。这种家庭给巴黎上层阶级留下了不同种类的名耀古今的人物。汇聚在大人府弟里的这么多忠诚人士中愿意四处打听的人们（在整个上层阶段中，他们的人数过了一大半），要想在摇曳的花丛中找到一个不管是仪态还是相貌都承认自己就是母亲的孤单妻子是相当不容易的。事实上除了能把那个搅人的小东西带到人世的举动以外，那举动根本不能充分彰显出母亲这个称号——在时尚圈子里，母亲这个词几乎是绝缘的。那些不顺应时势的孩子都由农村的妇女们秘密培养长大，而娇俏的花甲老人却打扮得花枝招展地去赴晚宴。

明显高于现实其实是一种麻风病，它会让大人身边侍候的每一个人都开始扭曲。在最外围的房间里就有那么六七个与这里格格不入的人这么多年一直隐隐觉得不安，觉得总的来说形势并不太好。作为一种有些微的希冀可以拯救现实的做法，那六七个人中，有一半的人加入了一个虚无的教派：抽搐派。他们正在商量是不是应该在现场突发狂躁、大叫不止，假装出一副昏迷过去的样子，为将来留下可以轻松被人认可的预言，为大人指一条明路。除了这几个德尔维什分子①以外，其他三个人入了另外一个教派，中心思想是用真理来拯救众人。他们觉得人类已经离真理越来越无，这根本不用多番考证，可是还没有逃离出圈子，所以必须想办法不允许其脱出，甚至让其回到最中心点去，方式就是斋戒和通灵。所以，这些人经常和仙灵互通有无，请来了很多福气，尽管那福

① 德尔什维分了：伊斯兰教几个苦行派别分子的通名，其中有些人举行宗教仪式时要旋转、吼叫，这里是一种比喻的说法。

气还没有人看到过。

令人欣慰的是，大人豪华府邸里的所有人都打扮得光鲜亮丽，如果末日审判[①]规定必须在盛装装扮的日子，那么这里的每个人都可以一直准确了。他们的头发打理得非常柔顺，高高在上，还扑了很多金粉。他们的皮肤被细心保养过，看上去娇艳欲滴。他们的佩剑是如此风流倜傥，他们的五官被盛情款待，只是这些都可以长久存活下去，从小受过良好驯养的典型的先生们身上缀着精美的饰物，在他们迫不得已行动时发出清脆的声音——这类黄金的手铐和那些珍贵的小铃铛其实非常像，一方面有黄金作为装饰物的叮当，另一方面有丝绸制的衣服。于是空气也跟着躁动起来，将圣安托万和他那包裹着人们的饥饿吹散开去。

衣服是屡试屡成功的灵符和神咒，可以保持事物恒久不变。人人都穿着华美的衣服，参加一场永远不会结束的化装舞会。从杜伊勒里宫[②]，大人、枢密院、法庭、宫廷，再蔓延到整个社会，全都是一场化装舞会（衣着破烂的人不算作在内），就连最底层的刽子手都会被邀请参加。刽子手在执行刑法也要求严格按灵符上的来（卷发、打粉，穿着金边外套、白色长筒丝袜和舒适无袢鞋）。“巴黎先生”就是身着如此华美的服装来到绞刑架和车裂架（那时斧头已基本被淘汰了）主持整个典礼的。他在各省的亲人们，也就是奥尔良先生等人都根据天主教的说法，把他称作“巴黎先生”。在我主一七八零年的大人的这场盛会中，又有谁可以预想到将来自己会殒命于这样一个卷发、打粉、金边外套、长筒白丝袜以及无袢便鞋装束的刽子手为根基的制度。

大人将巧克力吃完了，手下四个侍候的人终于如释重负，下令将最神圣的大殿门打开，之后昂首阔步走了出去。所有人都对他低眉顺眼、赔笑不停。不管是从体力上来说，还是从精神上来说，所有人对上帝都没有这么温顺过，这或许也是大人的仰慕者们从来不去惊扰上苍的一个缘由吧！

大人对这边举手示意，对那边露出会心的微笑，对那个喜笑颜开的奴才小声说了句什么，对那个奴才只是挥挥手，温和地经过了几道门来

---

① 末日审判：基督教神学认为到了世界的末日每个人都要受到审判，就叫作末日审判。

② 杜伊勒里宫：巴黎的法王宫殿，一八七一年巴黎公社时被烧毁，现在是著名的花园。

到离真理中心最遥远的地方，又回过头来。没过多久，又让服侍他吃巧克力的人将他送回到最神圣的内殿里。

接见大典宣告完毕，空气还流淌着躁动不安的气息，尊贵的小铃铛伴着清脆的声音下了楼。转眼之间全场就只剩下一个人，他腋下夹着帽子，手上拿着鼻烟盒，穿过一排镜子，来到最后一道门前。

“让你去见——”这人停了下来，背对着内殿，“魔鬼!”

说完这话，他像抖掉身上的灰尘一样将鼻烟抖了抖，之后闷不吭声地走了下去。

这个男人大概六十岁左右，衣着非常考究，态度倨傲，脸像精心雕琢过的。脸色几乎是透明的，一点血色都没有，五官非常清晰，一张脸一直板着。那鼻子如果不是稍稍陷下去一点，还是可以和美丽沾上边的。可是他那脸上唯一的变化也就是那个陷下去的地方（或者叫鼻翼小窝）。那地方的颜色时刻在变，有时又因为脉搏的小震动而变大或变小，有时又让整个面孔露出残暴的表情。可是如果认真去审视，你就会发现这种表情始于嘴角和眼角的皱纹。那些皱纹都太不明显了，又细又平整。可是，人们对那张脸的印象依然非常关注，因为它依然光彩照人。

这张脸的主人下了楼梯，来到院子里，坐上他的马车离开了。在招待会上，没什么人跟他攀谈，他离人群稍微有一段距离，可是大人并不是特别待见他。这时他有点自鸣得意，因为看到普通老百姓的马车慌乱逃走，差点被撞翻。他的手下驾起马车来非常勇猛，像上阵杀敌一样，可是这种粗鲁的做法并没有引来主人的认可，相反却带有明显的愠色，让他们悠着点。就算是在那个失聪的城市和盲人的时代，人们的埋怨有时也是可以被听见的，说是那种带有明显古罗马贵族特征的赶马习惯在宽阔的大街上横冲直撞，会对普通老百姓的安全带来极大的威胁，可能会让他们因此变成废物。可是观察到这类事情而且据此考量的人很少，所以这件事和其他事情也没有什么分别，普通的老百姓也只有依靠自己去解决困难了。

马车疾速向前奔跑，像疯了一样前进，那蛮横无理、丝毫不把别人的生命放在眼里的样子在我们现在看来是匪夷所思的。它任意驰骋在大街上，忽地一下拐角街角，身边的妇人在旁边尖叫不已，男人们眼疾手快，将孩子拉到路边上。最后，当它在一汪泉水边陡转时，一个轮子痛苦地呻吟了一下，喉咙发出一声刺耳的叫声，几匹马前脚高高抬起，之后后臀也一并跟着停下来了。

如果不是因为刚刚这点阻碍，马车可能会一直前进，那时的马车经常将负伤的人抛到后面，自己往前冲。为什么不行呢？可是诧异的随侍已经急忙下了车——几匹马的辔头被二十只胳膊同时抓得紧紧的。

“怎么了？”大人镇定地朝外看了一眼，问道。

一个头戴睡帽的男人已经从马匹脚下拾到一个包裹样的东西，将其放在泉水边的石头上，自己倒在泥水里对着它哀号！

“不好意思，侯爵大人。”一个衣着破烂的温顺的男人说，“是个孩子。”

“他为什么哭得那么让人生厌？那是他的孩子吗？”

“是的，大人，非常遗憾。”

泉水离这里还有一段距离，因为围绕着泉水，街道形成了一块十码或十二码见方的广场。高个子男人突然从地上一跃而起，奔向马车，侯爵大人吓得马上将手放到剑柄上。

“轧死了。”那男人痛苦地号叫着，两条胳膊高高地伸过头顶，眼睛死死看着他，“死了。”

所有人都围拢了过来，看着侯爵大人。那些眼神里有紧张、有小心，除此以外，没有别的表情，并没有恼怒或恐吓，人群也没发出什么声音。只有刚开始发出了一声惊呼，以后也一直这样。那说话的人卑躬屈膝的嗓门是低调的，表现出了非常大的顺从。侯爵先生看向在场的每一个人，似乎他们个个是洞里钻出来的老鼠。

他将钱包拿了出来。

“我觉得这事非常奇怪，”他说，“你们这些人有什么用，连自己和自己的孩子都保护不了。经常会有一两个人横在马路中间，我还没有追究我的马被你们伤成什么样了呢，看着，把这个给他。”

他将一个金币扔了出去，下令让他的随从捡起来。所有的脑袋都像长颈鹿一样拼命往前伸，所有的眼睛都想亲眼看见金币掉在哪里了。高个子男人又用一种发狂的语气大叫道：“死了。”

另一个男人急忙赶过来把他扶起来，其他人都纷纷躲避开。那可怜的人一看到有亲人来了，就扑到亲人肩上哭得更厉害了。泉水那边，有几个妇女围在那个纹丝不动的包裹前，慢慢做着什么，却也和男人们一样，一点声音都没有。

“我都知道，我都知道，”刚来的人说，“要坚强一点，加斯帕德。

可怜的小东西就这样去了还好些，转瞬之间就消失了，没什么痛苦。你想想他活着的时候还不如这一小时快乐呢！”

“你说得真是头头是道啊，”侯爵微笑着说，“我应该怎么称呼你？”

“我叫德伐日。”

“你是做什么的？”

“我是卖酒的，侯爵大人。”

“卖酒的哲学家，把钱捡起来。”侯爵扔给他一个金币，“只管去花，马没事吧？”

对于慌乱的人群，侯爵大人都不屑于多看一眼，他将身子往后靠了靠，这件事正准备以不小心将一件平常之物弄坏了，并破财消灾，而且有足够的钱财来作赔的大老爷的姿态离开时，车里飞进去一个金币，叮当一声掉掉车板上，他的轻松闲适突然就没有了。

“停车！”侯爵大人说，“将马抓紧，是谁这么大胆？”

他看了眼卖酒的德伐日刚才站的地方，可是那悲惨的父亲正趴在那块，身边的人已换成了一个强壮的女人在打毛衣。

“你们这些没用的东西，”侯爵说，可是语气相当冷静，除了鼻翼上的两点以外，他面部几乎一点表情都没有，“我很愿意从你们不管谁的身上轧过去，让你们永远从世间消失。如果被我知道是哪个不要命的混球对马车乱扔东西，如果那混球就在我的马车附近，我肯定会让它变成我轮子底下的肉泥。”

人群一向被恫吓吓怕了，也有过很长时间的痛苦经历。他们明白这样一个人可以用正常的和非正常的手段，让他们蒙受巨大的痛苦，所以一个字也没有说。没有一只手活动，甚至连眼珠的转动都停止了，男人中反正是没有，只有那个打毛线的妇女依然聚精会神地看着侯爵。观察到这一点是会损伤侯爵的威信的，他那鄙视的眼神扫过她的头顶，也从别的老鼠头上一掠而过，之后他靠到椅背上，示意离开这里。

马车驮着他离开了，别的车络绎不绝地开过来；总管、赋税承包商、律师、医生、大歌剧演员、喜剧演员，还有所有化装舞会的与会者，人潮涌动，飞向远方。老鼠们从洞里出来偷窥，一看就是好几个小时。士兵和警察经常在人们和灿烂的队伍中检视，形成一道围墙，他们只能远远在后面看着，那父亲早带着他的包裹藏起来了。刚才曾经对这个包裹照顾过的妇女们此刻坐在泉水边，看着泉水缓缓流过，也看着化装舞会轰隆隆响过。刚才一直站在那里打毛衣的妇女还在那里，重复着相同的动作，俨然一个命运女神[1]一样。泉水奔腾不息，河水汩汩向前，白天消逝，夜晚来临，城里太多的生命依照这个规律走向死亡，任何人都扭转不了时势。老鼠们又挤在他们的黑洞里睡着了，化装舞会在摇曳的灯光下吃着晚饭，所有的一切都照常进行。

---

① 命运女神：据希腊神话记载，司命运的女神有三个，一个抽出生命之丝，一个将它纺成线，还有一个用剪子把它剪断，这里作者明显也使用了这种意象。

第八章　大人到乡下

沿路的风景很美。稀稀落落的小麦，麦穗上附着稀稀落落的麦粒。原本是大片大片生长小麦的地里，取而代之的是一片片可怜的稞麦、豌豆、蚕豆，还有粗糙的蔬菜。这片一动不动的土地上的自然环境仿佛也被耕种的人们所感染了，变得无精打采、生长缓慢、宁愿枯萎也不愿意努力生长。

侯爵大人乘坐的马车正在两个驭手的驱使下吃力地爬上陡坡，那是一辆驾着四匹马的旅行车（事实上他完全可以换辆更轻便的马车）。车上的侯爵大人满脸通红，不过并不是因为他本身做了什么吃力的事情，而是大自然的落日在他的脸上投下的红晕，这丝毫都不会影响他的高贵血统。

旅行车缓慢地爬到了山顶。落日的余晖洒在了马车上，把马车映得一片猩红。“太阳就要……”侯爵瞅了一下自己的手，接着说：“死掉了。”

这时已经落的很低的太阳，突然一下子沉了下去。过了山顶就是下坡，驭手安装好沉重的刹车器，便驱使着马车往坡下滑去，一路上马车的尾部扬起了一大片的灰尘。太阳的余晖也在迅速地消失，当侯爵的马车滑到坡底，太阳也完全落下了山坡，驭手卸下刹车器时，晚霞也消失干净了。

只留下山脚下一片粗犷又空旷的破落田野。田野上有一座小小的村落，村子里一片开阔，开阔的平地连着一个缓坡，缓坡上隐约可以看到一座教堂的尖塔、一片狩猎林、一座风车磨坊，紧连着一片峭壁，峭壁的顶部坐落着一座碉堡，那是监狱。天色渐渐变暗，侯爵望了望四周跟着变暗的景色，一副快到家的神色。

村子很穷，连仅有的街道都是贫穷的，街上的酒厂是贫穷的，客栈是贫穷的，驿站是贫穷的，泉水也是贫穷的，一切街道设施都是贫穷的。还有生活在这里的人，也都是贫穷的。现在正是准备晚饭的时间，有些人坐在门口切着几颗洋葱头，有些人在泉水边洗着蔬菜、野草和一切这片土地生长出来的能吃的东西。导致他们贫穷的根源正堂而皇之地张贴在小村里，向国家交税的文告，向教堂交税的文告，还有向老爷交的、向地区交的以及一些一般税款的征收文告。这里也要收税，那里也要收税，在这各种税款的催缴之下，这座村子还能努力地维持生存下来，真是一个奇迹啊！

街上看不到嬉戏的孩子，也没有狗。年轻的汉子和妇女们的生活现状在路上的风景中已经展现出来了，要么是在各种税款的压迫下苟延残喘，要么就是在悬崖上的监狱里度过余生。

随着驭手和流星报马甩出的马鞭叭叭声的传来（甩起的鞭子盘旋在他们头顶的夜空中），侯爵的马车走进了驿站的大门，驭手们如同复仇女神般随侍在马车左右。驿站附近就是泉水，正洗着晚饭食材的人们停下手上的活儿看向马车，侯爵也正看着他们，然而他们长时间饱受痛苦折磨而走形的面孔和身材却并未看到他的眼里去。但是他们的形象却给英国人造成了一种错误的认知：法国人总是瘦削憔悴的。直到这种真实情况消失了一百多年之后，这种认知都还存在。

侯爵大人看向面前这群人驯顺的面孔，他们的样子跟他在宫廷大人面前恭顺的样子很像，不过相似的表情后面的意义却不同，他低顺的表情是为了赎罪，而他们则是低下面孔准备受罪的。一个头发花白的补路工这时走上前来。

“把那人带过来！”侯爵下令道。

接着一个手里拿着顶帽子的人便被带到了伯爵面前，然后周围的人们就像在巴黎泉水边时那样，都聚过来看起热闹来。

“我和你在路上遇到过吗？”

“是的，大人。能与您擦肩而过，是我的荣幸。”

“是在马车爬坡直到爬上山顶的时候？”

“是的，大人。”

“当时你盯着我的马车在看什么呢？”

“回大人的话，我在看那个人。”

说完他稍稍弯下身子，用手上的蓝色破帽指了下马车下面。他的小伙伴们也随着他的动作望去。

“一个人？什么人？看人为什么往那儿看？”

“抱歉，回大人的话，那个人就吊在车下刹车箍的铁链上。”

“谁？”侯爵问。

“回大人的话，那个人。”

“希望魔鬼把这些白痴都抓走吧！我是问那个人是谁？他的名字叫什么，附近的人你应该都认识，你总该知道那个人叫什么吧！”

“请原谅我，大人！那个人我也不知道他是谁，他不住在我们这块儿，我从没见过他。”

“你确定他是吊在链子上的？那他岂不是要被链子勒死了吗？”

“回大人，说实话，这正是奇怪的地方。他的脑袋就像这样——这样挂着！”

他边说边做起动作，只见他侧身对着马车，倒下身子，脸冲着天空，脑袋倒挂着。做完动作后他又站好，摸着帽子朝大人鞠了一躬。

“那个人长什么样？”

“回大人，那人满身灰尘，看起来比磨坊的老板还要白，个子也很高，就像个幽灵一样！”

他的回答让围观的人都颇为震惊，不过他们并没有因此交头接耳地议论什么，只是望着侯爵大人，大概是想仔细看看是否真的有幽灵在纠缠着他。

“好，你做得很好，”侯爵说，看到眼前这些耗子对他还很恭敬的态度他很高兴，“明明看到有个小偷藏在我车上，你却一声不吭。呸！松手让他滚吧，加伯尔先生！”

加伯尔先生是村里的邮务所所长，也办理部分税务工作。发生这事儿他早就殷勤地参与到盘问中来了，并且做出一副公家人的样子抓着被审问者的袖子。

“呸！滚吧！”加伯尔先生松开了手，冲着被审问者说。

“加伯尔，你听着，那个不知来历的人今晚大概会在这里落脚，要是查到了就把他抓起来，仔细盘问盘问他是干什么的。”

“遵命，大人，能为您效劳是我的荣幸。”

“那个人后来跑哪儿了？伙计？——我刚问话的那个倒霉家伙呢？”

那个倒霉的家伙正带着五六个小伙伴钻到车下，用蓝帽子向他们指着链子。听到侯爵找他，另外五六个小伙伴立刻把他从车子下面拉了出来，送到侯爵大人面前。

侯爵大人又接着问道："我们停车装刹车器时那人跑哪儿去了？笨蛋？"

"回大人，那人低着头跳往坡下了，就像跳河一样。"

"加伯尔，立刻去查查看！"

车猛一下动了起来，那几个小伙子还在车轮里挤着盯着车下的链子瞧，万幸的是，都没有受伤。也许是因为他们已经瘦得皮包骨头了，否则也不会这么幸运。

马车很快奔出了村子，直到遇上陡峭的上坡，速度又慢了下来，马儿的快跑变成了漫步，吃力地拉着车厢一摇一晃地往爬上爬去。驭手周围除了无数飞来飞去的蚊蚋，什么都没有，他们站着修理马鞭，随从跟随着马车步行。响亮的马蹄声传到了前方很远的地方。

山坡最陡峭的地方是个小墓地，墓地上竖着一个刻有耶稣木制雕像的十字架，看上去还很新，只是制作有些粗糙，应该是个没有经验的雕刻工刻的，不过却能看出他在生活中——或者是他自己的生活——研究过人体构造，因为那个耶稣雕像真是瘦得可怕。

这座外形凄惨、象征着人们所受巨大痛苦的雕像前正跪着一位妇女——这痛苦一直不断地在累加，只是还没到达极限。感觉到马车靠近了，她扭头站了起来，快速走到马车门前。

"是你啊，大人！大人！我要向您请愿。"

大人不耐烦地应了声，朝窗外的妇人望了望，脸上依然是不动声色的表情。

"嗯？总有那么多的请愿，这次又是什么！"

"回大人，我是为了我那个看林子的丈夫请愿！"

"你丈夫怎么了？还是老一套是吧？是不是又欠了什么东西？"

"不，他欠的债都还清了，他已经死了。"

"既然他已经安息了，我又能做什么？唤醒他吗？"

"不是的，大人！他就睡在这儿，这一小片可怜的草皮下面。"

"然后呢？"

"大人，这里有很多这种可怜的小片草皮。"

"你到底想说什么？"

妇人的年纪并不大，可是看上去却比实际年龄衰老得多。她变得有些激动和悲伤，瘦如鸡爪的双手不停地交换着攥紧，接着她把一只手放在马车们上轻轻地，温柔的像抚摸情人的胸膛一样动情地抚摸着。

“大人，请听我说完！大人，我要请愿！我丈夫死于贫穷，很多人都和他一样，将来还会有更多的人被贫穷逼死。”

“是又怎样？嗯？让我来养活那些穷人么？”

“不，上帝明白的，大人，我并不是要请求您来养活那些人。我只想请求您在我丈夫安息的草皮上为他单独立个石碑，或者木牌也行。因为这片地方太普通了，过不了多久就会被遗忘，等到我死的那天，就再也找不到我的丈夫在哪儿了，他们会把我埋在别的草皮下面，我不想这样啊！这里有无数这样的坟墓，而且每天还在不断地增加，大人，这都是因为太穷了，大人！求求您，大人！”

随侍不顾妇人可怜的哀求拉开了她，马车立刻奔跑起来。驭手也加快了步伐，不一会儿妇人就被远远地甩在了后面，而侯爵大人离他的庄园也越来越近了。

他周围环绕着夏夜的馨香，随着从天而降的雨点变得更加活跃起来。在之前经过的村庄的泉水边，同样也下起了雨。衣衫褴褛满身灰尘的人们淋着雨还在泉水边听着补路工热火朝天地吹嘘着那个幽灵，大概只要有人愿意听，他就能一直讲下去。他边说话边挥动着手中的帽子，似乎那顶蓝帽子占着很大的分量。雨越下越大，终于劳累的人们受不了雨淋，慢慢地都散了。一扇扇小窗亮起了闪烁的灯光，接着越闪越暗，逐渐熄灭。然而天上的星星却越来越多、越来越亮，就像是小窗里消失的灯光飞上了天空，依然在闪烁着。

高大建筑物的阴影和斑驳的树影迎面而来，庄园到了。马车停在门前，仆人举着一把明亮的火炬出来驱散了阴影，敞开着大门迎接着侯爵的到来。

“从英格兰来的查尔斯先生到了吗？我来是为了等他。”

“还没有到，先生。”

第九章　戈耳工[①]的脑袋

侯爵的庄园气势非常宏伟，前面有一片面积非常大的用石头做的庭院，大门两边有两道石阶，汇拢于门前的平台上，这里完全就是石工的天地。超大的石栏杆，四处汇聚来的石雕耳瓶、石雕的花朵、人面、狮子头，好像两百年前刚修建完成时，曾经被戈耳工看过一眼。

侯爵从马车上下来，在火炬手的带领下，来到一处既宽阔又平整的石阶上，脚步声惊醒了远处丛林里正在栖息的枭鸟，它开始激烈地反抗。除此以外一切都归为宁静。台阶上和大门前火炬燃烧得正旺，直挺挺地朝上立着，俨然位于封闭的大厅里，而不是位于室外浩瀚的星空下。枭鸟啼鸣之外就只能听到喷泉落到石盆里溅起的水声。因为那是一个长久安静，之后发出一声长长的叹息，之后又归为宁静的黑夜。

厚重的大门在他后面被用力地关上，侯爵大人来到一间无比冷酷的大厅。那里放有长剑、短刀、马鞭、棍子，还有打猎用的野猪矛，这样的东西让人不见不禁毛骨悚然。幸好有一部分农民因为感受过它们有多么厉害，甚至有的已经远离这些痛苦，到死亡那报到去了。

侯爵绕过黑黢黢的已经于夜晚关闭的大房间，在火炬手的带领下，来到了石阶上，晦暗走廊中的一道门被打开了，他来到自己的起居室。这是一套包括三间屋子的房子，两间是客房，一间是卧室，上面有巨大的拱顶，下面是光溜溜的地板。壁炉前有柴火架，是用来码放冬季柴火的，还有和侯爵身份相配套的所有奢侈品，上一代的路易王、盛久不衰的王家世系的路易十四的风格在这些家具上体现得异常明显，其中也掺杂着其他别的东西，彰显了法兰西历史其他一些光辉灿烂的篇章。

---

① 戈耳工：欧洲古典神话中的恐怖女怪，相貌特别丑。记载中有三个，其中以美杜莎最为有名，她的头发是许多蛇，任何生物见到她的脸都会变成石头。

在第三间房里，早就摆放好了两人的晚餐。庄园有四个碉楼，这间房就位于一个雕楼，虽然面积不是最大的，可是吊顶却非常高，窗户四面打开，木头做的百叶窗紧紧地关着，所以黑暗的夜不停被变换成条条的黑色纹路，和被分割成宽条的石头颜色是一致的。

“我的侄子，”侯爵看了一眼早已准备好晚餐，说，“他们说他还在路上。”

他确实还在路上，可是侯爵却急切想跟他见一面。

“啊！他今天晚上也不一定能赶到。可是，晚饭不用收了，十五分钟以后，我会再来。”

十五分钟以后，所有准备工作都已就绪，侯爵一人坐在华丽的晚宴餐桌旁，他的椅子不是正对着窗户的。他已经喝了汤，正准备喝一杯波尔多酒，他看到什么又停了下来。

“那是什么？”他非常镇静地问道，同时对映在石壁上的黑色条纹认真地打量着。

“你是说那个吗，大人？”

“我是说百叶窗外面，把百叶窗打开看看。”

百叶窗依言被打开了。

“现在呢？”

“大人，外面什么都没有，只有暗沉沉的天空和树影。”

说说间，仆人已将百叶窗开到最大，穿透茫茫黑夜，转过身面对大人站着，等待主人进一步的指示。

“可以了，”主人淡淡地说，“关上吧！”

百叶窗又被关了下来，侯爵继续用晚餐。刚吃到一半，听到外面有悦耳的车轮声，于是停下了手里的动作。

“问问看，是谁来了。”

是侯爵的侄子回来了，下午他落了侯爵后面，却快马行鞭赶上了不少距离，可是还是没能在路上追上侯爵，只在驿站知道他就在自己前面。

侯爵叫下人叫他的侄子赶紧过来吃饭，所有的东西都已经准备就绪。他很快就到了，其实我们早在英国就已经认识了他。没错，他就是查尔斯·达尔内。

侯爵非常绅士地款待了他，可是两个人并没有友好握手。

“你是昨天离开巴黎的，是吧，先生？”他一面问大人，一边坐了下来。

“是的，你呢？”

“我是直接过来的。”

“从伦敦？”

“是的。”

“用了多长时间？”侯爵面带微笑地问。

“不是很长时间，我是直接过来的。”

“不好意思，我并不是说你在路上消耗了多长时间，而是你指思量了许久，才决定来的。”

“我受到——”答话时侄子暂停了一下，“被太多事情绊住了脚。”

“当然。”谦恭有礼的叔叔说。

有仆人在旁边站着，叔侄俩并没有多说什么。咖啡端上来以后，只有他们两人在时，侄子才看了一眼叔父，跟像是面具上的眼睛对看了一眼，之后开始讲话。

“如你所愿，我回来了。对于迫使我离开的那个目标，我矢志不渝，正是因为那个目标，我陷入了大灾难中。可是我的目标是非常庄严的，即便是我要为它死，也没有什么好遗憾的了。”

“不要动不动提到死，”叔叔说，“还没到死的地步。”

“我表示质疑，先生，”侄子说，“就算是它逼迫我无限靠近死亡，叔父愿意上前阻止吗？”

鼻子上的小窝又变深了，本就残酷的脸上细纹被拉长了不少，说明侄子的想法是正确的。叔父却绅士性地比画了一下表示强烈的反对，那手势只是彰显了一部分好教养，并不十分让人信服。

“事实上，先生，”侄子接着往下说，“从我所了解的情况来看，本来我的情况就已经够让人生疑了，你却添油加醋，让别人更加怀疑我。”

“没有，绝对没有的事。”叔父轻描淡写地说。

“可是，不管我处于什么样的境地，”侄子都用非常不信任的眼光看了他一眼，说了下去，“我知道凭借你的手段，你是会阻止我的，而且会不惜付出任何代价。”

“我的朋友，这点我早就跟你明确过了，”叔父说，鼻翼上的小窝不自觉地抖动了一下，“请答应我一个小小的条件：好好回想一下，那话我之前就跟你说过。”

“我能想得起来。”

"非常感谢你。"侯爵说，语气听上去非常和善。

他的声音在空中引起了回声，和乐器的声音极其相似。

"事实上，先生，"侄子跟着说道，"我相信我之所以没有被法国抓进大牢，要归功于你的不幸和我的幸运。"

"我不太懂，"叔父喝了一口咖啡说，"能麻烦您给解释一下吗？"

"我相信你，如果你依然在宫廷中占据举足轻重的地位，也没有被多年前的那片乌云所掩盖，也许我早就被你用一张空白的逮捕证给送到某个堡垒，被长期囚禁起来了。"

"那个说不准，"叔父非常镇静地说，"为了家族整体的利益，我是会那样做的，请原谅。"

"我很愉快地发现，前天的宫廷会见依然和往常一样，态度一点都不热情。"侄子说。

"如果是我，我不会说愉快，朋友。"叔父非常有礼貌地说，"相比要你到孤独中去思考，让你意气用事，前者对你是不是更好？我还要再斟酌。可是，现在讨论这个问题，并没有多大意义。就像你所说，我的处境也很糟糕。这一类帮助你纠正错误的方式，这一类有助于家族权力和光环的和善举措，这一类可以像这样影响到你的小贿赂，现在是要看上面是什么反应，还得要再三恳请才可以得到的。因为恳请的人太多，而得到恩惠的人太少了。之前并不是这样的，法兰西在这类问题上越来越糟糕。往前追溯一段时期，我们的祖先主宰着周围平民百姓的生命。很多像这样的狗都被人拖出去绞死。而在旁边的房间，也就是我现在所住的地方，我们就曾听说过，有一个家伙就因为对自己的女儿表现出了过度的敏感，便被一刀捅死了。那女儿难道是属于他的吗？很多特权已经从我们的手上消失：一种新的哲学正在盛行，现在如果对我们的地位进行反复的强调，就有可能会给我们带来不少的纠葛——我只说有'可能'，还不能绝对地说'会'，所有的东西都没有在正常的渠道上前行。"

侯爵闻了一下鼻烟，无奈地摇摇头，将失望得体地展露在自己脸上，似乎这个国家幸亏还有他的存在，而他是个可以扭转乾坤的伟大人物，可以让国家再次兴盛起来。

"对于我们现在所处的高贵位置，不管是曾经，还是现在，我们都已经反复强调多次了。"侄子沉闷地说，"我相信在法国，我们这个家庭是被人们所唾弃的。"

“我倒真的希望是这样，”叔父说，“对身居高位者的恨意，是地位卑下者无形的敬重。”

“在这方圆百里以外，”侄子依然用适才的语气说，“我就没看到一张面孔地我表示过尊敬，更多的只是对威胁和奴役的顺从。”

“那正好是夸赞家族权势，”侯爵说，“家族维持自己的威望的途径就是得到应该有的夸赞，哈!”他又抽了一小撮鼻烟，跷起了二郎腿。

可是，当他的侄子一手撑在桌上，郁闷地将眼睛遮住时，那张假面孔却是一副什么都无所谓的样子，用非常不苟同的神情看了他一眼，眼神里全是焦虑、阴险和仇恨。

“打击是仅有的一种可以一直用下去的哲学。威胁和奴役让他们低眉顺眼地服从，我的朋友，”侯爵说，“可以让狗听从鞭子的指挥——只要这个房子还可以给我们提供一方天地。”说话的同时他看了一眼房顶。

房顶并不会像侯爵所想象的那样，一直给人们提供一块安全的天地。如果那天晚上侯爵可以看到几年以后不仅是这座庄园，还包括其他五十个与之相似的庄园的画面的话，他恐怖得难以置信那片被烧杀抢夺一空的废墟会是他如今的豪奢的庄园。而他刚才所提到的屋顶，他可能会意识到它将换一种方式把天空盖住，也就是说，让屋顶变成铅弹，从十万支毛瑟枪里发出来，让人们永远对这片天空闭上眼睛。“而且，”侯爵说，“如果你不理睬家族的光环和安定的话，我就只能和你站在对立面了，可是你一定很累了吧，今晚的商谈是不是可以就此结束了?”

“再商谈一会儿吧?”

“如果你愿意的话，再谈一个小时?”

“先生，”侄子说，“我们正在自尝苦果。”

“我们做了什么错误的事情吗?”侯爵强调地说道，脸上是诘问式的微笑，优雅地指了指自己，又指了一下侄子。

“我们的家族，我们无比荣耀的家族。对于它的荣耀，我们俩都非常重视，可是态度却截然不同。即便在我父亲时期，我们就做了不少错事。不管是谁，不管是出于什么动机，只要违背了我们的意思，就会受到处罚。我为什么要提到我父亲所在的时期呢，那不也就是你所生存的时期吗？我可以将我父亲的双胞胎兄弟、共同继承人，也就是如今的继承人和他本人分割开来吗?”

“死亡已让我们从此阴阳两隔了。”侯爵说。

“还把我留下了，”侄子回答说，“将我和一个我觉得恐怖的制度捆绑在一起，还要我对此承担责任，而我却束手无策。要我坚决履行我最敬爱的母亲临死前的最后恳求，遵从我母亲的遗愿，要我同情，我要挽救，可是却不给我任何支撑和补给，让我受到无尽的痛苦、折磨。”

“如果想要从我这里得到支撑和补给，侄子，”侯爵用食指戳了一下侄子的胸口——这时他俩正站在壁炉前，“你是怎么努力也做不到的，你要清楚。”

他那光洁的脸上每根细平的皱纹都残酷地、阴谋地拧到了一起，他一声不吭地站着，看着他的侄子，手上拿着鼻烟盒，他再次用食指指了一下他侄子的胸脯，似乎他的指尖是小刀，他正用它作为武器，灵活地穿透他侄子的身体。他说：

“我的朋友，我宁愿为了永久保存这个制度，而不惜牺牲自己的生命。”

说完他抽了最后一小撮鼻烟，之后将鼻烟盒放进了自己的口袋。

“最好还是放聪明一点，”他按了下桌上的一个小铃，接着说道，“听天由命吧，可是你已经病入膏肓了，查尔斯先生，我清楚。”

“我已经没有了这份家产和法国，”侄子悲戚地说，“我将它们统统都放弃了。”

“家产和法国是属于你的吗，你有什么资格放弃？法国或者是你的，可是财产也归属于你吗？这是根本不用提及的事，现在它属于你吗？”

“我说那话并没有想让自己得到什么，可是未来它是会由我来继承的——”

“这我倒可以大胆预测——也不一定。”

“二十年以后吧！”

“你真是让我觉得太荣幸了，”侯爵说，“可是我依然不改变我之前的看法。”

“我愿意不要任何财产，去别的地方谋生。我放弃的东西相当可观，除了那被伤心和损坏所包围的荒漠，还可以有什么？”

“啊！”侯爵说，举目四望，看着眼前这幢华丽的房子。

“这屋子看上去非常美丽，可是在白天来看，从整体上来说，它也只是一个快要倒塌的大厦而已。这里只有消耗、横征暴敛、债务、打压、威胁、饥饿、痛苦。”

“啊！”侯爵又说，好像非常高兴听到这样的答案。

“就算它可以属于我，它也必须属于那些可以释放它，让它不再受压迫的人（如果未来还有可能的话），让已经被它逼得无路可走却又得不依附于它的穷苦人少受一点折磨，可是这和我没有关系，上天的批评已经落到这份财产上，也降临到这片国土上。”

“那你呢？”叔父说，“请允许我冒昧问一句，那照你这个新哲学的道理来推论，你还准备继续活下去吗？”

“为了更好地生存下去，我准备和我的同胞们一起去谋求一份工作，来养活自己。我相信，终有一天，我具有贵族身份的同胞也会坚持走上这样一条路的。”

“打比方说，英国？”

“是的，在这个国家，我所在的家族光环不会被泯灭。在其他国家，也不会有辱我家族的姓氏，因为我从来没有在国外用过它。”

刚刚的铃声是指示仆人将旁边房间的灯点燃的。现在灯光已经从那个门里照射过来。侯爵看了眼那边，听见侍从已经走远了。

“从你略带挫折的情形来看，英格兰对你无疑有很大的诱惑力呢？”他平静地看着他的侄子说。

“我已经明确跟你提过，我已经发现了，我在那边所遭受的种种磨难，分明和你脱不了干系。至于其他的，它倒是我的避风港。”

“那些喜欢自夸的英国人都会说它是避风港，你知道一个医生吗？一个也把那里当作避风港的同胞？”

“知道啊。”

“身边还有个女儿？”

“是的。”

“那好，”侯爵说，“你累了，睡觉去吧，晚安！”

他用最得体的态度向他问好时，他脸上的表情透露出了些许秘密。他也让他的语言带上了某种深不可测的信息，这些都让他的侄子听得清清楚楚。不仅如此，他眼眶周围细细的纹路、薄薄的变成直线的嘴唇，以及鼻子上的小窝也都跟着带着讽刺的微笑，让他看上去像是一个高雅的魔鬼。

“是的，”侯爵再次说道，“一个医生，一个女儿。对，新的哲学就是这样诞生的，你累了，回去睡觉吧，晚安。”

要想从他的脸上挖掘出答案，还不如去请教庄园里的石像来得靠谱。侄子走到门边时回头看了一眼，可是也没看出什么来。

“晚安！”叔父再次说道，“明天早晨，我们再相见，好生歇息去吧。把火炬拿着，把我的侄子带到那边屋子里去，——你如果愿意，将他烧死在床上更好。”后边一句是他自己补的，之后按按小铃，将侍从唤回到自己的房间里。

侍从应声而来，又应声而走。侯爵大人身穿舒适的睡衣，在屋里来回地走动，在那个安静又炎热的晚上准备好好睡个觉。他脚上的软拖鞋不时踢踏着地面，就像一只雍容典雅的猛老虎——好像是故事里十恶不赦的侯爵被魔法击中要定时转化，或者刚刚从老虎变成人，或是立刻要变成老虎。

他在他那奢华的卧室里一直来回地走，脑海里浮现出白天旅行的各种场景。傍晚时分那艰难向上的陡坡路，落山时的太阳、下山的路、风车、悬崖顶上的监狱、山沟沟里的小山村，蹲在泉水边的农民，还有那用蓝帽子指向车下链条的修路工人，那泉水让人想到巴黎的泉水，台阶上横放着的布包裹，趴在上面的妇女，还有双手高举，大声叫道“死了！死了”的个子高高的男人。

“现在终于不那么热，”侯爵大人说，“可以安心睡个好觉了。”

于是，他将周围的细纱床帏放了下来，凝神睡了下去。只有一道光线强烈地映照到壁炉前面的地上。这时他听见黑夜似乎发出了一声沉重的叹息，把平静打破。

外壁上的石脸迷茫地看着黑夜，一直持续了无比沉重的三个小时。马厩里的马匹和食槽抗争了三个小时；狗、枭都一直叫了三个小时。这里所说的枭的叫声，和诗人们根据传统之规所设定出来的枭鸣非常不一样，可是这种动物有个非常冥顽不灵的特点：老是不按别人设定好的框框说话。

庄园里的石面孔（狮子的面孔、人的面孔）迷茫地看着黑夜，一直持续了三个小时之久。沉寂的黑夜把一切都席卷其中，窒息的黑暗让道路上沉静的灰尘都更加沉静，坟地里鲜见一丛丛青草。十字架上的耶稣看到任何东西都有可能走下圣坛。村子里的人（征收税款和缴纳税款的）都进入了梦乡。干瘦的村民或者在梦里见到了饥饿之人常会梦见的盛宴，或者梦到了一直被逼迫干活的奴隶和牛马都会梦到的闲适，总的来说睡得很香甜，在梦里大快朵颐，而且想去哪就去哪，想干什么就干什么。

村里，泉水奔腾不息，看不到，也听不到；庄园里，喷泉四处飞溅着，听不到，也看不到。两个都像来自于时间之泉，喷出了便不见了，一直在黑暗中持续了三个小时。之后二者喷出来的灰白色的水都闪耀在晨曦里，庄园的石头面孔慢慢苏醒过来。

天空渐渐明朗，太阳终于到达了沉静的树梢，将它的光芒映照到山上。朝霞里，庄园的喷泉也好像变成了鲜血，石像的脸都被染红了。鸟儿快乐地释放出一片热闹。侯爵卧室那被风雨无数次袭击过的窗棂，一只小鸟正在拼尽全力唱出最优美的歌曲。挨着窗户的石雕人像好像听得入迷了，不禁张大了嘴巴，下巴垂了下来，听得瑟瑟发抖。

这时，太阳慢慢升了上去，村子里开始有了动静。窗户全部都开了，快要倒塌的门也被打开了。人们战战兢兢地走出来——芳香的空气让他们冷得瑟瑟发抖。于是，一天的辛苦劳动又开始了。有的人到泉水边去劳作，有的人到地里去劳作。男人、女人，有的在锄地，有的在照顾值得同情的动物，将瘦弱的母牛牵到路边可以找到青草的地方。教堂里，有两个人跪在十字架前，他们开始祈祷时，被拉出来的母牛刚刚把早餐问题解决掉。

庄园醒得要迟一些，这和它的身份是相吻合的，却也慢慢醒了。刚开始反射出犀利光芒的打猎用的野猪矛和猎刀像平常一样熠熠发光，之后便在太阳的照射下更加清晰。门窗被打开了，马厩里的马深情地凝望着门口洒进来的光和小清新。绿叶在铁格花窗的映射下，发出灿烂的光芒，还有低低的声音。狗不停地拉扯着脖子上的链子，想要和自由拥抱。

这所有的微小活动都是太阳升起时的生活习俗，可是庄园的大钟却响了起来，台阶上开始有人影攒动，之后，纷至沓来的脚步声响起，马匹迅速配好鞍鞯走了。这所有的一切难道不是生活的传统习俗吗？

头发花白的修路工作为什么行色匆匆？他已经开始了一天的工作，将勉强维持生计的午餐包放在一块石头上，连母牛都懒得多看一眼。会不会是鸟儿将他的午餐带走了，和意外播撒到田地里的种子一样，降临到了他的头上？总的来说，在那个异常闷热的早上，他像被人追杀一样拼命地往山下跑，身后扬起半人高的灰尘，一直到泉水边，他才停下来喘口气。

村里的人都在泉水边站着，脸上写满了失望，小声说着什么，除了表现出心急如焚的诧异以后，没有更多表情。仓促牵过来便系住的母牛有的傻傻看着，有的在咀嚼，咀嚼着在旅行途中得来的并不是特别美味的食物。一部分庄园的人、一部分驿站的人，所有的税务人员都开始戒备，漫无目的地挤在小街的另一边，却无所事事。修路的工人已经钻进了好朋友的圈子，一面用蓝帽子不停拍打着自己的胸脯。这一切都代表着什么呢？加伯尔先生这时又在一个上马的仆人身后上了马，那马尽管驮了两个人，可是也跑得飞快，就像德国民歌利昂诺拉①的另一种表现形式。这又代表着什么呢？

这表明庄园里又多了一张石雕人面。

戈耳工在夜里又多看了这座建筑物一眼，所以石雕人面才多出来一张，这座建筑已经在这里静候了大概两百年。

石雕人面挨着侯爵的枕头，和侯爵形同一个整体，就如同一个精致的假面，突然被恫吓了一下，大发雷霆，于是成了石雕。心脏被捅进一把刀子，刀把上还有一张不平整的纸条，上面粗枝大叶地写着：

"让他早点到坟墓里面去，雅克奉赠。"

---

① 利昂诺拉：姑娘的名字，她的情人随着十字军走了，一夜之间突然又回来，姑娘上了他的马背，一起消失，细看情人，却是一具骷髅。

第十章　两个诺言

一年的时间悄悄地来，又匆匆地去了。查尔斯·达尔内先生在英格兰获得了优秀法语教师的称号。对于法国文学，他也相当熟稔。如果换作在今天，他也许够格做一个教授，可是在当时，他只能选择做个私人教师。他对此很感兴趣，也有时间和年轻人一起读书，一起学习，并悉心培养他们对在全世界使用较为广泛的语言的感知，让他们可以对它的魅力进行鉴赏，而且他会采用英语的方式对法语和法国文学方面的文章进行研究，也可以译出准确无误的英语。那时像他这样能干的人很难见到，因为那时，很多王子和将来要继承王位的国王还在尊享着贵族的待遇，没有变成教员队伍中的一员，衰落的贵族也还在台尔森银行账簿上，去做了厨师或木匠。作为私人教师，他才高八斗、文采飞扬，让学生乐在其中，也学到了很多东西；作为一名译者，他文笔优雅，在译文中加入了很多字典中查不到的东西，所以才智卓越的达尔内先生很快就被人们交口称赞。再加上他对自己的国家境遇也很了解，而且那部分也让人们的兴致越来越浓，所以，他凭借自己的坚强和坚持发展起来了。

在伦敦，他从来没有想过行走在黄金路上，或者在玫瑰花坛里做梦。骨子里具备了这种优雅的理想他是很难发展起来的。他渴望劳作，也身体力行了，而且付出了自己的全部心力。他之所以发展起来，凭借的就是这个。

他将一部分时间用在剑桥，在那里给本科生教法语。他似乎是一个被原谅的走私贩子，不是通过海关检验，从国外进口拉丁文和希腊文，而是进口欧洲语言的私货，其他时间他都在伦敦度过。

从一年四季都是夏天的伊甸园到绝大部分时节都是寒冷冬天，男人总要走一条经久不衰的道路，那就是渴望一个女人的爱，这也是查尔斯·达尔内的必经之路。

在落难时，他爱上了露西·曼内特小姐。他觉得她那饱含怜悯之情的声音是世界上最动听的声音，她善良美丽的笑容是这个世界上最好看的笑容。那时在他已为自己准备好的坟墓旁，他们打过照面，可是他从来没有向她吐露过自己的心声。那件骇人听闻的谋杀案已经翻篇了，那宏伟的石庄园成了一个遥远的梦，可是他一直都现在都对她缄默不语。

他很清楚自己为什么缄默。又是一个夏季，他从工作的地方离开，来到伦敦，辗转找到了索霍区这个僻静的角落。他很想找到一个合适的机会，向曼内特医生说明自己的心意。那天已经临近黄昏，他明白露西肯定和普洛丝小姐都不在家。

他看到医生正专心地坐在圈手椅上读书。体力在困难时支撑他渡过难关，现在却让他身体备感难受，如今也在慢慢康复。他现在真的成了一个生龙活虎的人。他行如风，性格刚强。在他恢复精气神以后他有时也会犯病，也会不理智，和他刚开始训练恢复其他身体器官功能时一样，可是这种情况现在已经很少见了，如今就更是数得过来了。

他大部分时间用来读书，少部分时间用来睡眠，非常疲惫，可是心里却很放松，而且觉得非常快乐。现在查尔斯·达尔内来到了他的屋里，他将书放下，马上伸出手和他交握。

“查尔斯·达尔内！见到你真是太高兴了。这几天以来，我们一直在想，你应该要回来了。斯特莱佛先生和西德尼·卡尔顿先生昨天刚来造访过，都觉得你早就应该来了。”

“他们这么关心我，我非常感谢。”他回答道，对于那两人他表现得不是太热络，可是对医生却是激情满怀，“曼内特小姐——”

“她很好。”医生打断他的话语说道，“看到你回来，我们都很兴奋。有些家务上的事情要处理，她出去了，很快就会回来了。”

“曼内特医生，我知道她出去了。我正是想利用这个机会和您好好谈一谈。”

冷场、安静。

“是吗?”医生说，语气明显有些慌张，“将你的椅子挪过来，请说吧。”

椅子挪过来了，可是他忽然发现要想继续说下去却非常困难。

“我和你们家有如此紧密的联系，我非常高兴，曼内特医生。”他终于缓缓开了口，“一年半的时间已经过去了，我希望我接下来要说的话不会——”

医生示意他不要继续说了，他沉默了。过了许久，医生开口说道：

“你是要和我说露西吗？”

“是的。”

“不管什么时候说到她，他的心里都非常难受。一听见你用那种语气说到她，我就难受得更加厉害，查尔斯·达尔内。”

“我明白这是最炽热的仰慕、发自心底的崇拜和真切的爱情的声音，曼内特医生。”他恭敬地说。

又是冷场、安静。

“对于你所说的话，我无法否认。我应该公平地对待你，不质疑你所说的话。”

他明显感到非常紧张，而这种紧张又是因为不想说到这个话题，所以查尔斯·达尔内迟疑了。

“需要我接着往下说吗，先生？”

又是冷场。

“好了，请说。”

“您肯定已经猜到了我想说的话，尽管您也许还没有太理解我说这句话时有多么发自内心，多么谨慎，因为您不了解我这份内心的小秘密和这个秘密一直压在我心底所产生的彷徨、害怕和希望。亲爱的曼内特医生，我非常爱您的女儿，爱得如痴如醉，爱得没有了自我。只要这个世界上还有爱，我就会一直爱她。您也曾经爱过人的，您可以体会到我现在的心情的，对不对？”

医生扭过脸去坐着，眼睛看着地上。听到最后一句话，他马上伸出手制止了，大声说道：

“不要说到那件事，先生，求求你，不要让我回忆过去。”

他之所以这样大喊出声，可能真的触及到了他的痛苦，所以他的话说完后很长时间，查尔斯·达尔内的耳里还一直回荡着这句话。他举手示意了一下，似乎是请求达尔内停止发言。达尔内是这样理解的，所以便闭嘴了。

“请谅解一下，”过了一会儿，医生尽量压低声音说道，“对于你爱露西这件事情，我一点都不怀疑，我可以让你得到一个满意的答案。”

他身体转过来面对他，可是眼睛却没有看他，也没有抬起眼皮，他用自己的手撑住下巴，脸也被白头发遮住了。

“你和露西说过吗？”

“没有。”

“也从来没有给她写过信?”

“没有。”

“你之所以这样不相信自己，是因为出于对她父亲的考虑，要想假装糊涂是不可能的，她的父亲非常感谢你。”

他伸出手来，可是眼睛却望向一边。

“我明白，”达尔内敬重地说，“我怎么可能当作不知道呢，曼内特医生，你们天天都在一起，你们之间这种特殊的、打动人的感情产生于不寻常的环境，就算是父女之间，可以与之相提并论的感情也很少。我明白，曼内特医生，我怎么可能不清楚，她现在表现出来的不仅是一个日渐成熟的女儿对您的爱意和孝心，也有她小时候所缺失的全部的依靠。我知道，因为她从小父亲没有在身边，她现在便将她成年以后的所有热忱都投到了您身上，还有过去对父亲的眷恋。我都清楚，就算您现在从另外一个世界来到她身边，在她看来，您身上也难以具备更加高尚的品德。我明白，当她依靠在您身上时，那箍着您脖子的双手也是三个人的，既是婴儿，也是女儿，也是妇女。我明白，她在爱您时，也同时在爱她的母亲，也看到了和我一样大的您，也在爱着我。她爱她肝肠寸断的母亲，爱那经受过痛苦挣扎、如今康复的您。自从我在您家和您认识以后，我每天每夜所看到的都是这些。”

她的父亲把头埋下来，安安静静地坐着，只有呼吸稍微急促了一点，其他的冲动迹象都被克制住了。

“亲爱的曼内特医生，这些我一直都清楚。我也一直看到您置于一个华美的光圈之下。我一直压抑着，压抑到了人的天性所能压抑的最大程度。我一直觉得（就是现在也是这样觉得）将我的爱情（甚至是我的全部爱情）放在你们中间是要用一种没有资格让您想起过去的东西去警醒它。可是我爱她，我是真的爱她，老天可为我见证。”

“我深信不疑。”她的父亲哀伤地说，“我不怀疑，我早就预想到了。”

“可是，”达尔内说，医生那哀伤的语调在他听来，是带有明显的指责声调，“如果我能非常荣幸娶到她，我绝对不会违背我现在所说的话，我不会将你俩分开。除此以外，我也知道那是不可能的，也是龌龊的。如果我心里这样想过，就算将它放在遥不可及的未来，埋在心里，如果我曾经这样想过，我现在就不配去握这只高贵的手。”

说完他伸出手，和医生的手交握到一起。

“不，亲爱的曼内特医生，我和您一样是自己请愿离开法国的。和您一样，是被法国的残酷、打击所压迫的，和您一样是努力凭借自己的双手到国外去生活，而且相信将来会更好。我只希望和您同甘苦、共患难，一起分享您的生活和家庭。我会对您忠心，一生不变。露西作为您的女儿、陪伴者以及朋友，我是一点都不会干涉的。我会帮助她，让她和您更加亲密无间，如果还可以关系更近的话。”

他的手和她父亲的手交握到一起，她的父亲对此没有太过热情的回应。过了一会儿，他将双手抽出来，放在他椅子的扶手上，这是从他俩谈话以来，他第一次把头抬了起来。从他脸上明显可以看出，他的内心斗争非常激烈。他在努力克制额头上面偶然露出的、所彰显的害怕和不相信。

“你的话很有煽动力，很具有大男子义精神。查尔斯·达尔内，我再次由衷地感谢你。我要对你敞开心房，至少是基本上敞开。你是否有足够的理由相信，露西会爱你？”

“没有，到现在还没有。”

“你这样对我推心置腹，是想让我投赞成票吗？”

“并不完全是这样，我也许会好长时间都觉得没有希望，也可能明天就会觉得有曙光来临，不管我是不是理解错了。”

“你是否想要我给你提点意见呢？”

“我并不奢求，先生，可是我觉得如果您觉得可以的话，您是有足够的实力帮我出出主意的。”

“你想要让我给你一个承诺吗？”

“当然想。”

“你想要什么样的承诺？”

“我很清楚如果没有您的帮助，我是不可能有这个荣幸的。我很清楚，就算曼内特小姐现在心里已经有了我的位置——不要觉得我真的敢这样想——我在她心里的位置无论如何也不会影响到她对她父亲深沉的爱的。”

“如果事情真的如你所预想的那样，你觉得还会关系到什么问题呢？”

“我一样清楚，如果她父亲为哪个求婚者说一句好听的话，都会对她产生无比严重的影响。所以，曼内特医生，”达尔内恭敬却笃定地说，

“我不愿意恳求您为我说好话，就算它可以让我得偿所愿。”

“我相信，查尔斯·达尔内，正是因为爱得过深或是距离太远，才产生了神秘感。如果是前面一种情况，那神秘便非常难以捉摸。我的女儿露西对于我来说，就是这种情形，所以对于她的心态，我无法准确揣摩。”

“我可以冒昧问一下吗，先生？你是否觉得她——”他还在想如何开口，她的父亲已经接过了话茬：

“有其他人向她求婚？”

“我想要问我也确实是这个。”

她的父亲认真想了一下，然后说：

“您在这看到过卡尔顿先生和斯特莱佛先生，如果真的有这回事的话，也可能有一个。”

“或者两个都是。”达尔内说。

“我不觉得有两个，我觉得都不像。你想让我给你一个承诺，那现在就请说，你想要我给你一个什么承诺？”

“如果曼内特小姐某一天也和我现在一样，某一天向你倾诉心底最真实的想法，我希望您可以将我今天所说的话据实以告，也表示您信任我。我希望您对我是不反感的，不至于给我负面评价。至于这事对我影响有多么大，我想我没必要再强调了。这就是我想说的，我提出这个要求的条件——您完全有理由要求这个条件——我会马上开始做。”

“我答应你，”医生说，“不附带任何条件地答应你。我相信你的初衷和你刚才所说的话都是发自内心的，我相信你的目的是保证我和我那更加可贵的另一个我的关系，而不是让这种关系疏远。如果她跟我说，她想要获得幸福，而你是其中不能缺席的，那么我会无条件把她给你。如果还有——查尔斯·达尔内——如果还有——”

年轻人无比兴奋和感激涕零地握住他的手，两人的手紧紧交握，医生接着说道：

“如果在她的爱情蓝图里面，有很多不好的因素，而罪魁祸首并不是他，为了让她幸福，不管是什么问题都要全部泯灭掉。她是我的一切，她比我重要得多，比我曾经受的磨难还要重要得多，比我所经历的曲折还要重要得多——嗨，这完全都是白说的。”

他停下来，不再张嘴，态度变得很怪异，又有一种非常怪异的眼神看着他，让原本紧紧握在一起的那只手抽出来。达尔内觉得自己的手彻骨地寒冷。

“你刚才告诉了我一件事，”曼内特医生说，脸上盛放出一个完美的笑容，“是什么?”

他不清楚要如何作答，后来想起他刚刚所说的条件，这才平静地说道，

“您对我的信任，我应该要加倍回报。我现在的姓尽管是在我母亲姓的基础上略微改动了一下，却不是我的真姓，这您是知道的。我想要跟您说我之前姓什么，以及我为什么要到英国来。”

“不要再说了!”医生说。

“我希望您可以更加信任我，而且对您绝对真诚。”

“不要再说了!”

医生用双手将耳朵紧紧捂住，之后又将双手按到达尔内的嘴唇上。

“等到我向你打听的时候，你再跟我说吧，现在不要再说了。如果你求婚成功，如果露西也非常看重你，那么在你们结婚的当日，你再跟我说吧，你愿意么?”

“我愿意。”

“握手吧，过不了多久，她就要回来了。今晚，最好别让她看到我们两个人在一起，你赶紧走吧，愿上帝保佑你。”

查尔斯·达尔内走时已经是傍晚了，一个小时以后，天就黑得伸手不见五指了，这时露西才回来。她一个人快速跑回屋里——普洛丝小姐也直接回到了她自己的起居室——却发现父亲没在读书椅上，心里暗暗吃惊。

“爸爸!”她叫他，“亲爱的爸爸!”

没有人回应她。她屏息静听，从他的卧室传来轻微的敲击声。她蹑手蹑脚地穿过中间的屋子，看向他的房间里面，却仓皇地跑了出来。她周身的血都凝固了，大声叫道：“我该如何是好? 我该如何是好?”

她只是仓皇了一会儿，就迅速跑了回来，去拍打他房间的门，并小声叫他。她一叫，敲击声便没有，医生马上出来打开了房门，两人在一起在房间里走来走去，时间一分一秒地流逝……

那天晚上，她跑下来看他睡觉。他沉沉地睡着，鞋匠工具箱和有待完工的旧活儿又重新回到原来的位置。

第十一章　搭档小像

“西德尼，”刚好也是那天晚上，或者更准确地说是第二天凌晨，斯特莱佛先生对豺狗说，“我要跟你说件事，再弄一碗五味酒出来吧。”

那天晚上，还包括之前的很多个晚上，西德尼都夜以继日地工作，要在大假来临之前将斯特莱佛要的文件全部解决完。终于完成了，斯特莱佛累积下来的所有工作都有了圆满的结果，只等到十一月份用它去拨弄法律上的问题，也等着更多的业务送上门来。

西德尼采用了多次冷敷的方式，以让头脑保持清醒。可遗憾的是，他的精神状态依然欠佳，头也昏昏沉沉的。通过大量的湿毛巾敷，他才挺过了这一夜。在用湿毛巾冷敷之前，他喝了大量的葡萄酒，一直到身心俱疲。现在他将毛巾扯下来扔到盆子里面。连续这六个小时以来，他一直都在不停地蘸湿毛巾。“你是在弄另外一份五味酒吗？”挺着啤酒肚的斯特莱佛双手插到腰袋里，窝在沙发上，瞪眼看着他。

“对的。”

“请你听好，我准备跟你说一件你肯定会觉得非常吃惊的事情，你或者会说我比你想象中愚笨多了：我想要结婚了。”

“你想？”

“是的，而且不是出自于金钱的考虑。现在你想说什么？”

“我不想说什么，你想要结婚的对象是谁？”

“你猜一下看看。”

“是我认识的人吗？”

“你可以猜一下看。”

“现在是凌晨五点钟，我的脑子还在咝咝作响，我真的是没有精力来猜。如果要我猜可以，我的晚饭你承包了。”

“那行吧，我跟你说说。”斯特莱佛缓缓直起身子来说，“西德尼，我对自己非常不满意，因为你并不了解我，这是我的过错，而且因为你反应太迟钝了。”

“可是你呢？”西德尼一边忙活着手里的五味酒，一边说，“你却是这样一个触觉敏锐而充满诗情画意的一个精灵。”

“听好了，”斯特莱佛说，无比得意地笑着，“尽管我觉得自己并不是多情（因为我希望自己时刻都保持理智），可是和你比起来，我还是要柔和一些。”

“如果你是想表达你比我要走运一些的话。”

“我不是这个意思，我是想说我要比你更——更——”

“更会讨好人，只要你愿意做。”卡尔顿接着他的话茬道。

“是的，没错，就是那个意思。我是想说我是个铁骨铮铮的人。”斯特莱佛在他朋友调酒时开始夸耀起自己，“我非常愿意获得更好的女人缘，而且愿意花时间和精力在上面，也知道应该怎么做，这点我比你要强。”

“接着说。”西德尼·卡尔顿说。

“不，在我接着说以前，”斯特莱佛用他那盛气凌人的态度摇着头说，“我先得嘱咐你一句，你和我一样，经常会去曼内特医生家，或者比我去的次数还多，可你总是表现得郁郁寡欢，我真为你觉得羞愧，你总表现得像个没什么精气神的人。我用我的生命和人格发誓，我真的替你感到羞愧，是的，西德尼！”

“你也会感到羞愧，这样的情感对于像你这样从事法庭工作的人来说倒不失为一件幸事。”西德尼说道，“你还应该感谢我才对。”

“可是你也不能就这样逃之夭夭。”斯特莱佛说，依然谈论着西德尼，“不，西德尼，我觉得我必须告诉你，为了让你得到帮助，我必须当面跟你说，你和那样的人交往时真是丢脸到家了，你很不受人待见呢！”

西德尼喝了一大杯自己亲自调的五味酒，绽放出一个和煦的笑容。

“你看看我！”斯特莱佛昂首挺胸，说，“我自身的情况让我更加不依靠别人，不是像你那样不受人待见。可是我为什么要被他人待见呢？”

“我还没从来没有见过你受谁待见呢？”卡尔顿小声地说。

“我之所以那样做，是从策略和原则的角度出发。你看我，现在发展得多么好。”

“你并不会因为你的爱情而准备发展得如火如荼的。”卡尔顿无所谓地说道，“我希望你一直被人待见下去，而我呢——你难道一直都不清楚我是病入膏肓了吗?”他略带嘲讽地说道。

“你不需要病入膏肓。”他的朋友回答道，并没有带多少抚慰性的语调。

“我不需要，这我懂。”西德尼·卡尔顿说，“那位小姐叫什么名字。”

“如果我说出了名字，你可不要觉得不好意思，西德尼。”斯特莱佛先生得意地说，他希望在你公布自己心底的秘密时，对方会非常友善，“因为我知道你一向连自己说出的话都不是太相信，而且就算相信也无关紧要，所以我就先来抛砖引玉一下，你有一次曾经在我面前说过轻视这位小姐的话。”

“真有这回事?”

“是的，确实有，而且就在这间屋里。”

西德尼·卡尔顿看了一眼五味酒，看了一眼他那得意忘形的朋友，他将五味酒喝完了，看了一眼他那得意忘形的朋友。

“那姑娘的名字叫曼内特，你曾经说过她是个金发布娃娃。如果你是一个在这方面感知非常敏锐的人，西德尼，我会对你产生怨言的。可是你是个不那么细腻的人，根本没有那种感知，所以我也就无所谓了，就好像如果一个对画一窍不通的人来评价我的画，我不会放在心上；抑或是一个对音乐一知半解的人来评价的曲调，我也不会计较。”

西德尼·卡尔顿快速把酒喝掉——看着他的朋友，张大了嘴巴。

“现在你已经全部都知道了，西德尼。”斯特莱佛先生说，“什么财产，现在我已经无所谓了。她是个非常动人的姑娘，我已经发誓要让自己获得快乐。总而言之，我觉得我有足够的条件来让自己获得快乐。她如果和我成婚，就是嫁给一个家境殷实的人，一个蒸蒸日上的人，一个名声在外的人，这对于她来说是一种幸运，而她又是有资格获得这种好运的。你觉得惊讶了吗?”

卡尔顿依然大口喝着五味酒，回答道，“我为什么要觉得惊讶?”

“你支持吗?”

卡尔顿依然喝着五味酒，回答道，“我为什么要不支持?”

“好!”他的朋友斯特莱佛说，“你比我预计的要放松，对我也不像我提前预料的那么只看重利益，虽然你现在已经不会否认你哥们儿是个意志坚定的人。是的，西德尼，现在这种生活方式，我已经烦透了，想要换一种生活方式。我觉得，如果每天有家能回是件非常幸福的事情（如果不想回就可以在外面晃悠），而且我觉得曼内特小姐不管在什么情况下，都会于我有利，可以让我锦上添花，所以我才下了狠心。现在，西德尼，我的伙计，我要对你和你的前景发表一下我自己的看法。你明白你现在境遇不太好，非常不好。你不知道钱有多么重要，你日子过得捉襟见肘，很快你就会体无完肤，之后就会被疾病和贫穷所折磨，你真的应该考虑请个保姆了。”

他说话时那副盛气凌人的态度让人很不愉快，也让他被厌恶的程度大了好几倍。

“现在，请让我给你提点意见。”斯特莱佛接着说，“你必须得正视现实，我这个就是时刻正视现实，只是方法不一样而已。你有你自己的方式，你得正视现实。结婚吧，找个人来和你共同生活。你不喜欢和女人打交道，不了解女人，也不知道如何讨好女人，那都无关紧要。找个对象，找个有点经济实力的女人，一个女老板或女房主什么的，和她结婚，这样你的未来就有保障了。你只能这样了，好好考虑一下吧，西德尼。”

“我会好好考虑的。”西德尼说。

第十二章　体贴的人

斯特莱佛先生打算将这份幸运赠予给医生的女儿以后，便打算在度大假之前将这件天大的好事告诉她。他在头脑里对此事进行了一番论证，最后告诉自己先将手头的事宜处理完毕，然后决定是否在米迦勒学期①前一两个星期，鞭策以希拉里节学期②之后的圣诞节小假内跟她告白。

在这次案件中，自己实力的彰显，他从来都信心十足。他对此案判决方式也看得非常透彻。他根据人间常理——那是仅有的可被考虑的依据——和陪审团进行了公开辩论。这案子条理清晰，几乎没什么可再辩驳的，他让自己做原告，他的证据都板上钉钉。被告方面的律师只能妥协，不再进行辩论，陪审团连脑筋都不用伤了。经过审判，斯特莱佛大法官觉得很满意，案情非常清楚。

通过这个，斯特莱佛先生决定隆重邀请曼内特小姐到伏克斯霍游乐园去，自此开始他的假期。如果她不愿意，那就去兰勒拉花展③；如果还是不行，他只好亲自动身到索霍区，在那里公布他的目的。

于是斯特莱佛先生便从圣殿区直接出发了，出发前往索霍区，大假的鲜花正开得娇艳欲滴。不管是谁，只要看到他从伦敦圣殿区的圣敦斯顺着大道将虚弱的人推到一边，意气风发地闯进大殿的样子，便很容易看出来他是多么厉害，多么强悍。

他必须从台尔森银行经过，他在银行存的有钱，又明白罗瑞先生是曼内特医生一家的好朋友，所以突然想起来去一趟银行，给他透露透露

---

① 米迦勒学期：从九月二十九日迈克尔节开始的一个学期（英国牛津等大学用语）。

② 希拉里节学期：从一月十三日希拉里纪念日开始的一个学期（牛津等大学用语）。

③ 兰勒拉花展：在伦敦切尔西地区，是英国皇家园林学会花卉展览的地方。

索霍地的阳光。于是，他用力将银行的门推开（那门发出一声闷哼），一个不上心从两步台阶上落下来，越过两位老出纳员，直接来到罗瑞先生位于后间的秘密会客厅。罗瑞先生此刻正坐在一张宽大的账本面前，账本里面全部写的是数字。窗户上垂下来的钢条好像也写满了数字，似乎整个云天之下的每一件事物都由数字填满了。

“嗨！”斯特莱佛说，“你还好吗？希望你身体健康？”

斯特莱佛先生最大的一个特色就是不管在什么地方、什么空间，他都要算是大块头的。在台尔森银行里，他也显得很庞大，连偏远角落里的老行们员也纷纷注意到这一点，明显表露出不满，似乎都被他压到墙角去了。在屋子最里面得意扬扬看着文件的“银行当局”这时也眉头紧皱，似乎斯特莱佛的脑袋一下子戳中了他勇于负责任的心上了。

小心的罗瑞先生用自己觉得最适合在这种情况表达的口吻说道，“你好，斯特莱佛先生？”之后跟他握了个手。他的握手方式很不一般，只要“银行当局”还荡漾在空气中，台尔森银行的职员和所有顾客握手时都有这样一个明显的特色：都有一种谦恭的得意，因为他代表着台尔森公司。

“需要我为您做什么吗，斯特莱佛先生？”罗瑞先生站在一个业务员的立场讲话。

“没事，我只是有点私人问题想和你说，罗瑞先生。”

“哦，原来是这样。”罗瑞先生说，说时把耳朵送了过来，眼睛却望着离这有一段距离的“银行当局”。

“我要去向别人告白了。”斯特莱佛先生两条胳膊交叉在桌子上，志得意满地说。那办公桌尽管是张非常宽大的双人桌，可是他却占了一半多面积，“我要给你那个迷人的小朋友曼内特小姐告白了呢，罗瑞先生。”

“噢，我的天哪！”罗瑞先生尖叫出声，摩挲着下巴，紧紧盯着来访的客人。

“你那个‘我的天哪’是什么意思啊，先生？”斯特莱佛先生身子往后一退，再次说道，“你为什么要说天哪，天哪，先生？你到底想要表达什么意思？”

“我是想说，”业务人员说，“肯定是友善的，充满谢意的，觉得你有这个意图说明你是个心地善良的人。总的来说，我是想说希望你可以达成所愿。可是，事实上，你明白，斯特莱佛先生——”罗瑞先生停了下来，用最怪异的方式摇了摇头，似乎觉得他无药可救了，只能在心里说，“你明白你这样做有点太过分了。”

“怎么！”斯特莱佛说，用他那争强好胜的手猛地一击桌子，眼睛瞪得老大，还不自觉地吸了一口凉气，“我如果明白你的意思，就把我处死吧，罗瑞先生。”

罗瑞先生将双耳旁的小假发稍微调整了一下，作为达成自己所愿的方式，轻咬了下鹅毛笔的羽毛。

“滚远点，先生！”斯特莱佛拿眼看着他，“我难道还不配吗？”

“啊，天哪，真是够了，你配。”罗瑞先生说，“要说你配不配，你肯定是配的。”

“我难道还发展得不够好吗？”斯特莱佛问。

“啊，要说发展得好，你倒是也算。”罗瑞先生说。

“而且在蒸蒸日上？”

“要说上升么，你明白，”罗瑞先生说，“很愿意在外人面前彰显他的优点，谁也不会质疑的。”

“那，那你到底是什么意思，罗瑞先生？”斯特莱佛明显底气不足，问道。

“啊，我——你准备现在就去告白吗？”罗瑞先生问。

“直接说吧！”斯特莱佛先生猛地一拳打在桌上。

“那好吧，我跟你说。如果我是你，我肯定不会去。”

“什么原因？”斯特莱佛问道，“我不会让你有路可退的，”他像在法庭上一样晃悠着自己的手指，“你是个从事业务的人，做事必须讲原因。讲讲吧，你为什么肯定不去？”

“那是因为，”罗瑞先生说，“要向这样的人告白成功，如果不是有十足的把握，我是不会冲动行事的。”

“走远点。”斯特莱佛说道，“不管什么事情都会被你这个原因所击倒。”

罗瑞先生看一眼远处的“银行当局”，又看了一眼正在气头上的斯特莱佛。

“你果然是个从事业务的人，而且资历非常老，经验特别丰富，在银行上班，”斯特莱佛说，“已经总结了三条可以获得全面成功的原因，还说什么没有十足的把握，而且说得这么淡定。”斯特莱佛对这一点发表自己的见解，似乎那话如果说得气势冲天就要淡定很多倍了。

“我所说的成功，是指对那位小姐的成功。我所说的取得成功的缘由是可以在那位小姐身上发挥巨大作用的缘由。总的来说，我的好先生，小姐，”罗瑞先生友善地拍打了一下斯特莱佛的手臂，“小姐才是问题的核心所在。”

“那你是想说，罗瑞先生，”斯特莱佛先生将双臂张开，说道，“在你心目中，你觉得这位小姐只能充充门面而已？”

“不，这并不是我的所有意思。我是想跟你说，斯特莱佛先生，”罗瑞先生脸部涨得通红，他说道，“我可不想从任何人的嘴里听到一句对小姐不尊重的话。而且，如果我遇上不管哪个男人——我希望现在还没有遇到——品质低下、性情暴躁到这种地步，竟然在这张桌子面前说出不尊重那位小姐的话。我肯定会好好地收拾他一顿，就算是台尔森银行也休想劝住我。”

这时斯特莱佛先生彻底气愤了，可是却不能发作出来，血管快要爆裂了。罗瑞先生一向是个中规中矩的人，现在也气极了，状态一点都不好。

“我准备跟你说的就是这个，先生。”罗瑞先生说，“请你不要曲解了我的意思。”

斯特莱佛先生吸了下一把尺子的前端，又站在那里吹了支曲子。或许是牙被敲痛了，之后才开口说话，让令人窒息的安静被打破了。

“这对我倒是还不赖，罗瑞先生。你竟然一丝不苟地劝我不要到索霍去为我自己的婚姻努力，为我自己，王家法庭的斯特莱佛，是不是？”

“你是在问询我的意见吧，斯特莱佛先生？”

“是的，我是在问询你的意见。”

“那好，既然我已经给出了我自己的意见，而且你也重复得非常准确。”

“对于这个意见，我的看法是，”斯特莱佛满面愁容地笑了笑，“你的意见，哈哈，足可以驳倒一切缘由，不管是曾经的，还是现在的，还是将来的。”

“现在你可清楚，”罗瑞先生接着说，“作为业务人员，我没有资格对这件事情指手画脚，因为业务人员对此是一窍不通的。可是作为一个当年曾经将曼内特小姐抱在怀中的小老头，而且是曼内特小姐及其父亲最可靠的朋友，一个对他们父女二人都怀有浓厚感情的老头子，我已经表达了我自己的观点。请记得，不是我主动来找你讲体己话的。现在，你觉得我也许错得很离谱吧？”

“我并不是那样觉得的！”斯特莱佛打响了口哨，“我只能让自己保持清醒，却不能为自己的意见作保证。我觉得有的事情是合乎常理的，可你却觉得那是矫揉造作。我觉得挺有意思，不过我可以肯定地说你没有错。”

“我觉得，斯特莱佛先生，我的意见表明了我的个性。你要懂得我，先生。”罗瑞先生说，脸很快又涨得通红了，“我不希望任何人来给我做出注解，就算是台尔森银行也只能靠边站。”

“那好，我请您谅解。”斯特莱佛说。

“我谅解你，谢谢，斯特莱佛先生。我刚才是想说，你也许会觉得自己错了而觉得难受，曼内特医生又因为必须要向你吐露实情而觉得难受。你明白我和这家人感情很浓厚，那是我非常高兴的事情。如果你愿意的话，我倒是愿意更正一下我的劝阻。我愿意不要你做出保证，也不代表你，专门因为这件事而去做一次调查。那时如果你对结果依然有不满的地方，我建议你还是可以亲自去走访一下它是否正确。如果你觉得很满意，而且结论也不变，那么就可以让各方面省去一些不必要的麻烦，你觉得怎么样？”

“你需要我在城里停留多长时间？”

“啊，只要几个小时就够了。我今天晚上就可以去一趟索霍区，之后去拜访你。”

“那我没有意见，”斯特莱佛说，“现在我就暂时不去了，我也没那么着急，一定要现在去。我愿意今天晚上恭候您的大驾，再见。”

于是斯特莱佛先生转过身就冲向了银行外面，一路掀起了一阵大风，两个老行员站在柜台后面给他鞠躬，竟然用了好大劲才站稳。人们老觉得那两位年事已高的老人在鞠躬。大家都觉得他们在送走一个顾客以后，会在办公室继续保持这个动作，直到其他顾客到来。

律师非常敏锐，他能想到，罗瑞先生如果只是出于道德上的考虑，而没有更加充分的理由，是不可能给他提出如此尴尬的建议的。对于这样一剂猛药他虽然一点准备都没有，可是也强行吞了下去。“现在，”斯特莱佛先生把药吞下，像在法庭上一样，对个整个圣殿区摇了摇自己的手指头，“这个问题最后收场的办法就是，让你们所有人都承担一点责任。”

那是老贝勒家的一种手段，他据此得到很大的抚慰，“我不能让你指责我，小姐。”斯特莱佛先生说，“我得指责你的不对了。”

所以，当罗瑞先生当天晚上一直到十点钟才来拜访他时，斯特莱佛先生有意将文件都铺开，堆得到处都是，似乎已将早上的话题忘得一干二净了。他在看到罗瑞先生进来时甚至难掩惊诧的表情，而且一直是心里有事，精神游离。

“好了。”性情平和的拜访者用大概半个小时的时间想让他回到早上这个课题，最终却宣告失败以后直接说，“我到索霍去过了。”

“嗯?”斯特莱佛冷漠地说，“啊，那当然，我怎么了呀?”

“我非常肯定，”罗瑞先生说，“早上你在征求我的意见时，我是对的。我的建议被认可了，我得再次重复我的劝诫。”

“我向你担保，”斯特莱佛先生用最友善的态度说，“我为你，也为那令人同情的父亲觉得可惜。我知道这个话题如果放在那家人中间去讨论，肯定会是一场灾难，咱俩将这件事情先告一个段落吧。”

“我不懂你是什么意思。”罗瑞先生说。

“我敢说你是永远不会懂的，”斯特莱佛说，安慰性地，可是也不容置疑地点了点头，“不过也无所谓，无所谓。”

“可是这事很重要。”罗瑞重申道。

“不，没那么重要，我跟你保证跟这件事没有关系。我将一件完全没价值的事情看成了有价值的事情，把不值得表扬的目的当作了值得表扬，可是我现在已经彻底清楚了，没有给任何人带来危害。这类愚蠢的事情很多年轻女人原来都做过，等到沦落到贫困与卑贱交界的境地以后又会后悔。从无私的层面出发，我会为不再提这件事说声对不起。因为在世人的观念里，这种做法对于我来说是一种成全。可是从自私的层面出发，我倒是非常乐意不再提到这件事。因为从世俗的观念来看，这场婚姻于我并没有什么好处——我捞不到一点好处，这根本不用我多加解释。一点伤害都不会产生，因为我压根还没有向那位小姐求婚。说句掏心窝子的话，你也一定要替我保守秘密，我思来想去都不用操那份心。罗瑞先生，对一个脑子里什么都没有的姑娘惺惺作态，你是没办法控制的。不要总想着去制止，要不然你会觉得很难过的，现在也请你不要再提这件事了。我跟你说，如果这事搁到别人身上，我会觉得可惜。可是如果是我自己，我倒是觉得非常开心。我真的非常感激你，因为你允许我向你征求意见，也给我提出了意见。相比对那位小姐的了解，你比我更甚。你说得对，这事是不可能成功的。”

罗瑞先生惊住了，半天回不过神来。斯特莱佛先生用肩膀抵着他，请他出去，做出一副大公无私、善良无私像雨露一样对着他那顽固不化的头脑一头浇下去的模样。“尽量想开点，把事情往好的方面想，亲爱的先生，”斯特莱佛说，“这事从此以后别再说了，再次感谢你允许我向你征求意见，晚安！”

不等罗瑞先生明白自己到了何处，他已经进入黑夜。斯特莱佛先生回到沙发上倒下来，眼睛望着天花板，眼睛不停地眨着。

第十三章　不体贴的人

或者西德尼·卡尔顿在其他地方熠熠发光的时候，那么在曼内特医生家，他从来都是最不出彩的一个。一年时间转瞬即逝了，他经常到他们家去造访，却一直扮演了一个颓废、忧郁的闲人。他在愿意说话时也可以滔滔不绝，可是他那一副对任何事务永远都非常淡漠的阴云却时时掩盖住了他的热情，鲜少因为内心所绽放的光环而见到天日。

可是，对于那座房屋周边的街道和无从感知的铺路石，他却兴致盎然。多少个没办法通过酒来解愁的夜晚，他踟蹰在这条街道上；多少个冷清的凌晨，他孤单地徘徊于此地，就算是太阳从地平线升起，映照出黑夜中的教堂尖塔和高耸的建筑物时，他依然不肯离去。其实在那个安静的时分，他或者是可以记起来一些在其他时候被遗忘的和无法得到的美好事物的。近段时间以来，圣殿区法院那张被甚少提起的床现在就更难得露一回面了。他经常是睡在床上没几分钟就又爬了起来，又继续回到老地方晃悠。

八月的一天，斯特莱佛先生已经对豺狗说明他对婚姻问题的其他看法，之后奔赴德文郡去了。那时市区街道已经是花香扑鼻，无路可走的人甚觉心里舒服了许多，患病之人也觉得希望就要来临，老态之人精神也得以焕发，可是西德里却一直徘徊在那里，只是因为有了想法而从刚开始的犹豫变得现在步履坚定。在他终于下了狠心以后，他毫不迟疑地走到了医生家门口。

他来到楼上，看到露西一个人在打扫卫生。一直以来，露西在他面前都有点不够淡定。当他坐在她的桌旁时，她也是略带几分羞涩接待了他。两人拉家常时，露西抬头看着他的脸，觉得他今天特别与众不同。

“卡尔顿先生，我觉得你好像有点病了。”

“我没有，可是我的生活方式是极其不健康的，这样每天不规律的人能有什么好下场呢？”

“如果不能过一种更加向上的生活难道不觉得可惜吗？不好意思，我是话赶话。”

“上帝也明白，真的很可惜。”

“那你为什么还要保持原样呢？”

她再次望向他时明显愣住了，觉得紧张不已。他眼里饱含泪水，回答时语气也是泪语盈盈：

“太迟了，我恐怕这辈子都只能这样了，情况只会截越来越差。”

他将一只胳膊撑到桌上，用手把眼睛挡住。在接下来的安静时刻，桌子也跟着摇晃着。

她从来没见过他脆弱的一面，所以觉得很难受。他明白她难受，可是却没有抬头看她一眼，只是说道；

“不好意思，曼内特小姐，我是因为想起我准备要向你所说的话而止不住落泪的。你愿意听我继续往下说吗？”

“如果可以帮助到你的话，卡尔顿先生。只要可以让你稍微舒服一点，我愿意当一个非常忠诚的听众。”

“愿上帝保佑你的善良和体贴。”

过了一会儿，他不再用手挡住脸，慢慢开始往下说。

“不要害怕听我说话，对于我马上要说的话，你也不要觉得畏惧。我就像是个在年轻时候就已经死去的人，这辈子甭想有什么指望了。”

“不，卡尔顿先生，我相信你的好时光还在前面。我可以祝愿，你将来会为你自己感到自豪。”

“希望是值得你自豪，曼内特小姐。尽管我还是知道自己几斤几两，尽管我心里愁苦得跟明镜似的，可是我会永远记得这一刻。”

她的脸开始没有血色，浑身颤抖起来。幸运的是，他对自己感到绝望，她才稍稍放宽了心。于是这场谈话便和其他谈话完全不一样的性质。

“就算你有可能会对眼前人的仰慕之情予以回报，曼内特小姐，他也非常清楚自己就是个破罐子破摔的人。虽然他会觉得高兴，可是他却肯定会让你觉得难受、哀伤和后悔，肯定会污染了你，带着你和他一起陨落。我很清楚你对我不可能有什么好感，我并不渴求，我甚至还要因此感谢上帝。”

“我们暂且不论这个问题，我可以帮助到你吗，卡尔顿先生？我可不可以让你迷途知返呢？请原谅，我难道就不能找出别的途径来回报你对我的相信吗？我明白这代表着一种信任。”她稍微踟蹰了一下，流下真心的眼泪，恬静地说，“我明白你是不可能会对别人说这样的话的，我能否让这件事情对你发挥出益处呢，卡尔顿先生？”

他摇摇头。

“不可以，曼内特小姐，不可以。如果你愿意再听我多说几句，你就算帮助到我了。我希望你是明白我灵魂的终极梦想的。我在我颓废不堪的生活中看到了你们父女俩，还有你所努力经营的这个温馨的家，才让我心中重新燃起了梦想和希望，我也因此才觉得比以往任何时候都痛楚。自从我看到你以后，我才开始苦恼原来我一直忽略的后悔，我听到曾经悄无声息的声音又在催我奋进。我曾经有很多崭新的想法：洗心革面、告别懒散，重新开始奋斗。可是那只是一个梦，一个遥不可及的梦，一个没有结局的梦，醒来时我还在原地徘徊，不过我仍然想让你知道，你曾经将我的梦唤醒过。”

“难道那梦就没有一点残余？啊，卡尔顿先生，再好好想想，再尝试一下吧！”

“不，曼内特小姐，在那个梦里我都明白自己很没有资格，之后我就一直有，一直到现在都有这个缺憾。我总是想让你知道你是如何主宰了我的心智，让我这样一潭死水曾经碧波荡漾过，可是这绿水因为和我本质不同，所以只是绚烂了一时，很快就又消失了。”

“既然如此，卡尔顿先生，是我的失意，让你比见到我之前还要痛苦，那么——”

“千万不要那么说，曼内特小姐。因为如果这世界上还有什么东西可以挽救我，你早已经尽了你最大的努力，你不会让我变得更加恶劣的。”

“既然你所说的心灵感受基本都可以归结为是我的原因，简单来说，是我的感觉。难道我就没有对你产生过有利的影响吗？”

“我现在可以得到的最大益处，曼内特小姐，就是我此行的目的。让我在今后找不到方向时，可以一直记得我曾经向你勇敢地吐露出心声，这是我最后一次吐露。我要记住，我给你留下了一些让人难过和可惜的东西。”

“这些都是可以被纠正的，我曾经反复用最真诚的心请求你相信。”

“不要再祈求我的相信了，曼内特小姐。我已经对自己做过测试，也比你更加了解我自己。可是，我让你难受了，让我赶紧说完吧！你是否可以保证我现在对你所说的这些话，是可以长久保存在你朴实纯真的心胸里的，它会一直保守在那里，不会让其他人知道？”

“如果那样做可以安慰到你，我愿意。”

“就算你身边最亲近的人，也不告诉他？”

“卡尔顿先生，”她的身体在颤抖，过了好一会儿才说，“这是属于你的秘密，不是我的。我一定会恪守这个秘密。”

“非常感谢你，请允许我再说一句，愿上帝保佑你。”

他拉起她的手在唇边放了一下，之后大踏步走向门口。

“不要忧心，我不会就这个话题继续谈论下去，曼内特小姐，就算是顺便提起也不会了。即便让我现在就死去也不会有更加靠谱的承诺的。在我离开这个世界时，这个回忆于我而言都是神圣无比的。因此，我还要特别感谢你，愿上帝保佑你，我最后的一句誓言是对你发的，而我的姓名、短处和难过都将长存在你心间，这恐怕是人世间最大的幸福了吧！”

他和他一向的表现不一样，思量一下，他丢掉了多少东西啊！他每天又在将自己的感情朝心底狠狠埋了多少次啊！想到这所有都不免让人痛心。在他回过头来望向她时，露西·曼内特难过地哭了。

“不要伤心！”他说，“我没资格配上你这种感情，曼内特小姐。一个多小时以后，那些坏习惯又会找上我，那时我会比街头的流浪汉更不值得你同情了。不要伤心，可是在你心里我会是现在这个样子。尽管从表面上看去，我依然是你平时所见到的样子。我希望你答应我的倒数第二个请求，相信我今天所说的这些话。”

“放心，卡尔顿先生。”

“我最后一个希望是这样的，提出它以后，我就会让你从此远离一个我知道和你没有共同话题，没办法交流的客人。我尽管知道说出来也没有什么意义，可是这句话是从我的精神高度发出来的，我愿意为你，和你所爱的人做任何事情。如果我的事业发展较好，可以据此牺牲掉，我会毫不吝惜地为你和你所爱的人牺牲掉。在你心情平静时请记得：我说这句话是真诚的、激情的。在不久的将来，你会拥有新的关系，那关系将会紧密和温馨地把你和你所经营的家联系在一起，一个时刻为你添彩，让你快乐的最好的关系。啊，曼内特小姐，在一个和他一样快乐的父亲长得一模一样的小生命抬头看你时，在你看到自己动人的美貌重新出现在你的眼里时，请记得有过这么一个人，他为了让你拥有幸福，他是可以牺牲一切的。”

他说了一句再见，又说了一句愿上帝保佑你，便头也不回地走了。

第十四章　诚实的生意人

每天，耶利米亚·克朗彻先生都会坐在舰队板凳上，和他那长相奇丑的顽童一起，眼前有无以计数的东西晃来晃去。谁可以在舰队街最喧闹的时候坐在那里而不被汹涌的人流弄得人仰马翻呢？一群人每天随着太阳一起，一直不停地朝西走，一群人对着太阳的方向，不停地往东走，两群人都在朝落日平原处前进。

克朗彻先生嘴里含着干草，瞅着两群人，就好像是对着一条河流长达多个世纪的异教徒乡巴佬——只是他并不是在期盼河水变干，更何况那是根本不可能的，因为他一部分经济来源于为胆小的妇女（多半是打扮时尚的中年妇女）引路，带她们从洪流的台尔森到另一边去。虽然每一次和客人打交道的时间都非常短暂，克朗彻先生却对其中一位女士非常有兴趣，甚至有想要和她碰杯的炽烈欲望。正是因为他这种帮助众人的行为，他才从中得到了不少回报。这个我们适才已经提到过了。

原来有诗人会坐在这条长凳上，看着来来往往的行人，不禁诗兴大发。可克朗彻先生不是诗人，他只是安静地坐在那里到处望，尽量不去思考什么。

他四处望时正好是人烟寥寥的时候，行色匆匆的妇女也少，生意比较萧条，这却让他的心中又陡然升起一种想法，克朗彻太太是不是又在家中做祷告了。这时一群从舰队街到这里来的人让他不由得睁大了眼睛。克朗彻先生看了一眼那个地方，看出来是来了一支奔丧的队伍，因为有人不允许他们前进，而引起了喧嚣。

“小杰瑞，”克朗彻先生回过头对自己的儿子说，“这是在埋死人。”

“啊，爸爸！”小杰瑞高声叫了起来。

这个小公子发出的这种兴奋的叫喊是带有某种神秘的气息的，可是老爷却因此气急败坏，随手抽了他一耳刮子。

“你干嘛呢？叫个什么？你想要对你老爹说什么，小坏蛋？你这个浑小子和你的那些个大叫真是让我抓狂。”克朗彻先生看了他一眼说，“不要再这么大声叫唤，要不然我会叫你好看，知道吗？”

“我又没妨碍到谁！”小杰瑞一边摸摸自己发红的脸，一边反抗着。

“闭嘴！”克朗彻先生说，“我不管你有没有妨碍谁，到你的座位上好好待着去，看热闹去。”

他的儿子乖乖地去了，人群也汹涌而至了，他们正对着送葬的车辆发出叫嚷声。送葬车只有一个哭丧的人，他穿着举世认可的适合在这种场合穿的龌龊服装。可是他的处境并不是太好，马车周围聚集了越来越多的人，他们嘲笑他，对他挤眉弄眼，还不时放声大喊：“啊，密探！呵呵，密探！”而且加上很多尖锐的让人难以重复的谄媚话。

不管在什么时候，丧葬队伍都让克朗彻先生移不开眼睛。只是丧葬队伍经过台尔森，他都会全身兴奋，所有器官都被调动起来，所以，这么一个特别的丧葬队伍自然让他兴奋异常，他问第一个朝他跑过来的人，

“那是什么呀，老兄，怎么了？发生什么事了？”

“我不清楚，”那人说，“密探，哈哈，密探！”

他问其他人，“是说谁？”

那人也说，“我不清楚啊，”却不停地拍着手，用最饱满的热情叫道，“密探，啊啊，密探！”

最后一个比较了解事情内情的人才跟他说，这个死的人叫罗杰·克莱。

“他是个密探吗？”克朗彻询问道。

“是的，他是老贝勒的密探。”他的线人说道，“啊哈，老贝勒的密探！”

“啊，那就对了！”杰瑞想起来一场他曾出过力的审判，“我看到过他的，他死了，对吗？”

“是的，死得和羊肉没什么区别。”对方说，“真是死到极致了，把他们都揪出来。嗨，密探，把他们都揪出来，密探！”

人们正没有主意，这时他提的建议人们马上热烈响应了，大家便七手八脚，大声喧哗道，“揪出来，揪出来！”人群一哄而上，两辆车只好停下来，人群将车门打开，那仅有的一个哭丧人只好厮打着挤向外面。他被揪住了一会儿，可是他很灵活，瞅准时机，转眼工夫就跑掉了，丧

服、帽带、帽子，以及其他代表哭丧的东西都一并被丢下了。

人们将这些东西撕成了碎片，兴高采烈地四处扔。这时商铺都飞快把店门都关上，因为那时的人群都让人觉得害怕，什么事都有可能发生。人群这时已经澎湃到打开灵车，将棺材拖出来的地步。可是某个更为智慧的人却想出了另外一个好主意，他建议大家还不如将它高高兴兴地送回终点。这时需要的正是现实可供操作的主意，所以，大家一致响应。片刻之间，马车上已经坐进去八个人，外面也坐满了人，人们还在往灵车顶上爬。他们发挥最大潜能，能爬上去多少就上去多少。在这些自愿响应的人中，杰瑞·克朗彻是第一个积极回应的人。他挤进送葬车最隐蔽的角落里，将他那铁蒺藜头恭恭敬敬地藏了起来，不让台尔森银行的人发现。

主持丧礼的人对于这种贸然的改动很是不满，可是让人颤抖的大河就在附近，再加上有几个人在高声叫喊，要把殡葬人员中顽固不化的人采用冷浸疗法，让他们恢复理智，所以那反对声也只能偃旗息鼓了。经过重组的队伍再次出发了，一个打扫烟囱的人驾着灵车往前行进，他身边的驭手作为参谋，驭手本人也被严格控制着。一个卖馅饼的也在他的内臣的辅导之下驾驶着送葬车辆。气势浩大的送葬人群到达河滨路没多长时间，一个有所突破的、如狗熊似的人也加入了这支队伍，那时街面上这种人非常吸引人眼球，大家也对此表示热烈欢迎。那长着满头疥癣的熊就行进在队伍中，也给这支队伍增添了几份哀婉的气息。

这个一塌糊涂的队伍就这样往前走着，有人在喝啤酒，有人在抽烟斗，有人在大声地唱，还有人一刻不停地装出一副痛苦万分的样子，他们一路上吸引更多的人加入队伍。所有的商店看到他们都赶紧把门关上，他们要到达的地方是偏远的圣潘克拉斯。他们准时到达了那里，并固执地送到坟场，最后按照他们的喜好将罗杰·克莱埋葬掉了，而且都觉得很满意。

死人埋葬完了，人群又开始想别的方法消遣。还有一个更加睿智的人（或者就是之前想出好主意的那个人）又想到了一个好主意；拿偶尔从这经过的路人开刀，把他们当作老贝勒的密探进行报复。二十多个一辈子见都没有见过的被冤枉的路人就这样被殴打、被残忍虐待。从这种游戏升级为打破窗户、抢劫酒店变成再自然不过的事情。最后，几个小时过去了，几处凉亭也变成一片废墟，几处围栏也被拆毁，让那些喜欢打仗的武士们装备更加齐全。这时出现了谣言，有人说警卫队要来了，一听说这样的消息，人群纷纷作鸟兽散。警卫队或者也来了，或者根本就只是道听途说，总的来说，暴民活动因此结束了。

克朗彻先生没有加入后面这场残酷的游戏，却待在了坟场，和殡仪人员拉家常，也对死者表示痛惜。坟场让他的心归于平静。他从附近一个酒店找来一个烟斗，开始抽烟，从栅栏外看向里面的坟场，似乎思虑良多。

“杰瑞，”克朗彻先生说，根据惯常的做法开始自言自语，“这位克莱先生你是见过的，他还这么年轻，身体也还算健康。”

他抽完烟又思考了一会儿，才慢慢回过头来，想在下班之前回到台尔森银行。不知道是因为思虑过多伤害了自己的身体，还是他的身体一直都亮着红灯，或者他想对一个出色的人物表示自己的崇敬，这都没什么关系。总的来说，他在回去的路上去找了他的健康顾问——一个非常有能力的外科医生。

尽心竭力、兴致盎然地接过他父亲的工作职责的小杰瑞跟他说，他走之后就没有任务了。银行把门关上了，年老的职员们都走了出来，门卫依旧上班，克朗彻父子俩也回家消闲去了。

“好，我来跟你说问题出在哪儿？”克朗彻先生前脚刚踏进家门就对他的老婆说，“如果作为一个讲信用的生意人，我今晚的活动又不太顺利，我肯定知道一定又是你在为我做祷告，那我就要像亲眼看见过一样好好修理你。”

克朗彻太太大失所望地摇摇头。

“难道不是吗，你还在我面前祈祷呢！”克朗彻先生说，表现出了解所有事情的愤慨。

“可是我并没有说什么。”

“那最好不过了，那就什么也不要想。你要想，不管是不是跪下都可以想，用哪个办法都可以表示抗议。可是，我一样都不允许。”

“是的，杰瑞。”

“是的，杰瑞。”克朗彻先生在重复她话的同时，一边坐下来享用茶点。“啊，你总是‘是的，杰瑞，’就只会讲这样一句话。”

克朗彻先生发这样一番牢骚，其实并没有更多想法，只是单纯抱怨一下而已，一般人也经常这样做。

“你和你那‘是的，杰瑞’，克朗先生狠狠咬了一口奶油面包，就好像吞进去一个巨大的牡蛎一样，“算了，就这样吧，我还是信任你的。”

“你今天晚上要出去?”他那循规蹈矩的太太问道，他又吃了一大口面包。

“是的，要出去。”

“我和你一起，好吗，爸爸!”他的儿子赶紧问道。

“不，这次不行，我是去——你妈妈清楚——是去钓鱼，要到外面钓鱼去。”

“你的渔竿不是已经锈得很严重了吗，爸爸?”

“这个你就不要操心了。”

“你会带鱼回来吗，爸爸?”

“会的，要不然你明天就没得吃的了。”那位先生无奈地摇摇头，“那你就变成头等大事了，我要看着你睡着了以后才出去。”

那天晚上余下的时间他都非常小心地关注着克朗彻太太的一举一动，郁郁寡欢地跟她扯闲话，不让她跪下来祈祷。所以，他也让他的儿子和他的母亲讲话，找些话题趁机对她进行抱怨，不给她任何机会思考，让那个倒霉的妇女受了不少罪。就连对上帝最坚定不移的人对祈祷的效果进行采集时，恐怕也难以和他不相信老婆祈祷的作用相提并论。这就像一个声称世界上没有鬼的人，却被鬼故事吓得直哆嗦。

“你必须得小心。”克朗彻先生说，“明天不要耍花样，如果我作为一个讲信用的生意人可以赚到一两条猪腿，你们不仅可以吃上面包，也可以吃到肉了。如果我作为一个讲信用的生意人明天可以弄到一点啤酒，你们就不用整天喝白开水。你要懂得审时度势，如果看错了形势，可能就会功亏一篑，我就是你仰望的坐标，你知道的。”

之后他又开始埋怨个不停。

“你这是和吃的喝的作对呀！我真不明白你那下跪祈祷的手段和肆无忌惮地胡作非为会让家破败到何种境地。你看看你儿子，他是你亲生的吧？可是他现在瘦得跟皮包骨头似的。你还说自己是别人的娘呢，可是你难道不清楚做人家娘的第一要务就是把儿子养得白白胖胖的吗?”

这句话戳到了小杰瑞最痛苦的地方。他马上要求他娘履行她的第一要务。不管她完成了多少其他的事情，或者有没有做其他事情，她都得服从爸爸所发出的指令。

克朗彻之夜就这样一分一秒流逝了，直到小杰瑞被要求上床睡觉，他那娘也是一样。克朗彻先生一个人不停地抽着烟斗，将最初的几个小时消磨掉，直到半夜时分才从家里出发。到了深夜一两点，往往也是幽灵鬼怪横行的时间，他才直起身来，掏出钥匙把柜橱门打开，取出一个口袋、一根大小刚好的撬棍、一根带链的绳子以及类似的渔具。他熟练地把它们统统收拾好，和克朗彻太太说了再见，之后把灯关上，出发了。

小杰瑞上床只是装模作样地把衣服脱掉，之后便悄悄跟在父亲后面。他在黑暗中穿行，跟着他走出屋子，来到楼下，到院子里面，到了街上。他一点都不忧心一会儿回不了家，因为房客太多了，门一整夜都是虚掩着的。

他有一个令人交口称赞的宏伟大志，要研究他父亲那诚实的职业其中所蕴含的高深莫测。用这个作为动力，小杰瑞尽可能挨着房屋、墙根和门洞走（就像他的两只眼睛一样靠近），跟踪在他那令人尊敬的父亲后面。他的父亲向北方走了没多远一段距离，就和另外一侠叫作艾萨克·华尔顿[1]的门徒合相聚，一起踉跄地向前走去。

走了不到半个小时，他们已经远离了昏黄的灯光和更为无精打采的守夜人，来到一条偏僻的小路。在这里他们又聚合了一个钓鱼人——同样也是一点声音也没有发出。如果小杰瑞相信一些有违科学的言论，他会觉得这第二个莫名出现的钓鱼人是被劈开来的。

三个人继续往前走，小杰瑞也一直紧跟他们的步伐，来到一条可以居高临下看到大路的石塄坎下面。石塄坎顶最上面有一道用砖砌的墙，周围还有一道铁栏杆。三人在它们的阴影下从大路绕开，来到一条死胡同，那矮墙在这里被拔高了八至十英尺，变成了胡同的一面侧墙。小杰瑞找到一个角落猫下身子，眼睛却望向胡同里面。他眼前出现的第一个影像就是自己的父亲，他正在月光的掩映之下轻松翻过铁栅门，身手非常敏捷。接下来，第二个、第三个钓鱼人都依次翻了过去。三个人落到门内的地板上都没有发出什么大的声响，静静待了一会儿，大概是在听周围有没有动静，然后就蹑手蹑脚地离开了。

现在轮到小杰瑞也来到大门旁边，他压抑住剧烈的心跳走了过去，在一个角落里停了下来，弯下身子，看向里面，模模糊糊可以看到三个钓鱼人正在乱草丛中和墓地里的墓碑之间穿梭。三个就像黑夜中的幽

---

① 艾萨克·华尔顿：英国传记作家，可是他的《钓鱼大全》（一六七六年出版）却最为被大众所熟知。

灵，而教堂则像一个高大威武的巨大的幽灵。他们没有走多远就站好，开始钓鱼。

刚开始他们是用铁锹“钓鱼”的，接下来，他那令人尊敬的父亲大概在对一个拔塞钻一样的东西进行调节。无论他们用什么工具钓鱼，总之他们干劲十足。一直到教堂钟声响起才惊醒了小杰瑞，逃之夭夭。他的头发立了起来，就像他爸爸的铁蒺藜一样。

可是一直以来长存在他心间的想要探秘的渴望却让他停不下来，而且带动他又回到老家。在他再一次看向大门里面时，那三个人依然对钓鱼丝毫没有懈怠。可是鱼儿似乎已经被钓上来了，下面出现了钻子响起的声音，他们弯着的身子也跟着绷直，好像拖了个什么非常重的东西。那东西也慢慢被拖了出来，浮出地面。小杰瑞非常明白那是个什么东西，可是真正等他见到，又亲眼看见父亲将它劈开时，他因为第一次见到这样的景象而吓得魂飞魄散，再一次逃之夭夭，直到跑了一英里路或者更远才最终停了下来。

如果不是因为要换口气，他是压根不敢停下来的。他这几乎是在和幽灵比赛，急于想要和它撇清关系。他有一个突出的感觉：他看到的那棺材好像就是以他为目标，其具体形象是小头朝下①，人挺直了腰杆，蹦蹦跳跳地，总感觉下一秒就要他和并肩时似的，一直蹦跳个不停，或者是想要逮住他的胳膊吧，他一定要躲得远远的才行。那东西还是个虚无缥缈、随处可见的幽灵，搞得整个黑夜都因此变得阴森起来。为了躲避黑暗的胡同，他跑到了大路上，生怕那东西像得了水肿病似的，突然从胡同里跑出来。那东西也藏在树洞里，用它那骇人听闻的双肩在门上蹭来蹭去，双肩一直垂到耳朵上，似乎在笑。那东西也会跑进路上的影子里面，狡黠地卧着，想要摔他个嘴啃泥，又一直跟在他身后，而且越来越靠近了。所以当那个孩子回到自己家门口时，似乎完全有理由相信自己已经只有半条命了。就连到了屋里面以后，那东西也一直在他身边，随着他一起到了楼上，和他一起躲进被窝里面，他进入梦乡以后，那个东西还依然停留在他的胸口，一点生气也没有。

天快要亮时，睡在小屋里的杰瑞从沉沉的睡梦中醒来，他的父亲在正屋里的响动太大了。他想肯定发生了什么事情，至少小杰瑞是这样认

---

① 西方的棺材基本上是几何学上的筝形，一头偏大，一头偏小，西方的普通风筝基本上都是这样，因此下文说棺材像个没有尾巴、没有翅膀的得了水肿病的风筝。

为的，因为他正拧着克朗彻太太的耳朵将他的后脑勺撞到床板上。“我跟你说过，我会收拾你的。”克朗彻先生恶狠狠地说，“我也收拾过你。”

“杰瑞，杰瑞，停手。”他的妻子苦苦央求道。

“你始终和我的业务收益唱反调，”杰瑞说，“我和我的同伴们都倒霉，你必须尊敬我，听我的话，你为什么就是要反着来。”

“我一直都努力想做个好妻子的，杰瑞。”可怜的女人可怜兮兮地说。

“和你丈夫的业务一直唱反调就是一个好妻子应该做的吗？让你丈夫的业务不能顺利开展就是尊敬他吗？在你丈夫业务的核心问题上老是背道而驰就是听他的话吗？”

“可是那时你还没做这样恐怖的交易，杰瑞。”

“你只需要明白，”克朗彻大声反诘道，“做一个守信用的生意人的妻子就可以了，至于你丈夫做什么不做什么，你一个女人不用那么关心。尊敬自己的丈夫、听自己丈夫话的老婆是不会影响到他处理业务的。你不是一向标榜自己是个非常忠心的女人吗？你如果也可以称得上是一个忠心的女人，你倒是找一个不忠心的让我瞧瞧。你心里没有与生俱来那种责任感，就好像泰晤士河河底不可能长出钱一样，应该把你脑子里灌输进去一些责任感才行。”

这番骂人的声音虽然很小，可是最后还是以那位守信用的生意人将沾满泥的靴子一脚踢掉，之后直直往床上一躺宣告结束。他的儿子偷偷看了一眼，看到他卧在床上，两只满是铁锈的手交叉放在脑后当作枕头，自己就又回到床上躺着，沉沉地睡去。

早餐没有鱼，别的东西也只有一点点。克朗彻先生一点精神也没有，肚子里积蓄了很多怨气，将一个铁锅盖抓在手里，作为时刻提醒克朗彻太太的秘密武器，准备看到她有做祷告的迹象时就马上运用。他准时洗漱完毕就把儿子带上，去做他表面上的职业去了。

小杰瑞胳膊底下夹着一个小板凳，走在他爸爸旁边顺着阳光铺满的拥挤的舰队街往前走着。和昨晚那个为了躲避令人畏惧的追逐者而一路狂奔回家相比，此刻的杰瑞已完全不一样了。他的狡猾已经随着太阳的升起，又增加了不少，他的害怕也随着黑夜的流逝而消失。从这个层面来说，在那个风和日丽的早晨，舰队街和伦敦城多的是这样的人。

“爸爸，”两人肩并肩朝前走着，小杰瑞说，说话的时和爸爸中间隔着一条胳膊的距离，还包括一个小板凳，“什么叫‘复活贩子①’？”

克朗彻先生停下来望着自己的儿子说，“我怎么可能知道呢？”

“爸爸，我一直觉得你是万能的呢！”孩子天真地说。

“行，好了，”克朗彻先生继续朝前走，同时把帽子取下来，将他的铁蒺藜展示得更为充分，“‘复活贩子’就是经营某种商品的人。”

“什么商品，爸爸？”小杰瑞继续问道。

“这种商品是——”克朗彻在心里酝酿了一番，“一种用于科学研究的商品。”“是人的身体吧，爸爸？”孩子欢快地说道。“我相信就是指那种。”克朗彻先生说。

“等我长大以后，爸爸，也想经营这个商品呢！”

克朗彻先生尽管觉得心里得到了慰藉，可是却用一种严格的道德礼法的态度摇了摇头，“那就得看你如何培养自己的能力了，好好培养你的能力吧，这种事最好不要对外人说。有的工作你不一定适合，现在也难以判断。”小杰瑞受到这样的激励便大踏步向前迈了几步，将小板凳放在圣殿关的阴影里，这时克朗彻先生开始自言自语，“杰瑞，你这个守信用的生意人，也许那个孩子将来会让你幸福呢，反倒可以填补他娘的缺憾。”

---

① 复活贩子：也就是盗尸人。最早在一八二九年使用，用于两个从坟墓中挖出尸首卖给医学院作为解剖用的爱丁堡人，他们因此获得六个月监禁的处罚。两年后，也不是一八三一年，尸体解剖在英国被合法化，“复活贩子”的存在已没有了意义，可是这个词却一直被保存了下来。

第十五章　编织

德伐日先生的酒馆今天来的客人都比较早，清晨六点，已经可以看到几张消瘦的面孔朝带栏杆的窗户里面瞅，而当时已经有不少了猫着腰，举着酒杯。德伐日先生就算生意再好，他也只销售一种特别清淡的酒。可是这一天，他的酒味道似乎比平时还淡，而且还有了一股酸涩味，可以改名叫“辛酸酒”了，因为喝酒的人因此心情变得抑郁。德伐日先生所压榨出的葡萄汁是没有办法生出快乐的火焰的，它的酒渣里也暗藏有一种隐隐要爆发的火苗。

这已经是德伐日先生接连三天来喝早酒了，从星期一开始，今天已经星期三了。其实早上喝下的酒远远比不上脑筋动得多，因为很多男人进去便一直在这晃来晃去，参与别人的讨论，自己也偶尔发表下意见，可是这些人即便是为了挽救自己的精神世界于水火之中，也是出不起酒钱的。可是他们对酒店却有非常浓烈的兴趣，似乎可以买到很多酒来喝。他们不停地变换位置，满场子转悠，眼里尽是穷奢极欲，咽下去的不是酒，而是言辞。

虽然客人很多，可是酒店老板却不见踪影，也没有人想到他，因为进入酒店的人都不找他，也没有人打听他的情况。他们只看到德伐日太太在柜台边主要负责打酒，也不觉得有什么奇怪的。德伐日太太前面放着一只碗，里面全都是偏离标准形的硬币，硬币磨花了，和之前出来的新品大相径庭。可是那群从破衣兜里将硬币拿出来的人也是如此，和他们与生俱来的形象有很大的悬殊。

密探四处查看，从国王的宫殿到罪犯的牢房。他们在这家酒馆里看到的或者只是一种大众所司空见惯的求而不得的满不在乎的神态。玩纸牌的也一点都不投入，玩骨牌的也满脸愁云地看着高塔，喝酒的用洒出来的酒随便作画；德伐日太太用牙签在她所编织的毛衣袖子上勾勒着图案，却可以眼观六路、耳听八方。

圣安托万就像现在这样断断续续地喝到正午时分。这时，两个人影出现在街灯下，其中一个是德伐日先生，另外一个是头戴蓝帽的修路工人。两人步履匆匆地走进酒店，一副火烧火燎的样子，他们的出现让圣安托万一片沸腾。随着两人不断地前进，大部分窗户和门洞后的面孔都好奇地伸过来，让它们燃起烈火，可是没有人尾随他们的脚步。两人进入酒店后一直沉默无言，尽管每张脸都好奇地看着他们。

“中午好，先生们!”德伐日先生说。

这声招呼很好地打破了沉默，得到了所有人的回应。

“天气很糟糕啊，先生们。”德伐日摇摇头说。

这一来，大家都不知道说什么了，只好垂下头一声不吭地坐着，只有一个人往外走。

“老婆，”德伐日先生对德伐日太太说，“这位修路工叫雅克，我们一起走了好几十里路。我在巴黎城外走了一天半以后，在路上碰巧遇到了他。他是个非常好的朋友，老婆，给他倒杯酒!”

第二个人一声不响地走了出去，德伐日太太将酒递给这位修路工，那人将蓝帽取下来给大家打了个招呼，之后开始喝酒。他的短衫前面挂了一个劣质的黑面包，然后就坐在德伐日柜台前面一边喝酒，一边啃面包。紧接着第三个人又走了出去。

德伐日喝了点酒，喉咙清爽了许多，可是却比客人喝得少。因为酒对于他来说，太司空见惯了。他喝完就站在那等着，一直到乡下人吃完早饭。他没有注意任何人，也没有人注意他，甚至德伐日太太都没看他一眼。现在她又开始在打她的毛线。

“朋友，点心吃完了吗?”时间到了，他问道。

“吃完了，非常感谢!”

“那就请跟我来，你和我一起到我一早为你准备好的房间去，我觉得那个房间太适合你了。”

两人从酒店出来，经过街道，来到院子，然后又穿过院子，来了一处非常陡的楼梯，之后到了一间阁楼，曾经有一个满头银发的老头坐在这间阁楼的凳子上，弯着腰整日做鞋。

满头银发的老人现在已经不在这里了，可是分别从酒店出去的三个人却都在这儿。和那个满头银发的老人，他们之间有小小的关联，因为他们曾经从墙缝里窥探过他们。

德伐日认真把门关好，然后尽量把声音尽量压低了说：

“雅克一号、雅克二号、雅克三号！这位就是雅克五号，是由我雅克四号把他约过来的，具体情况就由他来说！来吧，雅克五号！”

修路工人脱帽致意，之后将黝黑的前额擦了一下说道，“从哪里说起呢，先生?”

“从最早开始说。”德伐日思考了一番说道。

“先生们，一年以前，也是这样一个夏天。”修路工人打开了话匣子，“在侯爵的马车下，我看到了那个人，他被吊在链条上。你们可以想象一下当时的情景，太阳就要落山了，我也准备下班，侯爵的马车缓缓地爬上了陡坡，那人就像这样挂在链条上。”

修路工人又绘声绘色地表演了一番，他表演得太逼真了，因为曾经他在村里曾经参加过这样的表演，而且时间也有一年之久，每次都博得满堂彩，已成了大家指名要看的娱乐节目。

雅克一号打断他问道，之前是不是和那个人见过。

“从来没有。”修路工人马上坐直了回答道。

雅克三号问他后来又是如何将那个人认出来的。

“因为他那鹤立鸡群的个子。”修路工人小声说道，“那天傍晚时分侯爵大人过来跟我说，‘跟我说，他长什么样子?’我说道，‘和一个魔鬼没有区别。’”

“你应该说没发育正常。”雅克二号打断他的话说道。

“那我就不清楚了，那时人还活着，他又没有跟我交代过。请注意这一点，在那种情况下我也没办法主动站出来说明什么。侯爵大人站在那面积不算大的泉水边说道，‘把那个流氓给我带过来。’他用手指头表示说的是我。说实在话，几位先生，我从来没有想过要做点什么。”

“他这话倒像是那么回事，雅克。”德伐日对打断他话的人说道，“继续说。”

“好的!”修路工人左顾右盼了一阵说，“那个个子很高的人不见了，四处都在抓捕他。时间有九个月，十个月，十一个月了吧?”

“到底几个月这无关紧要，”德伐日说，“总的来说，他四处躲藏，可最终还是被抓住了，继续说。”

“我又是在山坡上做事情，太阳也快要下山了。我正整理好家伙准备回家了，村子已经完全看不见了。这时我抬起头来，看到六个士兵从山坡另一面朝这边走过来。他们中间有一个人个子很高，两只手臂被绑得结结实实，被绑在身子两边，就像我这样!”

他利用那顶必不可少的帽子表演一个人双手被捆绑的样子，非常真切地展现出了那个场面。看上去，他这辈子见过的场面真的是屈指可数。

“那个高个儿没表现出来他认识我，我也假装不认识他。我们只是交换了一下眼神。‘走吧!’大兵带队的指着村子说，‘快把他送进坟墓去。’说时走得更迅速了。我紧紧尾随在他们后面，因为绑得过于牢，他的两条胳膊都肿得不成样子。他的木鞋很重，脚也残疾了。跛着脚走得非常慢，他们便用枪驱赶他——就像这样!”

他表演着一个人被人用枪顶着往前迈步的样子。

“他们像疯子一样飞速跑到坡下，他跌了一跤。当兵的笑得上气不接下气，将他用力拖了起来。他脸上淌着血，满脸都是泥污，可是却不能擦拭。他们一见，又放声大笑起来。他们将他押进村子，满村的人都过来看热闹。他们用枪指着他经过风车，爬上山坡，来到监狱。监狱在夜色中将门打开，全村人都亲眼看见，监狱很快将他吞没掉——就像我这样!”

他用力把嘴张大，然后使劲一闭，牙齿跟着咯咯作响。德伐日观察了一下他不想再张开嘴，破坏了表演效果，于是开口说道：“接着往下说，雅克。”

“村子里的人。”修路工人踮起脚尖，尽量小点声音说，“所有人都走了，都在泉水边窃窃私语，都睡了，梦见那个令人同情的人被关押在悬崖顶上监牢的铁栏杆里，只有奔赴刑场，他才有可能出来。早上我拿上工具，带上吃的去干活。我特意从监狱旁边路过，看到他了，他被锁在一个高高的笼子里面，和昨天晚上一样，满脸都是血污，他也在朝外面看。他的手被捆绑着，不能冲我挥手示意，只能像个死人一样眼巴巴地望着我，我也只敢看看他，不敢说话。”

德伐日和三个人互相深沉地看了一眼，听着那乡下人所陈述的事情，他们一个个都面色严峻，充满了愤慨。样子虽然很小心，可是气势上却不输人，有一种森严的法庭氛围。雅克一号和雅克二号都坐在铺有草荐的旧床上，用手撑着下巴，眼睛紧紧看着补路工人。雅克三号单膝跪地，显出非常关心的样子，一只手哆哆嗦嗦地在嘴巴和鼻子间摩挲个不停。德伐日站在报信人和他们中间，他让报信人站在光线投射进来的地方。修路工人在他和他们中间不停地变换。“接着往下说，雅克。”德伐日说。

“他在那个巨大的笼子里待了几天，村里的人都不敢靠近他。只敢远远望他一眼，却总要不自禁地朝高处的监狱望一眼。到了黄昏，一天的工作结束，大家都聚到泉水边议论，脸又不自觉地转向监狱，之前他们都望驿站的方向望，现在却看向监狱。他们在泉水边小声议论着，说是他尽管被判了死刑，可是却不一定会被执行。听说巴黎已经收到几封请愿书，说是因为孩子的死亡而气急攻心，也有人说国王那里也收到了一封请愿书。这我就无从得知了，不过也说不好，也许是这样，也许不是。”

“那你就听好，雅克。”雅克一号严肃地打断他说道，“我们要清楚这样一个事实，国王和王后已经收到了请愿书。除你以外，我们在场的所有人都看到国王拿到了这份请愿书。马车当时行走在街上，他就坐在王后身边，是你亲眼所见，德伐日不顾自己的性命挡在了马车前面。”

“还有，雅克。”单膝跪地的三号说，他的手指不停地晃动着，一副贪心不足的样子，好像希望得到什么奢侈的东西，既不是吃的，也不是喝的。“骑兵和步兵将他团团包围，打他，你是否听见了？”

“听见了，先生们。”

“你接着说。”德伐日说。

“还有，他们在泉水边还偷偷讨论过另外一件事。”那乡下人又继续说，“听说他被押到我们乡下来是要把他处以死刑的，而且没有任何释放的可能。他们甚至还说，因为他将大人杀死了，而大人又是租户们（也就是佃户们）的父亲，所以他被处以死刑的名头是杀害父亲的大逆不道的儿子的罪名。泉水边有个老头说他是用右手拿刀的，因此先要当着他的面，将他的右手用火烧掉，然后再在他手臂、胸口和两腿间用刀一刀一刀捅，将烧开的油、松香、蜡、铅和硫磺倒进去，之后再用四匹非常健壮的马拴在他的手脚上施以分尸的极刑。那老头儿说曾经有个人想要杀死国王路易十五，最后被执行的就是这种刑法。可是他说的到底是不是真的，我就无从得知了，我大字不识一个。”

“那就听好了，雅克。”刚一直抓个不停的带有希冀神情的人说，“那人姓达米安①。是光天光日之下在巴黎城的大街上被杀死的。看行

① 达米安：一七五七年一月五日，罗伯特·弗朗索瓦·达米安行刺法王路易十五，路易十五受了轻伤，达米安被捕后被用酷刑杀死。

刑的人无以计数，最吸引人眼球的就是那些打扮时尚的尊贵夫人小姐们。她们对此兴趣十足，一直看到最后，雅克，那时天都黑了，那时他的两条腿和一只胳膊都被拉断了，却还没有停止呼吸，之后才把他杀死，你多大了？”

“三十五。”修路的工人说，他看上去像有六十岁的样子。

“那是你十几岁时发生的事，你应该看到过。”

“行了。”德伐日说，因为烦躁，所以显得很严肃，“魔鬼万岁！请接着往下说。”

“啊！每个人说法不一，可是万变不离其宗，就连泉水声音都特意变小了点。最后，到周日晚上，全村人都进入了梦乡，进来一帮军人，他们从监狱里下山来，用枪戳着石头嘎嘣作响，工人锄地，工人钉钉子，军人在一旁笑得欢快。到了早上，泉水边立起一个高达四十英尺的绞架，泉水都变得毒气熏天了。”

修路工人抬头看去，不，是看透了，矮矮的天花板，用一个手这样指着，就好像又看到绞刑架树立的样子。

“每个人都停止了手头上的工作，所有人都聚集到一起，牛也和人一起待着。正午时分，鼓声震天。军人早早在半夜时分就来到监狱，将他包围在其中。他和之前一样被五花大绑，嘴里还有一根木棍，绳子绑得紧紧的，远远望去，就像是笑的表情。”他用拇指把嘴角使劲往两边扯，皱纹顿时变得十分明显。“绞刑架顶上放着一把刀，刀口朝上，刀尖在阳光下闪烁。他就被处死在这个高达四十英尺的绞刑架上，之后就一直被吊在那里，泉水都因此被污染了。”

他用蓝帽子将脸擦擦，因为每当想起那个场面，他的脸上就会冒出细细密密的汗珠。大家相互对看了一眼。

“太恐怖了，先生们。在那浓重的阴影之下，妇女和儿童都不敢到这里来取水了，晚上也没有人敢在这里聊天了。在绞架底下，我什么也不敢说。周一的傍晚，太阳要下山时，我离开了村子。我在山头回头望，看到了那倒影在教堂上、风车上，以及监狱上，好像倒映在整个大地上，先生们，一直蔓延到和天空相对应的地方。”

那带有强烈的欲望吸吮着一根手指头的人，眨眼望着其他的人，因为被欲望吞噬得难受，他的手指都在不停地打战。

“我讲完了，先生们。根据通知，在黄昏时分我离开了村子，走了一整晚再加第二天半天，才碰到这位同志，（就是根据通知我要接应的人）就和他一起过来了。我们骑一会儿马，然后走一会儿路，走完昨天，又走了一个晚上，我才到了这里。”

一阵令人窒息的沉默过后，雅克一号说，“好的，你讲得很好，表演也很到位。你可以门外稍等片刻吗？”

“没问题。”修路工人说。德伐日和他一起来到楼梯口，请他坐下，自己又走到阁楼里面去了。

等他再进屋时，三个人全都站了起来，三颗头聚拢在一块。

“你们有什么想法，雅克们？”一号问“让它变成呈堂证供吗？”

“变成呈堂证供，然后判决统统消失。”德伐日说。

“非常好！”那欲望十足的人小声地说。

“全家和庄园？”一号问。

“是的，”德伐日说，“让它们永远消失。”那欲望十足的人声音再次发出高兴的声音，“非常好。”他又开始吸吮另一根手指头。

“你可以肯定，我们这样做不会有风险吧？”雅克二号看着德伐日说，“可以非常肯定地说它是万无一失的，因为除了我们，没有人会知道这其中的秘密。可是我们自己可以准确翻译出来吗？或者我应该这样说，她一定可以准确破译吗？”

“雅克，”德伐日直起身子来说，“我老婆既然答应完成这个任务，情愿牢牢记住这些证词，她是断然不会忘记的，甚至连一个音节都不会忘记。她用她自己独特的针法和记号做好的东西，在她的眼里，就和太阳一样清晰可辨。请相信德伐日太太，如果想要从德伐日太太悉心编织好的记录上去掉一个名字或一个罪行，就算只是一个字母，也难于上青天，比最懦弱的人自杀还要难呢！”

接下来是一阵窃窃私语，言语之间满是对德伐日太太的欣赏。那欲望满满的人问道，“这个乡下人要马上让他离开吧？我希望如此。他太没有心眼了，不知道会不会带来什么麻烦？”

“他一无所知，”德伐日说，“他所清楚的东西还远远达不到把它送到绞刑架上去，我愿意去说通他。让他和我待在一起，我会照顾他，让他离开。他想一睹这个绚烂多姿的世界的风采，看看国王、王后和王宫，就让他去吧！”

“什么？”那欲望满满的人眼睛睁得老大，大声叫道，“他想一睹国王和王后的绰约见姿，想要感受一下奢华的气场，这难道是好苗头吗？”

“雅克，”德伐日说，“你如果想要让猫爱上喝牛奶，那么最聪明的办法就是让它眼里时刻看到牛奶；如果你想要狗有一天可以出去打猎，最聪明的办法就是让它时刻看到它的狩猎对象。”

话说到这里就结束了，他们找到修路工人时，他正靠在楼梯上睡着觉，他们敦促他到草荐床上去睡，他不需要人多费口舌，马上又睡着了。

像他那样家徒四壁的外省汉子在巴黎可以找到栖身之所，都不能和德伐日酒店的房间相比。所以如果他心里不害怕老板娘的话，他的日子还是挺有意思的。幸好那老板娘整日坐在柜台旁，似乎无视他的存在，不管他在那里和什么事情发生了实质性的关系，她都装聋作哑。这就让他每次看到她都直打哆嗦，因为他思来想去，总无法预测接下来她会做什么，如果她那被修整得特别美丽的脑袋突然准备假装知道他杀了人，而且将那人的皮扒掉了的话，她一定会誓死维护她的判定，一直和他斗争到最后。

所以，等到周日到来，他听说德伐日先生和他去凡尔赛宫时，她也要陪同前往，他并不觉得多么高兴（尽管口头上得这样表示）。更让他不知如何是好的是，他们一起坐在公共马车里，她还在不停地织着毛线，特别让他备感压力的是那天下午，所有人都在静候国王和王后的大驾光临时，她依然在织着光线。

“你可真是个闲不住的人哪，太太！”她身边有个人说。

“是的，”德伐日太太说，“我还要很多活要干呢！”

“那你现在织的是什么，太太？”

“非常多的东西。”

“打比方说——”

“打比方说，”德伐日太太非常淡定地回答，“裹尸布。”

那人听到后马上往旁边移了一点，移得有一段距离了才停下。修路工人不停地拿帽子扇着风，他觉得太闷热了，也太拥挤了。如果他的清醒剂是国王和王后，那么他马上就可以梦想成真了，因为国王和王后马上就要来了。大饼脸的国王和面容娇俏的王后一起坐着黄金马车来了。在前面引导的有宫廷的牛眼明灯①，很多服饰漂亮、兴高采烈的妇女和漂亮的老爷。他们个个打扮得十分耀眼，涂脂抹粉的，摆出一片热闹和

① 牛眼明灯：有两种意思，一种是一种特别亮的风灯，也就是黑夜中的照明路灯，借指宫廷亲信的智囊人物，另一种指靴子。在这里意思是前者。

居高临下的气势，向外界展现出一张张美丽和时尚的面孔。修路工人被包围在这样一个辉煌的场景里面，一时非常开心，情不自禁地大声叫道，“国王万岁！”“王后万岁！”“大家万岁！”“所有万岁！”好像他和随处可见的雅克党完全没有关联似的，之后又来到花园、楼梯、喷泉、绿意盎然的草坡，依然是国王和王后，宫廷数不清的奢华、贵族人士、名流，太多的万岁了！他激动得热泪盈眶，放声大哭了起来。在这持续了三个小时的辉煌盛世中，他和许多感情丰富的人一起放声大叫着。在整个过程中，德伐日都紧紧抓住他的衣领，似乎怕他会冲昏头脑，将他们撕得片甲不留。

“好！”游行完以后，德伐日拍拍他的肩，像慈祥的上帝一样说，“你表现得非常好。”

修路工人这才恢复了理智，很担心刚才是不是做了傻事，好在事情并没有他想象的那么糟。

“我们需要的正是你这样的人。”德伐日对他耳语道，“你让那些自以为是的糊涂蛋们以为这种局面可以一直长久下去，于是他们会更加蛮横无理，也就会倒台得更快。”

“是！”修路工人思考了一下，大声说，“确实如此。”

“这些糊涂蛋们一无所知，他们不会在乎你们的声音，为了他们的牛羊，他们可以让成百上千个你们这样的人永远闭上嘴巴。另一方面，他们又只会在乎你们对他们所说的话。就让他们再自欺欺人一下算了，这种人无论怎么欺骗他都不算出格。”

德伐日太太非常鄙视地看了眼客人，颔首了。

“至于你，”她说，“不管什么事情，你都要表现夸张一点。流泪、大声嚷嚷，起哄，越能掀起气氛越好，你觉得怎么样，你愿意干吗？”

“好，太太，我现在做的就是这个。”

“如果你前面放有一大堆布娃娃，有人叫你去把它们的衣服扒掉给自己穿，你肯定会选择那个最时尚最美丽的扒，对吗？”

“是的，太太。”

“如果你前面有一大群已经丧失飞行能力的鸟儿，有人叫你去把它们的羽毛拔下来让自己变美，你会选择那个是美丽的拔，对不对？”

“当然，太太。”

“那好，今天你看到了布娃娃，也看到了鸟儿。”德伐日太太对着他们适才去过的地方挥手示意了一下，然后说，“你现在可以走了，再见。”

第十六章　编织不已

德伐日和他的太太平淡无奇地回到了圣安托万，同时一个头戴蓝帽子的人却在茫茫黑夜踏上了匆匆往前赶路，他的目的地是侯爵大人的庄园。此时的侯爵大人正在坟墓里聆听林莽的低语。现在石雕人面非常悠闲，可以静静地聆听泉水和树林发出的声响，村里的穷人顾不得太多的恐惧，敢于到庞大的石砌庭院和台阶周边来找一些食物和柴火了。由于过度的饥饿，他们眼前出现一种假象，那些石雕人面好像也没有那么面目可憎了。村里传言，它几乎没什么杀伤力，就和这个村里的人一样，听说是那把匕首刺了进去，让所有的石雕人面的表情都不复从前，由原来的自豪变成生气和难过。泉水上空四十英尺的地主，因为那个人影晃动以后，石像的表情又跟着发生了变化，有了一种报复的快感。而这种表情会一直保存下去。同时还有人说发生过命案的房间窗户上方的石像那雕刻出的鼻子上有了两个明显的小窝，这小窝每个人都知道，可原来并没有出现在石像上过。偶尔会有两三个穿着破破烂烂的农民从人群中走出来看变成石像的侯爵大人，并伸出细如枯枝的手指头猛戳一会儿，之后就和同伴们一起逃之夭夭了，像山林中的野兔一样。野兔比他们还要幸运些，可以在林莽中存活下去。

庄园和茅屋、石头地板上的斑驳血迹、无以计数的土地、石雕人面和摇摆不定的身影、泉眼中的泉水淙淙、法兰西的一个省，甚至于法兰西整个国家，全都在茫茫夜色下变成一条细微的线，一颗闪烁的星星包裹了整个地方和它的所有。既然人类的智慧已经达到可以研究出光线结构的地步，那么，智力越往高发展，就一定可以在这个地球上解析出每个责任人的思想和行动，每一件案子。

德伐日夫妇在夜色掩映下，坐着公共马车来到巴黎城门。那是他们必然要经过的地方。他们在关卡警卫队停了一会儿，手持风灯的人按照惯例过来检查了一番。德伐日和那里的两个士兵、一个警察都非常熟悉，和警察还引为知己，两人见面免不了问好一番。

傍晚时分，德伐日夫妇到达了圣安托万，二人在边界附近下了车，在黑泥和垃圾之间小心选择着前进的道路。这时德伐日太太开口说话了：

“嗨，朋友，警察局的雅克说什么了？”

“今晚几乎没说什么，可是他所知道的，他都事无巨细地告诉了我。我们这里又新来一个密探，听说可能还会来更多的人，可是他也不认识。”

“那很好！”德伐日太太用冰冷的腔调，就和平常办业务那种神气说道，“我们得记录在案，他们是怎么称呼他的？”

“他来自英国。”

“那再好不过了，他姓什么？”

“巴赫萨，”德伐日说，用法国音念了出来。可是他非常认真，想要研究得更为精确，因此又更精确地拼出了每个字母。

“巴萨。”太太说，“好，叫什么名字？”

“约翰。”

“全名就叫约翰·巴萨。”太太小声重复了一遍，“好，他长什么样子，你知道吗？”

“年纪大概在四十岁左右，身高在五英尺九左右，头发黑黑的，皮肤也偏黑，基本上可以用俊俏来形容。眼珠很深，脸瘦长瘦长的，灰黄色。鼻子是鹰钩鼻，可是有点歪，稍稍向左边脸歪了一点，所以表情看起来非常凶险。”

“好，相当好，这幅肖像画太精彩了。”太太笑了笑说，“明天我就给他画下来。”

两人进入酒店，这时已经到了半夜，酒店都关门了。德伐日太太马上到柜台边坐下，将她离开以后收进来的零钱点了一遍，将存货清理了一遍，翻阅账本，自己又记了几笔账，对打杂的进行了所有核查，然后叫他去休息。她这才重新将碗里的钱倒出来，用手帕包裹好，打了个结，以免夜里发生意外。这时德伐日便叼着烟斗来回走动，远远望着，不去搅扰她。这种家务和业务活动中，他一贯扮演的角色就是来回走动。

夜很闷热，酒店不透风，环境又不是那么好，所以臭气明显飘了过来。德伐日先生的嗅觉并不是特别敏锐，可是店里的葡萄酒味和平时相比，却浓烈了好多，甜酒、茴香、白兰地的气味也比平时浓烈了不少。他将手里的烟斗放下，不停地挥散着这种夹杂的气味。

“你一定很累吧。”老板娘把钱包好，打好结，抬头看了他一眼，“这个味就是平常的味儿。”

“我有点累了。”她的丈夫没有反驳。

“你的兴致也不太高。”老板娘说，她那犀利的眼神非常专心地核对着账目，可也不时看他一眼，“啊，男人，男人！”

“可是我亲爱的。”德伐日说。

“可是我亲爱的，”老板娘用不容置疑的口气开口接道，“可是我亲爱的，你今天晚上过于善良了。”

“是的，我不否认。”德伐日说，他似乎是很艰难地吐出这几个字，“时间有点过长了。”

“时间确实有点长。”他的妻子认可道，“可是试想，有哪一件事没有持续很长时间呢？报仇所花的时间更长，这是改变不了的规律。”

“雷打死人就不用费那么多周折。”德伐日说。

“可是请你跟我说，”老板娘淡定地问道，“让雷电蓄积到一块得需要多久？”

德伐日掩面思考，似乎觉得这句话也不无道理。

“地震将一座城市销毁，”老板娘说，“所需的时间也很短。可是你能跟我说，地震准备一次得多长时间？”

“我觉得需要很久很久。”德伐日说。

“可是一旦时机到了，它就会一鸣惊人，将你可以看到的一切全部销毁。同时，地震的准备虽然看不见、摸不着，可是一直在进行。这对你来说已经是很好的抚慰了，请记住。”

她的眼睛闪烁着熊熊的烈火，手上的结被死命地抓紧，似乎在消灭一个敌人。

“我跟你说，”老板娘将右手伸出手再次重复道，“尽管在路上准备的时间比较久，可是它已经在进行中，它是不会向后退的，也是不会停滞不前的，它一直在前进。看看我们身边的一切吧，思考一下我们熟悉的每个人吧，想一想雅克们①不断增加的仇恨吧！它还能长久存在下去

---

① 雅克们：法国大革命时期的激进派名叫雅各宾党，以在雅各宾僧院聚会而得名。本书的雅克们大多都是它的成员。

吗？你真是太幼稚了。”

“我的老婆真是太厉害了！”德伐日低着头，双手环绕在身后，像个在老师面前回答问题的小学生一样，“对于这一切，我是坚决相信，可是它太久没有到来了，也许这辈子我们都看不到了。你很清楚这不是没有可能的，是吧，我的老婆。”

“是啊，那又如何？”老板娘问，又打了个结，似乎又将一个敌人绞死了。

“嗯。”德伐日半是埋怨、半是道歉地抖了抖肩膀，“那我们就和胜利无缘了。”

“可我们一定要推进它的前进，让它早日到来。”老板娘说，伸手那只手做了个非常有气势的手势，“我们的努力一定会得到回报的，我的整个精神都矢志不渝，我们肯定会看到胜利的那一天。就算看不到，就算我知道自己看不到，你如果给我一个贵族和暴君的脖颈，我一样可以将它——”

老板娘再次用力地打了一个结。

“好了！”德伐日脸涨得通红，高声叫了起来，似乎有谁在批评他懦弱，“亲爱的，我也是所向无敌的。”

“那就好，可是有时必须看到曝光才能一直往前。这是你的不足之处，不要那样，你一定要坚定自己的志向。时机一到，就让猛虎和野兽都出去，可是在猛虎和野兽还没被牢牢掌控着的时候，我们要做的就是等待最佳的时机，暗暗地做好准备。”

老板娘将那一小串结子在柜台上不停地抽来抽去，似乎要把它的脑浆给摔出来，用来验证她的结论。之后她将手包夹到腋下说，“到了睡觉的时间了。”

次日中午，这个让人油然而生一股敬意的女人又在酒店她一直坐着的地方开始打毛线。她的旁边有一朵玫瑰花，尽管她时不是要瞅一两眼，可是这并不影响到她聚精会神的神态。店里客人很少，有的在喝酒，有的在闲聊，有的站着，有的坐着。天气非常炎热，苍蝇们在一次次作着无谓的牺牲，钻到老板娘身边黏糊糊的小酒杯里，壮烈牺牲了。在杯外徜徉的苍蝇们面对同伴们的死去，并没有表现出过度的关心，只是静静地看着，似乎自己和它们不是同类，直到它们自己也魂归西天为止。仔细想想苍蝇那种粗心也是蛮有意思了。在那个闷热的夏天里，宫廷诸公的粗心和他们相比也是差不多的。

一个人影闪进来，影子映照到德伐日太太身上。她觉得来人并不面熟，便放下毛线，往头上插了一朵玫瑰，看了一眼来人。

有意思的是，德伐日太太一把玫瑰拿到手里，顾客们便不再交谈了，而且一个个开始借故走出店外。

“中午好，老板娘。”进来的人说。

“中午好，先生。”

她高声答道，又织起了毛线，同时心里在思考，“哦，中午好，年纪大概在四十岁上下，身高五英尺九，头发是黑黑的，长相说得上俊俏，肤色偏黑，眼珠是深色的，脸部瘦长的偏灰暗，鼻子呈鹰钩形，可是有点弯，稍微往左边歪了一点，脸上的表情看得很是凶险。中午好，每个特点都符合。”

“麻烦给我一小杯陈年干邑酒，再来一杯新鲜凉水，老板娘。”

老板娘依言照办了。

“这干邑酒味道不错，老板娘！”

这酒头一回被人这样夸奖，对于它的评价，老板娘心里非常清楚。不过她依然礼貌地说过誉了，然后又打起了毛线。客人仔细端详了一会儿她的指头，又趁机扫视了一遍四周。

“你打毛线的技术相当好，太太。”

“这只是一种习惯而已。”

“款式也很多变。”

“你觉得好看？”老板娘微笑着说。

“当然，可以冒昧问一下这有什么用处吗？”

“只是好玩而已。”老板娘说，依然面带微笑地看着他，同时活动自己的手指。

“没什么用途？”

“那得看什么情况，也许哪一天它会发挥作用的。如果是那样的话——”老板娘妩媚又不失严肃地深吸了一口气，点了点头，“它就会起到作用了。”

“说来也怪，圣安托万的人好像对德伐日太太头上插玫瑰这件事非常反感。有两个人前后走进来，想要喝酒，可是看到德伐日太太头上不一般的玫瑰花，便迟疑着，假装找朋友走掉了。就连这位访客之前走到店里来之前的顾客，现在也全部都走了。密探把眼睛瞪得老大，却没有发现一丝一毫的迹象。人们都离开了，人们穷，行动也没有什么必然性，没有什么特别的目的，这没什么好说的。”

“约翰。”老板娘心想，手上依然在打着毛线，心里却在对手头上的工作进行检查，眼睛却一直看着刚进来的客人。“你如果愿意在这多停留一会儿时间，我就可以在你从这走之前，把‘巴萨’也织到我的毛线里面。”

“老板娘结婚了吗？”

“结了。”

“那有小孩吗？”

“没有。”

“生意好像并不怎么样啊？”

“生意非常不好做，老百姓的日子过得太紧巴了。”

“啊，真是可怜的人民，还受到这样的摧残——就如同你刚才所说。”

“我可没说，是你说的。”老板娘指正道，而且在他的名字上熟练上地添上一行对他来说只有坏处没有好处的账。

“不好意思，那句话确实出自我口，可你肯定也是这样想的，无可否认。”

“我想？”老板娘的声音拔高了几度，“我和我丈夫要经营这个店面，已经忙得不可开交了，还想什么。我们只需要想如何才能更好地活下去，这是我们唯一要考虑的问题，仅就这个问题，我们就得从早想到晚，我们才不多管别人的闲事，给自己找不痛快呢。要我去思考别人的事情？不，我才不愿意这么做呢。”

那密探本来是想来搜集点面包皮，或希望发生点什么事的，他不想让他的脸上现出无奈的神情，只将胳膊撑在老板娘的柜台上，假装一副讨好的样子，间或喝一口干邑酒。

“老板娘，加斯帕德的死，真是太不像样了。啊，令人同情的加斯帕德。”他说话时是一副无奈的语气，表示出深深的惋惜。

“啊呀！”老板娘镇静地说，“手拿武器干了这种事终归是要得到报应的，他早就该明白这种奢侈品值多少钱，只不过是欠债还钱而已。”

“我相信，”密探说，声音低沉了好多。为了得到对方的认可，他那张阴险的脸上的每一根神经都表现极其敏感，“说句真心话，我觉得这附近的人对这个可怜人都非常同情和生气吧？”

“是吗？”老板娘一副丈二和尚摸不着头脑的样子说。

"没有?"

"我丈夫回来了。"德伐日太太说。

酒店老板进了门，密探朝他行了个礼，带着谄媚的微笑说，"中午好，雅克。"德伐日停了下来，睁大眼看着他。

"中午好，雅克。"密探再次说道，在对方看着自己时显得底气不足，笑得也很勉强。

"你叫错人了，先生。"酒店老板说，"你将我看成别人了，我并不叫雅克，我叫欧内斯特·德伐日。"

"叫什么都没有关系。"密探笑容可掬地说，可是也有些许的不甘，"中午好!"

"中午好!"德伐日不带任何感情色彩地回答道。

"你进来时，我刚巧在和老板娘闲谈，正说到别人跟我谈起的事：对于令人同情的加斯帕德，他的不幸遭遇，让圣安托万人都异常生气呢!"

"我从来没听见有人这样说过。"德伐日不置可否，"兴许是我不知道。"

这句话讲完，他最先跑到小柜台的后面，一只手搭在他妻子的椅背上放着，隔着这重阻碍看着他们眼前的人。如果他可以一枪解决了他，两人是会觉得非常解气的。

那密探相当适应他的职业生涯，并没有改变他那被人诟病的神态，只将那一小杯干邑酒喝完了，然后又喝了一口清水，又让老板娘给他上了一杯干邑。德伐日太太依言照办了，又重新打起了毛线，嘴里还哼着小调儿。

"你经常来这一带?好像比我还熟悉呢。"德伐日说。

"不，并不是这样，我只是知道的比别人多一些，对于受苦受难的居民，我天生会同情他们。"

"啊!"德伐日模棱两可地说。

"很荣幸跟你对话，德伐日先生，你让我想起——"密探紧接着说，"我非常荣幸，可以把你的姓和一个有趣的东西联想到一块。"

"是吗?"德伐日非常淡定地说。

"是的，没错，我知道曼内特医生被释放出来以后，是全权由你负责照顾的。你是他们家的老仆人，因此把他交给了你。你看，我还是知道比较多的内情吧?"

“的确有那么回事，”德伐日说，他的妻子在打毛线和哼小曲时无意间碰了下他的手肘，他知道那是什么意思，是说他还是回答比较好，可是要简明扼要。

“他的女儿到这来以后，”密探说，“也是和你接触的，她是从你手里接走了她的父亲，一同来的还有一个身穿褐色衣服、衣着很考究的先生。那人叫什么名字？头戴小假发，对，叫罗瑞，是台尔森银行的人，将他送到英格兰去了。”

“事实的确如此。”德伐日再次说道。

“这回忆多么有意思啊！”密探说，“在英国，我和曼内特父女俩很熟悉。”

“真的？”“你现在已经对他们的情况不太了解了吗？”密探说。

“不太了解。”德伐日说。

“事实上，”老板娘将手里的毛线放下，嘴里也不再哼歌，抬头说道，“我们后来就没有知道过他俩的消息，只是在他们顺利抵达以后收到过一两封书信。自此以后，他们的生活就慢慢恢复了正常。我们也要忙着自己的生活，就没有再联系了。”

“确实是这样，老板娘。”密探说，“那位小姐就要嫁人了。”

“要嫁人了？”老板娘问道，“她长得很美丽，是该嫁人了。我觉得你们英国人太冷漠了。”

“啊！你要清楚，我就是英国人呢！”

“我早就听出来了，”老板娘说，“我觉得说话像是英国人，那无疑就是英国人了。”

他并没有将这种评价看成是夸奖，只好尽力去维持局面，哈哈一笑，打马虎眼过去。他将干邑酒喝完，又接着说：

“真的，曼内特小姐要嫁人了，可是嫁的不是英国人，而是法国人。提到加斯帕德（唉，令人同情的加斯帕德！太残忍了！）有一件倒是很让人匪夷所思，小姐要结婚的对象是侯爵大人的侄儿，而加斯帕德之所以被吊起来，又是因为侯爵。也就是说，那个人就是现在的侯爵。可是他在英国是没有透露真名字的，在那里也不是什么所谓的侯爵。他名叫查尔斯·达尔内，他的母亲姓达尔内。”

德伐日太太安静地打着她的毛线，可明显，这个消息震惊了她的丈夫。他在小柜台后面点烟斗，可是怎么也点不燃，明显心里很慌。那密探如果连这点蛛丝马迹都看不出来，他也就枉为密探了。

巴萨先生这一枪可谓射中了靶心，尽管它能产生什么作用目前还不得而知。这时又没有别的客人进来让他表演一番，他便付了酒钱，离开了这里。临走之前他又逮住机会恭敬地表示，如果还有机会，他愿意和德伐日夫妇后会有期。他从酒店走了好长一段时间，德伐日夫妇都一动不动，生怕他又返回来。

“他所说的有关曼内特小姐的事，”德伐日小声说，他拿着烟斗站着，一只手还搭在她的椅背上，“可信吗？”

“也许是假的，”老板娘眉毛挑起了一点，“可也许就是事实。”

“如果是事实——”德伐日说到一半又停了下来。

“如果是事实又如何？”他的妻子反问道。

“可是那件事情已经发生了，我们看到了成功——那么因为她的原因，希望他永远不要回到法国来。”

“她丈夫会走向何方，”德伐日太太像往常一样非常安静地说，“会让他去应该去的地方，让他在应该出现的地方出现，我非常清楚这一点。”

“可是有一件事情还是让我很疑惑——至少现在觉得很疑惑，不是吗？”德伐日说，用希望他妻子认可的语气说道，“虽然我们对她的父亲深表同情，她丈夫的名字却出现在你的记录单中，归到了惩罚名单里面，和刚才从我们这走的地狱的狗的名字列在一块。”

“也许到了那个时候，还会发生更让人叫绝的事。”老板娘说，“我将他俩都写在这儿了，这是毫无疑问的。他们各自都有自己要还的账，我记下来了，这就可以了。”

说完这句话，她又重新打起了毛线，将玫瑰花从头上取下来。圣安托万人好像与生俱来一种本能，猜到那令人厌倦的装饰物已经消失了，或是一直在默默观察，一直到那个可恶的装饰物没见。总的来说，没过多久，人们下了很大的决心到店里来，酒店又有了平常歌舞升平的景象。

到了如今这个季节的傍晚时分，圣安托万人所有人都要出去，有的坐在台阶上，有的坐在窗台上，有的则坐在丑陋的市井街头，都是出来放风的。这是德伐日太太总是一边织着毛线，一边在人群中来回走动。她是个传教士——像她这样的人应该还有很多，人世间如果再没有这样的传教士就万事大吉了。女人们打着毛线，都是一些价值不高的东西。可是，重复性的动作可以带来重复性的温饱问题的解决，手上活动到位了，嘴和消化系统就可以不用活动了。如果干瘦的手指头也不再运动，那么肠胃就免不了被饥饿所包围。

可是她们手指所到达的地方，正好也是她们眼睛望向的地方，也是思想生发的场所。德伐日太太在人群中走来走去时，和她打过交道的妇女们的手指，活动得更加迅速了。

她的丈夫站在门口抽烟，带着一股无比崇拜的神情看着她。“真是个不得了的女人，”他说，“勇敢的女人，杰出的女人，杰出得让人害怕的女人！”

黑暗在一点一点汇拢，教堂的钟声也应声而起，远方的王家卫队军鼓也开始鼓声震天，妇女们不停地织着毛线，黑暗席卷了她们。还有一种黑暗也在同方向集中着。那时在全法兰西巍峨的尖塔上发出快乐音符的铜钟将被铸成震天响的大炮，而轰隆隆的军鼓也将让一个凄惨的声音①发不出，那个夜晚将和力量与富强的声音、自由和性命的声音一样所向披靡。妇女们不停地编织着，很多东西都向她们聚拢，将她们包围在一个还没有完全竣工的架子下面，坐在那里不停地编织，记录要死亡的人。

---

① 一个凄惨的声音：作者也许是一七九三年一月二十一日法国国王路易十六在断头台前向围观者发表的演说，他的演说被鼓声吞没了，卡莱尔的《法国革命》第三部第二册第八章对此有比较详细的描绘。

第十七章　某夜

在索霍那安静的街角，太阳光荣地下了山。那是一个具有里程碑式意义的傍晚，医生和他的女儿一起坐在梧桐树下，月亮以罕见的温柔照射着伟大的伦敦街头。她看见了他们并排坐在树下，并从树叶缝隙将光打在他们脸上。

露西明天就要正式嫁人了，她将这最后一晚用来陪伴爸爸。两人静静地坐在梧桐树下。

“你开心吗，亲爱的爸爸?”

“非常开心，我的孩子。”

两人在那里一直坐了很长时间，可是话却很少。在天色还没有暗下来，可以干活和读书时，她没有像往常一样做女红，也没有给她的爸爸读书。她曾经无数次坐在他的身边，做着女红，给爸爸读书，可是这一回却不一样了，她那样做找不到任何理由。

“我今天晚上很开心，爸爸。上天把爱情降临到我的身上：我和查尔斯之间的爱情。我觉得非常高兴，可是如果我不能像原来一样侍奉在你的身边，或者婚姻会分开你我，就算只隔着几条街的距离，我也不可能像我刚刚那样开心的，我会自责。即便就像现在这样——”

即便就像现在这样，她已经说话带了哭腔。

她在清冷的月光下牢牢禁锢住爸爸的脖子，将脸埋在他的胸脯上，在月光下——月光总是没有温度的，就好像太阳光本身——就好像被叫作生命之光的那种光——就好像生命之光来临和离去一样，都非常凄清。

“我最亲爱的！这是最后一次了，你能不能跟我说，你能非常确定我的新义务和新感情不会让我俩的关系发生改变？这一点我是非常清楚的，可是你清楚吗？在你内心深处，你是不是也相当确定?”

她的父亲用他罕见的快乐和坚定的证语气回答道，“我非常确定，我亲爱的，还有，”她柔和地亲吻她，“从你的新感情来看，露西，我的将来会因为这桩婚姻而精彩得多——是的，会精彩得多。”

“希望我也是那样想的，爸爸——”

“相信我所说的，亲爱的，一定会的。你仔细想想，这事是水到渠成的，而且也不复杂，本来就是顺其自然的事，亲爱的，你还小，一心只为我着想，却不知道我为你所做的，我担心你错过了——”

她用手将他的嘴捂住，他却紧紧抓住她的手，再次说道：

“孩子，不能再耽搁下去了，你不能因为我而浪费了大好光阴。你舍己为人的精神不能充分明白我对这件事的忧心，你可以问一下自己，如果你不能过上完美幸福的生活，我还能幸福下去吗？”

“如果我没有和查尔斯遇到，爸爸，我和你在一起也会非常幸福的。”

他笑了，因为她潜移默化中已经认可了正是遇到查尔斯，她才觉得幸福。他说：

“孩子，你已经遇到了你的心上人，他就是查尔斯。就算不是查尔斯，你也会遇到其他的人。如果连其他人也没有，我就要从我身上找原因了。那只有可能是一个原因，那就是我曾经遭受的苦难阴影不仅照射到了我的身体，也映照到了你的身体上。”

除开那次审判以外，这还是她头一回听见他主动提起自己曾经遭受折磨的日子，这话在她听来，感觉很奇妙，之后很长时间都铭刻在心。

“你看，”波维的医生指着月亮说，“我从监狱的窗户看月亮，那时它的光让我无地自容，总让我想起它也曾经一直照射我，那对于我来说是一种痛苦，会让我奋不顾身去撞监狱的墙。我曾经在非常无知的情况下看过月亮，那时心里一片空，只想到在月圆时，我可以在它上面画下纵横交错的线的数量。”他边思考边继续往下说，“纵向、横向都可以画二十条线，我记得，第二十条线就不容易再画上去了。”

她听他说话，一种难以言明的刺激让他回到了他所讲述的时间，他的讲述越深入，他受到的刺激也跟着一步步变深，可是他讲述时的神情并不让她觉得战栗。他只是用现在的幸福生活和曾经的苦难形成对比。

“我曾经无数次望着月亮幻想从我身边抢走的还没有出世的孩子。他还在人世间吗？他母亲受了刺激，他是一出生就死了，还是好好活着？他是个可以帮父亲报仇雪恨的男孩吗？（在监狱里有一段时间，我报仇雪恨的欲望特别强烈）那男孩会不会一辈子都不会知道他父亲曾经遭遇过什么？他是不是还会以为他父亲是凭空没见了吗？会不会是个女孩？她以后还能健康地长大吗？”

她离他更近一些，吻了吻他的脸和手。

“我一个人幻想过，我的女儿指不定已经完全不记得我了。最大的可能就是他完全不知道我的存在，不知道世界上还有我这样一个人。我年复一年的幻想她那时的样子。我曾经想象过她会和一个根本对我一无所知的人结婚。我已经可以彻底从存活着的人的记忆里被清除，我在下一代人的心里应该是一个虚位。”

“爸爸，你在一个还没有出生的女儿身上，就幻想了这么多，真的让我非常感动，似乎我就是你幻想中的那个孩子。”

“你，露西吗？是你带给我抚慰，让我得到健康，才让我重新忆起了那段岁月。在这个最后的晚上，在你、我和月亮之间沟通——我适才说了什么？”

“你说你的女儿完全不知道你的存在，对你漠不关心。”

“正是如此，可是在其他时间的月明之夜，在难过和安静和另外一种形式感动我时——在一种相当于难过的安静刺激到我时——这种安静是所有以难过为基础的感情都有可能会出现的。那时我曾经幻想她来到我的牢房，回到我身边，带我一起离开那座城堡，拥抱自由。我经常在月光下看见她的影子，就好像如今我看到你一样，只是我从来没有揽她入怀过，她的形象一直卡在带铁栅栏的窗户和门之间。可是，你明白吗，那不是我现在所提到的孩子？”

“它的形象不对，那只是有关于它的幻想，是一种假象，对吗？”

“不是的，那是其他的东西。我受了刺激，两眼已经看不清楚，她在我前面，却从来都是静止的。我的心灵所追求的影子是另外一个更加真实的孩子。我只知道她长得很像她母亲，别人也有长得像她的，就像你，可是你和她不一样，你知道我的意思吗，露西？我想你肯定还是一片茫然，要真正认识到这之间的不同，必须要经受不少的磨难才可以，你得一个人蹲过监狱才行。”

他详细讲述着自己曾经的心路历程，态度虽然和往常一样安详，可是却让姑娘觉得不寒而栗。

“我在心情没有大起大落时，经常看着月亮，想象着她走向我的样子，带我离开这里，告诉我她结婚以后的家庭到处都是对已不在世父亲的满满的思念，那思念里充满着爱。她的屋里还摆有我的画像，她会在做祷告时提到我，她的生活多姿多彩，焕发着无限的活力，积极帮助他人，却总是被我的阴影所掩盖。”

“我就是那个孩子，爸爸。尽管我连她一半好都比不上，可是我爱你胜于她。”

“她让我看她的孩子，”波维的医生说，“孩子们都知道我，都知道要对我保持一颗恻隐之心。他们经过国家监狱时，都离那道墙壁远远的，只是抬头看着它的铁窗，说话声音也尽量放小一点。可她却没办法营救我，我可以想象她在让我目睹这一切以后又将我送了回去她将手上那暂时不用的蜡烛放在很远的角落，静静地来到他床前，用嘴唇亲吻他，可是那时眼泪却让我的痛苦不那么多了，我跪下来，为她祈祷。”

“我希望我就是那个孩子，爸爸，啊，亲爱的，你明天能够像这样为我热情地祈祷吗？”

“露西，我想起来曾经所遭受的折磨，因为我今晚想要对你表达难以言说的爱，还要感激上帝赐给了我这无与伦比的幸福。就算是我任想象信马由缰时，也还从来没有想象过和你在一起的这种快乐和将来的美好。”

他紧紧地抱着她，向上天严肃地夸奖她，无比虔诚地感谢上天把她带到他身边，过了好久，两人才到屋子里面去。

除了罗瑞先生以外，其他宾客一律没有邀约，伴娘都没有，只有瘦瘦高高的普洛丝小姐。他们结婚以后还是住在这里，只是房子变大了，将楼上的房子也租了过来，除此以外没打算再添置更多的——楼上的房子听说以前是由看不见的人住的。

在晚餐上，曼内特医生显得非常开心，他们一共只有三个人，第三个人就是普洛丝小姐。因为查尔斯不在，医生觉得非常可惜，对于那个因为爱心而将查尔斯排在外的小计谋有些许的不满。他真心地为查尔斯祝了酒。

三个人就这样一直待在一起，一直到和露西说了晚安才各自回自己的房间。可是等到凌晨三点一切都归为平静的时候，露西却跑到了楼下，悄悄进入她父亲的房间，她依然难以将内心那种难以名状的忧心排除出去。

可是，一切都如常，非常安静。父亲睡着了，白发压在枕头上，像幅美妙的图画，双手平静地放在被子上。蹲下身子，仔细打量他。

监狱生活的痛苦沾染了他俊俏的面孔，他却用坚毅的心将痛苦完全抹杀了，就算是睡着以后也一点都没有表露出来。那天晚上在睡眠的广阔天地上，和看不到的敌人进行斗争的面孔怕是只有他的最为让人诧异了，它是那么安定，却又十分小心。

她把手轻轻地放在他慈爱的脸庞上，做了一个祈祷：她要永远对他忠诚，因为那完全是由她的本心出发的，也是他曾经所遭遇的痛苦应该得到的抚慰。之后她把手收了回来，再亲吻了一下他的嘴唇，然后安静地离开了。这样，天亮了，桐叶的影子倒映在他的脸上，温柔得像她为他祈祷时的嘴唇。

第十八章　九天

举行婚礼那天天气非常晴朗，所有的东西都已经准备好了，医生却将房门关得紧紧的，和查尔斯·达尔内进行严肃的对话，大家都在门外等待。娇俏的新娘、普洛丝小姐以及罗瑞先生，都已经准备好去教堂了。经过了一段适应期，普洛丝小姐终于意识到事实无可改变，也慢慢接受了。现在这桩婚事对于她来说只有快乐和喜悦了，虽然她依然于心不甘，希望新郎是自己的弟弟所罗门。

“以前，”罗瑞先生说，他一直在夸奖着新娘，一直围着她走来走去，感叹她那朴素、典雅的服装，“以前我把你从海峡抱过来就是为了今天的来临啊，你那时还好小呢，可爱极了，上帝保佑！我那时还以为自己只是做了一件多么微不足道的事呢！我为我的朋友查尔斯贡献了一份自己的力量，可现在看来，我对于它的作用明显估计不够啊！”

“那时你肯定不是这样想的吧。”实诚的普洛丝小姐说，“你怎么可能知道呢，真的净说些见鬼的话！”

“见鬼的？那好，那你别掉眼泪啊！”和善的罗瑞先生说。

“我哪掉眼泪啦？”普洛丝小姐说，“你才掉眼泪了呢！”

“我吗，我的普洛丝？”（这时罗瑞先生已经敢大胆间或和她斗斗嘴了。）

“你刚才明明就掉眼泪了的，我亲眼所见，可是我觉得这很正常。你送的那套银餐具，任谁见了都会掉眼泪的。昨天晚上礼品盒拿过来时，”普洛丝小姐说，“盒子的叉子和勺子都让我忍不住潸然泪下，我哭得眼睛都花了。”

“我觉得很好。”罗瑞先生说，“可是，我以我的人格发誓，我可没有故意不让人看见我那小小的礼品盒的意思。天哪！现在到了我估量自己损失的时候了。天哪，仔细想想，几乎五十年来，不管什么时候都有可能冒出来一个罗瑞太太呢!”

“那是不可能的。”普洛丝小姐说。

“你觉得罗瑞太太永远都不可能出现吗?”罗瑞先生问。

“呸!”普洛丝小姐说,“从出生之起里,你就是单身汉呢!”

“是的,这个说法好像也对。”罗瑞先生说,笑呵呵地调整着自己的小假发。

“你还没有出生,”普洛丝小姐说,“就已经命中注定要做单身汉了。”

“那样我就会认为,”罗瑞先生说,“命运对我也太苛刻了,对于我自己的生活方式,我还是有资格做出选择的。行了,亲爱的露西,”他用手抚慰性地揽着她的腰,“我听到他们在旁边房间的动静了,普洛丝小姐和我都是正经做事情的人,我们都想要在最后时刻对你说些好听的话,亲爱的,你可以将你的父亲托付给和你一样纯真的人手里,你们希望他得到什么样的照顾,他就会得到什么样的照顾。人们到华列克郡和周边地区旅游的半个月里,就算是台尔森银行,也必须满足他的要求。(相比较来说)等到半个月过去,你们一起去威尔士时,你肯定会说我托付给你们的是一个身体健康、心情愉悦的他。现在我听到脚步声朝这边走过来了,让某人宣布她属于他之前,我要吻一下我最可爱的姑娘,并将一个资深单身汉最真诚的祝福送给他吧!”

他捧起她漂亮的脸蛋儿,离开一定距离,认真地审视她此刻脸上不一样的表情,之后带着最细致的温柔和她进行拥抱。如果这样做叫年长的信任,那么它就和亚当差不多年龄了。

门打开了,医生和查尔斯·达尔内从里面走了出来。医生脸上素白一片,他俩进去时,他的脸色远比这好看。可是,他态度很坚定,神情和平常没有二致,可是罗瑞先生还是从中发现了一丝端倪。很显然,过去所遭受的痛苦又像一道闪电袭过他全身。

他将手臂伸给女儿,带她下楼,来到罗瑞先生一早给他们准备好的四轮轻便马车,其他的人则坐在后面那辆车里。很快,查尔斯·达尔内和露西·曼内特就在附近的教堂简单举行了婚礼,没有旁观者过来凑热闹。

婚礼完成时,大家的眼中都闪烁着泪光,新娘手上佩戴的寒光闪闪的钻石也在闪耀着夺目的光辉,那是最近罗瑞先生从口袋里给拿出来的。这一行人回家吃过饭,一切都顺理成章地进行着。很快,曾经在巴黎阁楼上和令人同情的鞋匠的白发混合在一起的金发，又重新在炽热的阳光中和白发交织到了一起，那是他们在门槛上依依惜别。

离开时间虽然不久，可是分开却极其让人觉得难过。可是她的父亲却在一旁激励她。他松开挽住他胳膊的双手，说："查尔斯，接过去吧，她是你的。"她从车窗里对他们不停地挥手，然后离开了。

那街角鲜少有逛街和猎奇的人，婚礼的准备又相当简单，所以没多久，就只有医生、普洛丝小姐和罗瑞三个人了。他们来到悠远的厅堂那清透的阴影中时，罗瑞先生发现医生已经有了很大的改变，似乎一直高高举着的金胳膊死命打了他一下。

他肯定曾经用力抑制住自己的情感，抑制一旦松懈就会产生反作用。可是让罗瑞先生忧心的是，他从前那副害怕又迷茫的样子又出现了。他们一起上楼时，他漫不经心地抱住头，冷清地回到自己房间的样子，不禁让罗瑞先生想起了酒店老板德伐日和月光下的马车旅行。

"我觉得，"他快速想了一下，偷偷对普洛丝小姐说，"我觉得我们现在最好就是让他一个人待着，不要去打搅他。现在我必须回一趟台尔森银行，不过我很快就会回来。之后我们带着他，一起到乡下去走一走，在那里吃晚饭，之后一切都会恢复正常的。"

罗瑞先生进台尔森容易，要想出来就难了，他在那里待了整整两个小时。回来时，他没有来得及向仆人打听什么情况，就直接奔向古朴的楼梯，来到医生的房间，一阵轻柔的敲打声让他止住了脚步。

"天哪！"他一脸惊讶，说，"到底发生了什么？"

普洛丝小姐惊恐地附在他耳边说："哦，我的上帝啊，这个彻底完了。"她不停地搓着自己的双手说道，"怎么和我的宝贝儿说啊？他已经认不出我来了，正在专心做鞋呢！"

罗瑞先生尽最大努力让她安静下来，独自来到医生的房间。板凳已被正对着太阳光放下，医生低着头在忙活着做鞋，和他当年看到鞋匠做鞋时一模一样。

"曼内特医生，我最亲爱的朋友，曼内特医生！"

医生抬起头打量了他一会儿，一半是摸不着头脑，还有一半是因为有人干扰他做事而怒气冲冲，之后又埋下头认真做起事来。

他和之前做鞋时一样，将外套的背心都脱了，衬衫衣领也大敞着，就连往日那蜡黄的脸色都又重新回到了他手上。他干活非常认真，也有些不堪其烦，觉得有人打扰到了他。

罗瑞先生看了一眼他正在做的事情，和他谈论着鞋子的样子和款式，还随手从身边捡起一只鞋，对他那是什么东西。

“这是年轻女士所穿的步行鞋。”他嘀咕着说，并没有把头抬起来，“照理说应该很早以前就做好的，把它放下。”

“可是，曼内特医生，你看看我，认真看看我。”

他顺从了，是从前那种单调的、顺从的态度，手里却一直在干活。

“你还记得我吗，我最亲爱的朋友！好好想想看。这工作其实和你并不搭调，好好想想，我最亲爱的朋友！”

想让他再多说一句话都是难上加难。请他抬头，他还偶尔可以做到，可是不管怎么劝说，他都一言不发。他一直在做事情、做事情、做事情，不发一言。对他说话就好像对着没有回声的墙，罗瑞先生唯一的安慰就是他有时会悄悄抬起头，脸上好像带着一种疑惑的表情，似乎想要解答心中的一些难题。

罗瑞先生觉得现在有两件事情是当务之急，首先，一定要对露西守口如瓶；其次，对于所有认识他的人，也不能吐露半个字。他马上和普洛丝小姐合作，采取应急方案将第二个问题解决了，对外公布说医生生病了，需要好好休息几天。为了让他的女儿不为他忧心，普洛丝小姐必须写一封信告诉她医生出去看病去了，还提到一封敷衍了事的信，只有短短几行，和这封信一起寄给了她。

在采取了这些应急措施以外，罗瑞先生也暗暗祈祷医生自己可以自愈。如果他马上就恢复正常了，罗瑞先生还要准备另外一种方案，对医生的病情进行一个最合适的注解。

暗暗揣着他会自行恢复的念想，也希望第三个方案可以付诸实施，罗瑞先生决定认真观察，而且尽量不让他察觉，所以他生平第一次给台尔森请了假，做好计划，在医生家住了下来。

很快，他就发现和医生交谈不但起不到作用，反而还适得其反。因为一强迫他说话，他就愁闷不已。从第一天开始，他就不再那样做了，打算只让自己出现在他面前，作为和他心里幻觉的一种反抗。所以他一直在窗前读书写字，而且用各种他知道的欢快的形式表示这间屋子是温馨小屋，而不是牢房。

第一天，曼内特医生吃着喝着他送来的东西，继续手头上的事情，一直到天完全黑了才作罢——就在罗瑞先生觉得怎么样都没办法再继续读书写字以后，他还继续做了半个小时。之后他就整理好工具，准备明天早上继续，这时罗瑞先生站起来对他说：

“你要不要和我一起出去一趟?”

他和以前一样先看看周围的地面，然后才抬起头，用非常压抑的声音问道：

“出去?”

“是的，和我一起出去走走，为什么不行呢?”

他没有再继续说这句话，而是沉默了下来。可是，罗瑞先生觉得如果他在幽暗的环境下弯曲着身子坐在凳子上，胳膊肘歪着膝盖放着，双手捂住脑袋时，他也在暗暗告诉自己，“为什么不能呢?”业务人的精明此刻起到了非常好的作用，他下定决心一定要把握这个机会。

普洛丝小姐和他轮班守夜，一个守前半夜，一个守后半夜。医生在睡觉之前总是会来回踱步，可是好不容易躺下以后就迅速进入了梦乡。早上他会准时起床，然后直接走到凳子那里继续干活儿。

第二天一早，罗瑞先生和他亲切地打着招呼，而且和他交谈着彼此都很感兴趣的话题。他并没有作答，但明显听到了他的话，而且在思索着，虽然头脑不是特别清晰，这就给了罗瑞先生极大的鼓励。他让普洛丝小姐白天时不时就进来做点什么。那时他们会安静地说到露西，说到露西的父亲（他就在旁边），和往常一模一样。这一切都做得不露痕迹，也没有特意彰显什么。每次持续的时间也不长，频率也不高，不会让他觉得烦躁。罗瑞先生那友善的心情得到了改善，他相信医生听他说话的次数变多了，也觉察到了周围存在很多和他感觉不一样的东西，受到了鼓舞。

傍晚再次袭来时，罗瑞先生又像从前一样讨好他：

“亲爱的医生，你愿意和我一起出去一趟吗?”

他依然机械性地再次说道：“出去?”

“是的，和我一起出去走走，这有什么不行吗?”

这一次罗瑞先生在得到否定答案以后就假装一个人出门去了，他在外面逗留了一个小时才返回来。在这段时间里，医生已经悄悄来到窗户前坐下，看着窗外的梧桐树。可是看到罗瑞先生往回走，他马上又回到原来的凳子上去了。

时间，哪怕是一分一秒，对于罗瑞先生来说都是煎熬，罗瑞先生觉得越来越失望，心情也日渐沉重。第三天过去了，接下来是第四天、五天、六天、七天、八天、九天。

罗瑞先生带着沉闷而失望的心情度过了这段难熬的岁月。两个人都始终保守着秘密，露西一直都非常开心，没有觉察到一丁点。可是罗瑞先生可怕地发现，鞋匠曾经生涩的双手现在又变得熟练起来，而且到了第九天的傍晚，他不仅对从前的那份工作投入了极大的热情，而且比什么时候都要熟练。

第十九章　一个建议

沉重的心事让罗瑞先生累得不行，一不小心睡着了，在他忐忑不安地醒来的第十天早上，他是被洒进居室的阳光给照醒的，原来在迷糊中，他竟然睡了一个好觉。

他揉揉惺忪的睡眼坐了起来，恍惚之间觉得自己还在做梦。因为，他到隔壁医生的房间观察时，发现鞋匠的所有东西已经规置完毕，医生也坐在窗前读书了。他穿着平素所穿的晨衣，那张脸（罗瑞先生正好可以看得非常清晰）尽管还是没什么血色，可是安静、平和，而且非常专心。

虽然因为医生已经自行恢复，罗瑞先生觉得非常欣慰，可是他依然迷茫了好一阵，不知道最近这做鞋的事可否是一个让人烦躁不已的梦境，他现在不是看到他的朋友一如平常，连神情都没有变换一下吗？眼前的一切有什么可以证明曾经给他带来剧烈刺激的事情存在过呢？

可是在迷茫之余，答案又是显而易见的。如果那种感觉并不是存在于现实中的原因，他贾维斯·罗瑞又怎么可能会到这里来呢？又怎么可能会在曼内特医生诊室的沙发上迷糊着睡过去呢？又怎么可能一大清早在医生的房间门口想这些事情呢？

几分钟以后，普洛丝小姐已经附耳在他旁边说着什么。如果他还有一丁点不确定，她的话也可以让他释怀了。可是他那时已经头脑镇定下来，丝毫没有再质疑什么了。他提议先不要对外公开，直到早饭时再和医生一样正常见个面。如果到了那时，医生的心情没什么变化，罗瑞先生就可以谨慎地找到一些提示，他很迫切，迫切想得到一个结果。

普洛丝小姐很认可他的论断，两人做了一个周密的安排。罗瑞先生有充足的时间进行收拾整理，到早餐时间，才穿着他一贯所穿的白衬衫和西裤出现在餐厅。和往常一样，医生都是得到通知以后才出来吃早饭。

罗瑞先生精心规划了一套层层递进的实施方案，觉得那才是仅有的一个安全方案。他想要在遵守这套方案的前提下去理解他的所作所为。医生刚开始以为他女儿是昨天才结婚的，运用不期然的方式提到时间问题（今天是星期几？是几号?）让医生有了自己的思量。他明显觉得局促不安了，可是在其他方面，他依然表现非常镇定，所以罗瑞先生决定请求他援助——那援助者就是医生本人。吃完早饭以后，餐桌房只有他和医生两个人时，罗瑞先生非常动情地说：

"亲爱的曼内特医生，我想请你帮我解答一个非常私密的问题，是一个我觉得兴味十足的奇怪案例。也就是说，我觉得很新奇，当然，你比我见的世面广，你或许不会这样觉得。"

医生看了一眼他最近因为干活而变得粗糙的双手，眼里现出困惑的表情，认真听着，他已经多次端详自己的双手了。

"曼内特医生，"罗瑞先生真诚地碰了下他的手臂，"那是一个和我关系特别密切的朋友，劳烦你认真帮我想个办法，特别是为了他的女儿。对，就是他的女儿，亲爱的曼内特。"

"如果我的认识是正确的话，"医生放低声音说，"是一种心理休克吧?"

"对，就是这样。"

"能麻烦你说得再详细一点吗?"医生说，"不要漏掉任何蛛丝马迹。"

罗瑞先生觉得两个人谈得很投机，于是便接着说了下去。

"亲爱的曼内特，这是一种时间非常长的休克。病人的心理和感受都非常痛苦，非常压抑，就像你所说的心理休克，心理上的。具体病情是：病人因为心理休克度过了非常艰难的时光，至于这段时间有多长，他已经记不清了，也没办法弄清楚。后来病人自我康复了，康复的过程他自己都无法得知，我曾经听他当着大家的面说过，非常感人。他的病并不是表面上的好，是彻底好了。作为一个智商水平很高的人，他完全可以完成复杂的脑力劳动，也可以完成强大的体力活动，可以不断拓展他的知识面，可让人遗憾的是——"他停了下来，深吸了一口气，"他的病最近有了一次不算严重的反复。"

医生轻声问道，"大概持续了多久?"

"九天九夜。"

"表现如何?"医生边说边打量自己的手，"我猜想肯定是他的心理又开始进入某种休克活动了?”

“应该是。”

“听，你原来，”医生问道，明显是在压抑自己，尽管声音还是非常低，“见过他休克时所做的事情吗?”

“见过一回。”

“他什么时候出现了反复？他是大体上还是彻底恢复到了从前的样子?”

“我觉得是彻底回到他从前的样子。”

“你刚刚还说到他的女儿，他的女儿了解这件事情吗?”

“不了解，我们没有吐露半个字，我希望她永远不会知道。只有我和一个非常可靠的人知道。”

医生紧紧抓住他的手小声说道，“考虑非常周到，非常细致。”罗瑞先生也牢牢抓住他的手，两人一个字也没说，安静了好长一段时间。

“现在，我亲爱的曼内特，”罗瑞先生终于还是无比关心地说道，“我只是一个给他人跑腿办事的人，对处理这类错综复杂的问题并不在行，我也不具备这方面的能力和精力，我需要有人可以引导一下我，而我在这个世界上唯一可以得到科学引导的人就只有你了。你跟我说说，这种病还会往复吗？如何才能防范它再次复发？为什么会引发这种病？我能为我的朋友做些什么？只要知道了该怎么样去做，我会非常乐意帮助我的朋友的，谁也不能和我比，可是我不知道从哪里着手。如果以你的智慧和经验告诉我应该怎么做，我相信我可以做更多的事情。可是如果没有人引导我，我就几乎束手无策了。请告诉我一下，让我对这种病多一点了解，在其中多发挥一点作用。”

听完这番言辞凿凿的话，曼内特医生认真思考了一阵，罗瑞先生没有再一个劲地逼迫他。

“我觉得，”医生终于下定决心开口说话了，“病患很可能并不是完全猜测到你刚刚所说的那次犯病，我亲爱的朋友。”

“那他自己觉得恐惧吗?”罗瑞先生斗胆问道。

“非常恐惧。”他说完情不自禁地打起了哆嗦，“你不明白这种恐惧压在病患的心头该是一种多么沉重的负担。你也不明白要让他回忆起曾经所蒙受的灾难又有多么不容易，他不愿意再提起其中的任何一个字。”

“病患有了那种预感以后，”罗瑞先生问道，“如果他可以强迫自己跟别人说点什么，对于减轻痛苦可以起到一定的积极意义吗?”

“我觉得可以，但同时我也要跟你说，要他和别人说点什么几乎是不可能做到的，从某些病患上来看，根本可能性就是零。”

“那么，”两人安静了好大一会儿，罗瑞先生又将手放在医生的胳膊上说，“你觉得为什么会犯病?”

“我认为，”曼内特医生答道，“他之所以会犯病，是因为让疾病发生的一系列剧烈的思想活动再次席卷而来。我觉得是某种最为让人难受的经历又重新出现在记忆中。他心里很可能有一种一直都存在的害怕，他害怕想起过去的种种，像某种环境，或是某个特殊时期，他尽力去克服，可是却以失败告终，或许他想要克服的努力让他的承受力减少了。”

“他还能想起来自己发病时的场景吗?”罗瑞先生问，不免有些迟疑。

医生痛苦地打量了一下房子四周，摇摇头，小声说，“完全不记得。”

“那以后呢?”罗瑞先生提示道。

“以后，”医生忽然坚定地说，“我觉得以后还是有很大的可能性的。既然上天可怜他，让他尽快恢复了，我想就一定还会有希望的。他被某种错综复杂的东西压垮了，他曾经一直在它面前战战兢兢，长期恍惚觉察到它，和它展开过激烈的斗争，直到乌云全部被吹走，他再次回归到正常生活。我觉得最为艰难的时期已经一去不复返了。”

“好了，那就太好了，非常感谢。”罗瑞先生说。

“我也要对你表示感谢。”医生低下头无比真诚地说道。

“还有两个疑问，”罗瑞先生说，“希望你能引导一下我，我可以再问吗?”

“你问吧，会帮助到你的朋友的。”医生友好地向他伸出手。

“先说第一个。他非常刻苦，而且永不疲倦。为了让专业知识更加丰富，为了验证实验结论，为了很多事情，他都投注了太多的精力。那么，他的工作负荷是不是太重了?”

“我觉得一点都不多。他的心智特点或者正好需要有所依傍。这种情况很可能一部分是天生的，还有一部分是被悲痛所压抑的。他心灵中积极向上的东西越来越少，走向消极悲观方面和危险系数就越高。他自己应该做了审视，已知道了这一点。”

“你可以百分百确定他不是过于疲劳了吗?”

“我可以确定。”

“亲爱的曼内特，如果他现在过于疲劳——”

“我亲爱的罗瑞，我不能肯定过于疲劳是不是会那么轻易。一种力量被使劲向一个方向扯，那么相应地，就必须有另外一种力量去对抗它。”

“我是个非常执拗的办事人员，请谅解。如果他真的有段时间觉得非常疲劳，是不是会再次迷茫呢?”

“我想不会的。”曼内特医生非常肯定地说，“我觉得除了过去那种回忆以外，其他的东西都不会让他迷乱。我觉得以后这种病要是发作，只有一个可能，那就是那根神经又被触动了。在这种情况已经在他身上出现过，现在又转为正常以后，我觉得那根神经应该没那么容易再被触动了。我觉得，也几乎可以肯定，再也没有发生这种情况的条件了。”

他说话时有点含糊，因为他非常清楚人的心灵非常复杂，就算最微小的触动都有可能让他彻底倾覆。同时也非常肯定，因为他自己经历过，并慢慢有了说话的底气。罗瑞先生觉得不能打击他的自信，于是说自己受到了非常大的鼓励，之后开始提第二个问题也就是最后一个问题，也是他觉得最为复杂的一个问题。可是一联想到周日早上他和普洛丝小姐的对话，以及自己这几天这几天的观察，他觉得他必须尽力去面对这个问题。

“这次患者得以突破重重万难，自身恢复了以后，”罗瑞先生咳嗽了一下，说道，“我们可以称之为铁匠的事情，为了打比方说，我们可以这样说。在他不舒服的时候，他已经习惯于在小熔炉旁工作，这次他又让人大跌眼镜地开始在小炉旁开始工作。如果那个小熔炉依然被保存着，会不会还会产生让人失望的结果呢?”

医生一只手抚着前额，一只脚不停地触摸着地板。

“他一直将炉子留在身边的话，”罗瑞先生非常恳切地对他的朋友说，“如果将炉子扔掉，是不是对他更有利呢?”

医生依然重复着前面那个动作。

“你觉得这种选择很痛苦，做一个决定比较艰难吗?”罗瑞先生说，“这个问题非常复杂，我知道，可是我觉得——”他摇摇头不再说话。

“你看，”曼内特医生停顿了好长一段时间才说，“对这个让人同情的人的心理活动，我们很难前后表达一致。他曾经非常想要从事那种职业活动，在它出现时便让他非常感兴趣。那肯定会让他的痛苦大为减轻，因为通过手指上的劳动，让他的头脑不再那么困惑，在掌握了更为熟练的动作以后，他精神上的痛苦也会相应减轻。所以一想到那些工具他再也找不到，他可能会抓狂。就算到了现在，尽管我也相信他对自己寄予了更大的希望，甚至说到自己也有了某种自信，可是一想到曾经那么熟稔的活动工具，现在却找不到了，便会替他觉得可怕。我们可以想象，他会像一个迷途的孩子。”

他抬起头看着罗瑞先生的脸，给人的感觉他就是刚他话中的孩子一样。

“可是，如果将那些东西保存下来，是不是会让他一直保存那段记忆呢！请注意，我是以一个整日和钱币打交道的业务人员的身份来请求你帮助的。如果那个东西不见了，亲爱的曼内特，那么与之俱来的那种害怕是不是也会跟着消失呢？用一句话来说就是，如果将那个小熔炉保留下来，是不是表示在那种疑虑面前认输呢？”

接下来又是一段安静的时光。

“你也知道，”医生颤巍巍地说，“那东西是个旧友呢！”

“对于保留它，我是持完全的反对意见的。”罗瑞先生摇摇头说，他看到医生非常紧张，便更加肯定了自己的想法。“我是提议让它消失掉，我只希望你能允许我这样做，我相信那东西只会带来不好的影响。来，做个友好的人，允许我这样做吧。也同时为了他女儿，亲爱的曼内特！”

直视他内心的思想活动是一种非常奇妙的体验。

“如果是以他女儿的名义，那就这样去做吧。我同意，可是我不会建议在他在场的情况下拿走的，而是要让他不知道的情况下拿走最好，让他之后再对他的老友进行怀念吧！”

罗瑞先生马上表示赞同，谈话也就因此告一个段落。两人在乡下待了一整天，医生已经完全恢复清醒。之后的三天，他也一直表现如常，到了第十四天，他从伦敦出发，去看他的女儿和女婿了。罗瑞先生提前跟他说了之前他没有写信给他们所编造的理由，他便依言照做了，女儿也完全相信。

他从这个屋子走后的当天晚上，罗瑞先生就找来锯子、柴刀、钻子以及锤子悄悄来到他的房间，普洛丝小姐执着蜡烛一直陪在他身边。他们将门关上，罗瑞先生偷偷地，忐忑不安地将皮匠的凳子砍成了几块，普洛丝小姐拿着蜡烛，似乎在帮助进行一场凶杀——事实上她那副阴狠的模样也特别符合这个角色。板凳马上被丢到厨房的灶火里焚毁了（提前已被斩成块）；工具、鞋和皮革则被埋在花园里。在一颗诚实的心看来，销毁和秘密都是极为险恶的，罗瑞先生和普洛丝小姐在完成这一切时，几乎觉得自己协力完成了一桩谋杀案，看上去也的确是这样。

第二十章　一个请求

新婚夫妇刚到家没几个小时，西德尼·卡尔顿就登门来祝贺了，他是他们回家后第一个来拜访的人。他看起来并没有什么变化，还是以前的样子和态度，但是神色里却多了一种粗鲁的忠诚，这让查尔斯·达尔内感觉很新鲜。

趁着周围没人，卡尔顿把达尔内拉到一边窗户的角落里，对他说了一些悄悄话。

卡尔顿说："达尔内先生，我想和你成为朋友。"

"我以为，我们已经是朋友了。"

"不，我说的并不是这种客套上的朋友，虽然这话听起来确实很让人舒服，但我真正希望的不是这种礼貌性的朋友。"

于是达尔内就问道卡尔顿的话是什么意思——他提问的时候语气很亲切、活泼。

卡尔顿微笑着回答道："我发誓，我想要表达的意思我自己理解起来很容易，但是要让你也意会到那是很困难的，不过再困难我也要试着解释一下。那一次我酒后失态的事情你还记得吗？"

"我记得那次你非要我承认你喝醉了。"

"对，就是那次，后来等我酒醒了再回想起来的时候感觉非常抱歉，这事儿一直放在我心里不能释怀，我只希望在我生命结束的时候我能够了无遗憾。啊，你别紧张，我不是来做说教的。"

"我没有紧张，你的坦率并不会让我紧张。"

"啊！"他似乎有点紧张，随意地挥了下手，好像这样就不紧张了，"那次醉酒（我醉酒不止一次了），就是我刚提起的那次我对你的态度表现得非常差劲儿，我希望你能够把那次的事情给忘掉。"

"事实上我已经忘记那件事了。"

“达尔内先生，你这明显又是客套话，就我自己来说想要彻底忘记一件事儿并不是那么容易的，即使是轻松简单的回答也不会让我更加容易忘记。”

“好吧，如果是因为我的回答太过敷衍让你感觉不够真实，那么我道歉。”达尔内答道，“但是对我来说那件事并没有什么，所以忘记也很正常，只是我没想到对你却那么重要。现在我正式以我的人格保证，我已经忘掉那件事了。而且，当时你帮了我那么大的忙，那才是我已经记得不能忘记的事情。”

卡尔顿说：“你都说得这么诚恳了，那么我也不得不向你承认，事实上那个大忙只是特意被放大表现了。至于对你有什么大的帮助，我当时并不在意。请注意！我说的不在意是指在当时，就是过去那时候。”

“我不认同你这样看轻你对我的帮助，但是我也不愿与你争辩。”达尔内回答。

“达尔内先生，我真的是实话实说。哎，说着说着又扯远了，我今天来主要目的就是想和你做真正的朋友。我的为人你应该有所了解了，高贵优雅这词儿与我都是沾不上边儿的。不信你问问斯特莱佛，他最清楚了。”

“与其问他，我倒宁愿自己去看、去发现。”

“好吧，总的来说，我这个人是放纵惯了，从来都不会做什么好事。”

“从来不？这我倒还真不知道。”

“你不知道我知道啊，我自己总不会骗你吧。只是不知道你是否能够允许我这样一个糟糕的人偶尔来拜访拜访你，来走动走动。我很希望你能允诺我这样一个特权，就像对待一件没用的老家具那样看待我，虽然没用，但是又一直存在，平日里并不注意的家具那样。如果你答应了，也许我会经常来，一年至少会有四次吧，我想。如果你能答应我这个小心愿，那我就十分满足了。”

“你愿意来吗？”

“啊，这么说你是答应我了吗？达尔内先生，太谢谢你了，以后我就能以你的名义使用这种特权自由了吗？”

“是的，从现在开始就可以，卡尔顿。”

两人又握了握手后，西德尼就走了。过了一会儿的工夫，他的神色又恢复成以前的样子了，一脸满不在乎的表情。

之后，达尔内与新婚夫人还有医生和罗瑞一起共进了晚餐。晚上大家一起谈天的时候，他提到了白天与卡尔顿的谈话，卡尔顿的问题在他看来是糊涂且鲁莽的。不过他在说起这些的时候并没有用尖刻的语言，也没有不满的意思，只是和一般人对卡尔顿的看法一样来看他。达尔内并不知道他的话让他的妻子有了些想法，直到回到他们自己的房间他才发现他美丽的妻子正皱着漂亮的眉头看着他，那神态还是一如既往的引人注目。

“今儿晚上有什么心事吗，亲爱的？”达尔内伸手搂住了他美丽的夫人。

“是的，亲爱的，”妻子的手放在他的胸口上，抬眼认真地看着他，“今天晚上确实是有些心事让我感觉心里很沉重。”

“怎么了？我的露西？”

“你能不能先答应我，我不让你问的问题你就不要再继续追问了，好吗？”

“当然可以了，我的宝贝，我还有什么是不能答应你的呢？”

是啊，对她还有什么不能答应的呢？达尔内一手轻轻拨开她脸上的金发，一手抚着她为他跳动的心。

“我觉得卡尔顿先生很可怜，他需要更多关心和尊重，他并不像你说的那么差劲。”

“是吗？宝贝，你怎么知道？”

“这正是我不让你问的问题。但是我觉得我就是知道——他不是那样的人。”

“好的，我听你的，那你想要我做些什么呢？我的宝贝。”

“亲爱的，我希望你能答应我，永远对他宽容慷慨。即使他不在你面前，你也能宽容他的缺点。我想请你相信他的内心曾受过沉重的伤害，他的心声极少向人吐露，但是，我曾经看到过他的心在流血，亲爱的。”

“你这是在严厉地批评我，”达尔内感到十分惊讶，“我并不知道，他原来是这样的，我让他受委屈了。”

“亲爱的，他经历过的创伤已经无法改变了，我担心他的性格甚至是命运也都无法改变了。但是我相信，他还是能做好事，做高贵的事，甚至是超越凡人的事。”

她的纯洁善良让她的形象变得更加美丽迷人，她的丈夫像是入迷了似的望着她。若是可以，他能够就这样一直望着她几个小时。

接着她又说道："还有，我最爱的人，"她向他靠的更紧了些，脸贴着他的胸口，抬头凝望着他的眼睛嘱咐道，"你要记住，我们的幸福让我们更加强大，而他的不幸只会让他更加孱弱不堪。"

达尔内被妻子诚恳的请求深深地打动了。"我会一直记着的，我的宝贝，一辈子都不会遗忘。"然后他搂着她，低下头向她那玫瑰色的双唇吻去。

此时此刻，如果某个正在街头孤独游荡的漫游者，听到了她纯洁善良的倾诉，看到了她美丽的蓝眼睛里正淌着被丈夫亲掉的眼泪，他也许会对着黑夜大喊一句：纯洁善良的美丽女人，愿上帝永远保佑她！这句话，应该是不止一次用来对她说的了。

第二十一章　回音震荡的脚步

之前我们讲过，医生所在的街角是一个非常好听回音的地方。露西一直在忙着照顾自己的父亲、丈夫、自己和老管家老朋友，让大家都安享太平和幸福。她经常坐在安静的荡徉着回音的房子里听着时间嘀咕向前。

她尽管还非常年轻，幸福也是满分，可是手里的活有时也会因恍了神而暂停，目光有时也会变得涣散。因为，在回音之中，她感受到了某种东西，一种遥远的，非常模糊的声音在敲打着她的心灵。渺茫的希冀和担忧让她的胸怀四分五裂，对一种她还非常不明确的爱①的希望；担心，对她是否还可以在这个世界上享受新的快乐的担心——所以，在那复杂的回音之中便出现了她自己早早过世的坟墓上的脚步声；她一想到她丈夫要孤独地留在这个世界上，深深地缅怀她，便不禁觉得五味杂陈，并像浪花一样随风飘散。

那段时间过去，她的小露西出生了。于是，在岁月向前的回音之中，又有了小孩子细碎的脚步声和牙牙学语声。就算有天大的回音在震天响，坐在摇篮旁边的年轻妈妈也可以清楚听见那种脚步声和说话声。它们来了，冷清的房子便因为一个小孩子所带来的欢乐而五彩缤纷，而那儿童的神圣的朋友上帝——她在痛苦时总会跟他絮叨——也好像一直将她的孩子抱在怀里，就好像多年前抱着另外一个孩子，她就将这一切当作她最高的一种快乐。

露西一直在忙着用金线将他们统统串到一起。她用她的辛劳，给家人带来幸福，让他们的生活充满幸福和快乐。在多年的回音中，她听见的都是善良和抚慰的声音，在这中间，她丈夫的脚步声是朝气蓬勃的，她父亲的脚步是踏实而均匀的，还有，普洛丝小姐的脚步则像一匹野马，可是她

---

① 露西要做妈妈了，这爱便是亲子之爱。

被金丝笼头和鞭子束缚住了，只能在小院的梧桐树下活动一下而已。

虽然也曾经听到过难过的声音，可是却并没有那么凄凉，那时和她一样的金发垂落到枕头上，像神灵的光环一样笼罩着一个小男孩衰弱的脸。那孩子高兴地说："亲爱的爸爸妈妈，我非常舍不得，因为我就要离你们远去了，要和美丽的姐姐说再见，可是我得到了呼唤，我必须离开。"就算是那交托给她的灵魂远离她时，年轻母亲所流下的泪水也不完全是伤心的。"让小孩到我这里来，不要阻止他们。"他们看到了天父。啊，天父，你的妙语啊！

这样，天使拍动翅膀的声音和其他的回声夹杂到了一起，那回声既包括人世间的声音，也包括天国的声音。微风的轻叹也夹杂在这回音里，二者是轻声的嘀咕，就好像夏日熟睡的岸边大海的呼吸。这些，露西都可以听见——那时，小露西正在自顾自地玩耍，给小玩偶换装，用夹杂在她生活里的两大地区的语言不停地说着什么。

西德尼·卡尔顿踏实的脚步极少得到回声的反应。他一年中主动拜访的次数差不多只有五六次，来之后也只是在他们这里待一个晚上，和以前一样。他从来没有喝醉过酒，回音的细语里也有来自于他的声音，那是最善良的声音，亘古不衰的。

如果一个男人对一个女人是挚爱，没有得到她，却依然在她做了妻子和母亲以后无条件地理解她，并一直爱她如从前，她的孩子也会和他产生一种奇妙的感情互动的——一种出自于天性的微妙的同情。在这样的情形下，到底是什么引发了这种潜藏的，回声没有给出原因，可是事实的确如此。卡尔顿所遭遇到的情况也的确如此。小露西第一个向陌生人索抱的对象就是卡尔顿。在她成长的过程中，他一直占据着这个位置。小男孩在死之前也这样说，"令人同情的卡尔顿，替我亲吻他。"

斯特莱佛先生就像一艘没有方向的大型汽轮，在法学界倒行逆施，将一些对他很有帮助的朋友都远远抛到后面，就像拖了一只小船。被临幸的这种小船的日子就越来越不好过，大部分时间都埋没在水中难以呼吸，所以西德尼只好过着难过的日子。可是让人遗憾的是，习惯是最强大的，它比所有让他振奋人心的成就感都更让他觉得强大。于是他便维持着现在的生活，很少想到不再过着狮子属下的豺狗的生活，就好像真正的豺狗只能是豺狗一样，是不可能变成狮子的。斯特莱佛经济上很富裕，又娶了个有钱的寡妇，捎带过来一笔财产和三个男孩。三个男孩都很普通，只是三颗脑袋上都长的是很顺溜的头发。

斯特莱佛先生与生俱来一种让人厌恶的高姿态。他曾经像赶牲口一样让三个男孩来到索霍区那安静的街角，让露西的丈夫做他们的老师。他极其恳切地说道，“哟，这可是给你们夫妇盛宴上新增了三个奶油面包呢，达尔内！”可达尔内婉言谢绝了这三个奶油面包。斯特莱佛先生很是气愤，之后在培育这三个男孩时，都是气不打一处来，要他们以后小心提防那个家庭教师的穷酸气。他还有个一贯的做法，经常一边喝酒一边向斯特莱佛太太大讲特讲曾经达尔内太太在他身上花的心思，要想成功勾引他，可是他却有一套独门秘籍，才没让自己落入圈套。皇家法院的熟人有时跟他一起喝酒，听他说了这个故事，也都谅解了他，说他那故事表演成分太多，连他自己都相信了。自己有了错，还得寸进尺，这种家伙真应该被押解到一个安静的地方被偷偷绞死也是罪有应得。

这些东西都沉浸在露西的回音角落里，有时是微笑着听说的，一直到她的女儿满六岁了。孩子的脚步声、父亲稳健有力的脚步声、丈夫的脚步声，这一切都无须多言，都和她的心紧紧相连。她发挥她的智慧和品质好好地经营着他们这个家，过着优渥而不奢侈的生活。这个家最小的回音于她来说都是优美的音乐，她周围的回音于她来说都非常幸福。她的父亲曾经不止一次跟她说，结婚以后，她对他比婚前更加孝顺了。（如果还可能实现的话）她的丈夫也不止一次跟她说，繁重的家务和义务并没有让她减少对他的爱和鼓励，而且还问道：“你把我们所有人都关心得那么好，似乎我们是一个整体，而且既不是那么忙碌，也没有觉得过于疲惫。亲爱的，你有什么技巧吗？”

可是在这个阶段，却依然有其他回音回落在整个街角。可是现在，当小露西满六岁时，那轰隆隆的声音开始变得可憎起来，似乎法兰西那一场史无前例的风暴正在席卷而来。

一七八九年七月中旬①的一天晚上，罗瑞先生从台尔森银行赶到这里进已经是深夜，他坐在露西夫妇旁边，那是一个暴风雨来临前的夜晚，三个人静静地回想着多年前一个周日的晚上。那时也是他们三个人一起，在同样的地点，仰望天空。

“我觉得我今天晚上应该在台尔森银行过夜，”罗瑞先生往后推了下他的棕色假发，说，“白天我们无所适从，不知道应该怎么办，巴黎的政局摇摆不定。我们的信托业务事实上忙得不可开交，那边的客户好像

① 法国大革命爆发于一七八九年七月十四日。

非常急切地想要让我们帮助管理他们的财产。有些客户真的是疯了，还妄想把财产转移到英格兰来。”

“情况似乎不太妙。”达尔内说。

“你是说好像不太妙，亲爱的达尔内？是的，可是我们不清楚有什么原因变得不太妙。人们真的是太疯狂了，我们台尔森有些人年事越来越高，这种平添出来的事故让我们应接不暇。”

“可是，”达尔内说，“天空如此灰暗，昭示着暴风雨的来临，你是清楚的。”

“我真的明白，”罗瑞先生认可了，尽力说明自己那和善的脾气，所以呢喃着说，“可是我烦了一天了，很难说不发火。曼内特去哪儿了？”

“我在这里。”这时医生刚好回来。

“非常高兴你在家，紧张和慌乱已经折腾了我一整天，弄得我没来由地紧张，我希望你现在就待在这里？”

“我就待在这里，如果你愿意，我还想与你对战一局呢！”医生说。

“如果可以说真心话，我并不想和你对战。我今天晚上状态不太好，露西，你那儿还有茶盘吗？我怎么没找到。”

“当然有。”

“非常感谢，亲爱的，宝宝已经睡了吧？”

“正做着美梦呢！”

“那就太好了，希望一切都好！我不知道有什么理由会让这里不好，感谢上帝。我今天一天都烦透了，却比不上之前身体好了。是我的茶吗，亲爱的？谢谢来，坐过来。我们安静地待在这里，听听回声。听说你对回声还有一套自己的见解呢。”

“不是见解，只是幻想而已。”

“那么，我最亲爱的宝贝，是幻想。”罗瑞先生握握她的手说，“可是今天晚上的回声尤其多，而且声音很嘹亮，是吗？你好好听听看。”

这一小群人就这样围坐在窗前，离这万里之遥的圣安托万却响起了快速、癫狂的脚步声，并大肆入侵他人的生活。那脚步一旦染上血红的色彩便很难洗净了。

那天上午，圣安托万区有成千上万衣着破烂的人拥挤在那里。人群上空有刺眼的光芒划过，那是在阳光下闪耀的刺刀。圣安托万发出响彻天地的嘶吼，不着寸缕的手臂在空中不停地挥舞，就好像冬季严寒中干瘪的树枝，所有的手臂都不自觉地伸向武器，不管它在多么遥不可及的地方，都可以被人牢牢抓在手中。

武器来自于哪里，是被谁抛举上来的，又经过了哪几个人的手，没有人注意这一茬。武器一次有几十把，挥舞着、雀跃着跳了出来，出现在人群上空，快如闪电。同时冒出来的还有子弹、火药、铁棍、长矛、毛瑟枪等等。总而言之，只要是人们可以创造出来的东西，这里都可以找到。如果是人们还没有得到的东西，他们也会动员一切力量去得到。圣安托万区的血压就像升高了一样，心跳和血压都急剧升高。所有人都铆足了劲，准备一战到底，生死早已置之度外。

汹涌的水浪总会有一个中心点，这群沸腾的人就有一个中心，那就是德伐日酒店，周边的每一滴水都围绕着这个中心。这时被枪林弹雨包围的德伐日正在行使自己指挥官的职能，给众人发放兵器，将这个人推到后面，把那个人拉到前面，将一个人手中的武器交给另外一个人，在嘈杂的声音中奋力拼搏着。“离我近一点，雅克三号。”德伐日大声说道，“雅克一号、雅克二号，你们一人负责一边，将这些爱国者都尽量汇聚到一起，我的老婆呢？”

“呃，我在这，在你视线所及范围内。”老板娘无论什么时候都非常淡定，只是手里这时没有打毛线。她右手高举着一把斧头，并不是比较柔弱的武器，腰带上还别有一把手枪和一把短柄刀。

“老婆，你要去哪？”

“我现在就跟在你后面。”老板娘说，“以后，你会在妇女队伍的最前面看见我。”“那好！”德伐日高声叫道，“爱国英雄们，朋友们，我们已经蓄势待发了，冲到巴士底①。”

人群开始躁动不安，发出嘶吼，似乎整个法兰西的声音都齐聚于此。人潮不断向前涌动，呼声也越来越高，都汇聚到一个地方。警铃响了，战鼓响了，人潮在癫狂，进攻开始了。

深深的壕沟、承担双层重量的吊桥、绵亘的石壁、八座巍峨的高楼。大炮、火光、烟雾、毛瑟枪。酒店老板从升腾的火光中穿过，人流让他来到一尊大炮旁，可是他却在转眼之间变成一个勇猛的炮弹，在战火中奋战了两个小时。

深深的壕沟、单边吊桥、绵亘的石壁、八座巍峨的高楼。大炮、烟火、烟雾、毛瑟枪。很快，一座吊桥坍塌了。“加油啊，同志们，向前

---

① 巴士底：巴黎一所非常有名的监狱，之前是个王家城堡。

啊，雅克一号、雅克二号、雅克一千号、雅克一万号！打着天使和恶魔的旗号——你愿意用哪个都可以，加油啊！”酒店老板德伐日还在大炮前奋力厮杀着，大炮热得早就可以烫熟山芋了。

“紧跟着我，妇女们。”他的妻子叫道，“做什么，攻下来以后，我们也可以和男人一样，到前线去杀敌的。”妇女们发出拥护的叫声，跟在她后面。她们的武器不尽相同，可是他们心中复仇的火焰都是熊熊燃烧的。

毛瑟枪、烟火、烟雾、大炮，可是壕沟依然很深，吊桥依然是单边的，八个巍峨的高楼，还有绵亘的石壁。有人负伤了，剩下的人群迅速作了微调。发光的武器、灯火明亮的火炬，一车车濡湿的柴草燃烧了起来，四处的工地上都响起奋力地厮杀声。吼叫声、咒骂声、炮火声、敲打声、人潮的涌动声，可是依然是深深的壕沟、依然是单边吊桥、绵亘的石壁以及八座巍峨的高塔，酒店老板德伐日已经奋战在炮火前，大炮已经持续工作了四个小时之久，炮管已经烫得惊人。

城堡里树起了白旗，协商——在战斗纷飞中，白旗不甚明朗，声音也听不见。人潮突然之间不受控制地分散开去，澎湃起来，将酒店老板德伐日从吊桥边卷过，被席卷进层层石墙、已经举手投降的八座高塔内。

包裹着他的人浪势力依然不曾减弱，就连呼吸一口气都要费好大的劲，就好像在南太平洋的浪潮里奋勇向前。他终于到达了巴士底监狱的墙内，依靠一堵墙的力量，他尽力朝上看了看。雅克三号一直跟在他身边，德伐日太太带领着几个妇女，已经离监狱非常近，依稀可见，手里还高举着刀。处处是激动、刺激，振聋发聩的吼叫声，也有盛怒之下的鸦雀无声的场面。

“囚徒！”

“记载！”

“秘密牢房！”

“刑具！”

“囚徒！”

在更多的吼叫声中，在数以万计的评议中，只有“囚徒”二字是得到最多响应的。似乎有无以限量的时间和空间作为铺垫。最早到达这里的人是押着监狱的官员，并恐吓说，如果还有没有被公开的地方，就马上把他们枪毙。这阵人潮涌走以后，德伐日已经将他饱经沧桑的手放到一个监狱看守的胸前——那人满头银发，手里拿着火炬，他将他单独靠在墙上。

“赶紧说，到北塔怎么走？”德伐日说，“赶紧的！”

“我会认真回答你的问话的，”那人说，“如果你在我后面走的话，可是那里已经是空的。”

“北塔一O五代表着什么?”德伐日问，“赶紧的!”

“是指意思吗，先生?”

“是囚徒的名字，还是一间牢房的名字?你是不是不想活了?”

“把他干掉!”雅克三号走过来，高声叫道。

“那是一间牢房的名字，先生。”

“在前面带路!”

“那就从这边走!”

带着一脸贪婪神情的雅克三号显然因为谈话没有发生流血事件而大失所望。他紧紧抓住德伐日和看守的胳膊，在这有限的时光里，三个人紧紧靠在一起——那时要想听见只能这样，因为所有人都挤进了城堡里面，将庭院围得水泄不通，过道和楼梯，都发出巨大的吵闹声。外面，人潮也发出低沉的声音震动着墙壁，嘶吼声中还夹杂着尖叫声，就好像平地而起的炊烟。

德伐日、雅克三号以及看守，三个人紧紧挨着，以百米冲刺的速度穿越了常年阴郁的拱门、黑黢黢的窄门，从洞穴状的台阶处走下来，徒手爬到了石头和砖块建成的高而陡的石梯——那东西说是楼梯，更准确地还不如叫已经没有水的瀑布。在某些地方人潮还汹涌经过他们的身边，尤其是起初，可是当他们朝下走了一段路程然后又来到一座塔楼以后，人潮就离他们远去了。这里被包裹在沉重的石壁和拱门中，城堡外的喧嚣声在他们听来只是一声闷哼，似乎坏面的吵闹声已经让他们的听觉损坏了。

来到一道矮门边，看守停下来了，掏出一把钥匙，将门打开，在他们踏入门槛时他说：“这里就是北塔一O五。”

墙壁较高的地方有一扇窗户，窗户上面没有镶玻璃，栅栏将整个房子围得密不透风，前面还用石屏遮住前面，要看到天空必须弯下腰。踏进房门几步，我们可以清晰地看到一个小烟囱，烟囱的进口也被严严实实地封闭了。壁炉里还有残存的柴灰。屋里有一张桌子、一条板凳、一张铺有草垫的床、四面墙已经被熏得看不见本身的白色，一堵墙上还悬挂着一个铁环，不过已经生锈了。

“把火炬举好，我要好好看看这几面墙。”德伐日对看守说。

看守人依言照做了，德伐日眼睛紧紧随着火炬移动的方向观察。

“停!雅克，看这里!”

"A. M.[①]!"雅克三号认真地读者，噪音略带嘶哑。

"亚历山大·曼内特。"德伐日用他被火药熏得黑黑的手指读出这两个字母，对着雅克三号小声说道，"这里还写着'一个遭遇不测的医生'。而且，毋庸置疑，在这块石头上刻日历的也是他，你手上拿的是什么？撬棍吗？给我用一下。"

他手里本来还拿着放炮用的火绳杆，现在丢掉它，换上撬棍，对着已经被害虫侵害的桌椅板凳，几棍子就让它们粉身碎骨。

"把火把举高一点。"他恶狠狠地对看守说，"雅克，认真查看一下这些破木片。瞧，这里有刀。"他将刀扔给他，"将床垫用刀劈开，仔细检查一下铺草。你，把火把举高一点。"

他再次用力瞪了看守一眼，目光犀利，如刀子剜人似的，他爬到壁炉前面，从烟囱看上去，用撬棍用力敲打着，鼓捣着烟囱壁，捅着横在烟囱上的铁栅栏。顷刻之间便落下不少泥土和灰尘，他将脸扭到一边，之后便在烟囱里多年积累下的柴灰堆里翻腾，在他刚用武器刺破的一条缝里来回搜索。

"雅克，木头里，铺草里都没找到吗？"

"没有。"

"我们将这些东西堆到牢房正中间，你，点火！"

看守用火把引燃了这堆东西，火苗扑腾直往上，屋子里的温度瞬间就升了起来。他们让火堆尽情燃烧着，猫着腰从矮小的拱门里面走了出来，沿着之前的路径到了院子里，这时听觉也开始恢复正常了，他们又来到激情四射的人群中。

他们发现人潮澎湃得厉害，四处都在呼喊德伐日。圣安托万沸腾了，一致要求酒店老板德伐日亲自去羁押一直守护着巴士底狱、和人民作对的城堡主。如果没有德伐日，城堡主就不能被押送到市政厅去接受审判，他可能会逃之夭夭，人民就不能报仇雪恨了。（多少年来曾经不值钱的血现在突然变得有价值了）

那位冷峻的军官年龄很大了，他身穿灰色大衣，上面还有红色勋章，站在那似乎要将它吞噬的人群中非常显眼。可是在这片沸腾中却有一个人一直都非常镇静，那是一个妇女。"看，我的丈夫回来了！"她看到了他，随即大声叫道，"看，德伐日！"她一直站在那冷峻的军官旁

---

① A. M.：法语亚历山大·曼内特的缩写。

边，没有变换一下位置，而且，在德伐日等人押解着他从街道走过时，她也一直守在旁边；在他被押送到终点站，有人从背后攻击他时，她也一直守在旁边；在压抑了很久的仇恨的拳头和刀子纷纷落到他身上时，她也一直守在旁边。等到他受伤没有呼吸以后，她突然亢奋起来，一脚踩在他脖子上，用一早准备好的刀将他的脑袋削了下来。

现在到了圣安托万实行最残酷想象的时候，他要把人悬挂起来，表现自己可以变成什么样的人，会干出什么样的事情。圣安托万的精神亢奋到了极点，残暴与强硬统治的血喷洒出来，洒在城堡主尸体遍地的市政厅台阶上，洒到了德伐日太太的鞋底上——为了将尸体碎尸万段，她曾经用脚底踩住尸体。“将那边的灯放下来！”圣安托把眼睛瞪大，到处搜索新的杀人武器，然后叫道，“这里还有个兵士，让他给他殉葬吧！”那个哨后被人吊到了岗哨上，人潮又开始汹涌往前。

气焰嚣张的海涛，波涛和波涛间的强大的碰撞，那碰撞的力度现在还不得而知，其破坏力也还不得而知。用力击荡着冷酷的人的海岸，复仇的叫喊，经过重重磨难的熔炉锤炼得刻板的脸，在那脸上可怜再也找不到痕迹。

人潮的面部表情多种多样，有穷凶极恶的，有盛怒的，其中还有两个组织，每个组织都有七个人，和其他面孔形成鲜明的对比。海洋从来没有冲刷出比它们更有意义的纪念物。七个囚徒突然被一股风暴解救出来，被众人高高举起，他们觉得紧张、迷茫、惊恐、讶异，似乎世界末日已经来临，而在他们周围兴高采烈的人们的灵魂已经病入膏肓了。还有七张面孔被举得更高，那是已经不在人世间的面孔，垂下的眼皮和微微张开的眼睛等着最后的审判。尽管很是冷淡，可是却带有一种死不瞑目的表情，很像是中途被打断了，准备将垂下的眼帘抬起，用毫无血色的嘴唇控诉着，“是你让我下地狱的。”

七个囚徒恢复了自由，七颗血腥的人头被挂到矛尖上，那被世人谩骂的有八个塔楼的堡垒的钥匙，一些被找到的信件，很久以前就满腹哀怨死去的囚徒的遗物——像这样的东西都在一七八九年七月中旬被圣安托万响彻云天的脚步声押送着穿越巴黎的街道。现在，祈祷上天打碎露西·达尔内的想象，不让她的生活被那些脚步打扰。因为那脚步太过于癫狂，太过于迅速，而且危险系数极高，而在德伐日酒店大门的酒桶被打碎很多年以后，那些脚步如果被变成红色，将会难以再恢复。

第二十二章　海潮继续增高

衰弱的圣安托万只高兴了一个星期，他用温和的善良的欢庆让他那仅有的一点又干又硬的面包尽可能软和些。德伐日太太又恢复到从前的老样子，坐到柜台后面招呼顾客，只是头上不再插玫瑰花了，因为在这一周以内，密探们曾经牢不可破的兄弟之情已经开始互相猜疑，不敢以身试验去圣安托万听候审判，那里的街道正彰显着一种不幸在左右摇摆呢！

德伐日太太双手环抱着坐在清晨的阳光里，一直盯着酒店和街道看。酒店里和街道上都有一群群难看又脏兮兮的懒汉，可是在他们所遭受的痛苦之上，却明显盘踞着一种优越感。戴着最破烂帽子的头脑里都有这样一种不可一世的思想："戴破帽的我明白日子要想维持下去非常艰难，可是你要明白，虽然我戴着破帽，可是我要想取你的性命却是轻而易举。"之前整日无所事事的瘦骨嶙峋的光胳膊现在随时准备开战，因为它可以变成力量。做编织活的妇女手指很是厉害，她们已经充分搏斗过。圣安托万换了一副表情，数百年的磨炼让它变成了现在这副模样，尤其在这最后几天，完全让它变换了新容颜。

德伐日太太带着圣安托万的妇女领导那种含蓄的夸奖之情坐在那里认真看着。她的女同伴之一在她身边精心编织着什么。这个妇女身材很矮小，而且体形偏胖，是一个饥寒交迫的杂货小贩的妻子和两个孩子的母亲，这位帮手已经为自己得到了"复仇女神"的称号！

"听！"复仇女神说，"小心！看看谁来了？"

一阵风似的嘀咕声迅速传了过来，就好像从圣安托万区一直到酒店门口绵延的一系列鞭炮突然炸响。

"是德伐日。"老板娘说，"保持肃静，爱国英雄们！"

德伐日上气不接下气地跑进屋子，将手上的红便帽扯下来，四处看了看，“各路人员小心。”老板娘说，“听他说！”德伐日在那儿直喘粗气，背对着门外一双双如饥似渴的眼睛和张开的嘴，酒店里的人都跳得老高。“说吧，什么事，领导！”

“从其他世界传来的消息！”

“怎么了？”老板娘鄙视地说，“其他世界？”

“这里的人还有人记得老家伙富伦①吗？他曾经说过没有饭吃的人可以吃草。他不是已经不在人世，到地狱去了吗？”

“记得。”所有人都异口同声地说。

“是有关他的消息，他还活着呢！”

“还活着？”所有人都失声大叫起来。

“他非常惧怕——他当然惧怕——于是假装自己已经死了，弄了个虚假的出殡。可是有人发现他还活得好好的，躲在乡下生活，便将他抓了起来。我刚才还亲眼看见他去了市政厅，已经做了投降鬼。我说过，他当然要惧怕我们。你们说说看，他是不是应该惧怕？”

那七十多岁的罪人若是听到如此铿锵有力的回答，就算不清楚自己为什么害怕，现在也会深深觉得害怕了。

接下来是一阵压抑的安静。德伐日和他的妻子互相对望了一会儿，复仇女神弯下腰来，大鼓的声音响起，那是她从柜台后面自己用脚把它给挪了出来。

“爱国英雄们！”德伐日高声叫道，“你们准备好了吗？”

德伐日太太将刀插进腰带；大街上鼓声震天，似乎有魔法让大鼓和鼓手都远离地面；复仇女神发出恐怖的叫喊，双臂在头顶上方挥舞不停，似乎身上齐聚了四十个复仇女神，冲进了一间间屋子，去说服妇女们上街。

男人们很恐怖，他们心中的怒火奔腾而出，从窗台上看了一眼便拿起一样武器，像洪水一样涌上街。看到妇女们的样子，就算是再果断的人，脊背也会阵阵发凉。她们将家务扔在一旁，舍弃了孩子，抛弃了贫穷、饥饿、衣不蔽体的老人和病人，没经过任何修饰就跑了出来，遥相呼应，以最疯狂的行为加入到这不可一世的活动。“姐姐，坏蛋富伦被抓住了！”“妈妈，流氓富伦被抓住了！”“女儿啊，无耻富伦被抓住

---

① 富伦：约瑟夫·法瑟夫·法朗索瓦·富伦：曾经担任国王路易十六的顾问，犯下很多罪行，一七八刀年七月二十二日被起义的群众逮捕吊死，后又被割下了头。

了!”之后，又有二十多个妇女参与进来。她们抓着自己的头发，捶打着胸脯，高声叫道，“富伦还没有死。”“富伦，那家伙说饿了可以吃草。”“富伦，在我爸爸忍饥挨饿的时候，他却说可以让他吃草。”“富伦，我因为没有饭吃，没有奶水给孩子吃，他却说可以让我的孩子吃草。”“圣母啊，这个富伦。”“啊，天哪，我们曾经所遭受的苦难啊!”“听着，我那夭折的孩子和危在旦夕的爸爸，我跪在这里发誓，我要为你们报仇雪恨!”“丈夫们，兄弟们，把富伦的血给我们!”“把富伦的头、富伦的心都给我们!”“把富伦的身体和灵魂都一并交给我们。”“将富伦大卸八块，把它埋到泥土里，让他身上长出青草来!”这样叫着，很多妇女便开始发疯，全然忘记了周围的一切，转着圈儿，和朋友们互相拉扯，一直到昏了过去。幸亏有男人们出手相助，才没有被踩成肉泥。

可是，她们却没有浪费一丁点儿时间，完全没有！这个富伦现在正在市政厅经过审判，很可能会让他恢复自由。只要圣安托万还记得他曾经遭受过的痛苦的耻辱，就一定不能让他恢复自由。手执武器的男男女女从圣安托万区急速奔跑，并用狂风暴雨之势让所有人都离开了。十五分钟不到，圣安托万的中心地带就只有干瘦的老婆婆和吵闹个不停的儿童了。

除此以外，再没有其他人了。他们这时全都拥挤在了那个丑恶的老头儿所在的审判庭里，并一直往外面蔓延，来到周围的街道。德伐日夫妇、复仇女神和雅克三号是最先到达的，站在离那个老头儿最近的地方。

“大家看呀!”老板娘用刀尖戳着说道，“看那个无耻之人被绑在那里，对，在他背上再绑上一捆草。哈，就是这样，现在就让他吃草。”老板娘将刀收到腋下似乎幸灾乐祸地拍起手来。

德伐日太太后面的人将她高兴的原因跟自己后面的人讲了，他们后面的人又向其他人解释，这样一个一个传递下去，于是周边的街道也全部响起了拍手声。同样，在长达两三个的审判中，德伐日太太一些不甚满意的意见迅速传播了出去，并得到回应。因为有几个身手了得的人爬到了建筑物外面，从窗户看向这里，他们对德伐日太太非常了解，便自动担任起了她和外面人员沟通的桥梁。

最后，太阳升了起来，将希望照射到那个老囚徒的身上，他不能受到这样的眷顾，这是人群所不能忍受的。那些待在他身边碍事的废物全部都被轰走了，圣安托万牢牢控制住了他。

这事马上被最外围的人群所知晓，德伐日刚越过一道护栏和一张桌子，将那个可怜虫拼命抱住，德伐日太太就马上用一根绳子将他绑得死死的。复仇女神和雅克三号还没有来得及做什么，窗户上的人还没有顾得上从上面跳下来，人群中便响起一阵嘶吼，响声响彻全城，“把他抓起来，送到街灯下去！”

摔倒了，爬起来，头朝下被磕到大厅外的楼梯上；一会儿跪到地上，一会儿又站起来；一会儿躺在地上，一会儿又被强行拖着走；挨打，数以百计的手将草塞到他嘴里；被掐、被拉，全身皆是伤痕，血流得满地都是，一直在祈求。有时拼命反抗，样子十分痛苦，人们便腾出一小块地方，让他尽情表演；有时成了一块死木头，被人群拖拉着。就是这样，他被抓到了街角处，那里上方悬挂着一盏灯，在那里，德伐日太太松开了他——猫可以对耗子松手——之后安静地看着他，等着别人做好准备；可是他却一直向她求情。妇女们一直尖叫不断，男人们则愤怒地朝他嘴里塞青草，然后了结了他。第一次，把他吊到上面，可惜绳子断了，他号叫一声被控制住。第二次，他又被吊了上去，绳子再次断了，他再次被控制住。之后绳子不再作怪，牢牢吊住了他。他的头马上被戳到一支矛尖上，嘴里满是青草，可以让整个圣安托万的人都兴奋得乱叫。

可是这还不是一天倒霉事的终点。圣安托万因为呼喊和跳舞已经沸腾了，因此到了傍晚时分，它再次欢呼起来。那是因为听说被处死了的那个人的女婿——另外一个欺负老百姓的大众敌人，带领了一支五百名骑兵组成的队伍来到了巴黎。圣安托万大尺度彰显了他的罪行，然后抓住了他——就算他有一只非常有力量的队伍，他也会被抓去陪伴富伦的——并将他的头和心脏戳到矛尖上。圣安托万这一天收获了三大胜利，组成了一支强悍的队伍游走在巴黎街上。

男男女女们直到很晚才回到啼哭着的、饿着的孩子们身边，之后面包店就被挤得水泄不通，他们耐心地等着买劣质的面包。在他们饿着肚子，没有力气排队时便互相紧紧拥抱，庆祝今天首战告捷，用来打发时间，并在闲谈中重新温故今天的胜利。几个长队终于变短，然后不见。高高的窗户上露出些许微光，街头点起了火，几个邻居搭伙做饭，之后就在门口开始吃晚饭。

晚饭不够丰富，量也不足，肉也没有，也没有其他调料，只有劣质的面包。可是人和人之间的情谊却给这难吃的食物增添了营养，在人与人之间擦出快乐的火花。加入了当天野蛮行动的父母轻声给他们虚弱的孩子说着什么；情人们则互相恩爱着，满含希望。

德伐日酒店最后一批客人离开时天已经快亮了，德伐日先生一边关门，一边嘶哑着嗓子对妻子说；

“我们终于等到这一天了，亲爱的。”

“是啊，感觉很棒！”老板娘说，“时间差不多了。”

圣安托万进入了沉沉的梦乡，德伐日夫妇也进入了梦乡，就连复仇女神也和杂货小贩也睡得香甜，大鼓也终于可以歇息一会儿。圣安托万仅有的不会因为流血和慌乱而改变的声音就是大鼓的声音。作为大鼓保管人的复仇女神尚可以让大鼓再次发出声音，让它发出和老富伦被抓以前和巴士底监狱倒塌以前一样的声音，可是圣安托万的人的嗓子都已经喊不出来了。

第二十三章　烈焰升腾

泉水流过的那个村子，最近变化很大。修路工人依然每天去那里消磨时日，以便让精神和消瘦的身体不至于分离。悬崖顶上的监狱也没有了从前的威风，士兵守卫也不如从前多了。军官依然存在，号令着手下的士兵，可是士兵们会做什么就不得而知了，他们只知道，他们可能会做出一些就算没有发出指挥，他们也会做的事情。

断壁残垣的农村铺展开来，这片地只盛产荒芜。每片绿叶、每片青草都和受苦受难的民众一样没有生气。房屋、牲畜、围墙、男人、女人、孩子以及他们所耕种的土地，全部都沐浴在残阳里了。

曾经身居高位的爵爷大人们，被看作是国家的吉祥物。在奢华美好的生活里，他们代表着素质，代表着高贵，他们让所有东西都具有骑士的风范，在相关问题上发挥了无可限量的作用。作为一个阶级，爵爷大人们采用多种方式让奢侈的生活活力无限。可让人讶异的是，爵爷大人们尊享的生活在如此短的时间就消失殆尽了。曾经期待的永远毫无疑问是染上了鼠目寸光的恶心，可是现实事情并不是这样。燧石的能量已经被开发完全了，现在那螺丝不停在那打转，也挖掘不出什么精华了。大人们只好垂头丧气地离开这里，躲得远远的。

可是这个村子和很多相似的村子还发生了很多变化，几十年以来，大人本来只对这个村子不断进行压榨，却鲜少到这个村子里来。除非是要狩猎，有时对象是人，有时是动物。而为了让野兽繁衍生息，大人空出了大片土地。不，不，村子的变化不仅仅在于它的那份典雅尊贵、如塑像般美丽、接受福气也赐予他人福气的面孔，而是多了那些身份卑微的陌生面孔。

这个阶段，修路工人也在尘嚣里孤单地做着事情。他极少动用自己的智慧去思考自己从尘土中来，最终也要回到尘土中去①的道理。他将更多的心思放在晚饭分量不足上，如果还有充足的吃的，他还可以吃下多少。在这个阶段，他从繁重的劳动中抬起头来一看，总会看到一个粗犷的人影朝自己走过来。这在这片地区之前很少看见，可是现在却已经司空见惯。那人影继续往前，修路工人就会看到，这是一个差不多没有进化完全的高个子，脚上所穿的木鞋，就算是修路工人都会觉得过于沉重的鞋子。那人粗放、皮肤黝黑，沾染了不少灰尘，还携带有不少湿地的潮气，身上满是荆棘、青苔的味道。

那个七月天的中午，就看到这样一个人影。那时，他正正襟危坐在一堆石头上，想象着如何挨过这一场风雪。

那人看了他一眼，看了眼山谷的村子、悬崖顶上的监牢，在他迷茫的时候搞准目标以后，就用一种他人费力才可以听懂的方言说："情况怎么样，雅克?"

"很好，雅克。"

"那就握个手吧!"

两人友好握了个手，那人坐在石堆上。

"这里不吃午饭?"

"现在只有晚饭了。"修路工一副饥肠辘辘的样子。

"现在不流行吃午饭。"那人嘀咕道，"我所看到的人，现在都不吃午饭。"

他从怀里掏出一个黑黢黢的烟斗，装上烟，用燧石和火镰点燃了，三下两下就擦出了火花，突然拿开，用拇指和食指夹了个东西放进去，那东西迅速蹿起火苗，即刻变成一股青烟。

"再次握手吧。"看完这一整套的动作，修路工人发言了。

"今天晚上吗?"修路工人说。

"对，就是今天晚上。"那人含着烟斗说。

"哪里?"

"就是这里。"

他和修路工人一起坐到石头上，互相对望着。冰雹洒落在他们中间，似乎是小人国在拿刺刀袭击他人。

---

① 从尘土中来，也必归尘土：出自于《圣经·旧约·创世纪》第三章第十九节。神对亚当说，"你本是尘土，仍要归于尘土。"因为亚当是上帝用尘土造的。

村子上空终于看到了阳光。

“指我看看。”于是路人来到山顶说。

“看，这里。”修路工人伸出一个手指，“从这里往下看，直直从街道穿过，再越过泉水——”

“都他妈见鬼去！”那人插嘴道，眼睛盯着眼前的景物，“我如果不想经过街道，也不经过泉水，应该怎么走？”

“那么，村边山顶那一头，大概两个里格。”

“那行，你什么时候下班？”

“等太阳落山。”

“我已经连续两个晚上没有睡觉了，等我抽完烟，我就睡一会儿，你下班之前叫醒我，可不可以？”

“可以。”

来人把那袋烟抽完，将烟斗抱在怀里，将大木鞋踢到一边，歪倒在石头堆上，马上就睡着了。

修路工人继续从事他硝烟弥漫的活儿。这时夹杂着冰雹的云层翻滚开了，露出一重重蓝天，景物也随之被镀上了一层金光。之前戴蓝帽，现在戴红帽子的小个子修路工人好像也被石堆上的人吸引住了。眼睛经常转过去看他，手上的工具简单地重复着，看上去已经没起到多大作用。那人皮肤呈青铜色，不修边幅，戴着质地坚硬的红色羊毛帽，穿着野兽皮和家织呢做成的粗布衣服，因为生活艰难而身形瘦削的个儿、睡着时嘴唇也依然紧闭着，这些让修路工人从心底油然而生一股敬意。游人游历了很多地方，脚也磨破了，脚还受伤了，血一直汩汩地流。他那宽大的木鞋子里面全部都是树叶和草。走了那么远的路程，鞋子实在是让他不堪重负。他的衣服上也满是破洞，身上也是伤痕累累。修路工人蹲下来，想要好好看看他身上所藏的武器，可是什么都没有看到，因为他睡觉时双臂环绕在胸前，捂得严严实实的，和他紧闭的双唇一个样。在修路工人的眼里，高高的城市护栏、大门、岗亭、吊桥，和眼前的这个人相比统统不值一提。等到他抬头望向四周时，他假想，所有和这个人相似的人正在蜂拥而至法兰西各大中心城市。

这人一直沉浸在美美的梦乡中，冰雹滑落下来，阳光和阴影交相辉映，冰珠打在他身上发出刺耳的响声，又被太阳晒成颗颗金刚钻，可他根本不放在心上。终于日落西山了，晚霞明媚可见，修路工人整理好工具准备下班了，才叫醒了他。

“好。”醒过来的人半坐着说，“山顶那边两个里格?”

“大概是两个。”

“大概两个，行!”

修路工人下班回家了，因为风向的原因，一直在他前面起舞。他迅速来到泉水边，来到成群结队喝水的牛群里，和整个村子的人嘀咕着什么，好像连牛也互通了消息。村里人简单吃完了晚饭，并不遵守一贯的习惯上床睡觉去，而是走出门外，在那里偷偷传递着一个让人大跌眼镜的消息。等到村里人全部聚集到泉水附近时，又出现一种让人讶异地看风景动作，大家朝同一个方向望过去，好像等待着什么。当地的主要官员加伯尔先生紧张了，一个人爬到自己的屋顶，也看往那个方向。他又躲到烟囱后面偷看泉水边的面孔，同时给负责教堂钥匙的圣器保管员通了气，也许要不了多久要去敲钟。

天越来越黑了，还起风了，树林因为包围着古老的府第而变得深邃不已，似乎在恐吓那栋黑黑的建筑物，雨点急速拍下，撞击着古老的门，似乎要把屋里的人叫醒。一阵阵疾速地穿过大厅，吹过古老的矛和刀，再哭喊着爬上了楼梯，最后来到侯爵睡过的床边帘幕。四个不修边幅、脚步沉重的人经过四个方向的树林，踏平了青草，折断了树枝，异常小心地来到院子里，在那里生了四把火，之后朝四周吹散开去，于是一切又进入到黑暗中。

可是这股黑暗并没有持续太长时间，府弟马上就用自己的光源神奇地照亮了自己，似乎要把自己变成一个光源。之后前排建筑物后面燃起一道火焰，从光源处看去，栏杆、拱门和窗户都被点燃了，火焰越烧越旺，向四周铺散开去，越来越火光四射了。没过多久，二十个大窗户就全部火焰升腾，将石雕人面也惊醒了，一个人对着火光挤眉弄眼。

少数留在庄园里的人在窃窃私语了一阵以后也准备好马，有人骑马逃之夭夭了，赶马声、水花声在黑暗中荡起了涟漪，停在村里的泉水边。那马口吐白沫站在加伯尔先生的大门口。“加伯尔先生，救火呀!快组织大家救火啊!”警钟急急如律令，却没有看到有援助部队。（就算来，也不会前来支援）修路工和他两百五十多个好哥们儿一起站在泉水边，双臂抱在胸前，看着天上的火柱。“一定高达四十英尺。”他们冷漠地说，可是却没有采取行动。

从宅第赶到这儿来的骑马人和口吐白沫的人经过村庄，快速冲上石梯，来到悬崖上的监狱门前。一群军官在门前注视着火，士兵却站在离他们很远的地方。“首长，首长，庄园着火了，赶紧去将一些价值比较高的东西抢救出来啊，救火啊，救火啊！”军官看看士兵，士兵却一直注视着火，谁都不发一言，大家无奈地耸了耸肩，无奈地说：“那就让它烧吧！”

骑马的人踢踢踏踏地经过街道时，村子里被火光照得极亮。修路工人和他两百多个好哥们儿有了男女之间才有的默契：把蜡烛引燃来庆祝这一刻。他们一起来到屋子里面，在每个幽暗的小玻璃窗后面燃起蜡烛。这儿物品大部分都比较缺乏，大家便都不约而同地去找加伯尔先生借。那位官员非常不乐意，可是只要稍微有所迟疑，曾经在权威面前非常顺从的修路工人这时却说：“马车被砸了烧了也不错，驿马的肉好像也挺香的。”

那府第便自顾自地烧了下去，烈火狂叫着，炽烈的风又从地狱般的火海里跑出来，好像要将整座华厦都吞没得一干二净。火光跳跃着，映照出石雕人面正在经历的痛苦。大块的石块木料在坍塌，鼻子上有小窝的石雕人面也消失不见了，可是很快我们又在烟火里看到了他，似乎变成了冷酷的侯爵的脸——他正被灼烧在火刑柱上，在烈火中奋力拼搏。

府第燃起熊熊的大火，周边的树木被熏烤得面目全非，四个穷凶极恶的人将远处的那片森林点燃以后，又重新包围了已经烧得一片白炽的华厦。被烧化的铁和铅在有喷泉的大理石盆里无尽地燃烧着，泉水也被烧得一滴不剩了。塔楼顶部在高温的炙烤下迅速被烧化，掉落下来形成四个怪异的火池，曾经厚实的墙壁此刻也变得不堪一击，被烧得支离破碎。鸟儿们吓晕了，直直栽倒在这个大熔炉里。四个始作俑者顺着被他们引燃的灯塔朝四面扩散开去，去寻找新的目标。被火包围的村子已不需要警钟，法定敲钟人也没有责任履行的必要，自己兴奋得手舞足蹈。

这还不算，一直处在饥饿、大火以及钟声中的村民这时清醒了过来，意识到加伯尔先生还要向他们征讨租税，便急切想要和他来一次谈判。虽然加伯尔先生最近收取的赋税非常少，而地租房租一分钱也没有收。他们将他的房子包围起来，喊他出来和他们面谈。加伯尔先生害怕得要命，把大门关得紧紧的，开始思考自己的出路。最后得出来的结论是继续躲到那排烟囱后面的屋顶上去。这次他下了狠心，如果门被外面的人强行顶开了，就从雉堞顶上跳下去和下面的人鱼死网破。（他来自于南方，身材也不高，可是报复心却非常重）

在屋顶上，加伯尔先生度过了一个难熬的晚上。有可能他将远处的府第看成了蜡烛，开门声和敲钟声当成了乐曲。至于在街角摇晃个不停地路灯就更不用说了，所有人都叫嚣着要他去当这个路灯呢！在死亡周边挣扎了一个晚上的他，随时做好准备要一头冲下去的雄狮。那个如履薄冰的滋味是非常难以言说的，可爱的黎明终于到来，村里的灯芯草蜡烛也随之熄灭了，人们决心高兴地离开。加伯尔先生幸运地躲过了一劫，回到了地面上。

那天晚上和之后的一些晚上，一百英里之外还燃起过很多大火，那里的地方官员可一点都比不上这里的官员幸运。太阳升起时，他们已经被高高吊在曾经风平浪静的街道上，他们就是那里土生土长的人。也有的农村或城市的居民显然没有修路工人和他们的同伴那么好运，官员和士兵们进行了顽强的反抗，把他们也吊了起来，可是凶悍的人们依然奋不顾身，意志坚定在活跃在各个阵地。不管谁被绞死，火照样被引燃。官员们不管用什么科学的方法论证，也算不出来绞架要修到多高才能抵抗住这场大火的燃烧。

第二十四章　漂向磁礁

三年期间，这里不断爆发着大火，人潮也跟着不断沸腾，怒火也熊熊燃烧着，让坚硬的地面都发出阵阵颤抖，一直向前飞奔，从来没有畏缩，岸上的人整日提心吊胆，头晕目眩。小露西在幸福和谐的家庭氛围中迎来了第三个生日。

多少个岁月更迭，屋里的人静静聆听着街角的回声，听到纷至沓来的脚步声，他们就忍不住惊慌失措。因为在他们的心里，那种声音就代表着一个民族，在红色旗帜的飘摇下尽情摇摆，告诉他们国家已到了危难时刻，并被一种持续性的恐怖魔法变成了凶猛的野兽。

老爷们已经淡出了历史舞台，在法兰西，已经没有人需要他们，所以他们被赶走的概率还是非常大的，甚至有可能性命都要被丢在这里。可是老爷们作为一个阶层，又和这种现象撇清了关系，就好像那个寓言中的乡下人一样，费力巴拉地把魔鬼请出来，可是却被魔鬼吓得战战兢兢，马上逃命去了，再也不敢请它回答问题了。老爷们也是如此，在肆无忌惮地倒着念主祷文那么久以后，在采用了众多召唤魔鬼出来的符咒以后，终于看到了魔鬼的万恶形象，可是却只顾逃命去了。

当年宫廷里耀眼的牛明灯[①]已经消失不见了，要不然会被子弹戳穿无数个孔。明灯从来不能被相信，不能指望他们照亮。他们有问题，有路西法[②]与生俱来的自豪、萨丹纳帕拉斯[③]的奢华，也有鼹鼠的迷

---

① 这里的牛眼明灯（见第二部第十五章编织）有靶子的意思，所以说被戳穿许多窟窿。

② 路西法：西方传说，撒旦在被赶出乐园之前是叫路西法这个名字，骄傲自大就是他最大的特点。

③ 萨丹纳帕拉斯：公元前七世纪亚述的国王，以骄傲自大、一意孤行成其最大的特点。

茫——可是他们已经被淘汰了，现在找不到了。宫廷，从中心阶层到最外围的腐化、消极、凶险的堕落圈子，他都不见了。王权没有了：先是在宫廷里被围追堵截，而等到最后的消息抵达这里时，它就被中止了。

一七九二年八月，老爷们已经作鸟兽散，逃到了世界各地。

台尔森银行成了老爷们在伦敦的会议召开地，这几乎是水到渠成的事。传说鬼魂最喜欢去自己生前常去的地方，所以破落的老爷们也经常去他们存钱的地方走动。再加上在那里可以听到来自法国最快的消息，而且最为真切。再者说，台尔森银行是个最无私的地方，对于曾经身居高位的老爷们，它经常慷慨地给予他们帮助，而那些最早看到快要来临的暴风雪，看出即将发生烧伤抢掠危险，而提前将钱汇聚到台尔森银行的贵族们，总有一些现在没钱的弟兄们前来打探消息。还必须说明一点，每个来自法国的人都会来这里报到一下，同时汇报自己到哪里去了。因为这方方面面的原因，台尔森银行几乎成了法国情报的一个交换地点。这件事已经人尽皆知，因此前来打探消息的人把台尔森银行的门槛都要踏破。台尔森银行有时收到什么最前沿的消息，就会打一个布告贴在银行窗户上，让从圣殿关走过的人都可以看到。

一个有着浓重雾气的沉闷的午后，罗瑞先生坐在办公桌前，查尔斯·达尔内站在他对面小声和他说着什么。这里是当年的面壁思过室，后来成为“银行当局”的会客厅，现在成了新闻集散中心，人多得快装不下。此时，离关门时间只有半个小时不到。

“可是，就算你是世界上最年轻的人，”查尔斯·达尔内非常犹疑地说，“我依然要跟你说——”

“我知道，你的意思是我一大把年纪了？”罗瑞先生说。

“路途遥远，天气又变化无常，旅行工具也不能百分百保证安全，再加上一个连稳定都谈不上的国家，这个城市就算是你去也让人提心吊胆。”

“我亲爱的查尔斯，”罗瑞先生高兴又自信满满地说，“你正好阐明了我必须去的理由，我去是绝对安全的。那里有那么多人被别人打扰，谁会来理我这个八十岁的老头子呢！至于说城市动荡，如果不是因为城市动荡，为什么我们要在城市那边设立驻点呢，那必须是台尔森银行非常相信的人，而且对那边的城市非常熟悉和了解。至于气候变化无常，路途遥远，我在台尔森银行服务了这么多年，现在银行了有困难，我能不挺身而出吗？”

“我倒是觉得我可以去。”查尔斯·达尔内稍许流露出紧张说道，似乎是在呢喃。

“算了吧，不管是给你提建议还是不让你做什么，都是一件难事。”罗瑞先生高声大叫了起来，“你出生在法国，可你竟然想去？你太会搅局了吧？”

“我亲爱的罗瑞先生，恰恰是因为我来自于法国，所以这种想法才经常产生（不过我没准备在这里详细说明什么）。对于生活在水深火热中的人民，我经常对他们表示怜悯，还给了他们一些我舍弃的东西，所以也不会觉得他们会听我的指令行事，我也许可以让他们注意好尺度。”说到这里，他又换成了一副深思的样子说，“就在昨天晚上你走以后，我还和露西说到了——”

“什么，你和露西说，”罗瑞先生重复道，“是的，我真搞不懂，为什么你提到露西的名字时你不会觉得羞愧。在这个时候，你竟然还想去法国？”

“可是，我只是说说而已，”查尔斯·达尔内微笑着说，“是因为你刚才提到了这个，我才跟着说的。”

“可是我真的要去法国，实际上，我亲爱的查尔斯。”罗瑞先生看了一眼“银行当局”，尽量压低声量说，“你难以想象，我们做业务会有多么殚精竭虑，那边的账册文件又隐藏了多少危险。上帝才会明白，如果我们某些文件失窃或是被销毁，会酿成多么大的惨剧。而那是极有可能发生的。因为，你清楚，谁也不能打保票说巴黎城今天还完好无损，明天就不会被消失在这个世界上。现在必须抓紧一切机会对这些账册文件进行筛选，将它们隐藏在一个极度安全的地方。而可以圆满完成这一任务的人——如果说还有人可以做到这件事情的话，却不会让宝贵时光浪费掉的人就只有我，别的人都只能退居二线。台尔森银行当然清楚这一点，而且跟我说了，我能打退堂鼓吗？我拿台尔森银行的薪水过日子已经有六十年了，只因为我的年事有点高就理应退缩吗？唉，在这大多数都是老头子的人选中，我还算年轻的呢！”

“对于你这种老骥伏枥的英雄精神，我还真是钦佩呢，罗瑞先生。”

“切，真是废话，先生，我亲爱的查尔斯，”罗瑞先生又看了“银行当局”一眼，“你必须要知道，在如今的局势下，不管你想要把什么东西从巴黎运出去，几乎都难于上青天。就在这几天，还有你压根想象不出的怪人还给我们送来了文件和非常宝贵的东西。每个人从关卡通过时，都是命悬一线的（我对你的这些话，你一定要守口如瓶，就是偷偷提起，也触犯了做业务的规矩呢）。如果不是这个时候，我们的包裹是可以自由出入的，就和在英格兰经商一样，可是现在不行。”

“你今晚是确定要走吗?”

“是的，因为情况非常紧急，容不得我再耽搁下去。”

“一个人都不带?”

“对于别人的建议我不打算听从，我只准备带杰瑞去。一直以来，杰瑞都是我周日晚上的随行者，已经习惯成自然了，没有人会担心杰瑞会扮演别的角色，他自始至终就是一条为主人服务忠心的狗。”

“我不得不再次跟你说一遍，你真是具有老骥伏枥的英雄精神。”

“我还得再说一遍，真是废话连篇。等我将这件小任务圆满完成以后，我或者会接受台尔森银行的意见，从岗位上退下来，好好享几天福，那时候再来思考人生易老这样的问题也不迟。”

他们讲话的地点是罗瑞先生的办公桌前，当时，贵族老爷们就在离这不远的地方熙熙攘攘着，吹牛说很快就要让那些恶人罪有应得。沦为难民的贵族老爷们和英格兰本地的正当人士都觉得这场恐怖的革命是全天下仅有的没有孕育就出现的恶果。这是他们一直以来的想法，似乎这场革命并不是因为做了什么，或者没做什么而发生的，似乎也没有人曾经大胆放言革命终究要到来一样（那些人早就知道了法国千千万的民众所遭受的苦难和本来可以为人民带来幸福的资源被白白浪费掉，也从来不曾用清楚的语言记录下自己的经验总结一样）。这样的胡言乱语，还有老爷们各种奇思妙想的打算（他们试图再次执行当年闹得人仰马翻的计划），所有理智的人都难以承受而不得不发表自己不同的观点。查尔斯·达尔内现在听到的全部都是这样的观点，它们让他觉得自己的脑袋里面已经乱成一锅粥，再加上一直潜藏在他心中的内疚，他更加觉得无所适从了。

这群人中包括皇家高等法院的律师斯特莱佛，这时他正是事业发展的黄金时期。只要他开了口，声音就特别大。他正在向老爷们兜售自己的主张：怎么样对人民实行爆破，让他们从此毁尸灭迹，之后他们依然过他们的太平日子，还说了一些差不多在尾巴上抹盐以铲除老鹰的想法。达尔内听到他的论调特别不是滋味，正在达尔内考虑是继续听还是离开时，命中注定要出现的事还是找上门来了。

“银行当局”来到了罗瑞先生办公桌房，将一封脏乱的但完好的信递给他，问他有没有发现收信人的有关资料。那信就放在离达尔内不远的地方，所以他清楚地看到上面的地址和姓名，因为那正是他本来的名字。封面翻译过来就是："加急，英国伦敦台尔森公司烦请转交法国前圣埃佛德侯爵先生收。"

和露西成亲那天早上，医生曾经向查尔斯·达尔内提出一个严苛的要求，要求他必须一直严守这个姓氏的秘密，不得告诉给任何人，除非医生本人同意。所以其他人都不知道那是他的姓，他的妻子不知道，罗瑞先生也不知道。

"没有，"罗瑞先生对"当局"说，"我已经问过这里的所有人，没有人可以跟我说这位先生住在哪里。"

时间来到了快要下班的时间，一大群人说着笑着经过罗瑞先生的办公桌前，罗瑞先生便拿出信问经过的所有人。一个满腹怨言的老爷难民再三审视，那个满腔怒火的老爷也认真看了看，又一个，再一个，每个人都用不同的语言表达出了对那些失踪侯爵的不好听的话。

"侄子，我相信是——总的来说是个不思进取的继承人——被谋杀了的高贵的伯爵的侄子。"一个说，"真是万幸，我和他并不相识。"

"一个不在自己岗位上忠实履行义务的胆小鬼。"另一个说，"说话的大人是躲在一堆枯草里从巴黎走的，差不多给捂死了——那是几年前的事了。"

"被时尚理论给洗脑了，"第三个人看了眼收信地址和收信人，"和最后一个侯爵唱反调，放弃了继承庄园的特权，将它交给了暴徒，我真希望他现在得到了报应，真是罪有应得。"

"嗨！"嗓门最大的斯特莱佛又叫了起来，"他真的放弃了吗？他会是那样的人吗？我们来看看这个家伙叫什么名字，真是丢人到家了。"

达尔内再也控制不住自己的情绪了，他碰了下斯特莱佛的肩膀说："我和这个人认识。"

"啊，你说什么，你认识他？"斯特莱佛说，"我觉得太不幸了。"

"为什么这样说？"

"为什么，达尔内先生？你知道他都做了些什么吗？在如今这个时代，你就不要再过问缘由了吧？"

"可是我很想知道。"

"那我就跟你好好说道说道，达尔先生：我为你感到可惜，因为你问出了这种不合常理的问题。有那么一个人，因为被人世间最龌龊的信条所洗脑，竟然将自己的财产权给放弃了，让一个无耻的流氓继承，而一个青年教育专家竟然说和他认识。对此你却来我这问缘由，我深表痛惜。好吧，那我就跟你说，我的缘由是，我相信这样的恶人肯定是会遭到报应的。”

达尔内思虑到要严格保密的宗旨，尽力压抑住自己的情绪说：“也许你对这位先生的认识并不是那么深刻。”

“可是我知道怎样说服你，达尔内先生。”一直以来都以盛气凌人的态度待人的斯特莱佛说，“我说给你听，如果这个家伙还算是个正派的人，我是无论如何也想不通的。你可以将这些话亲自告诉他——并代我向他问好。你还可以跟他说，我不知道为什么他将自己在人世间最宝贵的财富都拱手送给一个流氓以后，他为什么没再当一个王，可是，不，先生们，”斯特莱佛看了看四周，打了个响指，“我对人性有初步的认识，我可以跟你们说，像他那样的人是绝对不可能让自己被这样的人所指挥的。不会的，先生们，他总是一听到什么风声，就马上躲得远远的，脚底板下一丝灰尘都不会染上。”

讲完这段话，斯特莱佛又打了一个响指，在听众的一片欢呼声中冲出大门，到舰队街上去了。在所有人都从银行走以后罗瑞先生和查尔斯·达尔内又留了下来。

“你愿意将这封信交给收信人吗?”罗瑞先生说，“你知道他住在哪里?”

“我知道。”

“你可否跟收信人说明一下，我们猜想寄信人是希望我们转交所以才寄到我们这里来的，事实上已经耽搁很久了。”

“我会向他说明的，你直接从这里走吗?”

“是的，八点钟走。”

“我很快就回来，等我回来给你送行。”

达尔内怀着对罗瑞，对所有人不放心的心情，快速找到一个僻静的角落，认真读起了那封信，信里是这样写的：

巴黎·修道院监狱

1792 年 6 月

前伯爵先生：

在一直以来都担心被村里人逮住的危险中，我还是被抓住了，受到前所未有的折磨，之后被押着一路走着到了巴黎，一路上也受尽了摧残。这还不止，我的房子也被烧光了。

前侯爵先生，他们跟我说，要我被关押，还要被审判，甚至被砍头（如果你不慷慨施救的话）的罪行，是因为我一直服务于一个潜逃在外的贵族，做了背叛人民的事情。

我抗辩说，我是遵照您的旨意为他们办事的，并没有背叛他们，可是这丝毫没起到作用。我抗辩说我还没有将外逃贵族的钱财搜刮之前就已经不让他们交之前欠下来的捐税了，也没有再收取租金，也没有拿起法律的武器，可是还是没有用。他们只有一个答案，那就是我既然是效忠于外逃的贵族。那么，这个外逃贵族现在在哪里呢？

啊，最善良的前侯爵先生，那个外逃的贵族现在在哪里？我每每在梦中惊醒，他在哪里？我问天，他会不会来救我，可是我没有得到答案。啊，前侯爵先生，我将我的孤单无援发送到海外，希望它可以通过名声在外的台尔森银行让你听到这些话。

希望您看在对老天，对大地，对大公无私，对你高贵姓氏的爱的份儿上，我祈求你，前侯爵先生，赶紧来营救我。我最大的错误就是对您无限忠心。啊，前侯爵先生，我真心希望你能待我如我待你。

我在这让人窒息的监狱里保证为您尽忠，虽然我每分每秒都离毁灭更近了一步，前侯爵先生。

您备受折磨的
加伯尔

看完这封信，达尔内心中的不安化作了深深的愧疚。一个忠心的老仆人，最大的错误就在于对他和他的家庭尽忠，而这个老仆人现在所受到的摧残好像正怒气冲冲地望着他。所以，当他在圣殿区内不停反思时连路过人的眼睛都不敢看。

他非常清楚，虽然他非常痛恨他那个古老家族的种种劣迹，虽然他对他的叔父是一百个不愿意看到，他的做法也还留有余地。他非常清楚，尽管放弃自己的特殊身份并不是突然冒出来的想法，可是因为他爱上了露西，行动上便准备得不是那么充分，只是简单涉及了一点。他清楚他应该做出一个周密的安排并亲自督促完成，可是那也只停留在想法层面，并没有落到实处。

他所自愿投身的这个英国家庭所带给他的快乐，以及他一直想要上进的渴求，还有时代的不断变迁、不断涌现的困难——这一周的安排将上周还没有考虑好的计划又推翻了，下一周的安排又要重新进行设计，这样的形势让他随遇而安了。这一点他比谁都明白，也并不是没有觉得不安，只是并没有对它进行连续性的、强度更大的对抗。他曾经关心局势，一直想找个行动的机会，局势却一直变化不断，让他一直下不了决心，之后贵族们就开始从阳关大道和独木小桥四散逃去，贵族们的财产被不间断地没收、销毁，连姓氏都快没有了。这一切他都明白，法国的每个也许会声讨他的新政权也清楚。

可是他并没有压榨过别人，没有羁押过他人。他不仅没有再加重赋税，而且还把自己的那部分收入主动充公了，投入了一个公平的世界，在那里他找到了自己的位置，让自己生活富足。加伯尔先生根据他的书面指示将他已经处于险境的庄园财产给处理掉了。他要加伯尔更加爱护百姓，给了他们所有，冬天让高利贷还清以后，柴火也给他们送去，夏天高利贷还清以后，还有农产品也送给他们。加伯尔为了使自己不身处险境，已经将这些事实都和盘托出了。

这个想法涌上来，查尔斯·达尔内决定一拼到底，去巴黎。

是的，就好像传说中的老水手一样，肆虐的海风、奔腾的洋流，已经让他身处磁礁的磁力圈，那礁石正用一种强大的引力把他吸引过去。他现在所想的每件事都把他推向那里，他心里的顾虑是：在他自己惨遭不测的国土上，某些坏人正在致力于丑恶的目标。他明知自己强过他们，却并不在那里发挥作用，坚持人性本善的观念。他一半是抑制这种不安，一半又被这种良心所指责，没办法将自己和那个责任感十足的勇猛男人做强烈的对比。这种完全不占优势的对比让他觉得侯爵大人在冷眼看着他，他恨不得找个地缝钻进去。他也觉得斯特莱佛在冷眼看他，他那传统思想所引发的冷笑更加让人觉得不堪、粗俗。再加上还有加伯尔的来信，一个被冤枉的囚徒，生命危在旦夕，要求他给他恢复正义、现实的名义。

他痛下决心，他必须去一趟巴黎。

是的，有股引力一直强有力地吸引着他，他必须破浪前行，一直到磁力中心为止。他并不清楚有什么礁石，也没觉得有什么危险正向他袭来。他曾经做过的事情尽管不是十全十美，可是宗旨却非常清楚，所以他觉得，如果他在法国公开表示他的宗旨，他是会被人感恩戴德的。于是，他前面闪耀起了种种善良的光辉，那是多少有志之士的空中楼阁，他甚至产生一种想象，自己可以施加某种影响，将眼前毫无章法的革命道路带上正轨。

尽管他已经下定了决心，他依然踟蹰不定。他觉得他要去巴黎这件事不能让曼内特父女知道。他不能让露西承受这种离开的痛苦，而往事对于他父亲来说，又是个不能提及的话题，所以只能让他承受已成事实，而不用让他整日如履薄冰、犹豫不决，至于对于自己现在所处的形势到底可以告知多少给她的父亲，他也没有考虑太多，因为他很难在老人面前避免提及曾经的往事，这也是他一意孤行的原因之一。

他来回走动着，迅速思索着，直到应该回到台尔森银行送别罗瑞先生时。他准备一到巴黎就去见这位老朋友，可是现在他一个字也不会说。

银行门口有一辆马车已经在那准备好了，杰瑞也穿戴整齐，所有一切都准备得妥妥的。

“那封信我已经帮你转交了，”查尔斯·达尔内说，“我觉得你带个书面的回信过去不合适，我觉得你还是带个口信过去吧？”

“可以，愿意效劳。”罗瑞先生说，“如果是安全的话。”

“非常安全，尽管是带给修道院一个关押的囚徒的。”

“他叫什么？”罗瑞先生打开笔记本说。

“加伯尔。”

“加伯尔，需要我带什么口信过去？”

“非常简短，‘信已收到，他会马上赶来。’”

“他跟你说了时间吗？”

“明天晚上启程。”

“提到什么人吗？”

“没有。”

他协助罗瑞先生将衣服都穿好，包裹得严严实实的，陪着他从古老银行那温暖的气息中走出来，来到舰队街的薄雾中。“代我向露西和小露西问好。”老罗瑞在离别时说，“好好照顾她们，我马上就回来。”查尔斯·达尔内在马车出发时摇了摇头，意味深长地笑了笑。

八月十四号晚上，他热情澎湃地写了两封信，一封给露西，说他有非常紧急的任务，必须马上去一趟巴黎，并跟她仔细阐述了在那里不会有什么危险。另一封信是写给医生的，并发誓说会安全回来，对两人他都允诺，一到巴黎就马上来信说一切都好。

那一天时间非常艰难地度过了——他和父女俩待在一起，可是心里却保存了一个一起生活以来第一个秘密。要对真情相待的他们撒善意的谎言，他觉得异常难受。他满脸含笑地看着高兴地忙来忙去的妻子，心里更坚定了不能将马上要发生的事情告诉她的想法（他曾差点准备将所有的都告诉她，因为如果没有她这个坚定的后盾，他做所有事情都不会觉得顺遂）。这一天很快过去了，傍晚时分，他们拥抱了，也拥抱了和她叫一个名字的小宝宝，假装马上就要回来的样子（他找理由说自己有点事要出去一下，早已将一箱行李寄存在了外面）。他就这样来到拥挤不堪的街道，带着一颗无比沉重的心。

那有一股强大的力量正吸引他前往，而满天的狂潮也在吹向那里。他将两封信都交给一个忠心的看门人，请他十一点半送过去，不能提前。这才骑上去多佛的马，开始了自己的长途跋涉。“看在对老天，对大公无私，对您高贵姓氏的份儿上!”这是那位被冤枉的囚徒的呐喊。他就是被这种召唤提醒了，舍弃掉这世上他所爱的一切，奋不顾身地前行了。

第三部

风暴的轨迹

第一章　密号

一七九二年的秋天，从英格兰去法兰西的旅客，要想顺利抵达终点，必须要经过重重阻碍。就算是在如今这个已经倒台的让人遗憾的法王还稳居高位的鼎盛时期，旅客们也会在途中遇到太多的阻碍：恶劣的路况、让人气愤的设备、状态极差的马匹，再加上现在形势有变，新的阻碍又出现了：每个市镇和乡村税务所都有一群爱国志士，他们个个手里拿着毛瑟枪，随时准备进攻。过往的路人被一个个拦下来询问，检查证件，在自己的名单上查找是否有他们的名字，之后要么让其离开，要么关押，要么继续盘查，这所有的都要由他们那变幻不定的判断力或想象来决定，这所有的都是为了维护共和国的最大利益——国家的统一、和平、安定。

查尔斯·达尔内才在法国前进了几法里，他就开始知道，只有他被巴黎公开宣称是良好公民，这样他才能可能通过这些乡村公路顺利回到巴黎。现在他是不管怎么样都回不到巴黎了。他非常清楚，每个看上去不打眼的村落在他身后关上的大门、每个平常的路障都是阻挡在他和英格兰之间的关卡。来自各个方向的严格控制让他觉得，就算是被关在牢笼里回到巴黎，也比不上自己所束缚的自由更甚。这种无孔不入的监视，在短短的一段旅程上不仅要出现二十次，而且还会严重耽误他的行程多达二十次，有时是骑马过来追赶他，有的是突然出现在他前面拦住他的去路，有的是骑马同行者一路监视着他。那天当他在公路上的一个小镇累极了躺下时，他已经一个人在法国待了许久了，可是离目的地巴黎还是相当遥远。

如果不是想到灾难深重的加伯尔对他发出的呼救，他可能再也没有动力前行了。在这个小地方的警卫室所遇到的困难让他觉得自己这一路上真是危机重重，所以当他凌晨被人叫醒时，他并没有我么讶异。

来人是一个缩头缩尾的地方官员，还有三个戴着劣质红便帽，嘴里还抽着烟斗的武装爱国者，他们坐在他的床边。

“外逃的人，”那官员说，“我要派人把你送到巴黎去。”

“公民，我只有一个心愿，那就是去巴黎，护送倒不用了。”

“闭嘴！”一个戴红帽子拿毛瑟枪的人对着他说，“安静点，贵族分子！”

“就像这位心地善良的爱国者所说，”那畏畏缩缩的地方官员说道，“你是个贵族分子，所以有人护送是应该的，而且还得交护送费。”

“我恭敬不如从命。”查尔斯·达尔内说。

“瞧瞧，他都说些什么。”刚才那个恶狠狠的红帽子说，“护送你回巴黎，不让你被吊在路灯杆上，你还有什么不满意的吗？”

“这位心地善良的爱国者所说的话肯定是没错的。”那官员说，“起来，把衣服穿好，外逃分子。”

达尔内依言照做了，之后被送到了警卫室，那里还聚集着一些戴红便帽的爱国者。他们正围着火炉吸烟、睡觉、喝酒。他给了他们很多钱，在凌晨三点被一行人护送着走上了崎岖不平的道路。

护送人是两个马背上的爱国者，头上戴有三色徽章的红便帽，背上是国民军的毛瑟枪，提着马刀，一左一右地走在他身边。被护送者手上牵着马的缰绳，可是他的缰绳的一头却绑在另一根绳子上，那一头被其中一个爱国者拴在自己的手腕上。他们就像这样顶着狂风暴雨出发了。沉重的马蹄声在这样的雨夜显得格外狰狞，就这样走完了通向首都的崎岖不平的路，除了马匹更换过、速度有快有慢以外，其他都是老样子。

他们在黑夜中穿行，天亮以后一两个小时便停下来休息一会儿，等到傍晚时分再次开始赶路。护送人衣衫褴褛，光溜溜的两条腿用干草胡乱包裹着，干草还用来披到肩上挡住呼啸而至的雨。这样被人护送着前进，实在是有苦难言。另外一个护送人爱好喝酒，经常喝得酩酊大醉，马马虎虎地提着枪，让他随时都觉得恐怖。除此以外，查尔斯·达尔内并没有觉得有多么害怕，尽管一路上有多多不方便。因为他认真思考过，他觉得这种情况和一桩还没有开庭审理的案子没什么必然的联系。等到他想要申辩时，修道院监狱的囚犯可以作为他的证人。

可是等到傍晚他们来到波维城，看到街上人山人海时，他不得不意识到自己面临的处境有多么不好了。黑压压的一群人围拢过来，看着他拴在驿站院子里的马，很多人齐声大叫：“打倒外逃分子！”

他正要果断下马，却马上停止了动作，重新坐在马背上，将这里看成目前最安全的地方，说：

“我不是什么外逃分子，朋友们！你们看，我现在不是自己回到法国来了吗?”

“你这个受万人谴责的外逃分子！”一个钉马掌的工人手里举着榔头怒气冲冲地朝他奔过来，“不仅如此，你还是个该死的贵族分子！”

驿站长这时站到那个人和马背上的人中间（那人明显是想去拉马缰绳）从中劝和道，“不用理他，等到他巴黎，他会接受审判的！”

“受审判?”马掌工把头摇着跟拨浪鼓一样，“好，给他定个卖国罪，然后把他的头砍掉！”人群中听到他的呼喊，全都纷纷响应。

驿站长见情况不对，正准备将他的马牵到院子里，达尔内伸手阻止了（这时那喝得酩酊大醉的爱国者手上还缠绕着马的缰绳的另一端，坐在马鞍上没动），等到可以听见他说话时，才听见他说：

“朋友们，你们肯定误解我了，要不然就是受了他人的蒙骗，我不是一个背叛国家的人。”

“他说的肯定是谎话！”那铁匠大声吼道，“自从法令公布以后，他就是一个背叛国家的人，他的生命已经归人民，他那被倾轧的生命已经不属于他了。”

这时，达尔内在人群中看到一种悸动，似乎他们很快就会全部扑倒在他身上。驿站长看情形不对，急忙将他的马牵到院子里，护送者的两匹马一左一右地护送着他。驿站长将那扇并不牢固的大门关住，还上了栓。钉马掌的工人在门上狠狠捶了一下，人们叨咕了一会儿，却再也没有其他动作。

“那铁匠刚说的是什么法令?”达尔内谢过驿站长，和他一起来到院子里时问道。

“是有那么一个法令，是对外逃人员的财产进行处置的法令。”

“什么时候实施的?”

“十四日。”

“也就是我离开英国的那一天。”

“大家说这只是其中一部，还会公布很多其他的法令——就算现在还没有——要将所有的外逃分子流放在外，所有外逃回国的人都是死路一条。那人说你的命属于他们，就是指这个。”

“可是现在这些法令还没有出台吧?”

“我只知道这些，”驿站长无奈地说，“也许现在就已经出台了，或者以后才会出台，那又有什么关系呢，你又能期待什么?”

在阁楼的干草堆上，他们睡到半夜，等到全城人民都进入梦乡以后，他们才继续策马前行。在这次荒谬的骑马旅途中，他觉得很多平时觉得再正常不过的事物都发生了太过于玄幻的变化，睡眠少得可怜好像并不是最微不足道的变化。在贫瘠的道路上经过了落寞的长途迁徙以后，他们经常会来到只有几间屈指可数的村舍面前。村舍如果不是一片黑暗，就是火光四射，村民们在夜半时分，像鬼魂一样围绕着一棵已经死去的自由之树纵情地唱歌、跳舞。幸亏在波维城那天晚上，人们都回家睡觉去了，要不然他们会一直滞留于那里。他们一直往前走，走向孤单和落寞，马蹄声阵阵地穿过提早到来的阴冷，经过全年荒芜的土地。土地上现在仅有的变化就是：房屋夷为一片废墟，爱国者巡逻队时不时会——出现在所有道路上，到处都可以见到他们这样的执勤者，突然从角落里蹿出来，收紧缰绳出现在他们面前。

黎明的阳光终于透过巴黎的城墙照射到他们身上。他们到达时路障还没有设置，可是有很多兵士在这里把守。

“请出示这个囚犯的证件!”卫兵找来一个面容刚毅的领队问。

查尔斯·达尔内乍听到“囚犯”这个字眼觉得极为不舒服，便请求对方注意他是一名自由的法国公民，只是因为现在时局不稳，所以才被强行塞给保卫人员的，而且还付了一大笔钱给他们。“这个囚犯的证件在哪儿?”那人根本不屑于理他，只是继续问道。

证件放在那个喝得酩酊大醉的人的帽子里面，他递给了他。那人看了一眼加伯尔的信，觉得十分惊讶，又认真看了达尔内一会儿。

那人不声不响地不再理他们，而是回到了警卫室，这三个人骑着马就一直在城外等着。查尔斯·达尔内忐忑不安地看着周围，发现城门由警卫和爱国者共同把守，可是明显后者在数量上要远超于前者。他又看到那些送后勤物资过来的农民车队和商贩进城虽然不用受到什么限制，可是要想出城却难于上青天，就算只是最微不足道的小人物都是一样。等着出城的人很多，什么样的人都有，男的、女的、老的、少的，而且还有牲畜和车辆。对人的检查也相当严苛，所以人们要想通过设置的路障非常艰难。有的人很清楚轮到自己检查还需要很久，所以干脆睡一会儿或是抽烟。其他人则有的交谈，有的来回踱着方步。他们不管是男是女，全都戴着红便帽，佩戴着三色帽徽。

达尔内静静地在马背上打量这一切，大概半个小时以后，自己被带到了那个负责的人前面，那人让警卫队打开足链，给喝得大醉的人和清醒的护送队员一张收条，表示自己接收到了被护送者，之后请他下马。他依言照做了，两个护送人员就牵着他那匹累到极致的马，照原路返回，可是没有进城。在引路者的带领下，他来到一间警卫室，那里充斥着一股强烈的水货酒和烟叶的味道，士兵们和爱国者有的在睡觉，有的清醒着，有的喝得大醉，有的比较清楚，也有的人介于睡和醒之间、醉和醒之间的模糊状态，或者站着，或者卧着，警卫室的光线在阴暗的天空的衬托下，再加上越来越看不清楚的油灯，现在整个房间也是处于一个不太明亮的模糊状态。办公桌上有一本铺展开的表册，一个长相粗俗、皮肤黝黑的军官是这里的头头。

“德伐日公民，”军官对带达尔内前来的人提问道，同时拿起一张纸准备记录，“他是叫埃佛瑞蒙德吗?”

“就是他。”

“你多大了，埃佛瑞蒙德?”

“三十七岁。”

“你结婚了吗，埃佛瑞蒙德?”

“结婚了。”

“在哪里结的婚?”

“英国。”

“当然，你的妻子在哪里，埃佛瑞蒙德?”

“英国。”

“那是自然，埃佛瑞蒙德，我们得把你送到拉福斯监狱去。”

“为什么?”达尔内尖叫起来，“你们为什么要这样做?我到底犯了什么罪?”军官听见他质疑，抬起头来看了一眼。

“你从法国离开以后，我们制订出了很多新法律，埃佛瑞蒙德，还包括新的定罪标准。”他刻板地笑了一下，然后继续往下写。

“我请你关注一点，我不是被强迫的，我是自愿到这里来的，是因为一个同胞向我发出了求救信，那封信你刚已经看过了。我只是请求你，让我可以先办好自己的事情，这事延误不得。这难道不是我可以享受的自由吗?”

“外逃分子还谈什么权利，埃佛瑞蒙德。”回答依然是机械的，军官将公文写完，又重新过目了一遍，撒上沙将墨水吸干，交给德伐日，上面写着“密号”。

德伐日扬了扬手里的公文，囚犯会意，便跟着他一起离开。囚犯照做了，两个武装的爱国者作为护卫紧跟其后。

“和曼内特医生的女儿结婚的就是你？”他们走下警卫室台阶，走往巴黎城方向时，德伐日轻声问道，“那医生之前在巴士底监狱做过囚犯的。”

“没错。”达尔内无比惊讶地望着他，回答道。“我叫德伐日，你应该知道我的，我在圣安托万区经营着一家酒店。”

“我的妻子当年就是到你家，去把她父亲接回来的，是吗？”

听到妻子一词，德伐日好像想起了一些不痛快的事，他突然厌恶地说，“以法兰西的婴儿、锐利的断头台小姐的名义发言，你为什么要回到法国？”

“前一分钟，我告诉了你答案，你肯定听见了。对于我所说的话，你持怀疑态度吗？”

“这些话尽管是实话，可是对于你如今的情势非常糟糕。”德伐日眉头皱得紧紧的，眼睛一直盯着前面说。

“我只向你打听一个问题，可以吗？”

“或者可以，但要视具体问题而定，请说！”

“我如果现在无辜被送进监狱，我可以和外面保持通信自由吗？”

“这个你以后自然就明白了。”

“不会从一开始就不分青红皂白就给我定罪吧？”

“这个你以后自然也会明白。可是那又有什么区别呢？之前其他人不也有过类似的遭遇吗？”

“可是那并不是我一手造就的，德伐日公民。”

德伐日只阴郁地看了他一眼，表示回答了他的质疑。之后就不发一言，径直朝前走。他像这样越是沉默，越是难以扭转他的态度，或者达尔内就是这样想的，所以他赶紧说：

“我现在必须和台尔森银行的罗瑞先生取得联系，他是巴黎的一位绅士。跟他说一句简单的话，我已经被关押进拉福斯监狱。就这，没有了，这事对我非常关键，这一点你肯定比我清楚，公民，你可以替我完成吗？”

“我不能帮你做任何事。”德伐日执拗地说，“我只效忠于我的国家和人民，我发誓要一直为他们服务，反对你们，我不想替你做任何事情。”

查尔斯·达尔内觉得再乞求他也是无用，他的自尊心受到了相当大的伤害。他们安静地朝前走着，他清晰地察觉到，对于押上街的囚犯，老百姓已经觉得司空见惯了，连小孩子们都懒得朝他看一眼。几个过路人偏过脑袋望了一眼，几个人无奈地摇摇头，代表他是贵族。衣着打扮时尚的人被投放进监狱，比身着工装的人去工厂还平常。他们经过一条逼仄、脏乱的街道时，看到一个激情澎湃的演说家正站在板凳上大声宣讲着贵族所犯下的罪行。从那人的嘴里，他听到这样几句话，头一回知道国王已被囚禁起来，各国使节也没有待在巴黎。一路上，他只是在波维听到一些消息。其他时候，他一概不知，护卫队和高度的警惕性让他完全处于真空状态。

他现在当然明白自己现在所处的境地和他刚离开英国时相比，只有更甚，没有最甚，也非常清楚周围的危险系数正在逐级升高，而且速度惊人。他必须坦白，如果当初多考虑一下，或者他就不会迈出这一步。其实从刚才所知晓的情况推测，他现在所忧虑的还比不上后来的事情发展。前路尽管艰险，可是还是未知数，正因为是未知数，因此还稀里糊涂地怀揣着希望。只等着时光再流逝一会儿，那历时几天几夜的灭绝人性的大屠杀将让这个丰收的季节染上永远的血迹。那才是他始料不及的，就像十万年前一样。对那“新生的锐利的女儿断头台”他几乎还不知道句子，普通的老百姓也是一无所知。那就快要出现的恐怖活动或者连后来加入进去的人都觉得难以置信。善良的心灵就算想到最阴暗面，脑海里也很难呈现那个画面。

他非常忧心自己会受到不公平对待，被压榨，会和妻女永别，甚至觉得那已是板上钉钉的事情。可是越往深了想，他反而没什么好害怕的了。他就是这样惴惴不安地来到了拉福斯监狱，一脚踏进了恐怖的监狱大院。

一个脸颊胖胖的人将锁得紧紧的小门打开，“外逃分子埃佛瑞蒙德”就这样落入了虎口。

“真是要了命了，怎么那么多外逃分子啊？”那人埋怨道。德伐日没有做出回应，只是拿了收条，和护送他来的另两个爱国者一起离开了。

“我还要再说一遍，真是要了命了！”只剩下典狱长和他的老婆时，他再次发牢骚道，“真不知道接下来还有多少！”

典狱长的妻子不知道要如何回应他，只是淡淡说了一句，“有点耐心，亲爱的!”她叫来的三个看守也都这样回应道，其中一个说：“因为爱护自己!”此情此景，生出这样的结论，还真让人觉得难以理解。

拉福斯监狱是个特别恐怖的地方，伸手不见五指，而且以脏乱闻名。因为脏乱得出奇，随处都可以闻到一股难闻的臭气。因为管理疏忽，监狱竟然会在短短时间内变成这个样子，也真是奇闻一件。

“又是密号!”典狱长看完公文嘀咕道，“好像我这里没有止境似的。”

他将公文气愤地塞到卷宗里，查尔斯·达尔内只好安静地站了半个钟头，等他平息怒火。达尔内有时会来回走几步，有时会坐在一个石头座位上休息一阵，不管怎么样，长官和他的下属都没有记住他的样子。

“跟我来!”长官终于把钥匙串拿到手上，叫达尔内。

在牢狱微弱的火光中，达尔内在新负责人的带领下，经过走廊和台阶，身后的门及时被关上，最终来到一个屋顶较矮，满屋都是囚犯的屋子。女囚犯则安静地靠在一张长桌旁学习、打毛线、刺绣和缝衣服，男囚犯们或者站到椅子后面，或者在不大的空间里走来走去因为人天性认为囚犯和肮脏、龌龊是联系到一起的，所以新进来的人明显觉得害怕，不禁向后退了几步。可是在他经过了让人讶异的远距离奔波以后，却看到了有生以来最难以想象的画面：所有人都站了起来，用当时最绅士的礼仪迎接他的到来。

监狱的黑暗和监狱的一举一动完全掩盖了这里人的风采，让他们在这个非常不合时宜的环境中更加格格不入。查尔斯·达尔内恍惚觉得自己已经是个死人，眼睛里看到的都是幽灵，高贵的、漂亮的、自豪的、虚荣的、聪明的、老年的、青年的、严肃的，都站在荒芜的河岸上待命，所有人都用一双因为死亡而改变的眼睛看着他，他们都是没有生命的动物。

他一时间呆住了，一个字也说不出来。本来站在他身边的典狱长和其他看守在履行一些基本职责时倒也还可以，可是和这些悲痛的母亲和正值青春期的女儿一相比，和妩媚多姿的美女、美丽的少妇和受过良好教育的成熟妇女等人的灵魂一对比，便会让人觉得非常粗俗。在他毕生的经历中，这个随处都是阴森背景的局面让他的沧桑感达到了顶峰。毋庸置疑，这里都是幽灵；不用怀疑，那远距离的可笑旅行只是一种越来越重的负担，它才到了这个地方。“我以我们同为天涯沦落人的名义，”一个优雅大方、谈吐不俗的先生走上前来，“请允许我对您来到拉福斯表示欢迎，并因为你同样加入我们的队伍感到遗憾。希望您能早一天平安出去，在其他场合打听您的名字可能会显得很唐突，可是在这里能否变换一个思路？”

查尔斯·达尔内专心致志地做了回答。

“希望您不是‘密号’？”那人说，一面看着在屋里踱来踱去的典狱长。

“我不明白这个词是什么意思，可是他们都是这样叫我的。”

“啊，你真是让人觉得太可惜了，为你的遭遇深感同情。可是，你一定要鼓足勇气，我们这里本来也有几个刚进来时是‘密号’，可是很快情况就发生了改变。”之后他大声对诸位说，“我有一个很令人沮丧的消息要告诉大家，他是一个‘密号’。”

一阵窃窃私语代表着可怜，查尔斯·达尔内经过屋子来到了一扇铁栅栏门前，典狱长已经等在那里了。这时很多声音对他表示关切和激励，其中数妇女们的慰问声最为让人心动。他在铁栅门前转过去，对他们表示最真诚的谢意。典狱长手下把铁栅门关住了，幽灵们再也不会出现在他的眼前了。

小门上面是一道直直往上的石梯，他们总共前行了四十步（坐了半个小时牢的囚犯认真数了一下）。典狱长将一扇低矮的黑门打开，他们来到一个单独的囚房，那里阴冷潮湿，一阵阵凉意袭上来，可是却很亮堂。

“这是你的。”典狱长说。

“为什么要把我独立关押？”

“这我就不知道了。”

“我可以买纸、笔和墨水吗？”

“上级没有给我发出这样的指令，会有人来看望你的，那时你可以发表你自己的意见，现在你除了买食物以外，其他都不可以。”

牢房里的陈设有一张桌子、一把椅子和一床草荐。离开前，典狱长对四周进行了仔细的勘察，这时和他面对面站着靠在墙壁上的囚犯心里忽然产生一种虚幻的想法：那典狱长脸部发胖，全身肿得惊人，活像一具已经泡在水里时间过久的尸体。典狱长走了以后，他依然还陷在自己的想象中难以自拔，“我也应该是死了，被丢在这儿的吧。”他在草荐前停了下来，垂头看了一眼，带着恶毒之心想道，“人死以后身子周围就是这些来回移动的活物，这就是死的第一层境界吧？”

"五步长四步半宽，五步长四步半宽，五步长四步半宽。"囚徒在牢房里来回踱着方步，计算自己的步子。城市发出阵阵怒吼，不停涌向他的耳膜。"他曾经是个鞋匠，他曾经是个鞋匠，他曾经是个鞋匠。"囚徒继续计算着自己的步子，只是速度加快了，想让他身心都逃离那句魔咒。"小门关上以后便不再出现的幽灵群，其中一个是黑衣打扮的少妇，斜靠在窗户边，一头金发在阳光的照射下格外显眼，她长得像……因为上帝的原因，我们还是继续赶路吧！从灯火通明，人们都还醒着的村子穿过去。他曾经做过鞋，五步长四步半宽。"各种乱七八糟的想法都从心底一跃而起，不停地翻滚着。囚徒行走的速度越来越快，他依然执着地计算着数字，城市的怒吼发生了改变——似乎像原来被虚掩的鼓声，可是在不断上升的声音浪潮中，他听见了常见的哭喊声。

第二章　磨刀石

台尔森银行位于巴黎圣日耳曼区，在一栋大厦的最边上，通过一个院子和外面相连接起来，和外面的隔断则是一堵高墙和一道坚固的门。这幢大楼本来是一个大贵族的，他之前是住在这里的，是逃难时扮成他家厨师的样子逃掉的。现在他已经成了一个被猎人四处抓捕的野兽。可是他之前的身份就是那个被三个强壮的汉子给他喂巧克力的大人，适才说到的那位厨师还在潜逃中。

大人逃之夭夭了，那三个强壮的大汉便随时准备自愿撬开大人的喉咙来洗刷曾经拿过很高工资的罪行，那是要献给正在冉冉升起的共和国祭坛上去的——自由、平等、友爱的旗帜，或死亡的共和国。大人的住宅当时只是暂时被贴了封条，后来就完全没有了。因为局势发展过于迅猛，法规条款二连三地公布。到了秋天九月三日的晚上，恪守法律的爱国者委员们已经抢占了大人所在的大厦，并挂上了三色徽记，在宽敞华丽的大厅里尽情畅饮着。

如果在伦敦的台尔森银行和巴黎的台尔森银行一样，负责人是会气得心脏病突发，报纸也会让他声名扫地的。因为银行的院子里如果有种植橘树的箱子，柜台上方有飞翔的小爱神，责任感极重又非常要面子的不列颠负责人将难以解释，可是那些东西又真的有。台尔森将小爱神用白粉刷没了，可是天花板上还有一个穿着薄如蝉翼的衣服的小爱神，一天到晚盯着银钱（这倒是他一贯的作风）。这个异教徒娃娃和他身后拉有帷幔的神龛、镶在墙里的镜子，和那些年龄还小、稍微受到点蛊惑就会去公开场合跳舞的职员。如果这些是发生在伦敦的隆巴底街，银行肯定经营不下去了。可是法国的台尔森银行虽然这些东西都有，可是却生意照样好，只要时局安定，没有人会大吃一惊，然后把存款拿走的。

以后会从台尔森银行流失出去哪些钱？哪些钱会一直保留在这里，

会被人永远忘记？哪些金属器皿和珠宝饰物会在台尔森银行的仓库里褪色，而它的寄存人则会在监牢里失去精神或惨死？有多少台尔森银行的账目会成为死账，只好交由另外一个去算？那天晚上没有人知道，贾维斯·罗瑞先生也是一片茫然。这些问题压在他心里好久。他坐在刚点燃的柴火边（那年遇到灾害天气庄稼歉收，但偏偏又早早开始冷了）。他那诚信而果断的脸上出现一种迷茫，这比头顶上摇摆的灯光所能映照的，比屋里所有东西映照的都要浓重得多，那是让人觉得可怕的迷茫。

他在银行里住着几间房，对银行当局的誓死效忠让他成为银行中不可或缺的一分子，像一棵牢牢攀附的常青藤。一个碰巧的机会，从爱国者那里，他们得到了某种保有这座大厦主楼的承诺，可是正直的老人却对此不以为然。他不在乎所有外在的条件，他只想做好自己分内的事情。院落对面的游廊下面有一个开阔的停车场，那位大员的几辆马车都还在那里放着。两根廊柱上牢牢拴着两只火炬，火光正旺。火花映照下的空地上有一块体积庞大的磨刀石。那东西非常潦草地装置在那里，好像是情急之下从周边的铁匠铺移过来的。罗瑞先生起身望向窗外，看到这些虚无的东西，不禁有一股寒意从脚底起，他又重新回到炉子边坐着。他本来将玻璃窗打开了，外面的横格百叶窗也打开了，这时他急忙将两层窗户都严严实实地关好，可还是觉得凉意阵阵袭来。

高高的城墙和牢固的门外响起城市经常会有的私语声，间或插进来一种不合常理的铃声，那铃声非常怪异，带有一股幽灵之气，似乎是某种非常奇怪的东西正飞到天上。

“感谢上帝。”罗瑞先生双手交叉说，“幸亏在这个恐怖的城市里，他是孤家寡人一个。愿上帝同情一下这些处于危难中的人们。”

大门的门铃应声而响，他想，“肯定是那些人回来了！”于是坐在那里安静地听着。可是接下来并没有如他所料，大门反而被关上了，一切又回归到静谧中。

心里的害怕让他不禁浑身打战，他也开始担心银行。局势的变幻莫测肯定会让人无比忧心，也让人困顿害怕，可是他那个地方防卫力量倒是还不错。他站起身来，想去找保卫大楼值得信赖的人，这时他的门却被突然撞开了，来的两个人让他面色剧变，向后倒退了好几步。

来人是露西父女俩。露西向她敞开怀抱，脸上带有一贯的坦诚，似乎是造物主刻意而为之，要她在这个关键时刻精神焕发一样。

“怎么了？”罗瑞先生一时之间还搞不明白是怎么回事，好不容易才从她的怀抱中喘口气，“发生什么事了？露西，曼内特，到底怎么了？为什么你们会到这里来？”

她脸色极为难看，神情紧张，一直注视着他的脸，在他的怀里大口喘着气，“啊，亲爱的朋友，我的丈夫……”

“你的丈夫，露西？你是说查尔斯？”

“对的。”

“他怎么了，他在哪里？”

“他就在这里。”

“这里？巴黎？”

“他已经到这里好几天了，应该有三四天了吧，我也不太清楚，我一时之间手足无措。因为一件善事让他没有跟我们说就来到了这里，他在城门边被抓起来，关押到监狱里去了。”

老人再也忍不住狂叫了一声，差不多同时，大门的门铃再次响起，一阵吵闹的脚步声和说话声进入院子里面。

“怎么了，怎么这么吵？”医生说，扭头看窗户那边。

“不要看！”罗瑞先生即刻制止道，“不要看外面，曼内特，会有性命之忧，不要去碰百叶窗。”

医生转过来，手还搁在窗户上，带着一个无畏的笑容说：

“我亲爱的朋友，在这个城市生活，我可是比别人多一重保护呢，我曾经在巴士底监狱待过。在巴黎，就算是整个法国，不管是谁，只要知道这个事实，都会热烈欢迎我，将我高高举起，那份热情会超乎你我的想象力。我曾经的痛苦赐予我力量，让我们可以视一切路障为无物，让我们查清楚了查尔斯在哪里，而且把我们安全送到这里来。我明白事情是会这样演变的，我知道我可以帮助查尔斯渡过一切艰险的难关。我是这样跟露西说的，那里在吵什么？”他又将手放到窗户上。

“不要看！”罗瑞先生急忙叫道，“不，露西，亲爱的，你也不要看！”他伸出手将她抱在怀里，“不要那么担心，亲爱的。我向你们盟誓，我根本不知道查尔斯被投放进了监狱，甚至压根都没想过他会到这个地方来。他被关在哪里？”

“拉福斯监狱。”

“拉福斯，露西。我的孩子，你做事一向果敢，现在必须保持冷静，并严格遵照我的旨意来办事，因为有很多是你始料不及的，我也想不到的问题需要通过冷静才能迎刃而解。今天晚上不管采用什么行动都已经起不到作用，所以你今天一定要待在屋里。我这样说，是因为为了查尔斯，我要求你做的事也是非常不容易的，你必须无条件地答应，不能动，也不能说话，你必须答应我，现在到后面的屋子里去，我要和你父亲好好谈一谈，这事关系到生死，你一定要这样做。”

“我坚决答应，我从你的脸上看出来，我也只能这样做，没有其他路可选，我知道你的好意。”

老头儿亲吻了她，让她赶紧进房间，将门锁上，然后回到医生面前，将窗户和一部分百叶窗打开，和他一起手挽手，来到后面的院子。

他们看到很多人，男男女女，人数尽管不是太多，院子也还没有站满，大概有四十人左右，距离也比较远。是占领大厦的人让他们进来使用磨刀石的，他们安装那个东西就是为了起到这个作用，这个地方交通方便而且非常安静。

可是，那是些多么让人望而生畏的人，做的又是多么让人害怕的工作。

磨刀石有两个把手，两个男人剧烈摇晃着，磨盘一转动，他们就开始摆头，长发也开始随风起舞，那样子比面目可憎的最让人害怕的野蛮人还要令人望而生畏几分，更加血腥。他们贴上了假眉毛、假八字胡，面目可憎的脸上全是血迹和汗迹。因为怒吼，五官都开始变形，因为兽性的发狂和睡眠不充分而眼睛不停地转动。两个暴徒不停地转动着，黏糊糊的头发一会儿挡到眼睛前面，一会儿又被甩到后脑勺，几个妇女给他们喂酒。血在向下滴落，酒也在向下洒落，磨刀石的火光在空中飞舞，形成血火两重天。一眼看过去，那群人都是全身血迹斑斑，上身赤裸，互相拥挤着，靠近磨刀厂。他们身上全部都是血渍和脏东西，衣服上也是。男人们身上全是怪异的女用花边、彩带，那些东西也沾满了血污。他们将磨得锋利的战斧、刺刀和战刀带过来，上面也全部是血渍。有些被砍豁了的大刀是用一条条薄如蝉翼的衣服绑在拿刀人手腕上的，尽管材质不一样，可是都是统一的血红色。手拿武器的狂人从火光中抢过武器来便大叫着冲到街上，他们的眼里也是血红一片，那种眼睛，只要是正常人见了都想一枪毙了它，就算因此折寿二十年也心甘情愿。

这所有的一切都发生在瞬息之间，有如奄奄一息的人眼中所看到的世界，如果那世界还有的话，两人从窗口离开，医生在他朋友没有血色的脸上看到了答案。

“他们在处死囚犯。”罗瑞先生小声说，周围的窗子都关得死死的，

“如果你对你自己有信心，如果你觉得你那种能量的话，我相信你可以的，加入这群魔鬼吧。他们会引领你去拉福斯，或者已经迟了，这个我不太清楚，可是我知道时间不等人。”

曼内特医生握了握他的手，急速跑了出去。罗瑞先生重新将百叶窗关好时，他已经到了院子里面。

他那随风飘扬的银发，让人不得不看上一眼的坚毅脸庞，那种将武器果断分开的自信，让他迅速来到聚拢在磨刀石周围的人群中央，活动暂时停下来了，他迅速地小声说着什么，声音听不太清楚，罗瑞先生看到之后他迅速被人群包围，被二十个男人围在正中央，这些人互相倚靠着将他迎了出去。人群中开始高喊，“巴士底囚徒万岁，到拉福斯拯救巴士底囚徒的亲人，让巴士底囚徒站到最前面，到拉福斯解救囚徒埃佛瑞蒙德！”一千个人齐声呐喊着。

他忐忑不安地关上了百叶窗和玻璃窗，将窗帘拉得严严实实的，之后迅速跑去跟露西说，她的父亲得到民众的支持，已经去找她的丈夫去了，同时他还看到露西的女儿和普洛丝小姐已经来到她身边。过了很长时间，当他夜半时分坐在那里看着她们时，才想起她们的到来，自己并没有觉得多么讶异。

这时露西已经紧紧握着他的手晕厥了过去。普洛丝小姐已经将孩子放好，自己的头也枕到孩子身边。啊，那可怜的妻子要怎样挨过这样的黑夜啊！啊，她的父亲一走就没有了音信，这个黑夜要怎么度过啊！

黑暗之中，大门铃声再次响起，人群又蜂拥而至，磨刀石再次飞速旋转起来，再次发出嘶鸣声，“怎么了？”露西担心地问道，“不要出声，士兵们在磨刀。”罗瑞先生说，“这地方现在属于国家，是被作为武器库的，亲爱的。”

前后共来了两次，可是第二次明显已经没大劲了，而且时断时续，接下来天便亮了。他将自己的手从她的手中抽离出来，异常小心地看向外面，一个人正从磨刀石旁边站起来，四处偷看着。那人全身都是血，似乎刚从战争前线下来。很快，这位已经累到极致的杀人者便在依稀可见的曙光中看到了大人的一辆马车，并走向那奢华的交通工具。他一头钻进去，然后美美地躺到华美的车垫上睡着了。

罗瑞先生再次看向窗外时，地球这个大磨刀也开始转动了起来，太阳出现一片殷红。小磨刀石还静静地待在早晨安静的空气里，血红一片——那血红不是太阳造就的，太阳也没办法将它带走。

第三章　阴影

只要一到了办业务的时间，罗瑞先生会首当其冲想到自己的业务，他没有权力让一个在押的外逃分子的妻子一直待在台尔森银行的寓所里，这样会让公司处于危险之中。如果单从个人情感来讲，为了露西和孩子，他是可以豁出性命的，是可以不在乎一切的，可是他所服务的公司却不是由他所有，对待业务一向倾心的责任感使得他现在不能那样做。

刚开始他想过德伐日，想把那家酒店再找到，和老板商量，在这个躁动不安的城市里找到一个合适的居所。可是马上这个想法又被否定掉了，德伐日住在治安最糟糕的地区，肯定在那里非常有号召力，和危险活动有脱不开的干系。

快中午了，医生还没有音信。现在每耽误一分钟，都很可能让台尔森银行处于危险中。罗瑞先生只能和露西商讨，她说她父亲曾打算在银行大厦周边找一个临时居所，这不仅不会给业务带来影响，对于查尔斯来说也是非常有利的。因为就算他安全逃离了监狱，他暂时也不可能离开巴黎。罗瑞先生便出去寻觅住所，在一条小街的高楼上，他找到一套非常不错的房子。那楼旁边是一个特别不景气的广场，广场周边的百叶窗都关得死死的，表明住户一早就撤走了。

他马上把露西、孩子以及普洛丝小姐安顿到那里住下，尽自己最大努力给她们创造了极好的条件，和自己相比是好多了。他还把杰瑞留下来给她们把守，他想着杰瑞还是可以负责一部分安全的，自己便离开了。他替她们感到焦虑，日子一天天流逝，却让人觉得相当压抑。

一天又终于过完了，银行也到了下班时间。他又来到之前晚上那间房子里，接着想对策。这时他听到楼梯上传来踢踏的脚步声，很快，他面前出现一个人。那人眼光毒辣地打量了他好一会儿，然后准确地说出了他的名字。

“非常愿意替您做点什么，”罗瑞先生说，“您知道我吗?”

这人长得非常强壮，头发是深色的，卷毛，年龄在四十五岁以上，五十岁以下，因为想得到答案，来了又将刚才的话说了一遍，依然是先前的语气：

“您认识我?”

“在其他地方，我和你碰过面。”

“或者是在我的酒店里。”

罗瑞先生非常兴奋，也非常感动，罗瑞先生说：“是曼内特医生叫你来的吧?”

“是的，是他叫我来的。”

“他是不是带来了什么消息?”

德伐日将一张纸条打开塞给他，那是医生写的：

“查尔斯非常好，我现在还不能安全离开这个地方。已获得批准让送信人给查尔斯的妻子带过去一张便条，烦请让这个人和她见个面。”

便条上注明的地址是拉福斯，写于一个小时以前。

“和我一起到他妻子的住处去一趟，好吗?”罗瑞先生大声念出纸条上的内容，兴高采烈地说。

“好。”德伐日说。

德伐日的回答奇怪而形式化，可是罗瑞先生根本没有察觉。他戴上帽子，两人便一起下楼，到了院子里面。院子里有两个妇女，其中一个在打毛线。

“这位肯定是德伐日太太。”罗瑞先生说。大概十七年前，他见过她，当时她也是现在这个样子。

“是的。”她的丈夫回答道。

“太太和我们一同前往吗?”罗瑞先生见她也跟在他们后面，问道。

“是的，让她来认识一些人，为了保证他们的安全。”

罗瑞先生开始观察到德伐日非常僵硬的态度，便质疑地看了他一下。两个女人都跟在他们后面，另一个女人就是复仇女神。

人们迅速穿越城市的街道，来上了新住所的楼梯。杰瑞打开门请他们进去，他们看到露西一个人在失声痛哭。她一看到罗瑞先生给她带来的消息，便喜不自禁，紧紧握着交给她便条的手不放松，她却没想过那只手晚上怎么对待过她的丈夫。如果有可能的话，又会如何对待她。

我最亲爱的——拿出你的勇气来，我和之前一样，你的父亲对我周围的人相当有号召力，不要回信。代我亲吻我们的孩子。

简单几句话，便结束了，可是收信人已是高兴得不能自已。她离开德伐日，看向他的太太，亲吻了那只一直重复做着编织活的手。那是一种深情的、真诚的、感谢的女性动作，可是那手却无动于衷——它只是冷漠地垂了下去，又继续从事它的编织工作。

在和那手打交道的过程中，有某样东西让露西兴致全无。她刚要把字条放在胸衣里，却停住了，两手放在脖子旁边，惊恐地看着德伐日太太——那个女人正面无表情地打量着她的眉梢。

“亲爱的，”罗瑞先生赶紧解释道：“街道上最近很乱，尽管不一定会祸及到你，可是德伐日太太还是想看看在这种情况下可以保护的人，和她认识一下——到时才可能认出人，我觉得是这样。”罗瑞先生说，他说些抚慰性的话，却也在迟疑，因为三个人的僵硬表情让他越来越印象深刻，“德伐日公民，我说的没错吧？”

德伐日冷漠地看了一眼他的妻子，只是发出一个音节表示认可，却没有再发一言。

“你最好让可爱的孩子和普洛丝都留在这里，露西。”罗瑞先生尽力用安慰性的语气说，“我们的普洛丝小姐是英国人，对法语一窍不通，德伐日。”

这位小姐有个相当固守的观念：和任何外国人相比，她都是最厉害的。她这股强烈的信念也不会因为环境的改变和危险的来临而发生改变。这时她胳膊环抱在胸前出来了，用英语对头一个看到的复仇女神说：“看，没问题，鲁莽人。希望你身体安康。”她对德伐日太太用力咳嗽了一下，那是不列颠的风格，可是那两位完全不屑一顾。

“那是他的孩子吗？”德伐日太太问，头一回将手里的编织活放下来，用编织着命运的手指指着小露西问。

“是的，太太。”罗瑞先生答道，“这是我们值得同情的囚徒的唯一的女儿。”

德伐日太太和她的伙伴都看向孩子，一股气势排山倒海地袭来，让人觉得有一股肃杀之气。吓得她的母亲赶紧跪倒在她身旁，将她抱入怀中。于是德伐日太太和她的伙伴好像又将那股气势落到母女俩身上。

“行了，当家的。”德伐日太太说，“我看到她们了，我可以离开了。”

可是她那强行控制的神情中却带有明显的恐吓成分，尽管只是一些细枝末节，可也让露西没来由地担心起来。她用一只手乞求性地拉住德伐日太太的衣服说：

“你不会对我的丈夫怎么样的，是吧？你会对他好好的，是吧？如果可以的话，你可以帮助我和他见一面吧？”

“在这里，我不关心你的丈夫。”德伐日太太依然是一副无所谓的态度看着她，回答道，“在这里，我只关心你父亲的女儿。”

“那就请看在我的份儿上，可怜可怜我的丈夫吧，也当是看在我孩子的份儿上，可怜可怜他吧！她会双手合十，请求你的可怜。你们这几个人中，你是最让我畏惧的。”

德伐日太太将这话看成一种夸奖，看了一眼她的丈夫。一直在忐忑中吸着拇指看着她的德伐日马上变得威严起来。

“你丈夫在信里都跟你说了些什么？”德伐日太太一副盛气凌人的样子，“影响，他说了和影响有关的话吗？”

“我父亲对我丈夫周边的人有影响，”露西急忙取出信件，像一只受惊的小鹿一样看着向她提问的人，没有看信。

“他的影响一定可以救他的。”德伐日太太说，“那就让影响发光发热吧！”

“作为一名妻子和母亲，”露西非常坦诚地说，“我请求你可怜可怜我，不要利用你的影响去和我受到冤枉的丈夫唱反调，助他一臂之力吧！啊，大姐，请站在我的立场想一想，作为一名妻子和母亲。”

德伐日太太像平常一样冷漠地看着求她的人，回头对复仇女神说：

“从我们和这孩子差不多大以来，也许还没有她大，我们见到了太多的妻子和母亲，我们难道没有想过他们吗？我们还经常看到她们的丈夫和父亲被关押到牢里，不能和他们见面吗？我们一辈子都在看着自己的姐妹受苦受难，看见自己的孩子被压迫，生活在贫病之中，还受人鄙视。”

“我们所见的就只有这些东西。”复仇女神说。

“我们受了太多的苦。”德伐日太太又重新看向露西，“现在请你想一想，就凭一个妻子和母亲所遭受的痛苦，可以动摇我们什么？”

她又继续边打毛线边走了出去，复仇女神跟在她后。德伐日是最后一个出去的，他把门带上。

“亲爱的露西，一定要拿出你的勇气来。”罗瑞把她扶起来说，“拿出你的勇气来，到现在为止，我们进展还算顺利——比很多不幸的人都要幸运很多倍。一定要打起精神来，要感谢上帝。”

“我期待，我并不是不感谢上帝。可是那令人生畏的女人好像让我所有的希望都化成了泡影。”

“不许胡说。”罗瑞先生说，“你那果断澎湃的心里怎么会有这样的情绪呢？泡影？那算什么，都是不真切的东西，露西。”

虽然他嘴上这样说，德伐日夫妇的态度还是让他心里打了个寒战，他内心深处也深感忧虑。

第四章　风暴中的平静

直到离开四天以后，曼内特医生才回来。那段时间他所经历的种种，他都没有对露西透露半个字。很久以后她已经不在法国，才知道一千一百多个无辜的百姓死于群众的屠刀之下。这场血腥的屠杀让四天四夜都乌云笼罩，她周边的空气都全是血腥味。她只知道有人袭击了监狱，所有政治上的囚犯都面临前所未有的灾难，有的人已经被处决了。

医生对罗瑞先生提出了一个要求，那就是永远不透露半个字（其中的原因两人都心知肚明）。之后他跟他说，他被带到了一个处决的现场，进入了拉福斯监狱。在监狱里，他看到一个自行成立的法庭正在审判囚犯。囚犯一个个被押送上来，法庭很快就做出决定是判处死刑还是无罪释放，也有少数几个被重新送回到牢记待着。带路的人把他带到法庭上，自报了家门，然后又说自己曾经没经过任何审判，就一直在关押在巴士底监狱，时间长达十八年。审判官席里有一个人力证了他的观点，他就是德伐日。

他看了眼桌上的小册子，现在还活着的囚犯名单里面，有他女婿的名字，于是再三请求审判官们——有的进入了梦乡，有的清醒着，有的全身都是血迹，有的倒是很清爽，还有的已经醉得人事不省——让他没有性命之忧，放他出来。因为他代表着已经被推翻的制度的牺牲者，他们对他表现出了极度的热情，而且同意马上将查尔斯·达尔内带到这个没有王法的法庭审判。达尔内几乎快要获得自由时，一向发展顺利的局势似乎又被无故阻挡了（这一点医生还不是很清楚），于是偷偷召开了一个小会，互相商量了几句，之后坐在主席位置上的人便告诉曼内特医生，囚犯还必须继续被关押在监牢内，可是因为医生的原因，得将安全放在第一位，保护其人身权利。接下来囚犯又被带下法庭，送进监牢。医生于是极力要求他也留下来，以保证他女婿的人身安全（群情激愤的民众们在大门外强烈要求杀人的口叫声曾经多次掩盖住了审判官的发言)。他获批了，于是待在鲜血遍地的大厅里，直到危险远去。

他打定主意，对于今天所看到的情形，以及匆忙吃饭和睡眠，他都要守口如瓶。囚徒们被分尸时，人们那癫狂的状态，几度让他难以接受。可同样让他惊讶的，还有囚犯获救时人们那极致的快乐。他说有一个囚犯被无罪释放，来到大街上，却被一个野蛮人无意间伤到了，被长矛戳了一下，有人要医生去给那人疗伤。医生从大门走进去，却发现受伤的人正躺在一群野蛮的撒马利亚人的胳膊里，而撒马利亚人却坐在死于他们屠刀之下的尸体上。在这场残忍的屠杀里，这群人用变幻莫测的态度给了医生极大的帮助，以最温和的态度照顾伤员，为伤员做了一个担架，而且非常小心地将他带离现场，之后又拿起武器，开始另外一场屠杀。那场屠杀现在想起来还是令人毛骨悚然，医生自己蒙上眼睛不敢看，可还是在中途晕厥了过去。

罗瑞先生听站最发自心底的话，望着业已六十二岁高龄的朋友的脸庞，不禁开始忧心忡忡起来，他担心会因此诱发他老朋友的旧疾。可是，他的老朋友如今是状态最好的，性格刚毅。他头一回觉得自己胸中燃烧的烈火被铸成了金刚，现在可以冲破他女婿所在的牢房，把他营救出来。“曾经所经历的一切都会向好的方向发展，我的朋友，并不一定都是浪费和损坏。当初我患病以后，是我的女儿一直悉心照顾我，现在我也要同样去帮助她。我要凭借上天的力量去实现这一夙愿。”这就是曼内特医生当时所面临的局面。贾维斯·罗瑞看到了他眼里熊熊燃烧的烈火、无比刚毅的表情、镇静的态度。当他内心觉得医生曾经痛苦的经历已经被永远尘封时，他现在坚信，现在他又积蓄了力量蓄势待发了。

就算当时医生要克服常人难以想象的困难，可是在他永不放弃的努力下，困难也会在他面前却步。当他一直坚守在医生岗位时，他的职责就是帮形形色色的人看病：身陷囹圄的人或自由人、穷人或富人、恶人或好人。他非常灵活地运用他个人的影响力，很快就成了三个监狱的医生，这其中就是拉福斯监狱。他现在可以跟露西说，她的丈夫已经和其他囚犯关押在一起；他每周都会和他碰面，并带给她一些美好的消息；有时她的丈夫还会带给她一封亲笔信（尽管都是由他人转交），可是却不允许她回信。因为在监狱这种复杂的思想环境中，最怕引起他人怀疑自己和海外的亲戚有联系，而坐实了外逃犯的罪名。

医生的这种新生活当然是寝食难安的，可是聪明的罗瑞先生却觉得他心里有一种无形的骄傲感支持他一直走下去。那是一种情理之中的自豪感，没有任何不恰当的颜色，可是他却将它当作宝贝。医生明白，在那以前，他曾经所遭受的牢狱之灾，在朋友和女儿心目中，大家都一致认为那和艰难、懦弱、困苦是联系在一起的。可是现在不一样，因为所经受的种种考验如今成为支撑他前进的力量，而女儿和朋友都把查尔斯可以被释放出来的希望放在他的身上。他因为这一变化感到由衷地兴奋，他带头前行，让那两个人像依靠强者一样紧紧攀附着他。他和露西之前的关系完全反了过来，他身体力行地感受到了露西曾经对他的关心和热爱之情。她曾经为他付出很多，现在他可以反过来为她付出一点，他感到非常骄傲，除此以外没有别的原因。“看上去非常罕见，其实很司空见惯，没什么不好理解的。”罗瑞先生非常友善而聪明的想道，“奋力前行吧，朋友，加油，你是不二人选。”

虽然医生一直坚持不懈，从来不敢懈怠，想让查尔斯·达尔内早日无罪释放，或者被传讯。可是，当时的社会潮流过于猛烈，让他无力阻挡。新的时代开始了，国王被判处了死刑，那宣称自由、平等、死亡的共和国向以武力进发的世界宣称，如果不成功便成仁。巴黎圣母院高大的塔楼顶上黑色的旗帜整日飞舞。由三十万人组成的大军为了抵抗全世界的暴力君主，纷纷响应口号，似乎田野上到处都是龙齿，果实累累：从山上到平原，从岩石到碎石，从南方朗朗晴空到北方乌云密布的天空，从沼泽到森林，从葡萄园到橄榄地，从修剪过的草地到刈过的谷地，从宽广的河流到果实累累的河岸，处处都是龙齿的果实。有什么个人的忧思可以和“自由元年”的浪潮相抵抗呢，那洪水来自于下面，而不是来自于天上，天上的窗户关得死死的，而不是开放着。

没有暂停，没有可怜，没有安定，没有休息，也不计算时间。尽管白天和黑夜依然按世界开创之后的白天和黑夜一样运转不停，没有其他计算方法。一个民族像一个病人病入膏肓以后一样发出炽烈的呐喊，是无从计算时间的。一时之间，刽子手将国王的头颅高举过头顶，让人民争相观看，让这个城市本来就不正常的安静被全然打破。又过了没多久，他颇有姿色的妻子的头也被提了出来。牢狱中八个月凄惶的单身生活已经让她头发全部变白了。

根据这种局势下盛行的千奇百怪的矛盾规律，时间是难挨的，尽管它匆匆流逝。京城里的革命法庭、全国的四万五千个革命委员会，还有那丧失了自由或生命的所有保障，并将没有犯罪的群众交给暴徒的嫌疑犯法、到处都是无从上诉者的鲜血的监狱，这些新东西刚成立没多长时间便已经被固定下来。几个星期以来，好像就已经成为光荣的历史传统。其中最厉害的一个就是好像在众人注视之下，从世界坟墓里突然冒出来的被更多人广为了解的面目可憎的形象——那位锐利的小姐，名叫断头台。

它是永远幽默话语的中心："治疗头痛，手到擒来"、"药到病除，让你头发黑亮如新"、"它让你的皮肤永葆青春"、"国家级剃头刀，保证一切脑袋都没有幸存者"、"谁要亲吻断小姐，就朝小窗户看一眼，咳嗽一声就可以进入她的口袋"。它代表着人类复兴，让十字架退出历史舞台。它的模型取代了之前十字架所在的位置，只要是十字架被人摒弃的地方，它就受到人们的崇拜。

它剃掉了太多的脑袋，被它侵袭过的土地和它自己都变成了臭气熏天的一片。它可以像组装玩具一样，将零件拆分开，分给小魔鬼玩。等到需要时，又可以迅速将其组装起来。它让口才绝佳的人无话可说，让强悍者倒地，让美丽和善良同时被抛弃。二十二个名声在外的朋友，二十一个活着，还有一个已经自尽身亡。它在一个早上将它们全部消灭了，只用掉了二十一分钟。《圣经・旧约》中的那个大力士的名字的名字已经被那个官员所使用，可是那位官员因为有了这个武器，却比和他叫相同名字的人还要强劲有力，眼睛也更加看不见，时刻在做着毁坏上帝殿堂的事。

就是在这样令人心惊胆战的人物和行动中，医生在其中昂首前行。他相信凭借自己的力量，小心地坚持自己的宗旨，一直都坚信自己可以救出露西的丈夫，可是时光匆匆流逝。尽管医生同样自信，查尔斯却已经坐了一年零三个月的牢了。那年的十二月，革命发展的势头越来越猛，南部的条条河流处处横放着夜间被强行溺水而亡的尸体；南部的冬季太阳下，囚徒站成一排排被枪杀掉。医生依然在这种恐怖的氛围中昂首前行。整个巴黎城数他的人气最旺，也没有人的处境比他还要让人惊异。在医院和监狱里，尽量少说话，表现得非常柔和，他是个不可或缺的人；他不仅为受害者看病，也为杀人者看病，可是却一直徘徊在这个圈子以外。在他救人时，当年巴士底囚徒的外表和故事让他和众人疏离。他从来没有被质疑过，也从来没有被审讯过，似乎他已经死于十八年前，现在又死而复生的，或者干脆就是一个行走在活人中间的游魂。

第五章　锯木工

在这一年零三个月的时间里，露西时刻会觉得自己的丈夫明天就要上断头台。囚车每天都装满了死囚犯，沉重地穿过街道。漂亮的少女、风韵犹存的中年妇女、黑色头发的、棕色头发的、满头银发的、年轻的人、年老的人、结实的人、脆弱的人、贵族身份的人、农民身份的人，所有这些人都是断头台小姐的美酒，都是每天从监狱里被请出，被放逐到阳光下，穿过街道给小姐送去解渴的美酒。自由、平等、友爱或死亡——明显最后一项要好办得多，啊，断头台！

如果让医生的女儿瞠目结舌的是突然而至的灾难和时间的流逝，她只能怀着一颗失望的心等候最终的结果的话，那么她和遭遇和其他人并无二致。可是，自从她在圣安托万区阁楼里将那白发的头放到自己胸前以后，她一直忠心履行自己的义务，在受到考验时更是这样，就像所有安静、忠心、友爱的人一样。

在她们搬进新家，父亲开始以前的诊疗工作以后，她就一直精心打理着那个温馨的小家庭，似乎她丈夫还在她身边。所有的事情都被安排得非常有规律。她和在英国家里全家团圆时一样，定时给小露西上课。她制造一些小伎俩来哄骗自己，装出相信大家很快就会团圆的样子——她为丈夫回家早早做着准备，专用的椅子、他要看的书也整齐排列在一起。除此以外，她还特地为一个亲爱的囚徒做祈祷，那人和很多不幸的人一样待在监狱里，整天被死亡笼罩着。那差不多是她可以用语言告白、吐露自己沉重心声的仅有方式。

她的外表没什么变化，她像个孩子似的，穿着像丧服的深色服装，却像身着彩色衣服一样，打扮得干净利落。她脸上没有了生机和活力，之前偶尔才会出现的专注表情，现在时不时就会出现。除此以外，她依然美丽动人。有时她在晚上和父亲道晚安时会情不自禁地哭出声来，将一天所积蓄的悲哀全部发泄掉，而且说她在世间仅有的依靠就是他了。他总是用异常肯定的语气说，“他所遇到的变化我全都知道，我可以救他，露西。”

他们的生活发生了翻天覆地的变化，几个星期以后的一天晚上，父亲一回家就跟她说：

“亲爱的，监狱上面有一个窗户，下午三点查尔斯很有可能会经过那里。如果你站在街上我给你指定的地方，而他又刚好到了窗口，那么他就有可能看到你——可是他能不能到窗口，却不是必然的，包括了很多偶然因素。可是你没办法看见他，我可怜的孩子，就算看见了，也不能做出一丁点动作，因为那会给你带来危险。”

“啊，父亲，赶快跟我说在哪儿吧，我每天都会去。”

从那以后，不论刮风下雨，她一定会去那里站上两个小时，时间刚过两点她就已经站在那里了，到了四点才会黯然离开。如果天气状况不是太差，可以带孩子一同前往，她便会将小露西也带上。平时她总是一个人前往，可是从来没有落下过一天。

那是一条狭窄的黑暗的脏兮兮的小角落，那里仅有的一间房屋就是一个小窝棚，那是工人用来锯柴用来烧壁炉的小屋，除此以外就只能看到墙壁。她去的第三天，那个人就发现了她。

“日安，女公民。”

“日安，公民。”

这在当时那个年代，是固有的打招呼方法。不久以前在比较顽固的爱国者之间约定成了这种形式，现在已经成了每个人都必须恪守的法律。

“又到这里散步来了吗，女公民？”

“如你所见，公民！”

锯木工个子小小的，姿势特别多（他之前是修路工人）。他看了眼监狱，用手指了指，将十个手指头放到脸前，象征铁栏杆，装出一副偷看的搞笑样子。

“可是这和我一点关系都没有。”他说，又继续锯木头去了。

第二天，他伸出头来找她，看到她出现就热情跟她说话。

“怎么，又有空过来散步了么，女公民？”

“是的，公民。”

“啊，还有个小朋友，这是你妈妈吗，小女公民？”

“我是说是的吗，妈妈?”小露西凑近她，轻声问道。

“你要说是的，乖乖。”

“是的，公民。”

“啊，可是，这跟我一点关系也没有，我的工作就是锯木头。看到我的锯子了吗？我称它为我的断头台。啦，啦，啦，啦，啦！他的脑袋被我砍下来了。”

他边说话，边锯木柴，然后将其放到旁边的筐子里。

“我称呼我自己为木柴断头台的参孙，再看这里，噜，噜，噜！女人的脑袋也被砍下来，然后是小孩，叽咕，叽咕，叽咕，全家人的脑袋都掉下来了。”

他又将两段木柴扔到筐子里，露西不禁打了个哆嗦。要想在锯木工工作时不被他看见，那是不可能办到的。从此以后，为了不让他讨厌她，她总是先跟他打招呼，还经常给他送酒钱，他也马上笑纳。

这人喜欢管别人的事，有时在她全神贯注地看着监狱的房顶和窗户，心早已在丈夫身上，而忘记了那个人时，她会立即清醒过来，却看见那个人一条腿跪在长凳上，两眼直直地盯着她，手里锯木柴的动作也停了下来，“可是这和我一点关系也没有。”那时他又会重复说，立刻又开始锯木头。

不管在什么天气——春天的料峭、夏天的火热，还是秋天的湿润和冬天的雨雪，接下来又是一年四季的轮回，露西每天都在这里停留两个小时。每天从这里离开时，还会亲吻监狱的墙壁。

她去六次，或者她的丈夫可以瞅见她一回（她的父亲是这样跟她说的)，有时也可能接连两天都是枉然，有时可能一两个礼拜都是做无用功。只要他也许会看到她，而且正好看到了她就可以了，就为了那样一种概率，她愿意每天去站，去等候。

这种活动一直持续到十二月，她的父亲依然在令人胆战心惊的惊恐中昂首前行。一个下着小雪的下午，她来到自己之前一直去的地方。那是一个令人癫狂的高兴日子，她来的时候看到房屋里都是长矛，长矛尖上插着红便帽，屋上还悬挂着三色彩带，还有众口一致的口号（字母也是采用三个颜色书写)：“一个整体的共和国，自由、平等、友爱或死亡!”

锯木工的房屋面积实在太小，整个屋子还容不下这条标语，可是他还是尽量给他涂上了，写到“死亡”二字才艰难地挤进去。他在屋顶插上矛和便帽，那是好公民一定会做的事情。他将锯子放在一个窗户里，上面写着“小圣徒断头台”。那时断头台那个锐利的女性受到大家普遍的推崇，劈柴店的门关上了，主人也出去了，露西终于放松了下来。

可是那人就在那附近，因为她即刻就听到一阵吵闹声，心里不由得害怕起来。眨眼间，一大群人出现在监狱转角处，锯木工也名列其中，他和复仇女神牵手前行。他们的人数应该是五百人以上，可跳起舞来却感觉有五千个魔鬼。他们的音乐就是自己的歌声，只能跟随最流行的歌曲节奏舞动着，节奏踏得很凶猛，似乎是众口一致在声嘶力竭。男人和女人互相跳，不管遇到谁，就和谁跳。刚开始，他们只是一片劣质的红便帽和恶劣的破毛料掀起的浪潮，可是当他们将那个地方团团围住，不再前进而是围绕着露西跳时，他成了一片梦话连篇的癫狂可怕的鬼怪。他们一会儿前进，一会儿后退，互相之间猛力拍手，互相抓脑袋，一个人旋转，两个人转圈，一直到有人倒下来。这时没有倒下的接着旋转，圈子散了，又重新组队转圈，四个人转圈，一直到突然停了下来。于是又重新开始，又是拍手，又是抓脑袋，又是拉手，互相撕扯，反方向转圈，再继续大圈逆向旋转。突然停下来，暂停一会儿，然后又继续起跳，排成街道一样宽的队伍，低下头，把手高高举起，大声狂叫着往前奔。就是上战场也不及这种舞蹈一半的让人觉得害怕。这是一种腐化到极致的游戏。刚开始本来很纯朴，后来却变得如此鬼影。一种积极的娱乐方式变成了一种让血压急速上升、内心变蛇蝎、自我意识散漫的方式。少有的几分柔美让这种舞蹈更加面目可憎了，它展现出的所有本来美好的东西已经被严重扭曲了，舞蹈中显露出了少女的胸脯，差不多还没有成年的美丽却摇摆的头，稚嫩的双脚踩在满是血汗的道路中艰难舞动着。这一切都代表了一个时代。

这就是卡尔马尼奥拉舞，舞蹈跳完了，只剩下露西瑟缩地站在那里，茫然地站在锯木工屋前。雪花一片片飞舞下来，很快就堆积起来，似乎这场舞蹈压根就没有出现过。

“啊，父亲！”她睁开眼睛，看到父亲站在自己面前，“这景象太丑恶了。”

“我明白，亲爱的，我明白，我见过太多次了，不要恐惧，他们不会伤害你的。”

“我并不替我自己感到害怕，父亲。可是只要一想到我的丈夫，他还要被这些人使唤，我就——”

“我们马上就可以恢复自由了，我从他那里走时，他正前往窗户那里，我就赶紧来通知你，这里没有人看见，你可以对着高墙发送一个飞吻过去。”

“父亲，好的，我要飞吻一个，我要把我的灵魂也带给他。”

“你看不见他吗，我令人同情的孩子？”

“看不到，”露西急得眼泪吧嗒吧嗒往下掉，亲吻着他的手，“看不到。”

有人朝这里走来，是德伐日太太。“向你致敬，女公民。”医生说，“向你致敬，公民。”她随口说道，再也没有语言。德伐日太太经过这里，就好像一道洁白鬼影从这里晃过。

“把手臂给我，亲爱的，因为他的原因，我们要装出一副兴高采烈、英勇无畏的样子从这里走过去，非常好。”他们经过了那个地方，“肯定可以起到作用的，明天就要审讯查尔斯了。”

“明天？”

“时间不能再耽搁了，我已经做好了万全的准备，还有一些提防方案，必须在他已经出庭时才能发挥作用。他还不知道这回事呢，可是我明白即刻就会有人告诉他的。明天审讯，同时会将他移送至巴黎裁判所的附属监狱。我的消息很及时，你不会觉得恐惧吧？”

她几乎一个字都说不出来，“我相信你。”

“尽管相信我吧，你担惊受怕的日子马上就要终结了，亲爱的。审讯完毕以后几个小时，他就会被释放出来的。我已经将他保护得非常好了，我得去看一眼罗瑞去。”

他却停下来了，他们听到了非常压抑的车轮声，非常清楚那代表着什么。一辆、两辆、三辆，三辆装满了死囚的车在安静的公路上前行。

“我得去看看罗瑞。”医生带领她从另一条路上走，再次说道。

那值得信赖的老人一直忠实地履行地自己的职责，从来没有撤离职守过。很多财产在上交国家或当作公有财产时有时还要问询他的意见，只要可以为原持有人保留的，他都尽量为其保留。台尔森银行到底有多少代为掌管的财务，世界上最清楚的人恐怕就是他了，可是他会严格保守秘密。

塞纳河上升腾的雾气，晚霞的升起，表明晚上已经到来。他们来到银行时天几乎已经黑得伸手不见五指了。当年宫廷显赫而高雅的府第现在已经变成一片废墟。在庭院里的一堆尘土之上是几个鲜活的大字，

"国家财产。一个整体的共和国，自由、平等、友爱或死亡"。

和罗瑞先生站在一起的是谁呢？椅子上的骑马装又是谁的呢？那人不想让别人瞅见。是谁跟罗瑞先生说了振奋人心的消息，使得他快速跑了出来，激动地搂住他心爱的人？他回过头高声朝刚走出来的屋子说道："移送到巴黎裁判所附属监狱，明天审讯。"那是她之前断断续续说出来的话，他又是在向谁转述呢？

第六章　胜利

审判庭由五位审判官、一个国民检察官，以及观点明确的陪审团组成，这样让人退避三舍的法庭每天都要审理案件。他们每天晚上公布名单，然后由各个监狱的典狱官公布给囚犯们知道。典狱官有一句非常规范化的幽默用语，“牢里面的人，出来吃晚饭喽！”

“查尔斯·埃佛瑞蒙德，又名达尔内。”

拉福斯的晚报就这样起了个头。

叫一个人的名字，那个人就走到另外一个地方，那是专门为名单上的人准备的。查尔斯·埃佛瑞蒙德，又名达尔内，非常清楚这种习惯，因为他看到过太多的人因此有去无回。

他那面部虚胖的典狱官念名字时必须要架上眼镜，一边念，一边看犯人是否出列，每念一个名字都要稍作停顿，之后再接着念，一直到结束。念了二十三个名字，可是听到回应的只有二十个，有一个人已经在牢里死去了，大家已经记不得他了。另外两个已经被处死了，也被大家遗忘了。公布名单的地方就是达尔内到达那天晚上，犯人举行活动的房间，屋顶是圆穹形的。在大屠杀中，那批人死得一个不剩，那以后他还忆起过他们，却从来没有再看到过他们，他们全都死了。

有短暂的话别，可是很快就结束了，因为这是每天所遵守的一道程序，而拉福斯的人那天又在积极谋划一个罚钱游戏和一个小型音乐会。相关人挤到铁栅边去抹眼泪，可是本来游戏中要加入的人数，现在却缺了二十个人，需要临时替补，可是关门时间又快到了。时间太仓促了，到时候公用房间和走廊又会挤满獒犬。囚犯们并不是冷漠无情的，或者没有恻隐之心的，他们这种生活态度只是当时的形势所迫而已。同样，尽管有些微不同，某些人又肯定受到了某种鼓动性的驱使去和断头台做无谓的斗争，结果是惨死在断头台上。这并非浮夸，而是被强烈震撼的公众在精神上所流行的一种传染病。在瘟疫大范围肆虐的时候，有人会被那病的秘密所诱惑，产生一种悸动，想要死于瘟疫。人们心里都有一种相似的怪异的想法，只是有待时机成熟而已。

通向裁判所附属监狱的通道很短，可是黑黢黢的，在那满是臭虫的牢房里度过的夜晚又是常人难以想象的难挨。第二天，在叫到查尔斯·达尔内的名字时，之前已经审判了十五个囚犯，而且无一例外都是死刑，整个审判只花了一个半小时而已。

“查尔斯·埃佛瑞蒙德（又名达尔内）。”终于叫到了他的名字。

他的法官们头上戴有装饰有羽毛的帽子，稳稳当当地坐在审判席上，别的人戴的是三色徽章相间的红色粗质便帽。看着陪审团和底下乱成一团的观众，似乎会让人产生错觉，是囚犯在审判耿直的人呢！城市中最低贱、最残酷、最丑恶的，而且从来没有丢失过那份低贱、残酷和丑恶的人现在成了全场的主角。他们或者指手画脚，或者幸灾乐祸，或者高声尖叫，或者揣测预测，或者火上浇油，统统都带有全然不顾的色彩。绝大部分男人身上都佩戴有某种正式武器，女人有的佩戴短刀，有的随身携带有匕首，有的则一边看戏，一边嘴里不停地吃喝，很多女人打着毛线。在这群打毛线的妇女中，有一个人手里打着毛线，胳肢窝底下放着线团，坐在第一个排一个男人身边。自从他从城门离开以后，他就和那个男人没再碰过面，可是他马上知道那就是德伐日。他观察到那女的在他耳朵旁边私语了一阵，便猜测那肯定是他妻子。可是这两个人最让人过目不忘的是，尽管都尽量坐着靠近他的位置，却从来不看他。他们似乎痛下决心要等待什么，眼睛只看着陪审团，从来不看别人。曼内特医生坐在庭长席下面的一排位置上，和平时的打扮一样不张扬。就囚犯所观察得知，和这个法庭没有关系的就是只有他和罗瑞先生，穿的也非常普通，而不是粗制滥造的卡尔马尼奥拉装。

国民检察官指挥查尔斯·达尔内是外逃分子，根据共和国法律，应该判处死刑。法令公布的时间尽管是在他回到法国以后，可是这和判决没有多大关系。这时他尽管已经在法国，可是法令已经出台，他已经在法国被批捕，所以被判死刑是理所应当的。

“杀了他！”观众开始起哄，“共和国的敌人。”

庭长摇铃要求安静，之后问囚犯是不是在英格兰住了很久。

毋庸置疑。

很明显，那他就不算外逃分子呢，是吗？那他应该怎么定义自己？

他希望从法律的角度和精神的解释来进行解释，不归属于外逃分子的行列。

原因，庭长要求明白。

因为他很早以前就已经主动放弃他所厌恶的一个代号，放弃了他所厌恶的一种身份、一种地位，远离了他的国家，到英国凭借自己的劳动辛苦过生活，而不是依靠负担沉重的法国人民的辛劳过日子。他放弃时，现在被法庭所认可的外逃犯一词还没有出现。

对此他拿什么来作证？

他搬出了两个证人，泰奥菲尔·加伯尔，以及亚历山大·曼内特。

“可是他在英国结婚了，是不是？”庭长问道。

“是的，可是他的妻子不是英国人。”

“是法国女公民吗？”

“是的，她是在法国出生的。”

“她叫什么名字？家庭？”

“她叫露西·曼内特，她是曼内特医生的掌上明珠，这位好医生就在那里。”

这句回答在听众中产生了强烈的反响，称赞这位好医生的口号一浪高过一浪。受到鼓舞的听众们非常善变，几张丑恶的脸上马上涕泪横流，可刚才人们还恶狠狠地盯着他，似乎一个控制不住，就要马上将他杀了。

查尔斯·达尔内根据曼内特医生再三的嘱托，沿着这条危险的路径一步步往前。医生的小心指导带领他走好每一步，让他小心每个细枝末节。

庭长问他为什么选择在那个时候才回到法国，而没有选择早一点的时间？

他没有早点回来，原因其实不用多说，他说，因为他没有了财产，在法国没有了生存下去的资本，而在英国，他依靠教授法语和法国文学过日子。他之所以选择在那时回来，是因为有个法国公民恳切请求他，那人说如果他再不回来，他就有可能会死去。他是为了营救一个公民的生命而回来的，是甘愿冒一切个人风险的，是来坚持正义的。在共和国眼里，这也算犯罪吗？

人群继续大声叫嚷道，“不算！”庭长再次摇铃，请大家安静，可人们却没有那么听指挥，依然高声叫着不算，直到叫累了才自己停下来。

庭长问那个公民叫什么名字，被告说他就是他第一个证人，他还说那人曾经给他写过一封信，但是在城门口被搜走了，他相信庭长的卷宗里肯定会有。

那信就在卷宗里，这是医生一早的安排，并向他再三承诺一定可以找到。审讯到达这个阶段，那封信被宣读了，又传唤加伯尔上庭作证，加伯尔表示一切属实。公民加伯尔还非常委婉地提示说，因为共和国的很多敌人在给处罚敌人的法庭引发纷争，造成了严重的压力，他在修道院监狱明显被忽略了，事实上已在很大程度上被法庭那效忠于祖国的回忆所忘记，直到三天前才被通知审讯。审讯他时，陪审团声称因为公民埃佛瑞蒙德（又名达尔内）主动投案，回答了对他的控诉，陪审团觉得满意了，才释放了他。

之后请曼内特医生到庭，他那无人可及的名望和准确的回答给人们留下了深刻的印象。他继续说，在他被长期监禁获释以后，被告是他的第一个朋友，在他和女儿居住在海外时，他一直留在英国陪伴他们、关心他们。他又说，那里的贵族政府很讨厌被告，事实上曾经拿英国的敌人和合众国朋友的罪名对他进行过控诉，曾经想要杀了他。医生通过罗列事实，并凭借他自己的坦诚，一字一句地向法庭陈述情况，于是陪审团的意见和观众的意见取得了一致。最后他请求让在场的一个英国人罗瑞先生出庭作证，罗瑞先生曾经和他一样，在英国的那场审判中出演过证人的角色，可以证明他讲的句句属实。这时陪审团说他们听到的资料已经足够宣判了，如果庭长觉得没问题，他们可以举手表决了。

陪审团紧接着开始投票，每投一票群众就会大声拍手叫喊，大家纷纷支持被告，庭长最后宣布被告无罪释放。

接下来出现了一个极为不正常的场面。那是群众有时用来和他们经常变幻的心理相吻合的，或者是为了展现他们的善良和宽容的一种悸动，或者是用来抵消他们的满腹怨怼和血债的。这种非常不正常的场面到底缘于何种动机，没有人会知道，也许是三种动机都有，而以第二种为主要吧！无罪释放的决定刚一公布，人们便激动得热泪盈眶，和别的场合洒热血大有一比。只要能扑到他身边的人，统统都上来和他热烈拥抱。对经过长期监狱生活，身体健康已严重受损的他来说，实在是抵抗不住，几次差点累晕过去。这也同样让他清楚，同样是这样一群人，如果卷入的是另外一种洪流，也会回报以同样的热情，将他撕成碎片，不带一丝怜惜。

还有其他被告要接着被审判，他必须得退出去，腾出地方，这才让他免于再接受激烈的拥抱。下面还有五个人要受审，顶的罪名都是共和国的敌人，因为他们并没有身体力行地支持过这场爱国运动。法庭和国家在达尔内身上缺失的机会很快就得到了弥补，达尔内还在法庭内，那五个人就被宣布了死刑，二十四小时之内处决完毕，被押到了他身边。五人中的第一个举起一根手指头，那是监狱里代表死亡的暗号，跟他说，这时他们所有人都接着说，“共和国万岁。”

事实上，那五个人已经没有人关注了，因为在达尔内和医生出现在大门口时，人们又拥挤在这里了。人群中好像有他在法庭上见过的第一张脸，只差两张，他到处找，可是却没有找到。他一出门，马上就被人群围在了中间，又是哭，又是笑，又是拥抱，又是叫嚷，有时挨个来，有时蜂拥而上，一片喧腾让脚下的河水差点都沸腾起来。

人们从法庭里或是从某间屋子里找到一张大椅子，强行把他放到里面。他们在椅子上扯开一面红旗，在椅背上架上一根长矛，长矛上还有一顶红便帽，于是用肩膀将他抬起来，虽然医生再三恳求地，都没能阻挡住。他的周围全是一片红便帽，从旋涡的深处涌起了很多死于这场大屠杀的人的面孔，让他无数次怀疑自己是不是已经意识模糊，正坐在死亡的囚车，去往断头台。

人群抬着他一直朝前走，就好像在一个荒谬的梦中的游行队伍。他们看到人就热烈拥抱，并请来人看他。他们在街道上来回走着，用共和国的主色映红了白雪皑皑的街道——他们也曾经用更深的颜色染红了这里。他们就这样一直将他抬到露西的住所，她的父亲走在前面去让她做好准备。等到她的丈夫下车以后站好，她便在他怀里晕厥了过去。

他将她搂抱在胸前，让她看向自己，背对吵闹的人群，不让他们看到她的嘴唇在吻着他的眼泪。有几个人开始跳起舞，其他人便马上有了回应。院子里响起卡尔马尼奥拉歌的曲调，之后他们从人群中找到一个年轻妇女，让她坐到椅子上充当自由女神。人流开始散开去，流窜到周边的街道、桥上和岸上，卡尔马尼奥拉歌让每个人都移不开目光，将他们全都席卷其中。

达尔内一直紧紧握着医生的手，医生自豪地站在他面前，他又紧紧握了握罗瑞先生的手，罗瑞先生刚从涌动的卡尔马尼奥拉队伍中挤出来，累得半死。达尔内亲吻了小露西，小露西被他抱在怀中，她用自己的小胳膊搂住他的脖子；他和一直真诚的普洛丝拥抱，是普洛丝抱起小露西和他亲吻，之后他才将妻子抱在怀里，到了楼上房间里。

“露西，我亲爱的露西，我回来了。”

“啊，我最亲爱的查尔斯，让我延续我之前一直做的祈祷以后跪下来感谢上帝吧!”

全家人都无比忠诚地低下了头，在心里表示尊敬，等到他再次和她拥抱时，他说：

“现在跟你的父亲说吧，最亲爱的，他为我所做的事，恐怕全法国都无人能及。”

她将头靠到父亲胸前，和很久以前父亲将头靠在她胸前一样。父亲因为可以回报女儿而觉得无比高兴，他曾经所蒙受的苦难得到了回报，他为自己的力量感到自豪。“你一定要坚强啊，我亲爱的，”他反抗道，“不要再这样瑟缩个不停了，我已经将他救出来了。”

第七章 敲门

“他已经被我救出来了。”这并不是南柯一梦，而已经变成了现实。可是他的妻子还是瑟缩个不停，总觉得有股阴云一直罩在他们上空。

一个整体的自由、平等附近的空气是黏答答的，人们非常激动，急切想要报仇雪恨，很多清白的人因此被恶意中伤甚至丢掉性命。令人难以忘怀的是，每天都有很多和她丈夫类似的人，他们惨遭毒手，而她的丈夫只是其中的一个幸运儿。所以她尽管觉得可以放松下来，心头却总是沉甸甸的。冬天的下午，夜幕已经慢慢降临，可是依然有装着犯人的死囚车轰隆隆经过。她的心也不由得跟着同去，在被死刑的人堆里寻找，于是她将他抱得更紧了，抖动得更加剧烈了。

为了让她高兴起来，对于她身上具有的这种女性弱点，她的父亲展现出了一种自豪的同情，那种现象特别有意思。现在没有阁楼了，也没有皮鞋活要干，也没有北塔一 O 五了，他将自己既定的任务完成了，达成了自己的愿望，将查尔斯救出来了，让他们都将他作为依仗吧！

他们过着非常节俭的生活，不仅是因为那种生活方式安全系数最高，不会被人视作眼中钉，更主要的原因是他们并没有多少钱。查尔斯坐监的整个过程中，看守费一分都不能少，再粗制滥造的食物也得花高价才能买来，还要时不时支援一下更贫穷的狱友。因为上面的原因，也因为不想要家里出现一个密探，他们没有请佣人，门房里的一男一女两个公民时不时会对他们施以援手。杰瑞成了他们家的使唤，每天晚上都睡在那里——罗瑞先生已经让他为他们服务了。

自由、平等、友爱或死亡的共和国有一条是这样规定的：每家每户的门柱上都要清楚、明白地写上这里所住的每个人的姓名，高度要方便外人看到，所以克朗彻先生的名字就在楼下的门柱上大放光明。那天下午天快黑时，叫那个名字的人出现了。他刚刚盯着曼内特医生找来的一个油漆工在上面加上“查尔斯·埃佛瑞蒙德，又名达尔内”这几个字。

在那个时代普遍的阴云下，正常的生活方式被彻底颠覆了。和很多家庭一样，医生小家庭的日常生活所需的东西都是晚上去附近的小商店采购的。人们都想要更低调一点，尽量不要有人将自己当作谈资，或者引起他人的忌妒。

好几个月以来，采购的任务都落到普洛丝小姐和克朗彻先生身上。一个带钱，一个提篮子，每天下午大约在路灯亮起来的时候出发去采购家庭日常用品。一直和法国家庭生活的普洛丝小姐如果比较细心，是可以将两种语言都运用得游刃有余的，可是她显然并没有这种想法。所以，她说那种“胡扯话”（她喜欢这样称呼法国语）的水平和克朗彻先生相差无几。于是，她采购东西所采用的办法就是：胡乱给店老板说一个名词，不解释，如果没有说中，她就到处瞄，找到那个东西，然后牢牢抓在手里，直到成功。不管那东西是什么价格，她都会少一个尾数，觉得那就是最划算的价，总可以捞点好处。

“现在，克朗彻先生，”普洛丝小姐高兴得双眼都熠熠发光，“你如果准备好了，我也没问题。”

杰瑞利落地表示他可以服务于普洛丝小姐，他身上的铁锈已经没有了，可是一头铁蒺藜却没变化。

“要买的东西种类很多①，”普洛丝小姐说，“我们要珍惜时间，接下来还要买酒，不管到那里购买，我们都可以看到红脑袋在欢天喜地地敬酒呢。”

“他们是在因为你的健康举杯，还是因为老坏蛋的健康举杯，我看你也是稀里糊涂的。”杰瑞说。

“谁是老坏蛋？”普洛丝小姐问道。

克朗彻先生觉得有点兴致索然，解释说他说的是“老撒旦”。

“哈哈，”普洛丝小姐说，“他们的意思我当然明白，他们翻来覆去就只有一句话，那就是杀人，半夜杀人。”

“声音小点儿，亲爱的！求求你，小心点！”露西说。

“没错，我是得小心，”普洛丝小姐说，“可是在我们自己这个圈子里我可以说，我多么希望大街上再也不会出现满是洋葱味和烟草味的炽热拥抱，抱得我都快窒息了。小鸟儿，你就待在壁炉边，等我回来！好

① 这是一首歌曲的歌词。

好照顾你那刚被释放出来的丈夫吧！你的脑袋就这样一直靠在他的肩膀上不要动，直到我回来！在我走之前，我可以向你请教一个问题吗，曼内特医生？”

“你可以随便提问。”医生笑容满面地说。

“天哪，不要说随便了，我们的随心所欲已经泛滥了。”普洛丝小姐说。

“声音小一点儿，亲爱的，又信口胡诌了是不是？”露西反抗道。

“好了，我的宝贝，”普洛丝小姐一个劲地点头说，“最核心的在于我是最善良的陛下乔治三世的臣民，”她说到那个名字时便跪下行礼，“作为子民，我会始终践行：将他人的阴谋粉碎掉，让他人的奸计不能得逞。王是我们的希望，上帝将会保佑我们。”

克朗彻先生一时之间激情满怀，也像在教堂一样，学着普洛丝小姐的样子说了起来。

“你的英国味儿还真到位，我很替你高兴，尽管我非常期待我的喉咙可以应景一点。”普洛姐小姐夸赞他，“可是现在一个棘手的问题是，曼内特医生，我们还有可能逃出去吗？”这位大家忠诚的好朋友，虽然一直对大家所忧心的事装作一副无所谓的样子，可是现在却突然提了起来。

“我担心现在还没有可能，那样查尔斯会再次陷入囹圄中的。”

“啊——哦——嗯！”普洛丝小姐瞅了一眼心爱之人的金发，便故意高兴地说道，“那我们只好放宽心来等待了，就像我弟弟所罗门经常挂在嘴边的一句话，我们必须挺起我们高尚的头颅，从一点一滴做起。走吧，克朗彻先生！你一定要安静地等我回来啊，小鸟儿！”

两人一前一后走了出去，将露西、她的丈夫、她的父亲以及她的女儿留在炉火旁。罗瑞先生马上就要下班了，普洛丝小姐刚刚已经把灯点燃，放到一个不引人注意的小角落里，好让大家可以安心被炉火照耀，不被灯光干扰。小露西双手紧紧箍住姥爷的胳膊坐在他旁边，听姥爷给她讲故事。故事内容是一个有着神奇力量的神仙将监牢的墙壁打破，将囚犯救了出来，那囚犯曾经对神仙有恩，曲调一直都是平稳的、安静的，露西觉得此刻无比安心。

“那是什么？”她猛然之间叫起来。

“亲爱的，”她父亲不再讲故事，而是抓住她的手，“不要担心，你心里太烦躁了，一点点小事，都会让你大动干戈。你呀，还配做你爸爸的女儿吗？”

“我觉得，父亲，”露西面无血色，口气踟蹰地说道，“我似乎听到楼梯上传来脚步声。”

“亲爱的，楼梯一点声音都没有啊。”

他话还没有说完，门被敲得震天响。

“啊，爸爸，这是怎么了，将查尔斯赶紧藏起来，不要放他出去。”

“我的孩子，”医生站了起来，将手搭在她肩上，“他已经被我救出来了，你现在这样表现只会表现你的懦弱。宝贝，我去开门。”

他将灯拿在手上，越过两间屋子，去开了门。地板上响起轰隆隆的脚步声，四个结实汉子走了进来，他们个个头戴红便帽，手里拿着马刀和手枪。

“公民埃佛瑞蒙德，又名达尔内。”头一个说。

“谁找他？”达尔内说。

“我找他，我们大家都找他。我知道你是谁，埃佛瑞蒙德，今天在法庭上我看到过你，你再次被捕了。”

四个人将他团团围住，他站在那里，妻子和女儿站在他身边。

“为什么再次抓我，请告诉我原因。”

“你只需要马上回到裁判所附属监狱就可以了，明天会提审你的。”

医生被这群突然到访的人惊呆了，他手上拿着灯，似乎变成了一尊雕像。他听完这话马上开始了行动，将灯放在一边，走到来人面前，严厉地揪住来人的衣领说：

“你说你认识他，可你知道我是谁吗？”

“我知道你是谁，你是医生公民。”

“我们都知道你是谁。”另外三个人也附和道。

他仔细地打量了他们好一会儿，才压低声音说道：

“那么，你们能否回答我刚刚的质疑，到底发生了什么事？”

“医生公民，”头一个人万般无奈地说，“圣安托万区的人觉得他已经被检举，这个公民就是来自于圣安托万区。”他说时指向第二个进来的人。

那人点了点头，回答道：

“是圣安托万控告了他。”

“控告他什么？”医生接着问。

“医生公民，”头一个人还是非常无奈地说，“不要再打听了，如果共和国要你献出自己的生命，你作为一个爱国者就应该毫不迟疑。共和国的利益高于一切，人民高于一切。埃佛瑞蒙德，我们还有公务在身呢！”

“我再问一个问题，”医生恳求道，“你能不能跟我说是谁检举他的？”

“这可是有违规定的，”头一个人说，“不过也许这位圣安托万区的人知道。”

医生看向他所说的那个人，那人局促地站着，捋了捋胡子，终于说道：

“是的，这是有违规定的。不过检举他的，严肃控告他的，是公民德伐日夫妇。除此以外，还有一个人。”

“还有谁？”

“你还要继续问吗，医生公民？”

“我必须要知道。”

“那么，”圣安托万区的人面色怪异地说道，“明天你就什么都知道了，现在我不会再开口说话了。”

第八章　一手好牌

幸亏普洛丝小姐并不知道家里已经又有了灾难，她穿过几条街，走过新桥，心里盘算着还需要采购的东西。克朗彻先生提着篮子走在她旁边。他们走进街边的大部分店铺，四处看着，对于团伙则是小心为妙，离说得兴高采烈的人远一点。那是个阴冷的晚上，被雾气掩映的河面灯光白得亮眼，噪音出奇地响，表明了铁匠们为共和国部队生产枪支弹药的平底船就位于那里。和那支部队作对的人或是在其中被破格提拔的人可就要遭殃了。真希望他的胡子还是老样子，因为“国民剃刀”会让他一根都不剩的。

这两位带有浓重外国口音的顾客来到昏暗的灯光下，经过了口里叼着烟斗、手上拿着不成形的纸牌或是发黄的多米诺骨牌的人，越过一个上身赤裸、满身是烟，正在大声读报的人和他的听众，走过了人们手上所拿的武器，也经过了两三个正蜷着身子睡觉的人，他们穿着最为时尚的高肩粗布黑短衫，活像是睡熟的狗。他俩对这一切全然不关心，直直来到柜台旁，说着他们要买的东西。

他们正在买酒，角落里有一个人正在和另一个人说再见，起身正准备离开，这人必须和普洛丝小姐碰个面才能离开。普洛丝小姐一看到他，马上欢呼起来。

所有人都马上站了起来，大家都觉得很可能是引发了争论，有人被谋杀了。大家都觉得有人会顷刻之间倒下，却只看到一男一女互相对看着。男的外形特征非常明显，带有明显的法国人和传统的共和派形象，而女的一看就来自于英国。

“共和古英帝布豪图”的信徒们对这个事件是怎么看的，普洛丝小姐和她的保护者就算侧耳聆听也只能听到一些吵闹声，跟听见希伯来文或迦勒底①神谶有得一拼。可是两人都非常诧异，以至于对身边的吵闹置若罔闻。必须严格指出，惊讶的不仅是普洛丝小姐，克朗彻先生也是如此，可是他的惊讶好像是因为别的什么事。

“怎么了？”那位让普洛丝小姐尖叫的人说话口气特别粗鲁，声音也很是懊恼，尽量压低了声音，讲的是英语。

“啊，所罗门，我最亲爱的所罗门。”普洛丝小姐欢呼道，“这么多年没见，也没有收到过你的消息，真意外在这里看到你了。”

“不要叫我所罗门，你存心不想让我好过吗？”那人偷偷地、非常小心地说道。

“弟弟，弟弟，”普洛丝大声哭了出来，“我有哪点对你不好了，你要问我如此残酷的问题？”

“那就不要到处八卦了吧，”所罗门说，“你如果想跟我说话就出来，把酒钱付了出来吧。他是谁？”

普洛丝小姐摇了摇头，痛哭着对无所谓的弟弟说：“他是克朗彻先生。”

“让他也一起出来吧。”所罗门说，“他难道觉得我是个鬼魂吗？”

看克朗彻先生的样子，倒还真的像鬼魂。可是，他不发一言，普洛丝小姐痛哭着艰难地付了酒钱。这时所罗门看向“共和古英帝布豪国”的追随者们，用法语跟他们说了几句，大家就不再管他的闲事了。

“现在，”所罗门站在伸手不见五指的街角说，“你想要干嘛？”

“我依然那么爱他，可是他对我太无情了。”普洛丝小姐说，“和我见了面，一点都不激动吗？”

“可以了，可以了，真是倒霉！”他用自己的嘴唇亲吻了下普洛丝的嘴唇，“现在可以了吧？”

普洛丝小姐一个字都没有说，只是摇头痛哭着。

“你如果以为我会觉得惊讶的话，”她的弟弟所罗门说，“其实我一点都不觉得惊讶，我很早就知道你来了这里，这里大多数人我都知道。如果你真的为我好，这我倒愿意相信一部分，就去做自己的事，不要管我。我现在很忙，我是个公事人。”

“我的英国弟弟所罗门，”普洛丝小姐泪眼蒙眬地看着他，“是全国

---

① 迦勒底：古代的一个地区，属巴比伦尼亚南部，迦勒底人在这里成立了迦勒底王国，也就是新巴比伦王国。

最具有天赋的人，现在却跑到国外来当公事人，又遇到这样的外国人，我倒更愿意看到这可爱的孩子躺在他——”

“仁慈的老天爷是不会答应的。”普洛丝小姐叫道，“我总是尽我所能地爱你，亲爱的所罗门。我可以不和你再见面，只要你跟我说一句真心话，只要你说我们俩互相之间是和气的，我就不会再来打扰你。”

心地纯良的普洛丝小姐啊！姐弟俩疏远的责任她一个人都背负了，似乎罗瑞先生多年前在索霍时并不清楚她这个弟弟是将她的钱花光了才跑掉似的。

可是，他还是说了句真心话，态度很将就，盛气凌人，如果两人的优点和地位反过来，他是一定不会这样的。这时克朗彻先生却拍了拍他的肩膀，沙哑地提出了一个让人始料不及的问题。

“我可以向你确认一件事情吗，你到底是叫约翰·所罗门，还是叫所罗门·约翰？”

那公事人突然回过头来——这人一直到现在没有说过话。

“说吧！”克朗彻先生说，“说吧，你心里肯定很清楚。”（顺带说一句，他其实并不知道）“约翰·所罗门，还是所罗门·约翰？她是你姐姐，当然知道你的名字，她叫你所罗门，可我又清楚你叫约翰，这你清楚。这两个到底哪个要放在前面？还有普洛丝这个姓，也请你跟大家说明一下，在海那边，你可不是姓这个。”

“你什么意思？”

“呃，我也不太明白我想要表达什么意思，因为我不知道在海那边你姓什么。”

“不知道？”

“是的，不知道，不过我可以以人格担保，它有两个音节。”

“真的？”

“是的，另外一个人的姓只有一个音节。我知道你，你在老贝勒是个在法庭作证的密探，用谎言之父[①]的名义，也就是你父亲的名义说，你那时叫什么？”

“巴萨。”另外一个声音说。

“就是这个，我敢用一千镑作为赌注。”杰瑞叫道。

说话的人就是西德尼·卡尔顿。他双手放在骑马外套的下摆里，站

① 谎言之父：也就是魔鬼撒旦。

在克朗彻先生旁边，一副无所谓的态度，和在老贝勒时一模一样。

“不要讶异，亲爱的普洛丝小姐。我昨天晚上就到了罗瑞先生所住的地方，他倒是吃惊不小。我们双方达成一致意见，在一切走入正轨以前，或是在需要我帮忙之前，我哪儿也不去。我到这里来是想请求你的弟弟和我谈一会儿的，我希望你有一个职业远超巴萨先生的弟弟。因为你的原因，我希望巴萨先生不是监狱里的绵羊。”

“绵羊”是当时牢房里的黑话，也就是被典狱长所掌控的密探，那面无血色的密探脸色更加惨白了，他问他怎么竟然敢——

“我跟你说，”西德尼说，“一个小时以前或者说更早时候，我在勘察附属监狱的墙壁时看到了你，你从那里走出来。你这张脸很有特征，而我又非常擅长记人的脸。你和那监狱之间有关联，这是我所感兴趣的。我有非常充足的理由将你和我一个正在遭遇不幸的朋友相关联起来（其中的道理你比谁都明白），我就尾随你来了。我跟着你进了酒店，来到你身边。从你张狂的谈话和你的追随者们的公开传播的谣言里，我马上就知道了你是做什么的。如此，我偶尔关注的一件事便好像变成了我的一个目标，巴萨先生。”

“什么目标？”密探说。

“在街上说明原因可能会带来麻烦，甚至性命之忧。你可否愿意让我借用你几分钟时间私下谈两句？打比方说去台尔森银行办公室？”

“是威胁我去吗？”

“啊，我有这样说过吗？”

“那我凭什么一定要去？”

“那倒也是，你如果不能前往，那我就不说了。”

“你的意思是不想说吗，先生？”密探犹豫着说。

“你说的很对，巴萨先生，你不去我是坚决不发一言的。”

对他心里一直在思量的问题和要解决的人，卡尔顿那无所谓的态度正好有利于展现他的反应快捷。他那毒辣的眼光正好看清这一点，而且极好地使用了它。

“你看，我早就跟你说过，是不是？”密探埋怨地看了他姐姐一眼，“我如果遭遇不测，一定和你脱不开干系。”

“行了，巴萨先生。”西德尼说，“不要再以怨报德了，如果不是出于对你姐姐的尊重，我是不会运用这么舒适的方式提出这个想让双方都赞成的小意见的，你跟我去银行吗？”

“我倒愿意听听你的高见，好吧，我和你去。”

“我建议先把你姐姐送到一个安全的地方，让我扶着你的手，普洛丝小姐。这座城市太乱了，在这时如果身边没有人陪同，你是不能一个人上街的。如果你的保护人认识巴萨，我不准备请他和我一起到罗瑞先生家里去，想好了吗，走吧!”

普洛丝小姐事后回忆道，而且一直到死都还清楚地记得。在她用手紧紧挽住西德尼的胳膊，抬头看着他的脸，请求他善待所罗门时，她觉得那胳膊紧紧的，他眼里也涌动着一种冲动。这不仅抵消了他那一副无所谓的态度，而且也将他改变了，让他的形象变得高大起来。只是那时他的注意力不集中，不仅要为自己那根本不配她怜悯的弟弟忧心，而且还要倾听西德尼最善良的承诺，因此并没有过于关注自己的感觉。

他们将她放在安全角落以后，卡尔顿便带领他一起前往罗瑞先生的住处，到那地方只有短短几分钟的路程。约翰·巴萨，抑或应该叫所罗门·普洛丝，就留在他身边。

罗瑞先生刚吃过晚饭，正坐在火炉旁。或者他是在火焰中找寻当年明显更加年轻的台尔森老人吧！那人曾经也像现在这样，在多佛的皇家乔治旅馆里凝望炉火，当然那是发生在很多年前的事了。他们一起走到屋里，他回过头来，看到一个陌生人，脸上惊讶的神色非常明显。

“普洛丝小姐的弟弟，先生，”西德尼介绍说，“巴萨先生。”

“巴萨?”老人发出疑问道，“巴萨？这名字好熟悉，这张脸也好熟悉。”

“我跟你说过，你那张脸很有特点吧，巴萨先生?”卡尔顿冷漠地说，“请坐下。”

卡尔顿自己坐好后对罗瑞先生说，“他就是在那次审判中作证的人。”他让罗瑞先生对他的印象彻底明晰起来。罗瑞先生马上想起了什么，用明显的厌恶看了眼新来的客人。

“普洛丝小姐看到巴萨先生，并认了出来，他就是你曾经耳闻过的很爱她的那个弟弟。”西德尼说，“他也认了姐姐，我有一个坏消息要告诉你，达尔内再次被逮捕了。”

老人一时之间呆住了，说道：“怎么可能，我从他那里离开还没有两个小时，那时他还好好的呢！我还准备一会儿到他们那里去。”

“可他最后还是被逮捕了，发生在什么时候，巴萨先生?”

“如果说是被逮捕的话，就是刚刚。”

"巴萨先生的话肯定是最有威慑性的，先生，"西德尼说，"我是从巴萨先生对一个绵羊同伙讲话时听到的，他和提供这个消息的人在监狱门口道了别，亲眼看到他们被关进监狱里。达尔内已经再次被捕，这是无可辩驳的事实。"

罗瑞先生那双老练的眼睛已经观察到了一个事实，如果继续就这个问题纠缠下去，也只是浪费时间而已。他觉得非常慌张，却也很清楚某些事情必须在此刻保持镇静，便尽力保持冷静，没再讲话，只是专注地听着。

"现在我相信，"西德尼对他说，"明天曼内特医生还可以帮助到达尔内——你刚才说明天他会再次被审判，是吗？"

"是的，我觉得是这样。"

"明天医生还可以像今天一样对他施以援手，可也不一定。我向你坦承，罗瑞先生，曼内特医生竟然没办法阻止这次拘捕，这让我太惊讶了。"

"他也许提前并不知情。"罗瑞先生说。

"这个事实着实让人吃惊不小，想想看，他和他的女婿关系多么好。"

"真的是这样。"罗瑞先生坦承，一只手急忙抚着自己的下巴，不住拿眼瞟着卡尔顿。

"简而言之，"西德尼说，"这是一个刀尖上的时代，这个时代为孤注一掷的赌博下着孤注一掷的赌注。医生赌赢，我来赌输。在这里谁的生命都不值钱，今天被释放回家的人，可能明天就会死在断头台上。现在，我准备下的赌注就是在形势最差的时候将一个被关在附属监狱的朋友给赢回来，而我的对手正是巴萨先生。"

"那你可得有十足的把握呢，先生。"密探说。

"我得看一看手上都有些什么牌——罗瑞先生，你明白我是个神经大条的人，我希望你可以让我喝点酒。"

酒端到了他前面，他喝下了一杯又一杯，这才思忖着将酒瓶移开。

"巴萨先生，"他以一副严谨的态度说，"监狱里的绵羊，共和国委员会的特派员。有的看管监狱，有时坐牢，一直扮演的是密探和揭发者的角色，因为来自于英国，所以更加价值连城。因为英国人干这种事，更不容易被人质疑。可是这位英国人所使用的是一个假名字，这可是一张非常沉重的牌，这时为法兰西共和政府服务的巴萨先生当年却是效忠于法兰西和自由的对手——英国贵族政府。这张牌非常有价值，在这个可以让人想入非非的天地里可以做出一个再准确不过的结论：英国政府依然给巴萨先生提供薪水，做着匹特①的密探，正是大家经常谈论，却很难得到的那种暗暗活跃在共和国内部的奸佞的英国叛徒。这可是一张英勇无敌的牌，你听懂了吗，巴萨先生？”

“我不知道你要怎么打。”密探说，看上去有点紧张了。

“我先打一张 A：向最近的地区委员会揭发。看牌，巴萨先生，你呢，打什么牌，不要慌，慢慢来。”

他将酒瓶扯过来，又倒上一杯，一口喝下去。他看出那密探真的很担心他喝醉了去告发，清楚了这一点，他又猛喝了一杯酒。

“好好看你的牌，巴萨先生，不要着急。”

密探手里的牌比卡尔顿想象中的还要坏，他看到了西德尼·卡尔顿完全不清楚的输牌。他在英国把那份得体的工作给弄丢了，是因为他一而再、再而三地做伪证被揭穿，而不是因为那里不需要做伪证的人。我们英国人炫耀自己看不起侵犯别人隐私和密探行为的各种依据，其实是最近才出现的。巴萨心里也非常清楚，他越过海峡到这里来做事情，刚开始是在自己的同胞之间做套诱和监听的工作，后来活跃到法国人中间去了。在已经倒台的政府下面，他曾经做过圣安托万区和德伐日酒店的密探，曾经从一直关注的警察当局得知曼内特医生坐牢的一手消息，以便于和德伐日夫妇套近乎，可是却失败了。他一想那让人敬畏的女人就没来由地感到紧张，那女人和他讲话时一直在打毛线，一边打，一边恶狠狠地盯着他。之后他在圣安托万区曾多次看到她用自己记录下来的所谓证据揭发别人，那些人的生命则统统消逝了。他和之前做过类似事情的伙伴们都清楚，他一直就处于危险中，头上笼罩着斧头的阴影，想要离开是万万不可能了。他也明白虽然他极尽所能表现不同寻常，耍尽阴谋诡计，让现如今的黑色统治更加恐怖，可是想让那斧头砍掉他的头也非常简单。他清楚地知道，只要他因为刚才的问题被披露掉，那恐怖的女人就会来起诉他，让他的生命走到终点，他已经多次见识那个女人的残酷了，更何况做私密活动的人都不是什么好汉，刚巧又是那么一手烂牌，难怪他看牌时已经吓得没有颜色。

---

① 匹特：威廉·匹特，英国政治家，一七八三年至一八零一年和一八零四年至一八零六年曾经两次出任英国首相，此时正在任。

“你好像对你手里的牌不太满意呢。”西德尼非常冷静地说，“你还继续吗？”

“我觉得，先生，”密探看向罗瑞先生，露出一副奴颜婢膝的姿态，“老先生德高望重，希望您给我求求情，请他一定要放过我，不要打那张A了。我坦白我就是个密探，而这又是大家最为鄙视的，尽管密探不可能没有人做。这位先生既然不是密探，为什么要自降身份去打探别人的隐私呢？”

“再等一会儿，巴萨先生，”卡尔顿看看表，自言自语道，“我就会毫不迟疑地打出我的A了。”

“我期待，两位先生，”密探说，他一直想让罗瑞先生加入他们的谈话，“两位尊重我姐姐——”

“为了表示我们对你姐姐的尊重，最好的办法就是让她从此没有这样一个弟弟。”西德尼·卡尔顿说。

“你真的这样想，先生？”

“我没有什么好迟疑的了。”

密探那世故的态度和他那身刻意装出来的粗俗非常不搭调，或者和他平时的态度也非常不搭调。可他在世故却在卡尔顿的老练面前没捞到什么好处——卡尔顿在比他更加诚信精明的人面前都让人猜摸不透呢！密探迟疑了，世故不下去了。他正不知道该怎么办时，卡尔顿又恢复了从前的姿态：

“我又好好想了一下，确实，我这里还有张好牌没打，这牌也给我留下了非常深刻的印象。你和绵羊是一类人，那位朋友，说是在乡下监狱里吃草的，那是哪位？”

“是你不认识的法国人。”密探急忙说。

“法国人，呃！”卡尔顿思索着，完全没把他放在眼里，尽管再重复他所说的话，“嗯，好像是吧。”

“真的是，我可以发誓。”密探说，“尽管这无关紧要。”

“尽管这无关紧要。”卡尔顿再次重复道，“尽管无关紧要，事实上真的无关紧要，可那张脸我真的看到过。”

“我觉得不可能。”密探说。

“不可能。”西德尼·卡尔顿努力回想着，倒着酒（幸亏杯子很小），“不可能，法语说得不错，可我总觉得是个外国人，对吧？”

“是外省口音。”密探说。

“不，是外国的口音。”他的脑子里清楚闪过一个影像，卡尔顿猛然之间一拍桌子，“是克莱，他乔装打扮了一下，可还是他。我们在老贝勒有过一面之交。”

“那你就太鲁莽了，先生。”巴萨说时笑了起来，鹰钩鼻子更加不正了，“你可让我赢了一局了，克莱。过去了那么多年，我可以不需要再藏着掖着了。我承认他是我的同伴，可他已经去世好多年。他最后一次病倒，还是我照顾的。他被埋在伦敦乡下的潘克拉斯，那时还没有开化的民众都不喜欢他，让我没办法亲眼看到他入土为安，可是送他的遗体进到棺材里时，我却出了不少力。”

说到这里，罗瑞先生似乎觉得墙上出现一个幻影，仔细看过去竟然是克朗彻先生，他的头发全都直立起来了。

“我们还是理智一点吧，”密探说，“说句公道话，为了让你明白情况有多么严重，想象得有多么不靠谱，这有一张克莱的埋葬证明你可以看看。刚好从那以后，我一直带在身上。”说时他迅速将那份证明打开，“你好好看看，拿过去看清楚点，这可不是胡编乱造的。”

这时罗瑞先生看到墙上的人影越来越长，克朗彻先生站起身走到前面，头发竖得高高的，就算他被杰克家里的那头母牛的角给撞飞了，他的头发现是也是竖得最厉害的①。

克朗彻站在巴萨身边，没有被他发现，就像个鬼魂似的撞了一下他的肩膀。

“那么罗杰·克莱，大爷，”克朗彻先生严肃地说，“是你将他放进棺材里的吗？”

“对呀，是我。”

“可又是谁把他弄出去的呢？”

巴萨靠向椅背，断断续续地说，“你这话什么意思？”

“我的意思是说他一直都没在棺材里，是的，不在，如果他真的在棺材里面，我可以将我的头割掉。”

密探回头看着其他两个人，两人都一副吃惊得合不拢嘴的样子，看着杰瑞。

---

① 这是一句幽默话，说了一首连环式的英国顺口溜：这是那头双角下垂的牛，那牛将狗顶翻了，狗又将猫惹生气了，猫将老鼠咬死了，鼠偷吃了麦芽，麦芽保存在屋里，那屋是杰克做的。

“我跟你说，”杰瑞说，“棺材里放的是石头和泥土，不要再乱说是什么克莱了，那就是个骗局。”

“那和你有关系吗？”克朗彻嘀咕道，“我对你早就满腹怨言了，你们欺诈生意人，真是臭不要脸！我可以发誓，有机会我一定要一把掐死你。”

情况马上拐了个弯，西德尼·卡尔顿和罗瑞先生都觉得很惊讶，一时有点丈二和尚摸不着头脑。他们请克朗彻先生先平静一下，好好解释一下。

“下次再说吧，先生。”他迟疑道，“现在解释有诸多不方便，我要声明一点的是，他明明知道克莱自始至终都没到过棺材里面，他还敢这样明目张胆地说，我可以发誓，我清楚，还有两个人也清楚，我一定要找机会掐死他。”克朗彻先生证据确凿地说。

“你们怎么会清楚的？”

一种理智的意见，“要不然我现在就去揭发他。”

“喏，我看明白了一个问题，”卡尔顿说，“我手上又有了一张新牌，巴萨先生。你和贵族政府的另一个密探之间有关联，这人和你原来的经历类似，却多了一个秘密，那就是佯装过了死人，又死而复生了。这可是外国奸细的监牢阴谋，是和共和国相对抗的。在充满怒气的巴黎，空气里处处都是质疑，你只要一被告发，你就必死无疑。一张大牌，肯定可以让你被判处死刑的，你准备赌一次吗？”

“我不赌，”密探干脆回答道，“我承认我赌不起，我承认在那些暴民中，我们是非常不受待见的。我是冒着溺亡的危险逃出英格兰的，克莱也是到处被通缉，如果不装死，是很难逃出来的。可是这个人到底是怎样看穿了这一切，我觉得很讶异。”

“不要再去想那个家伙了。”天生具有攻击性的克朗彻先生驳斥道，“和这位先生打交道，就够让你吃不消了。听着，我再说一遍。”克朗彻先生今天忍不住要炫耀一下，“我可以发誓，如果一逮到机会，我就会把你掐死。”

监牢绵羊看向西德尼·卡尔顿，痛下决心道，“问题先讨论到这里，我先去上班去了，不能延误。你适才说有个什么提议，请说。可是，不要对我期待过高。如果要我凭借职权去拿自己的性命做赌注，我是肯定会拒绝的。总的来说，我就是这样的态度。你说冒一下风险，在这里我们双方都可以这样做。记住，如果我觉得时机到了，我就可以去告发你们。我可以发誓躲开那些障碍物，别人肯定也可以。现在说吧，你要我做什么？”

“需要你做的事情并不太多，你在附属监狱里管牢房吗？”

“我只和你说一句，要想逃跑是万万做不到的。”密探肯定地说。

“我没有说要你协助谁逃跑，你为什么要这样说？在附属监狱里你管牢房是吧？”

“有时也管。”

“只要你愿意就可以？”

“是的，只要我愿意。”

西德尼·卡尔顿又倒了一杯酒，慢慢倒进壁炉，让它燃烧，酒倒完以后，他站起来说：

“截止到现在，我们是在这两位面前讲话，因为我手里所掌握的牌具有多大威力，要让更多的人知道，现在请到这个屋子里来吧，我们需要单独磋商一下。”

第九章　胜券在握

西德尼·卡尔顿和监狱绵羊单独在隔壁房间交谈，声音压得极低，外面根本一个字都听不到。罗瑞先生却用质疑的眼光看向杰瑞。那位讲究诚信的生意人看到这种眼光有点手足无措，两条腿不停地换来换去，似乎身上的腿无数似的。他还仔细查看着自己的手指头，那副全神贯注的样子也让人起疑。罗瑞先生的眼光一和他相对上，他就马上假装咳嗽起来，咳法极其诡异。听说这种病如果胸中圣洁的人是不会得的，就算是有，概率也非常低。

“杰瑞，”罗瑞先生说，“你过来！”

克朗彻先生一手放在肩头，扭扭捏捏地走上前来。

“除了送信，你还做过别的什么工作？”

克朗彻先生认真想了一会儿，又认真看了下自己的顶头上司，然后灵感迸发，说：“做过与农业相关的活。”

“我心里还七上八下呢！”罗瑞先生伸出食指气愤地指着他，“我觉得你是不是打着台尔森银行的名义去做了很多违法的事情。你如果这样做了，回到英国以后，我们就不再是朋友，我也一定会揭发你的，台尔森银行的人是不会任意容人糟践的。”

“我期待，先生，”克朗彻先生满脸通红的乞求道，“可以帮你跑跑腿，我觉得非常荣幸，一直做到满头银发。即使我做过那样的事——我没有说我做过，我只是说就算有那么回事——我也期待像您这样的忠诚人在准备和我划清界限时好好想一想。就算是有那么回事吧，也得多思虑一下那是不是单方面的事，还是双方共同的责任。现在医生①做的事情可以赚很多的钱，可是朴实的生意人却连一个铜板都挣不到——一个

---

① 这里指收买尸体的医生。

铜板。不，是半个铜板都没有——半个铜板，也不对，是半个铜板的一半都没有。那钱全部存进了台尔森银行，可是医生却拿着一双可以帮人瞧病的眼睛斜睨着生意人。医生进坐马车进去，坐马车出来，啊，跑起来速度非常快，如果不是更快的话。他这难道不是糟践台尔森银行吗？吃母鹅得蘸上酱才行，公鹅恐怕也是如此。还有个克朗彻太太，动不动就跪下来祈祷，不让他做生意，让他分文不剩，至少原来在英国是如此，以后肯定还是这样。可是医生的老婆却不用祈祷，您没见过吧？即使是做祈祷，也只是祈祷他人多生病。您说这个是错的，难道那个就对吗？还有，即使是有那么回事吧，丧葬费要钱，教区办事人要钱，教堂执事也开口要钱，私家守夜人也要收钱，所有的都要钱，所有人都人心不足，到最后还有剩下几个？即便剩下了几个，也不可能发财、富裕起来的。罗瑞先生，做了捞不到什么好处，可是如果可以不做，早就不想做了，可现在已经做了——我是说假如已经开始做了。”

“啊，”罗瑞先生听了他的这番话，对他容忍了一些，“我现在看到你就觉得害怕。”

“我没说那样的事情确实存在，可即便是有吧，”克朗彻先生接着说，“我会毕恭毕敬地向您提一个意见。”

“清楚明白地说吧。”罗瑞先生说。

“不，我不能，先生。”克朗彻先生说，似乎那话是最贴近他的思想活动的，“我不会再打马虎眼，我要非常诚恳地向您提出一个建议。先生，如果可以，那边圣殿关板凳上坐着的是我的儿子，他以后长大了，就给你干一些打杂的话，做一些杂事，一直到您老不在人世，只要您愿意用他。即便是做过了（我依然说没有真的做过，我不会隐瞒您的，先生），也让那孩子继任他爸爸的位置，照顾他母亲吧。千万不要毁了那个孩子的父亲，一定不要，先生，就让他爸爸去做个一本正经的挖坟匠，真心实意地挖坟，往里面埋人，就当作是对当时在外面挖坟抬人做个补偿吧，相信他永远会埋得密不透风的。”克朗彻先生说，一边用手臂擦拭额头上沁出的汗珠，代表他的发言结束了，“我要诚恳向您提出的建议就是这个，罗瑞先生。这些天发生的事情太吓人了，天哪，多少人丢了性命，多得连帮人做些苦力都没有价值了，还有很多别的。看到这样的局势都得好好想想呢，即便是有那么回事吧，我也希望你记住我刚才所说的话。我本来可以沉默不语的，可是我说出来了，也就是想要给自己买个平安。”

“这还算属实，”罗瑞先生说，“现在你就不要再说了，你如果真心悔过了，从行动上表现出来了，我就还把你当朋友。可是不是光嘴上说说的，嘴上说说的我不会再相信了。”

克朗彻先生用指关节用力地敲击了一下自己的额头，这时西德尼·卡尔顿和密探从黑屋里走出来，“再见，巴萨先生，”前者说，“我们就这样商量好了，你也不用再害怕我了。”

他坐到壁炉前的椅子上，面对着罗瑞先生坐着。两个人四目相对，罗瑞先生询问他刚才都做了什么。

“没做什么，如果囚犯有了新状况，我保证可以看到他，一次。”

罗瑞先生脸色变暗。

“我只能帮到他这么多了，”卡尔顿说，“如果我提出了更高的要求，恐怕连他的性命也会不保。那就正像您所说的，就算是被人检举了，眼下的局势也是最糟糕的了。这明显是我们现在所面临的困境，毫无办法。”

“可是，如果法庭上出了差错，”罗瑞先生说，“如果光接触是不能营救他的。”

“我并没有说我可以把他救出来。”

罗瑞先生转而看向炉火，对于心爱之人的恻隐之心和再次逮捕的失望，让他的眼睛丧失了神采。他很难接受这种痛苦，不禁觉得自己真的老了，眼泪也情不自禁地流了出来。

“你是个值得信赖的朋友，心地善良的人，”卡尔顿说，说话的语气也变了，“请原谅我观察到你的伤感，我不能任由我的父亲流泪而不采取任何动作。如果你是我的父亲，我会非常敬重你的感伤，其实这场灾难和你关系并不大。”

虽然他说到最后一句时又回到了从前无所谓的态度，可是他的语气和安慰却饱含了真情。罗瑞先生过去从没有看到过他真诚的一面，这时见了觉得很奇怪，便向他伸出手去，卡尔顿盈盈一握。

“还是说说令人同情的达尔内吧，”卡尔顿说，“请不要把我们之间的这次会面让露西知道。这办法不能帮她见到达尔内，她或许会觉得是在万般无奈的情况下给他送东西过去，让他在用刑之前自行了断呢！”

这想法让罗瑞先生感到非常奇怪，他马上看了一眼卡尔顿，想看看他是否真的是那样想的，似乎是真的。卡尔顿回看了他一眼，显然知道他心里是怎么想的。

"她也许会想得太多，"卡尔顿说，"每个想法可能都会让他痛苦万分，不要将我的事情告诉给她知道。我刚到就跟你说过，最好不要让我和他碰面。不看到她，我依然可以尽最大努力给她提供帮助。我期待，你准备去她那里吗？她今天晚上一定需要人安慰。"

"我马上就去。"

"我非常高兴，她很依赖你，也很崇拜你，她现在如何?"

"非常忧虑，也非常痛苦，可是非常漂亮。"

"啊!"

这一声嘶鸣既拖了绵长的音节，又让人不禁潸然泪下，好像是长长的叹息，又好像是哽咽。这让罗瑞先生仔细盯着卡尔顿看起来，那脸正和炉火相对应，一束光亮（或者说是一道阴影也可以）迅速从他脸上飘过去，就好像在暴风雨来临前的晴好日子里从天边飞过去的乌云。他抬起一只脚将一块快要熄灭的柴火踢到炉子里。他穿着一身非常时尚的白色骑马装和长筒靴，它们淡色的表面泛着火光，让他看上去没有血色，没有整理过的棕色长发就松散地披散在脸上。对于火无所谓的态度让他的表情很是奇怪，罗瑞先生马上提示他，他却依然把靴子放在火热的炭火上踩碎了。

"我忘记了。"他说。

罗瑞先生再次看向他的脸，他发现那张本来天使的面孔现在却有一层阴影，这让老人非常清楚地到囚徒们的脸色，那表情让他一辈子难以忘怀。

"你快办完这里的公事了吧，先生?"卡尔顿问道。

"是的，快要结束了，这里我可以做的事我已经做得差不多了。昨晚我正准备跟你说，露西却突然出现了。我希望将这一切都处理得非常完美，之后离开巴黎，我还有假，我准备去长途旅行。"

两人都不发一言了。

"你活了这么久，肯定有很多回忆，是吧，先生?"卡尔顿思忖着说。

"我今年七十八岁了。"

"你这一辈子太操劳了，总是勤勤恳恳，一直努力地做着事情，被人信赖、敬重。"

"自从我成年以后，我就是办实事的人。事实上可以说儿童时期开始，我就是个脚踏实地做事的人。"

“你看你，今年七十八岁了，身居高位，你如果走以后，会有多少人思念你啊！”

“思念一个孤单的老单身汉吗？”罗瑞先生苦笑着摇摇头，“不会有人因为我而落泪的。”

“你怎么可以这样说？难道她不会为你流泪吗？她的孩子不会吗？”

“当然会，感谢上帝，我想的和我所说的是两码事。”

“这是一件应该感谢上帝的事情，对吧？”

“那是当然。”

“如果今天晚上你可以诚恳地面对自己孤单的心，‘我从来没有被他人爱恋、感谢和敬重过，没有人在任何人的心里留下过位置，没做过什么好事，没有做让他人怀念自己的事！’那你这活的七十八年难道不变成了七十八个咒骂吗？”

“你说的很对，卡尔顿先生，我觉得会的。”

西德尼又看向炉火，安静了好一会儿才说：

“我想问一下你——你觉得儿童时代已经过去很久了吗？你被母亲拥在怀里的日子已经非常遥远了吗？”

说完他的表情变得生动起来，罗瑞先生答道：

“二十年前还觉得那些都离自己好远，可是到了现在反倒觉得近了，因为我是做圆周运动的，越是跟终点离得近，越觉得和起点更近。这好像是为最后的归期做准备。现在我的心经常会因为回忆而激动万分，是有关我年轻漂亮的母亲的。（我现在是多么老迈啊！）我回想起很多往事，那时被我们叫作世俗的东西对我来说还很遥远，我的缺点也还没有定型。”

“我非常明白你的这种感觉。”卡尔顿颇有同感地叫道，突然神采奕奕，“这样你就觉得更加幸福了吗？”

“真希望是这样。”

说到这里，卡尔顿站起来去帮他把外衣拿过来，不再说话，“可是你还小。”罗瑞先生又重复刚才那个话题。

“是的，”卡尔顿说，“我还小，可是这种日子很快就流逝了，我觉得够了。”

“我才觉得够了呢。”罗瑞先生说，“你要出去吗？”

“我和你一起走到她家门口。你明白我这种四处流浪的人的习惯的，一刻也待不住。如果我在街上不停地转悠，你也不用替我担心，早上我又会同样出现在你面前。你明天要到法庭上去吗？”

“很遗憾的是，我要去。”

“我也要去，不过是作为听众出席。我的密探会帮我找到地方的，挽着我的胳膊，先生。”

罗瑞先生挽住他，两人一起下楼来到街上。片刻以后，他们来到了罗瑞先生要去的地方。卡尔顿在那里和他道了别，却一直在附近徘徊。大门关上以后他又来到门前，摸了摸门。他听说她每天都会去监狱，“她从这里走出来，”他四处望望，“走向这边，肯定也经常踩这些石头，我就顺着她的脚印走吧。”

晚上十点钟，他站在拉福斯监狱前露西曾多次驻足的地方。一个身材矮小的锯木工已经将店铺门关上，正坐在门口抽烟。

“晚安，公民。”西德尼·卡尔顿说，正走过去又停下来了，因为锯木工正一脸讶异地看着他。

“晚安，公民。”

“共和国的局势现在怎么样？”

“你是说行刑台吧，情况好着呢。今天已经是第六十三个。马上就要凑足一百了。参孙和他的属下都累得筋疲力尽了。哈哈，参孙真是太幽默了，一个剃头匠。”

“你经常去看那个剃头匠？”

“看他剃头，是的，经常去，几乎每天。多么灵活的剃头匠，你看到过他剃头吗？”

“没有。”

“在他繁忙的时候去看看吧，想想看，公民，不到两袋烟的工夫，他就解决了六十三个头呢。”

这位呵呵笑着的小个子把烟斗取下来，解释他是如何帮刽子手计算时间的。卡尔顿心里突然冒出一个想法，真想一巴掌拍死他，然后转身离开。

“可你不是来自于英国。”锯木工说，“尽管你是英国的装扮。”

“我是来自于英国。”卡尔顿回答道。

“你说话完全是法国人腔调。”

“我在这里读过书。”

“哈，正宗的法国人。晚安，英国人。”

“再见，公民。”

“你必须得去看看那好玩的玩意儿，”小个子坚持自己的意见，在他背后说道，“带个烟斗前去。”

西德尼刚走出他的视线范围，便停在了街心。他在昏黄的路灯下，用铅笔写一行字，然后轻车熟路地经过几条脏乱的街道——街道比平时要脏得多，因为在阴云笼罩的时期，就算是最繁华的街道也没有人清洁，在一家药铺门口停住了。药铺老板正在关门，那是在一条弯曲的上坡路边由一个不诚恳的小个子开的一家小店，光线非常暗。

他来到柜台前叫了一声老板，便将字条递给他，药店老板看了一眼轻声吹了声口哨。

西德尼·卡尔顿没理会他，药铺老板问：

“是你要吗，公民？”

“是的。”

“你要小心，要分开来使用，公民，你清楚如果不分开使用会怎样吗？”

“我知道。”

药店老板把包好的药递给他，他小心翼翼地放进上衣口袋里，结完账，然后谨慎地离开药店。“在明天到来以前，”他说，抬头看着月亮，“再没有其他事情做了，可我是注定要失眠的了。”

他这话是在流云下大声喊出来的，态度不是无所谓，也不是怠慢，而是展现了一个疲惫者的决心。他曾经迷茫，也曾经挣扎，却总是无路可走，现在他终于找到了方向，看到了终点。

很久以前，他早早崭露头角时，曾经跟随父亲的灵柩来到母亲的坟墓前。此时，当他顺着黑暗的街道在黑暗中摸索，头顶的流星飞过时，父亲严肃的话语浮现在他的脑海。“主说，复活取决于我，生命也取决于我，崇拜我的人尽管不在了，也肯定会复活的。只要是活着崇拜我的人，肯定会长生不老。”①

夜里他孤身一人徘徊在一个斧头称霸一方的城市里，心里不禁为当天死去的六十三个人，也为关在牢里今后要被判处死刑的人觉得难受。那浮想联翩的链条，让他想到了曾经的语言，就好像从深海拔起了一颗

---

① 见《圣经·新约·约翰福音》第十一章第二十五节。这话是耶稣因乞丐拉撒路之死说的，之后耶稣来到拉撒路坟墓前，死去已经四天的虔诚信徒耶稣的拉撒路真的复活了，展现了“只要是活着崇拜我的人，肯定长生不老”的意思。

生锈的船锚，是非常容易回忆从前的。可是现在他没有去回忆，只是不停吟诵着那么几句话，走向前方。

西德尼·卡尔顿怀着严肃的兴趣看着万家灯火，窗户里的人可以暂时平静几个小时，忘掉周围的阴影，准备睡觉了。他看着教堂的塔楼，那里已经荒废了，因为多年来以牧师身份出现的骗子、小偷和花花公子已普遍让人厌恶到了宁愿自我焚毁的程度。他看向远处的坟墓，墓地大门上清楚写着给“永远的休息”的。他看着满当当的监狱，看向街道，成批成批的囚犯就是这样走向断头台的。死亡早已经见怪不怪了，断头台的行动在民众的心目中早已掀不起什么阴郁的传说。他怀着严肃的兴趣看着这个白天吵闹不停，晚上可以得到片刻安宁的城市，观察着它生命的流逝和消亡。他再次走过了塞纳河，进入了灯光摇曳的大街。

街上几乎见不到什么马车，因为坐马车会被他人投去疑问的目光。上层社会的人早就戴上了红便帽，趿上沉重的鞋，艰难地向前走。可是戏院依然非常热闹，他经过戏院时，人群正说笑着朝外走，讨论着接下来该去哪儿。戏院门口有个小女孩正和妈妈一起蹚过泥泞准备到马路对面去。他将孩子抱起，送他们到了马路对面。在那小心翼翼地胳膊要松开他的脖子时，他让小女孩亲吻了一下她。

“主说，复活取决于我，生命也取决于我，崇拜我的人尽管死了，也不一定可以复活过来，只要是活着崇拜我的人，肯定会长生不老。”

这时街道异常安静，夜色也渐渐深了下来，《圣经》的语句随着他的脚步声在空中回响。他心里一片澄静，什么也没想，只是时不时重复一些词句，可是那些词句一直回响在他耳边。

夜色慢慢变浅，他站在桥头，听着河水和巴黎岛的河堤亲密接触。堤边的房屋和大教堂在月光的掩映之下泛着清冷的白光，有如一幅美好的画面。白天就这样安静地来了，天空中泛出了鱼肚白，之后，夜色、月亮和星星就渐渐隐去了。一时之间，地球仿佛处于死神的支配之下。

可是，光亮的太阳升起来了，似乎将阳光带进了他的心底。他用手盖住眼睛，看向太阳，只见一道光桥横跨在天际，将他和太阳衔接起来，阳光下河水泛着微光。

清晨还没有苏醒的潮水是那么安静，让人信赖，就好像闺蜜一样。他顺着河流向前走，在阳光温暖的照耀之下，他竟然迷迷糊糊地睡着了。他醒来站直身子，又在原地徘徊了一会儿，看着一个旋涡不停地回旋着，直到最后投入大海的怀抱。

一艘小船在风中摇曳，他刚看到又没见了。那小船的轨迹在水中消失时，他心里默默乞求，希望他所有冲动的行为都能被原谅。那祈祷的最后是，“复活在于我，生命也取决于我。”

他回到银行时，罗瑞先生已经不在家里了。这位心地善良的老人去哪儿了其实很清楚。西德尼·卡尔顿只吃了点面包，喝了点咖啡，之后清洗了一下，换了干净衣服，然后让自己神清气爽地去法庭了。

那只黑色的绵羊（很多人一看到他就躲得远远的）将他放到人群中一个不显眼的地方时，法庭里正处于一片喧闹中。罗瑞先生、曼内特医生、露西都在那里。

她的丈夫被押送进来时，她看向他，那目光充满了力量，具有激励人心的力量，饱含了挚爱和真诚，却又展现出了她因为他而具备的坚强。因为目光的作用，他的脸上也恢复了血色，让他顾盼之间都是神采，心也不再那么死气沉沉。如果有人看到了露西的眼神对西德尼·卡尔顿的影响，便不难发现，她对这个人的影响就和对她丈夫的影响其实是一样的。

在缺乏公平的法庭面前，已经鲜少提到保证被告申诉的程序，甚至压根没有。如果所有的法律、过程和形式刚开始没被肆意破坏，导致这场革命的自我毁灭性将它们全部抛弃，眼前这种革命也就不会出现了。

所有眼睛都盯着陪审团，陪审团员和之前一样，全部都是立场坚定的爱国者，非常杰出的共和主义者，其中有一个人特别显眼，那人满脸的饥不择食、急不可耐，手指头一直在嘴边挠着，那样子让观众饱了很大的眼福。他就是圣安托万区的雅克三号，一个爱好杀人、心中满是仇恨的陪审员，整个陪审团就如同一群共同审判鹿的恶狗。

所有人都看着五位法官和公诉人，今天这里是完全公开的，只有尽职尽责、对事不对人、怒气冲天的神气。每双眼睛都找到另一双眼睛，冲对方赞许地眨眨眼，每个都互相点头，又看向前方，专心致志地听着。

查尔斯·埃佛瑞蒙德，又名达尔内。昨天被释放，昨天又重新被控诉，再次被逮捕。控诉书昨天晚上已经交给囚犯本人。这个囚犯因为其出身，其贵族身份以及站在共和国对立面的嫌疑被指控，该犯所属的家族因为使用现在已经被废除的特权对百姓进行无端压榨而受到法律控诉。根据剥夺法律保护条令，查尔斯·埃佛瑞蒙德，又名达尔内，应该被判处死刑，不容置疑。

公诉人简单陈述了案情，大体上是这个意思。

法庭庭长开始提问，被告是被公开检举，还是秘密检举。

“是公开检举，庭长。”

“检举人是谁?”

“一共有三个，分别是欧内斯特·德伐日、泰雷兹·德伐日以及亚历山大·曼内特。”

法庭里出现一片喧哗，曼内特医生面无血色地站了起来，全身止不住颤抖。

“庭长，我严重提出质疑，这是故意捏造，是欺诈。你知道被告是我女婿，我女儿的丈夫，而我的女人以及她所爱的人是我生命中最重要的东西，这位强行说我检举了我女儿的丈夫是哪位？他在哪里?”

“曼内特公民，请你保持肃静。如果对法庭的权威置之不理是可以让你被法律所抛弃的，至于你所说的生命中最重要的东西，难道不是共和国吗?”

这番言论得到了满堂彩，庭长摇铃示意大家保持肃静，之后亢奋地讲了下去。

“就算共和国要求你女儿献出生命，你也只能照做。”

一片叫喊声响彻耳膜，曼内特医生坐下，眼睛朝四面看去，嘴唇不停地哆嗦着。他的女儿朝他这边挪了一点。那迫切的人不停地揉搓着双手，又在嘴边挠个不停。

德伐日来到了法庭上，法庭可以听到他说话时，他快速阐述了囚禁的故事。他从孩提时代开始就为医生家服务，医生被释放出狱时还是他照顾的。他的叙述迅速被审核，法庭工作一向效率很高。

“你在攻占巴士底狱时表现不错，是不是，公民?”

“我觉得是这样。”

这时人群中响起一个女人尖锐的声音，“你在巴士底是最杰出的爱国者，你为什么不提出这一点？你那天是个炮手，那被强烈控诉的堡垒倒台时，你是第一个冲进去的。爱国者们，我讲的是实情吧!”

这是复仇女神的声音，庭长摇铃，被激励、头脑冲动的复仇女神继续说道，“你那铃声与我何干呢?”所以她再次被称赞。

“跟法庭陈述一下你在巴士底狱的所作所为吧，公民!”

“我知道我所说的囚犯曾经被关押在一间叫作北塔一O五的牢房里，”德伐日看了一眼他的妻子，她正站在证人席的台阶下面，一动不动地看着他，“是医生跟我说的，在我的照顾下，他只知道自己叫北塔一〇五，其他一概不知。我那天开炮时已经这样想了，只要把城堡拿下来，一定要去再看一下那间牢房。我和一个公民在一个监狱看守的引领下一起到了那间牢房。那公民现在就坐在陪审席上。我将那间屋子进行了仔细搜查，在烟囱的一个小角落里，我发现了一块石头被挪动过，我从那里找到一份手稿。我手上这份就是。对这份手稿我认真核对过，那就是医生的笔迹，并将此看作一项工作。这份手稿确实出自医生之手。我将曼内特医生这份手稿递交给庭长，请庭长处理。”

“把手稿读一遍。”

法庭内寂静一片。受审的囚徒充满爱意地看着他的妻子，他的妻子正万分焦急在看着她的父亲，曼内特医生而一脸急切地看着朗读者，德伐日太太聚精会神地看着囚徒，德伐日则眼睛一眨不眨地看着他那洋洋得意的妻子，法庭上的其他人都看着曼内特医生，医生却所有人都视而不见。

第十章　阴影的实质

法庭开始读那份手稿，全文如下：

“我叫亚历山大·曼内特，是一名医生。波维市人，现在住在巴黎，这份凄惨的记录写于一七六七年最后一个月，地点在巴士底监狱荒凉的牢房里。我何其不幸啊！我本来准备把它藏在烟囱墙壁里，我想了很久，花了很多精力才找到这个藏匿之处。在我和我的不幸都不存在于这个世上以后，我希望有人可以怀着一颗悲悯之心找到它。

“我被关在牢里的第十年的最后一个月，我用一个长满铁锈的铁尖将烟灰和木炭末以及我的血混合在一起，很费劲地写出来的。我心里已经绝望了，从我自己身上所显现出来的恐怖预兆可以看出，我的神志很快就要不清了。可是我严肃公布我现在非常清醒，记忆也没有任何差错，我所记录的都是实情。我可以在永恒的审判①席位为我所写的东西负责，不管有没有人看到它。

“一七五七年十二月第三个礼拜一个多云的月圆之夜（我估计是二十二日晚上），我正在塞纳河码头边一个人悠闲地散步。这里路上行人寥寥，我想借着霜冻的天气让自己头脑清醒一下。

“那个地方离我所在的医学院街的住所之间有一个小时的路程，这时一辆马车从我后面飞奔过来，我害怕他会伤到我，于是匆忙跑到马路一边，让它先走，可是这时车窗里却伸出来一个头，叫车夫停车。

“车夫将马缰绳一紧，车便停在了我旁边，刚刚叫个声音在叫我的名字，我应允了。那时马车已经在我前面比较远的地方，还没等我来到车前，两位绅士从车上下来了。我看到两人都穿着大衣，似乎不想让别人认出他们来。他俩就这样并排站在车门边，我看到他们年纪跟我差不

① 永恒的审判：也就是基督教教义中最后的审判。

多，或者还要小一点，而且两人极其相似，不管是声音，还是容貌，还是其他我可以看到的。

"'你是曼内特医生吗?'其中一个说。

"'是的。'

"'曼内特医生，之前住在波维，'另外一个说，'年轻有为的内科医生，刚开始是看外科闻名，最近才在巴黎闻名起来，是吗?'

"'先生们，'我说道，'我就是曼内特医生，不过你们谬赞了。'

"'我们去过你家，'第一个说，'不过没有找到你，听说你也许会去这个方向，所以便尾随来了，希望能追上你，请上车吧!'

"两人都不容我多说，一边说话，一边走到我身边来，将我围困在他们和马车车门之间。两人身上都有武器，可是我却手无寸铁。

"'先生们，'我说，'不好意思，但我看病的规矩是，先要问清楚是谁请我看病，病人具体是什么情况。'

"回答我提问的是第二个人，'医生，你问诊的对象是有身份的人，至于病人的具体情形，我们相信你的医疗技术，不需要我们介绍，你自己一看就能明白。好了，请上车吧。'

"我在万般无奈之下只好上了马车，两人也紧随其后上来了，第二个人上来时收了脚踏板。马车倒转了个车头，之后疾驰而去。

"我是据实以述的，丝毫不敢遗漏，这我非常肯定。我把我的思想牢牢禁锢在这里，和我的工作密不可分。我非常详细地描述了这一切，在这里画上休止符，将我写下的文件藏好，留待以后再写。

"马车把街道远远甩在后面，越过北门关卡直接到了乡村公路。在离开关卡约莫三分之二里格时——当时我没有准确计算这个距离，是在下次通过时预测的，马车驶离了大路，停在一栋独立的宅院门前。我们从车上下来，顺着花园绵软的小径朝前走。那里有一汪泉水，因为没有人打理，水已经漫了出来，流到了宅院门口。按响了门铃，可是却没有人马上出来开门。等到门终于开了，带我来到这里的其中一个人马上狠狠地抽了开门的人一个耳光。

"这个行为并没让我多想，普通老百姓挨打似乎已经见怪不怪了。可是，另外一个人也气得不行，那人又挨了一耳光。这时我才注意到两人是双胞胎兄弟，他们二人当时的表现几乎如出一辙。

"住宅的大门被紧锁着，两兄弟中间的一个开门让我们进去，之后又将门反锁上了。从我们刚从马车上下来时，我就听见楼上有哭喊声，我直接被带到了那间屋子。上楼时那哭喊声越来越明显，我发现一个病人病恹恹地躺在床上，额头还烫得要命。

“病人非常漂亮，也很年轻，应该才二十出头。她的头发非常零乱，两只胳膊被带子牢牢绑在身体两边。我观察到这些用来绑的东西都来自于男人，其中一个是穿礼服用的带有花边的围巾，上面还印有一个贵族印章和字母E①。

“这所有的东西是我在对病人看诊时首先发现的，因为病人在不停呻吟时，身子转向了另一边，围巾的一角被弄进了嘴里，可能会窒息而亡。我连忙帮她把围巾取出来，巾角上的刺绣被我看见了。

“我将她慢慢翻过来，双手合放在她胸前，试图让她安静一会儿，同时也让她躺好，同时看向她的脸。她的眼睛瞪得大大的，神志模糊，不停发出激烈的叫喊，不停叫着：‘我的丈夫，我的爸爸，我的弟弟！’接着便从一开始数数，一直数到十二，然后说‘嘘！’像这样反复说，顺序、态度都不曾改变。除了那恒久不变的停歇以外，她一直在说话。

“‘她像这样有多长时间了？’我问。

“为了将这两个兄弟区分开来，我称呼他俩为哥哥和弟弟，我将那个比较有权势的人叫哥哥。哥哥说：‘大概从昨天晚上这时开始这样的。’

“‘她确实有丈夫、爸爸和弟弟吗？’

“‘是的，有一个弟弟。’

“‘我现在不是在和她的哥哥说话吧？’

“他一副鄙视的口气说：‘不是。’

“‘近来发生过什么事和十二有关吗？’

“弟弟显然非常不情愿地说道：‘十二点钟。’

“‘你们看，先生们，’我说，我的手依然按着她的胸口，‘你们不让我问清楚缘由就让我过来，我是没有办法的。我如果提前知道要看什么病，我可以提前把药准备好。像现在这样，纯粹是浪费时间，在这里怎么才能寻得到药呢。’

“哥哥看了一眼弟弟，弟弟居高临下地说：‘这里有个药品箱。’他拿出一个药箱，放在桌上。

“我将几个药瓶都打开闻了一下，又用舌头碰了下瓶塞，这里的药

---

① 字母E：侯爵埃佛瑞蒙德的首字母。

几乎都是用作麻醉的，并没有我所需要的药。

“‘怎么，这些药你觉得不行？’弟弟问道。

“‘可以的，先生，我会用的。’我简短地回答道。

“我费了很大的周折，才将药给她喂了下去。因为马上还要用别的药，而且药效还有待观察，所以我就在床边坐了下来。有一个非常胆小的女人在旁边侍候（她是楼下那个人的老婆），这时也悄无声息地躲到了角落里。那房子湿气很重，家具也是常见的，很显然，是刚开始用的。窗前钉上了厚厚的旧窗帘，想要把那些尖叫声隔离掉，尖叫声持续响起，非常有规律：‘我的丈夫，我的父亲，我的弟弟！’之后是数数，一直数到十二，之后是‘嘘’！病人接近于癫狂状态，所以我没敢将束缚她手脚的绳子解开，却也想办法给她做了检查，尽量减轻她的痛苦。病人发出的仅有的一个让我顿觉安慰的信号就是我放在她胸前的手让她感觉些微好了点，有时可以让身躯安静一点，可是于尖叫却是于事无补，恐怕只有时钟比它还准时了。

“因为自我觉得我的手可以对她起到抚慰的作用，所以我在床边待了半个小时之久，弟兄俩就一直安静地站在旁边，后来哥哥说：‘你还需要看一个病人。’

“我大吃一惊，‘他病得严重吗？’

“‘你去看看就知道了。’他一副无所谓的态度答道，说完提起一盏灯。

“还有一个病人在那边楼梯后边的一间房子里，那房间就位于马厩的上面，也可以称得上是阁楼。楼顶盖有矮矮的天花板，一部分涂了灰泥，其他地方都没有，瓦房顶可以看到屋脊和横梁。那里是存放干草、木柴之类的地方，还有一堆苹果。我经过地个地方找到那个病人。我的记忆不可能出问题，我就是用这些细节来证明自己的记忆力没有出错。在我被关在巴士底监狱快十年的时候，那天晚上发生的事情始终在我脑海里盘旋。

“一个外貌姣好的农村少年躺在地上的干草里，头下放着一个坐垫。他应该不超过十七岁，右手紧紧捂着胸口，牙关紧闭，双眼瞪大看着屋顶。我半跪在他旁边，却没发现他的伤口。我看得出来他是被尖锐的武器所伤到了，已经奄奄一息了。

“‘我是一个医生，朋友，’我说，‘请让我替你检查一下吧。’

“‘我不需要检查’，他说，‘顺其自然吧。’

“伤口被他紧紧捂着，我尽量让他把手拿开。是被剑所伤，大概是二十至二十四小时前受的伤。可是就算是马上被医治，他也活不了了。他正在加速死亡。我回过头去看那个哥哥，看到他看着这个面目俊俏的少年的生命在无声的流逝，就好像看着一只小猫小狗死去而已，根本没有对人类该有的同情。

“‘发生了什么事，先生?’我问道。

“‘他是一个疯子、一个农奴，他非要我弟弟和他拿剑拼杀，将他杀了，他以为自己是个贵族。’

“答话人的语句中没有一丝同情，好像还觉得这个低贱的生物死在这里有诸多不便，觉得他应该悄无声息地死去最好。对于那英俊少年和他接下来的下场，他完全忽视。

“他说话时，少年转过脸去看着他，之后又看向我。

“‘医生，这些贵族天生就具有一种自豪感，可是我们这些低贱的生物有时也会有一股自豪心。他们抢夺我们、羞辱我们、打骂我们、杀害我们，可是我们还是有尊严的。她，你看到她了吗，医生?’

“尽管离得很远，可是尖叫声还是可以依稀听见的。他说的就是那尖叫，似乎她就在我们旁边。

“我说，‘我看到她了。’

“‘我是她弟弟，医生。一直以来这些贵族对我们姐妹们都非常龌龊，可我们好姑娘还是很多的，譬如我姐姐。她和一个好青年订了婚，姐夫是他的佃户。我们都是站在旁边的那个人的佃户，另外一个是他弟弟，是一个名声极差的一个家族里最糟糕的人。’

“那少年是用尽了全部力量才说出这番话来的，可是他的表情却明显非常笃定，似乎想让人无比信服。

“‘我们这些身份卑微的人就活该被这些身份高贵的人掠夺，站在旁边的那个家伙，一直不断地压榨我们，叫我们交更多的税，强迫我们帮他们做事，还不付薪水。强迫我们到磨坊去磨面，他们养的家禽经常吃我们本来就所剩无几的庄稼，可是却不允许我们养一只鸡鸭。他将我们抢得一文不剩，我们如果有了一小块肉，也只能躲起来吃，生怕被他的人看见抢走，我说，我们被逼迫得太痛苦了。我爸爸说，他叫我们不要生孩子，那太恐怖了，最好是让我们的妇女绝育，让我们这个痛苦的种族从此从世界上消失。’

“被压榨人的痛苦如熊熊烈火一样燃烧的情况我还是第一次看见，

我一直以为它只能被暗暗藏在心里的某个角落呢！可是现在我却在这个生命快要消逝的少年身上看到了。

“‘可是，我姐姐却结婚了，那时她的情人身体还没有痊愈，她就和他结婚了。她想在我们的农家屋里，也就是这个家伙口中的狗窝，照顾他、鼓励他。她结婚还没多久，这家伙的弟弟就觊觎我姐姐的美丽，要求把我姐姐借给他用两天——在我们这种人当中，丈夫根本不算什么。这家伙倒是乐见其成，可是我姐姐是个纯洁善良的人，对这个家伙的弟弟非常愤恨。为了强迫我的姐夫影响我的姐姐，让她同意，他们做了多少伤天害理的事啊！’

“那少年本来一看看着我，现在却转过去看身边的那个人。我从这两张少年的脸孔中看出来少年所讲的全部属实。就是此刻在巴士底监狱里，我也可以看到两种针尖对麦芒的互相对应。一方面是贵族的轻奢、冷漠，一方面是农民的自豪、真诚的情感和炽热的报仇雪恨心理。

“‘你明白，医生，根据贵族所享有的特权，我们只是一群非常低贱的狗，他们可以让我们在前面拉车，他们就是这样将我姐夫拉走了。你知道，他们可以要求我们彻夜不眠地在地里赶青蛙，不让它们影响到老爷们尊贵的睡眠。他们还在晚上强迫我姐夫在有毒的环境下干活，白天还要拉车。可是姐夫还是固执己见，不听，一天中午他被从套车的缰绳上放下来吃东西，如果他还可以找到东西吃的话，他哀鸣了十二声，每一声都和钟声相呼应，之后便倒在我姐姐怀里死去了。’

“如果他不是有想强烈陈述冤情的决心，他怕是没有力量活下去的。他的右手依然紧紧按住伤口，加速了死亡的进程。

“‘之后，那弟弟在那个家伙的协助下，将我姐姐弄来了，虽然她跟他说了一件事，我明白她肯定会跟他说的，这事如果你现在还不清楚，以后也会清楚的。他的弟弟带走了我姐姐，折磨她，拿她开心。我在路上看见她经过，将这个消息告诉我爸爸，我爸爸伤心过度死了。他一肚子的委屈，可是却始终不发一言，我就将我的小妹妹带到一个隐秘的地方，她在那里可以不用侍候他。之后我便尾随他的弟弟来到了这里，昨天晚上我跳进院子——一条挺卑贱的狗，手里还握着一把剑，阁楼的窗户在哪里？是不是就在这附近？’

“在他眼中，整个世界都暗了下来，周围的世界也在急剧缩小。我向四周看去，看到麦草被踩得乱糟糟的，好像这里有过一场打斗。

“‘我姐姐听到我说话的声音，就跑了进来。我要她在这个家伙没有死掉以前，不要离我太近。那家伙进来了，先是用一些钱打发我，之后再对我用刑。可是我却用剑把他刺伤了，强迫他和我决一死战，尽管我只是一条卑微的狗。他本能地拿出剑自卫，为了不至于丢了性命，他用尽了全身的招数，他的剑断成了几截，因为那上面全部是我卑微的血。'

“刚才我在干草堆里是发现一把已经断成几截的剑，那是贵族的佩剑。在另外一个地方，还有一把传统的剑，好像是士兵专用的。

“'现在把我扶起来吧，医生，快把我扶起来，他在哪里？'

“'他不在这里。'我将少年扶起来，猜想他是不是说的哥哥。

“'他！这些贵族虽然自傲得很，可是却不敢见我，刚才还在这里的那个人呢？让我看向他。'

“我依照他的话做了，将少年的头扳过来靠在我的膝盖上。可是少年这时却展现出惊人的力气，完全站好了，强迫我也站了起来，要不然我没办法扶稳他。

“'侯爵，'少年怒睁着一双眼看着他，抬起右手，'等到血债血偿的日子，我要你和你全家，乃至于你的种族都要为此付出代价。我对你画上这个血十字，记录下我的要求。等到血债血偿的那一天，我要你的弟弟，你那个龌龊的家族中最糟糕的那个人，承担全部的责任。我对他画上这个血十字，写下我的要求。'

“他两次将手放在到胸口上，然后在空中画着十字，他举起手还坚持了一会儿，手落下来人就不行了，我将他放下，他已经没有呼吸了。”

“我来到那个年轻的女性身边时，发现她依然在重复刚才的尖叫。我知道那种情况也许还要持续很久，很有可能要延续到坟墓里。

“我又让她吃了一遍药，之后一直坐在她身边，一直到夜很深了。她的尖叫声一直在持续，她的口齿也非常清楚，顺序也未曾改变。总是'我的丈夫，我的父亲，我的弟弟！一，二，三，四，五，六，七，八，九，十，十一，十二，嘘！'

“从我刚开始见到她开始算，她一直这样尖叫了二十六个小时之久，这中间我还离开了她两次。在我重新坐回她身边时，她慢慢地没有力气了。我尽全力拯救她，希望能有一线生机，可是很快她就陷入了昏迷中，和一个死人没有区别。

“似乎一场恐怖的暴风雪就要远去，风不再刮了，雨也不再下了，我将她的双臂挪开，叫那个妇女来帮她整理一下装扮。那时我才看到她已经是个怀孕的妇女，也是在那时，我对她仅有的一点希望也宣告破碎了。

“‘她没有呼吸了吗?’侯爵问，我还是称呼他为哥哥吧，那哥哥刚从马上下来，径直来到屋里。

“‘没有死，’我说，‘可是很快就要不行了。’

“‘这些卑微的家伙精气神真是十足啊!’他低头看着她，纳闷地说。

“‘痛苦和绝望之中存在着超乎寻常的力量。’我答道。

“他听见这句话只是若有若无地笑了笑，可是即刻又眉头紧锁。他用脚推了一把椅子给我，让那个妇女出去，之后放低音量跟我说：‘医生，在我知道我弟弟和这些乡下人有了过节以后，我邀请了你来帮忙。你是个名声在外的人，也是个前景一片光明的人，或者知道在乎自己的前途。你在这里所看到的所有事情都只能看，不能向外透露半个字。’

“‘我只瞧别人的情况，一个字也不多说。’

“‘你听见我说的话了吗？给我赏个光，行吗?’

“‘医生，’我说，‘从事我这行的人对病人的情况是要严格保密的，’我回答得很小心，因为我所看到的和听到的，让我心里很难受。

“她的呼吸已经差不多听不见了，我认真给她诊断了一下，摸了下胸口。还有气息，也只是还有气息而已。我回到座位上回头看，两兄弟都直直地盯着我。

“我写得很费劲，天气也很糟糕，我非常担心被发现后被送到地牢里去，所以，我得尽量减少我的陈述。我的记忆很清楚，也没有一丁点差错。对于我和兄弟俩之间的对话，我可以回想起每个字和每个音节。

“她又活了一个星期，在她快要没有呼吸时，我将耳朵贴到她的嘴唇边，听见了她对我所说的每一个字。她问我她在哪里，我告诉她了。她问我我是哪位，我也如实告诉她了。我问她姓什么，她却沉默了。她在枕头上轻轻摇了摇头，和她弟弟一样死守这个秘密。

“我跟那两弟兄说她活不久了，应该不会超过一天了。这时我有机会向她提问。在那以前，除了那个妇女和我以外，从来没有让她知道还有其他人在这个屋子里。而只要我在屋里，那两弟兄肯定会有一个隔帘‘听政’。可到那以后，他俩却根本无所谓我对她说什么。我脑子里突然闪过一个想法：我大概也快要不久于人世了。

“我一直都感觉到，两弟兄都因为弟弟曾经跟一个农民（而且还是一个少年）打斗过而觉得非常羞辱。他们仅仅担心的只是这件事会败坏他们家的门风，真是荒谬至极。每一次对视弟弟的眼光，我都能感觉到他对我厌恶至极，因为我听到了少年对我所说的话，明白了很多我不应该知道的隐情。他比他哥哥要狡猾一些，可是我依然觉察到了这一点，我也知道我是那哥哥压在心里的一块石头。

“我的病人死于午夜前两个小时，我的时间显示和我当初遇到她的时间相当吻合。她那年轻的痛苦的头颅轻轻倒向一边，便告别了人世间所有的哀痛，只剩下我一个人在她身边。

“那两弟兄待在楼下一间房里走来走去，一副很焦急的样子。的确，我刚刚坐在病人的床前就听到他们用马鞭不停地抽打着靴子。

“‘她终于咽气了吗?’我一出来哥哥便质问我。

“‘是的。’我回答道。

“‘恭喜你，弟弟。’他回过头竟然对弟弟说了这样一句话。

“之前他曾经给过我报酬，我都一直没有接受。现在他又递给我一筒金币，我接了过来，却放在了桌上。我已经再三想过了，什么都不能收取他们的。

“‘请体谅，’我说，‘在现在这个局势下，我什么都不能收。’

“两兄弟互相对望了一眼，却同时对我颔首，因为我正在对他们颔首。我们再也没有说话，平静地分开了。”

“我相当累，非常累，难过让我虚弱不已。我没办法用我这只只剩下骨头的手来写字。

“第二天一大清早，那筒金币又被放在我家门口，上面写着我的名字。从一开始我就在想应该怎么办，那天我痛下决心，写了封信给大臣，告诉他那两个伤员的性质和地点，将所有我知道的事实都事无巨细地讲了。我知道宫廷权势意味着什么，也明白贵族所享有的种种豁免权，也猜想这事可能会石沉海底，可是我只想让自己良心上好过一点。我将这件事牢牢封存在心底，就连对妻子都守口如瓶，我决定将这一点也写到信里面去。我并不知道我现在所面临的实质性危险，可是我知道，如果让其他人知道了，卷入其中，他们也许也会面临险境。

“我那天忙得不可开交，晚上没来得及写信。第二天我早早起来，终于把它完成了。那是那一年的最后一天，我把信写完，信还没有封存好，就听说有位夫人想见我。

“我在想我要完成自己的心愿越来越有心无力了，天冷得要命，牢房也黑得要命，我的知觉已经快丧失了，乌云压顶的感觉太过于让人害怕。

“那位夫人非常美丽，让人不禁神魂颠倒，看上去也活不久了。她非常激动，自我介绍说自己是圣·埃佛瑞蒙德侯爵夫人。我将那少年对那两兄弟的称呼和围巾上的字母 E 相联系，马上就知道，我最近所看到的就是那位贵族。

“我的记忆没有出现偏差，可是我不能将我和侯爵夫人的谈话详尽地写出来。我觉得自己被监听了，而又不清楚是什么时候。侯爵夫人通过自己的眼睛和思维渐渐知道了那起事件的大致情节，也明白了她丈夫做了什么，还有请我看病的事。她并不知道那姑娘已经不在人世了。她非常难过地说，希望偷偷地同情一下那个姑娘，一直以来这个家族就被太多人憎恨，她希望老天不会迁怒。

“她非常确定这家还有一个小妹妹在人世间，她最大的愿望就是帮助到那个小妹妹。我只能跟她说确实有这么一个妹妹存在，其他我什么都不知道。她来找我的原因就是希望我能信赖她，告诉她那个小妹妹的名字和所住的地方，可是直到眼前这无比悲凉的时刻，我依然毫不知情。

“这些零零散散的纸已经写完了，昨天他们从我这取走了一张，还严厉警告我。我今天必须把我的记录完成。

“她是个非常善良的好太太，婚姻很糟糕。她怎么可能过得好呢？小叔子讨厌她，处处怀疑她。在他的势力之下，所有人都拿她当软柿子捏。她惧怕他，也惧怕她的丈夫。我送她到楼下时，她的马车里还有一个孩子，长得非常漂亮，大概两岁多的样子。

“‘看在孩子的面上，医生，’她眼泪还在眼眶里挂着，指着孩子说，‘我希望我能尽我所能予以弥补，要不然他传承下来的东西对他肯定没有好处。我有一种强烈的感觉，如果这件事情没有一个妥当的了结，总有一天孩子是要赎罪的。我仅有的一种私人物品的东西就只是一些首饰。如果可以找到那个小妹妹，我让孩子要做的第一件事就是将这点珠宝，还有对她逝去母亲的同情一并送给这个被折磨的家庭。’

“她吻了吻孩子，爱怜地说：‘那是为你好呢，你会这样做的，对吧，小查尔斯？’孩子英勇地回答道，‘我会的！’我吻了一下夫人的手，她抱着孩子轻抚着她离开了。从此我和她再没碰过面。

“因为她相信我知道她丈夫叫什么，因此提到了它，我在信里却没有提及姓名。我将信封存好，不想交给别人，那天便自己去邮寄去了。

“那天晚上，也就是那年的除夕晚上大概九点钟左右，一个黑衣打扮的人按响了我家门铃，要求见我。他蹑手蹑脚地跟在我年轻的仆人欧内斯特·德伐日后面上了楼。我的仆人来到房间，我和我年轻漂亮的英国妻子，我最心爱的人正坐在屋里，我们看到那人不动声色地站在他身后，而那个按道理说应该站在门外的。

“他说圣奥诺雷街有人患了重病，需要我出去坐个诊，不会耽搁我多久的，他有马车在外面等着。

“那马车便将我带到了这里，带到了这个地狱。我刚出门，嘴就被一条黑色围巾从身后牢牢箍住了，我的双手被人从后面反锁了起来。那两个弟兄一个从阴暗角落里走出来，做了一个手势，表示人没抓错。侯爵从口袋里拿出我写的信，让我看看，一个字也没说，然后一把火烧了，又用脚使劲摁灭了灰烬。我被带到了这里，一座活死人墓。

“如果上帝乐意，在这些艰难困苦的岁月里曾让那些硬心肠的弟兄之一想到给我透露一点我心爱妻子的消息，就算只是一句口信，她到底还有没有活着，我也会觉得上帝还是没有放弃他们的。可是现在，我却非常笃定那血十字已经决定了他们的命运，上帝不会同情他们的。我，亚历山大·曼内特，一个被关在牢里的人，在一七六七年的最后一个晚上，在这难以复加的痛苦之中，对他们和他们的后代，到他们家族的所有人，提出我的指控。我向这所有罪恶深重的日子表示强烈的指控，我向上苍和大地指控他们。”

手稿一宣读完毕，现场便沸腾了，那是迫切的吵闹，吵闹中除了血字以外，其他都被屏蔽掉了。这番陈述让那个时代最严重的报仇雪恨的情绪到了顶点，在这种情绪面前，所有人头都将难保。

刚开始在巴士底监狱搜寻出来的纪念品都曾经被示众过，可是德伐日夫妇却秘密将这份手稿藏了起来，准备等待一个最佳时机。这是为什么呢？可是如今这样的局势，是没有人会去问为什么的。这个被千人痛骂、万人指责的大家族的名字一直以来就被圣安托万诅咒，而且赫然列于死亡名单中，这也不用质疑的。世界上还没有哪个人的品质可以在那样一天，那样的地方抵抗住如此强烈的攻击。

让这个注定要走向地狱的人最不幸的是，那指控他的人是一个名声在外的公民，是他自己的好朋友，也是他妻子的父亲。人群的一个荒谬想法是仿效一种有问题的古代道德，牺牲自我来祭祀。所以，庭长便说（他如果不这样，他可能会自身难保），那心地仁慈的医生会因为除掉了一个万人厌恶的贵族家庭而更加受共和国拥戴的。他肯定会因为让他的女儿变成寡妇，他的外孙成为孤儿当作一种无上的自豪。这话让一股爱国狂潮掀起，这时人类的恻隐之心已经被湮灭。

“那医生在他周围不是特别有名望吗?”德伐日望着复仇女神笑着说，“现在你再救他啊，救啊!”

陪审团投票过程中，不断引起一片大声喧哗。

全票支持，彻彻底底的贵族，共和国的敌人，遗臭万年的人民压迫者，被关押到附属监狱，二十四小时内被砍头。

第十一章　黄昏

像这样被无缘无故判处死刑者的痛苦的妻子往往是一听到审判就昏过去了，似乎受到了巨大的伤痛。可是她非常安静，她心里有个坚定的声音告诉她。在他最难过的时候只有她能给予他力量，她一定不能平添他的难过，这个想法让她迅速振作了起来。

法官们要到外面去参加公众游行，下面的审判被推迟了。法庭里的人分成几路朝外面走，吵闹声和行动声都还在持续中，露西便向丈夫伸出双臂，脸上只有关心和抚慰，没有其他。

“希望我可以摸一下他，希望我可以拥抱他一回。啊，仁慈的公民们，希望你们能同情一下我们的遭遇！”

所有人都上街看热闹了，只有一个典狱官和昨天晚上来提审犯人中的两个，再有一个就是巴萨。巴萨对其他人的说：“就满足她这一要求吧，也就一会儿的事。”没有人反对，算是认可了。他们让她穿过法庭座位来到一个高高的台阶，囚犯在那里可以背过身来拥抱他的妻子。

“再见了，我最亲爱的人，我给我的爱人最深刻的祝福。在累极了的人们长眠的地方，我们还会再次相遇的。”她的丈夫把她抱在怀里时这样说。

“我没问题的，查尔斯，上天会保佑我，不要因为我而难过，给我们的孩子一个最后的祝福吧！”

“我通过你祝福她，亲吻她，同她说再见。”

“我的丈夫，不，请再等一会儿。”他已经依依惜别了她。“我俩的离别不会太久的，我预感到要不了多久，我就会难过而死。可是只要我还可以，我就会完成我的义务，等到我从女儿身边离开时，上帝已经让她有了自己的朋友。为了我，上帝就是这样做的。”

她的父亲已经尾随而至，他差不多要跪在两人面前，可是达尔内及时制止了他，叫道，“不，你干嘛？为什么要我们跪下？我们现在才真的懂得，你当时的思想斗争有多么剧烈，也才知道在你被质疑，而且知道了我的背景以后身心经受了多少痛苦。现在我也才知道，因为她的缘故，你和先天的厌恶斗争了多少年，而且战胜了它。我们用全部的爱、全部的心来感谢你，希望上帝保佑你！”

她父亲仅有的动作就是将手插进白发，发出痛苦的号叫。

“不会有其他结果的。”囚徒说，“现在的结局其实是多种因素综合的结果，是上天注定的。刚开始将我带到你身边的是我要达成亡母遗愿的永远没办法成功的努力，那样的罪恶不可能结善果。就其实质来说，那样令人遗憾的开始是不可能有什么好结果的。不要悲伤，愿上帝保佑你！”

他被带走了，他的妻子松开了手，站在那里看着他，双手合十做着祷告，脸上却发出熠熠的光辉，甚至还带有一种抚慰性的微笑。在他从囚徒专用通道出去以后，她转过身来，将头埋在父亲胸前，正准备跟他说话时，却晕了过去。

这时西德尼·卡尔顿快步跑上前来扶住了她。他是从一个幽暗的角落里走出来的，他一直在那里，从来没有离开过半步，当时只有她的父亲和罗瑞先生和她在一块。他扶起她时，身体止不住地哆嗦着，他扶住了她的头，可是他的脸上却有一种自豪感，不完全是同情的神态。

“我抱她到马车上面去吧？她一点都不重。”

他轻柔地抱起她，将她放进马车里面。她的父亲和老朋友也分别上了车，卡尔顿坐在车夫旁边。

他们来到大门口，几个小时以前他还一直徘徊在这里，想象着她也在这来回摩挲过多少回。他又将她抱上楼，放到他们房间的床上。她的孩子和普洛丝小姐痛哭了起来。

“不要叫醒她，”他尽量压低声音对普洛丝小姐说，“这样其实还好些，她晕过去了，不要让她那么快恢复意识吧！”

“啊，卡尔顿，卡尔顿，亲爱的卡尔顿！”小露西痛苦地叫唤着，蹦起来用双手搂着他的脖子，“现在你来了，你肯定可以想到办法救我的爸爸和妈妈的，是吗？你看她多可怜啊！亲爱的卡尔顿，你肯定不想看她这样吧？”

他蹲下身去，将她那鲜嫩的面颊紧贴着自己的脸，之后轻轻放开了她，又看了一眼她还在昏迷中的母亲。

“在我走之前，”他说，却又迟疑了——“可以让我亲一下她吗？”

之后他们还记得，在他弯下腰亲她的脸时，曾小声说了几个字。当时站在他身边的孩子曾说，他说的是，“你所热爱的生命”。这话在她自己做了祖母以后还经常说给后代们听。

卡尔顿来到旁边的房间，突然回过头来面对后面的罗瑞先生和她父亲，并对他的父亲说：

“昨天你还很有名望，曼内特医生，现在至少还可以试一试。法官和掌管权力的人都对你还算友善，也愿意承认你曾经所做的努力，是不是？”

“他们从来没有隐瞒过我有关查尔斯的事，我曾经被保证过，一定可以救他出来，而且也确实做到过。”他痛苦而慢慢地回答道。

“再试一次吧，从现在到明天下午的时间，虽然已经很少，可是还是有机会的。”

“我准备再试试，我是不可能有丝毫的放松的。”

“那就好，我见过很多和你一样，活动能力惊人的人做出了很多惊天动地的大事，虽然，”他苦笑了一下，叹息了一声说，“虽然还没有做出什么惊天地、泣鬼神的大事，可是，还是试一试吧，生命如果没有运用到位就不能展现其价值，可是用到这个问题上还是意义匪浅的。就算不行，也不会损失什么。”

“我马上去找检察长和庭长，”曼内特医生说，“还要去找其他人，名字还是暂时不透露的好。我还要写信——慢着，街上在搞庆祝会，天黑之前恐怕找不到任何人。”

“那倒也是，行了。原本都只是死马当活马医，挨到天黑也不一定就希望很小。我很想明白你有什么进展。可是，你要记得，我没有寄予很大的希望。你准备什么时候和这些当权者见面呢，曼内特医生？”

“希望天色一暗下来，马上就可以见到，从现在起还有一两个小时。”

“等过了四点钟天就黑下来了，我们还可以向后顺延一两个小时。如果我九点钟到罗瑞先生那里，可以从他那里或者从你这里听到最新情况吗？”

“可以。”

“但愿你一切顺利！”

罗瑞先生跟随西德尼来到大门口，在他走时抚摸着他的肩膀，请他面对着自己。

“我不寄予任何希望。”罗瑞先生压低声音难过地说。

“我也是。”

“就算这些人里有一两个人想要原谅他，甚至是所有人都想原谅他——当然这是不可能的，因为他的生命或其他人的生命和他们没有半点关系——经历过法庭的种种以后，对于他们有没有那个胆子，我心存疑虑。”

“我也是。在那一片吵闹声中，我似乎看到了掉落的人头。”

罗瑞先生一手扶住门框，把脸埋进去。

“不要失去信心，”卡尔顿非常温柔地说，“不要难过，我也这样激励过曼内特医生。因为我觉得到了那一天，对于露西来说，应该是一种抚慰。要不然，她很有可能觉得达尔内的生命是被人任意丢弃了的，所以觉得难过。”

“是的，没错。”罗瑞先生擦干眼泪答道，“你说的对极了，可是他会死的，真正的希望其实根本就没有。”

“是的，他会走向死亡，真正的希望其实根本就没有。”卡尔顿回答道，之后步履坚定地走下楼去。

第十二章　夜深沉

西德尼·卡尔顿站在街头，突然不知道该朝哪个方向走。“九点在台尔森银行大厦碰面。”他这样想着，“我这个时候去露脸好不好呢？我觉得可以。让他们知道有我这样一个人存在其实是好事，这种防范措施不无裨益，也很必需。可是，还是谨慎为上，小心为妙，我再好好想想！”

他正走往一个目的地，突然又停了下来，走上了已经完全看不见的街道。他拐了两个弯，估算着心里所想可能会引起的结果。他笃定了自己的第一感觉，“最好是，”他终于想好，“让他们知道有我的存在更好。”于是他转而走向圣安托万区。

那天，德伐日曾经说过他是圣安托万区做酒店老板，对那座城市了解的人对他的房子都熟悉不过。搞清楚房子具体在哪个位置后，卡尔顿先生离开逼仄的街道，到一家小吃店吃了晚饭，之后就睡觉去了。这么多年以来，这是他头一回没有喝味道浓烈的酒。从昨天晚上到现在，他只喝了一点淡酒。昨天晚上，他将白兰地酒倒进了罗瑞先生家的壁炉里，似乎要和它恩断义绝。

等他一觉睡醒，恢复了神智时，已经是七点钟。他再次来到街上。在去圣安托万区的路上，他在一家橱窗前停留了一会儿，那里有一面镜子，他稍微整理了一下自己的衣冠，然后直接走向德伐日酒店。

店里刚好没有顾客，只有一只手老是抓个不停，声音细若蚊蝇的雅克三号。在陪审团里，他看到过这个人，这时刚好在小柜台前饮酒，跟德伐日夫妇闲扯。复仇女神也和这家酒店的正式员工一样，和他们嬉笑谈天。

卡尔顿来到店里坐下，用生疏的法语点了少量的酒，德伐日太太先是粗略地看了他一眼，然后细细打量着他，之后又盯着他看了好一会儿，最后干脆走到他面前，问他要喝点什么。

他将刚才所说的话又重复了一遍。

“英国人?”德伐日太太询问道。

他看着她，似乎他费了好大劲才听懂这个字，之后用明显外国口音答道，“是的，太太，我是英国人。”

德伐日太太到柜台后面去拿酒，在他拿了一张雅各宾党的报纸装模作样地读、领会文章的意思时，他听见她说了一句，“真是太像埃佛瑞蒙德了，我可以发誓。”

德伐日给他把酒端上来，说了声，“晚上好。”

“你说什么?”

“晚上好。”

“啊，哦，公民，晚上好。”他端起酒，边喝边说，“啊，真是好酒，为共和国举杯。”

德伐日回到柜台后面说：“真的有点像。”老板娘严肃地说：“我是说真的很像。”雅克三号和稀泥道，“那是因为你心里一直想着某个人，老板娘，你知道吧?”复仇女神高兴地说：“是的，就是那么回事，你高高兴兴地等着明天再和他见一回吧!”

卡尔顿专心致志地看着报纸，认真地读着，那几个人在柜台前轻声说着什么，他们只顾看他，安静了好一会儿，没有打扰到他关注雅各宾派的报纸编辑，之后又轻声交谈了起来。

“老板娘说得对极了。”雅克三号说，“我们为什么要暂停?还有无限空间可以发挥的，为什么要暂停?”

“行了，行了，”德伐日说，“总得有个结束吧，那么到什么地方算结束呢?”

“到连根拔掉为止。”老板娘说。

“真是太棒了。”雅克三号用喑哑的声音说，“复仇女神也举双手赞成。”

“连根拔掉是个好设想，老婆。”德伐日依然觉得难以自处，“大致上我并不是不赞同，可是这位医生所受的苦是我们常人难以想象的。他如今的情况你也是看到了的，在你宣读手稿时，他的脸色是怎样的，你也知道。”

“我认真看过他的脸，”老板娘怄气道，用一副非常瞧不起的口气说，“是的，我认真看过他的脸，那不是一张拥护共和国的脸，对于他那张脸还是谨慎比较好。”

"你也看到了，老婆。"德伐日恳求他道，"他女儿的痛苦，对于医生来说是多么沉重的经历啊！"

"我看过她的女儿，"老板娘继续说，"是的，我看到过她的女儿，而且不是一回两回。我今天审查过，其他时候也观察过。在法庭里，监狱旁的街道，我只需要响起一个手指头。"她树起了一根手指头（旁观者的眼睛一直在看报纸），嗖一声落在胶面的货架上，就像是斧头的杰作。

"杰出的女公民。"陪审员沙哑着嗓子说。

"真是上天派驻下来的天使。"复仇女神由衷地赞美道。

"而你么，"老板娘毫不留情地对她的丈夫说，"多亏这事决定权不在于你，要不然，你肯定现在就飞过去救人了。"

"不，"德伐日强烈抗议道，"就算用这只杯子就可以救他，我也不可能那样做的。可是我希望到这里就结束吧，我说，结束吧。"

"雅克，你看看，你看看，"德伐日太太气愤地说，"你也好好看看，我的复仇女神。你们俩都好好看看，在我的清单里面，还赫然记载着这个家族更多的罪行，而且注定是要被灭亡的，连根拔起。你们问我丈夫，是不是这样的？"

"确实是这样。"德伐日干脆利落地回答着。

"杰出的日子马上就要开始，攻占巴士底狱的时候，这份手稿就是他找到的，等到带回家来，半夜没有人了以后，我们就一起凑在这盏灯下读。你们问他，我说的是不是实情？"

"确实如此。"德伐日点头说道。

"那天晚上，手稿读完，灯灭了以后，天空也开始露出鱼肚白了。那时我跟他说，我要跟你说一个秘密。问问他，是不是如此？"

"确实如此。"德伐日再次说道。

"我把那个秘密跟他说了，我用两只手像现在这样敲打着我的胸口跟他说，'德伐日，我出生于渔民家，那份巴士底监狱囚徒的手稿上面所记录的家庭就是我的家庭，他们遭到埃佛瑞蒙德兄弟苦苦迫害。德伐日，那在地上苦苦挣扎的少年的姐姐，就是我的姐姐，那男人就是我姐夫，那个胎死腹中的孩子就是我的侄儿。那少年就是我的哥哥，那位父亲就是我的父亲，那些死去的人都是我的至亲，那笔血债是要我来讨的。'问问他，是不是如此？"

"确实如此。"德伐日不得不承认。

"那你就去跟风和火说吧，如何结束。"老板娘说，"不要跟我讲这么多。”

听她说话的两个人觉得这种报仇雪恨的快感是一种享受，两人都极力褒奖她刚才所说的话，那旁听者尽管没有看她，却也能感觉到她脸色惨白。德伐日成了气息奄奄的少数派，说了象征性的几句“应该缅怀同情他们的侯爵夫人”之类的，可他的妻子只反复说那一句话，“去和风和火说结束吧，不要跟我讲这么多。”

有顾客进来了，几个人分散开去。英国顾客结了账，很艰难地数找给他的零钱，又向其打听如何前往。德伐日太太亲手指给他应该怎么走。英国顾客如果这时可以将胳膊抬一下，再用力捅进去一刀，也算做了件好事。

可是，他依然坚守自己的道路，很快便陷入监狱墙壁的黑影中。到了事先说好的时间，他才去罗瑞先生家。他发现那位老先生一直焦灼不安地走来走去，罗瑞先生说他一直在陪着露西，刚刚才回到这里来。露西的父亲四点钟从银行出发，到现在也没有音信。露西还心存侥幸，希望他的插手可以将查尔斯再次救出来，可是希望甚微。他已经去了五个多小时，可他会去什么地方了呢？

一直等到十点钟，罗瑞先生依然没有收到曼内特医生的任何消息。一直没有露西身边他又放心不下，于是他只好做个规划，先去陪露西，半夜再回到银行来。其间这段时间就由卡尔顿在那守候。

卡尔顿等啊等，眼看着时间已经到了十二点，曼内特医生依然没有音讯。却等来了罗瑞先生，可是他也没打探到任何消息，医生到底去哪里了呢？

他们正在商量着，因为他一直没回来，他们心中还升腾起了一丝希望，这时楼梯上传来医生上楼的脚步声。等他一进门，这一切就都明朗了、没希望了。

他到底去找过谁，还是一直在大马路上晃悠，没有人清楚。他站在那里呆呆地看着他们。他们没有发出任何疑问，因为他的表情已经解释了一切。

“我找不到了，”他说，“我可以找到的，它去哪儿呢？”

他头上光光的，衣服领子也是敞开的，一边说一边无奈地东张西望，他将外衣脱掉，却掉落在了地上。

“我的凳子哪去了？我到处都找了，怎么找不到呢？我干活的家什呢？它们都去哪儿了？时间太紧了，我得赶紧把鞋做完。”

两人互相对望了一眼，这下是真的完了。

“好了，好了，”他哀号着，“让我工作吧，把我的东西给我。”

他得不到回复便不停地扯着自己的头发，跺脚，像个撒泼的孩子。

“为什么要折磨一个孤老头儿呢，”他痛苦地哀鸣着，“把活儿给我，如果今天晚上做不完，我们该怎么交差呢？”

完了，这下全完了！

想跟他讲道理，想让他恢复理智，显然都是在做无用功。他俩配合得很到位，一人一只手按着他的肩，请他坐在炉火前，而且跟他说马上帮他把家伙什找到。医生坐在椅子上就开始发呆，眼泪扑簌簌地流个不停。罗瑞先生眼看他又回到当初神志不清的样子，似乎阁楼那段时期以后所发生的一切都不过是一场梦。

虽然两人都害怕这种心灵的痛苦，可是时间却不容他们有片刻的功夫悲天悯人。他那孤单的女儿太让两人伤心，她已没有了希望和依靠，两人再度配合到位，互相看了对方一眼，脸上展露出同样一个意思，卡尔顿先说话了：

“本来机会就渺茫，可是现在根本没有机会了。是的，医生最好还是回到他女儿身边，可是在你离开之前能否给我点时间听我讲？我有一些条件需要你答应，不要问我原因，我有非常必要的缘由。”

“你说吧。”罗瑞先生说。

那坐在两个之间不停晃来晃去的人，痛苦地抽咽着，两人尽量压低声音说道。

卡尔顿蹲下去把医生的外衣捡起来，它差点把他的脚绊住了。一个小盒子掉下来，是医生的日常行程表。卡尔顿将它捡了起来，其中有一张折叠好的字条，“我们应该看一看，”他说，罗瑞先生表示同意。卡尔顿将字条展开，尖叫道，“感谢上帝！”

“怎么了？”罗瑞先生焦急地问道。

“等一等，这个还不到时候。”他从衣服口袋里拿出另外一张字条，“先说明一点，这是我的通行证，上面写着英国人，西德尼·卡尔顿，是吧？”

罗瑞先生将纸条打开，看向他严肃的脸。

“将这个东西保留到明天，你要知道，我明天要去看查尔斯，这东西还是你保留比较好。”

“为什么？”

“我也说不好，总觉得还是你保留比较稳妥。你把曼内特医生身上的这张证明收好，这份证件和我那个是一样的。有了它，他和他的女儿和外孙就可以自由出入关卡和边界，你看明白了吧？”

“看明白了。”

“他或许是昨天才弄到这张证明的，是打算应对最糟糕的武器。是哪一天签发的？不过这没有什么关系，不用看了，将它和我的通行证装到一起保管好。注意，在一两个小时以前我还坚信他肯定或者可能会弄到这样的证明，在注销之前它是有用的，可是它也许马上就会被注销掉，而且我相信它肯定是会被注销的。”

“难道他们此刻也非常危险？”

“是的，很危险，他们也许也被德伐日太太指控了。这是我亲耳听到她说的。今天晚上我听到了那个女人的讲话，语气非常严肃，才明白她们也陷入了危险的境地。我没有浪费时间，去找那个密探证实了。他知道德伐日夫妇控制着一个锯木工，那人就住在监狱大墙旁边。德伐日太太已经提前跟他演练过了，要他说，‘见过她’——他从来没有提到过露西的名字——‘和囚犯发指示。’故意编造一个罪名很容易，很正常；搞监狱阴谋，那会让她性命堪忧，也许连她的孩子和父亲都难以保全，因为也有人看到他们俩站在大墙边，不需要忧心忡忡，你是可以把他们救出来的。”

“希望上帝保佑我可以做到，卡尔顿，可是我要如何做呢？”

“让我来跟你说吧，这必须得指望你了，你是个最诚实的人。这次揭发肯定要过了明天以后才会提出，也许要过两三天也说不定，更有甚者要到一个星期以后。你知道如果对断头台的牺牲品表示同情是会被杀头的，她和她父亲肯定会被这样指控，可是这个女儿（她那执拗的脾气真的难以形容）是会瞅准时机，把这项罪名给添上去的，让自己永远占上风。你知道我的意思吧？”

“我听得很仔细，也对你的话深信不疑，一时之间忘记了他的痛苦。”他说着摸了一下医生的椅背。

“你有经济实力，只要可以找到交通工具，用最快的速度到海边去。你已经准备好要回英格兰几天，明天一大早就准备好马车，下午就赶紧离开。”

“一定要做好万全的准备。”

卡尔顿古道热肠，让人欢欣，罗瑞先生胸中的烈火被他点燃了，畅快得像个年轻人。

“你品质尊贵，我曾经说过你是最诚实的人。今天晚上将你所清楚的所有事情都跟她说，她自己所面临的危险，她的孩子还有父亲所面临的危险，一定要着重突出孩子和父亲的危险，因为她是可以和她的丈夫一起去赴死的。”他犹豫了一会儿，然后接着往下说，“让她清楚，为了孩子和父亲的安全，她必须遵照你的指示做。跟她说，这是她丈夫最后的打算。跟她说，她也许会质疑，也不希望是这样的结果，你相信她的父亲就算在眼前这种糟糕的情况下也会愿意听从她吗？”

“我觉得会的。”

“我也深信会这样，一声不响、踏踏实实地做好准备吧。让马车在下面院子里等着，甚至到车上坐好，只等我一到，就马上出发。”

“你的意思是，不管发生什么情况，都要等你，对吗？”

“你手上有和我其他人的通行证，你知道，而且要给我把座位留好，其他你都不用操心。只等我一到，就马上启程回英格兰。”

“这样看来，”罗瑞先生说，紧握住他迫切有力的手，“这事不单单只靠我这一个老头子了，还有一个热血青年呢。”

“上帝保佑，确实是这样。请让我宣誓，我们互相答应的计划一定要按时完成。”

“我宣誓，卡尔顿。”

“明天一定要记住一句话，不管发生什么情况，只要计划改变了，或者时间耽搁了，就会白白牺牲好几个人。”

“我知道了，我希望可以如期完成任务。”

“我也希望如此，再见。”

尽管他一本正经地笑了笑，甚至还吻了一下老人的手，却没有马上离开。他协助他将炉火前的老人唤醒，给他穿上大衣，戴上帽子，让他去找藏起来的做鞋的家伙，因为他还抽咽着要去找。他走到病人另一边，护送他来到另一座楼的院子里。那里有一颗受伤的心正在经历着折磨，在一个值得怀念的日子里，他曾经向那颗心勇敢吐露出自己的内心，那是他曾经觉得最幸福的时刻。他走进院子，抬着看了一眼她屋里的灯，一个人站立了好长时间，向她发出深刻的祝福后才缓缓离开。

第十三章　五十二个

被关押在附属监狱的黑牢里的死刑犯，此刻正等着被行刑的那一刻。他们的数量相当于一年里一个星期的数量。那天下午，五十二个人将伴随着滚滚的生命浪潮涌入深渊。他们的牢房还有人占据，新的房客又准备进来了。他们的血还没有和昨天的融入到一起，明天要混合他们血的人选已经定好。

五十二个人被一一点名，里面有七十岁的赋税承包商，也有二十岁的年轻女裁缝。不管你拥有多少钱，你也赎不回你的命，就算你出身再低贱，你也没办法救回你自己。生理的痛苦源于人们的大意和罪恶，对于病人，他是不分高低贵贱，平等对待的。因为难以言述的痛苦、没办法再忍受的折磨以及缺乏人性的残酷，道德上的混乱也因此产生，它也是不分富贵和贫贱，统统予以强烈打击的。

查尔斯·达尔内一直一个人待在一间牢房里，自从从法庭来到这里，他就从来对自己没有抱过任何希望。昨天他听到了指控，每一项指控都可以置他于死地。他非常明白，不管是什么人，有多么大的影响，都没办法营救他了。事实上让他死的是千百万群众，只有少数几个人是没办法置他于死地的。

可是他最亲爱的妻子的形象还是那么生动，让他很难就这样毫无牵挂地死去。他对生命很坚持，很难取舍。这边松懈了，那边却又咬得紧紧的。那边有所进展了，这边却又咬紧了。他觉得心头有千千结，禁不住觉得躁动难耐，没办法听从上天的旨意。就算他事实上镇定了一会儿，在他死后还要活下去的妻儿却又好像在反抗，将那种镇定看作自私。

可是，这也才是刚刚发生的事，很快，他想到他的命运中并没有龌龊，又想到还有那么多人要和他一样，走一条受冤枉的路，而且每天的人还络绎不绝，便又重新激发了信心。之后他想起来要让他的亲人将来可以心安理得，自己现在也可以心安理得。这样，他才慢慢安定下来，心里也舒服了些，这时他的思想达到了无以言说的高度，从上天得到了抚慰。

在他被判处死刑的那天晚上天黑以前，他已在死去的路上到达了这种高度。他买来灯烛和纸笔，开始写信，一直到牢里规定要灭灯了。

他给露西写了很长一封信，跟她说，他之前并不知道她父亲被关押的事，又跟他说在那篇手稿被宣读以前，他和她一样，也并不清楚自己的父亲和叔叔在这场灾难中要承担的责任。他曾经跟她说过，为什么没有跟她说他已经不再使用的姓氏，那是因为他们订婚那天早上，她父亲要他同意的仅有的一个条件，也是他提出的仅有一个要求。现在看来这要求也是无可厚非的了。他跟他说，因为她父亲的原因，不要去打探他是否还记得那份手稿，也不要去打听很久以前梧桐树下的谈话是否让他记起了那份手稿。如果他还记得，便肯定觉得它连同巴士底狱被烧得精光了，因为他发现在对世人公布出来的巴士底遗物里没有这件手稿。他请求她——其实他不用说她也知道——用所有可能的办法去劝说她的父亲，让她知道他不用为任何事情自责，相反他倒是因为他们而忽略了自己。他希望她一直记得自己最后对她的衷心祝福和感激之情，希望她不要过度伤心，将她的爱全部洒给他们最亲爱的小孩。他们会在天堂再次相逢的，他还祈求她宽慰自己的父亲。

他用一样的口吻给她的父亲写了一封信，希望他照顾自己的妻子和孩子。他极力嘱托他，一定不要灰心丧气，要站起来，不要沉湎于过去的回忆中。他担心他会难以自拔，那是他最不愿看到的一幕。

他又给罗瑞先生给了一封信，希望他照顾自己一家老小，将他在人世间一些未了的事情都托付给了他。写完这些，他又写了很多结语，大意是对他们表示感激和思念，他没有提及卡尔顿。他的心里已经塞满了别人，没办法再容下他。

关灯之前，他把信写完了。当他躺到草荐上的时候，他觉得自己到了另外一个世界了。

可是在梦中，这个世界却将他唤了回来，让他面前呈现出一片光辉灿烂的景象。不明白是什么原因，他被释放出狱了，和露西一起快乐地回到了索霍老屋，尽管那座房子和先前有了本质的区别。她跟他说，这只是一场梦，他从来没有离开过家。一阵迷茫之后，他又死了，安静地回到了她身边，所有的东西都还是原样的，一点变化也没有，在昏暗的清晨，他醒了过来。他已经不知道自己位于何处，发生了什么事情，直到他猛然间记想，“今天是我行刑的日子”。

就这样挨过了几个钟头，来到了那五十二个人被砍头的日子。这时他的心里非常平静，只希望安安静静地迎接死亡的到来。可是他理智的头脑里却想到了很多，新的思想不断涌现。

他这辈子还没有见过那部杀人的机器长什么样子？有多高？有几步？自己会被押送到什么地方就停下来？别人会怎么对他行刑？那碰他的人是不是已经被鲜血染红了的？他的脸会偏向哪一边？他会是第一个碰那个机器的人吗？或者是最后一个吧？这些问题，还有很多相关的问题都涌入他的脑海，交叉出现，各种思想都和恐惧沾不上半点关系，他一点都不觉得恐惧，它们似乎只是一种难以言状的渴望，想知道到时候自己应该怎么办。那件事时间太仓促了，而他的渴望又太强烈了，这种心理似乎不是源于他自身，而是源自于他内心的某种思想。

时间一分一秒地流逝，他来回踱着步子。钟声依然在报时，可是他却听不到以后的时间了。九点再也不会出现在他耳边了，十点也是，十一点也是，接下来是十二点。在和刚刚迷茫着他的思想做了一番思想斗争以后，他终于不让他们再次涌现出来。他来回踱着步子，口里默念着亲人的名字，最痛苦的思想斗争已经永远过去了。他完全可以坦然赴死，只顾念着为自己的亲人祈福了。

十二点永远消失了。

他收到通知，最后的行刑时间是三点。他明白被押送走的时间会提前一点，囚车还要在路上耽搁一阵子呢。所以他决心永远记住两点这个时间，作为那件事发生的时间。在那之前他必须让自己勇敢起来，之后再去教别人勇敢。

他将双臂交叉抱在胸前，不停地走来走去。他和在拉福斯监狱来回踱着步子的人判若两人。他听见一点钟响起，永远离开了他，他并不觉得多么奇怪，这一小时和以前的很多个一小时都一模一样。因为自我抑制了，他真诚地感激上苍，心里想着，“只有最后一个小时了”。之后又继续走了起来。

门外用石头铺成的小道上传来脚步声，他停了下来。

门锁正要被打开，他听见外面传来低声的交谈，讲的是英语，“他从来没有在这里和我碰过面，我会小心躲避他的。你一个人进去吧，我就在这里等你，时间紧迫啊。”

门迅速打开又被关上了，站在他面前的人一脸笑容，不动声色，一直看着他，一只手指头放在唇边警告他的正是西德尼·卡尔顿。

他的形象是如此高大，如此杰出。囚犯刚看到他时，还以为这是自己幻想中的天使。可是他却说话了，声音也没变，他将囚犯的手牢牢抓住，那手也真的是他的手。

“你恐怕永远想不到，现在站在你面前的是我吧？”

“我真的难以置信，直到现在依然是，你不会是被关进来了吧？”他突然忧心起来。

“没有，我只是一个偶然的机会将这里一个管牢的掌控住了，逮住机会来看你的。我是从她，也就是你的妻子那里来的，达尔内。”

囚犯不停地抚摸着自己的双手。

“我将她的一个请求带给你。”

“什么请求？”

“一个非常真切，也非常关键的请求，是你最难以忘怀的人用最生动的语气提出来的。”

囚犯不禁把脸扭了过去。

“你没有时间了，不要问我为什么告诉你这个请求，也不要猜度它到底是什么含义，我没有时间跟你说了，你照做就可以了。将脚上的靴子脱掉，换上我的。”

牢房里墙边上有一把椅子，刚好在囚徒背后，卡尔顿往前一推，他正好跌落进那把椅子，自己光着脚，低头看着他。

“赶紧穿上我的靴子，快点。”

“卡尔顿，我们是没办法逃出去的，根本不可能，你会和我一起死无葬身之地的，你这完全就是在做白日梦。”

“我要是说让你逃那才叫是做白日梦。可是我叫你逃了吗？等到你可以走出那扇门时再这样说吧，你还可以留在这呢？将你的蝴蝶结也换给我，上衣也是。你赶紧换衣服，我将这条发带取下来，把你的头发弄散乱一点，这样才比较像我。”

卡尔顿飞快地动作着，他凭借超乎寻常的意志力让他换下了装备，囚犯此刻在他手底下和一个儿童无异。

“卡尔顿，亲爱的卡尔顿。你真是疯了，这是不可能的。完全不可能，有人这样实践过，可最后失败了。我希望你不要再平白无故搭上自己的性命了。”

“亲爱的达尔内，我要你逃出去了吗？等到我要你逃的时候，你再这样说吧。桌子上有笔、有纸，你的手还可以写字吧？”

“你刚进来时，我的手还是好好的。”

“那就继续，照我说的写，赶紧！”

达尔内尽管迷茫，可还是坐下来，照着卡尔顿所说的写。

“写给谁？”

“不写给谁。”卡尔顿依然一只手放在前面口袋里。

“需要写时间吗？”

“不用写。”

囚徒每写一个字都要问一下，卡尔顿一手插到前面口袋里，低头看着他。

“如果我俩之前的一次对话你还记得的话，”卡尔顿说，让他写，“见到这封信你会一切都明白了。你知道你肯定不会忘记，因为你的天性如此。”

他正打算从前面口袋里把手拿出来，囚徒写到一半觉得很迷惑，又迅速抬头看了他一眼。那手停在半空中，手里似乎拿着个什么东西。

“把‘如此’写完了吗？”卡尔顿问道。

“写完了，你手上拿的是工具吗？”

“没有，我任何工具都没带。”

“那你手里拿的是什么？”

“你很快就会明白的，你继续往下写，很快就写完了。”他又说，让他照着写。“我感谢上苍有机会让你证实我曾经说过的话，感谢上帝，我的行为不会再留有难过了。”说这句话时，他一直看着写信的人，缓缓地，把手放到他面前。

达尔顿再也握不住笔，迷茫地看向四周。

“那是什么雾气？”他问。

“你说什么？雾气？”

“我刚好像看到什么东西从我眼前飘过。”

“我什么都没有看到，赶快写吧，迅速一点。”

囚徒尽可能让自己专注，可是记忆力似乎受损了，或者生理功能遭到了破坏。他眼皮非常沉重地看着卡尔顿，呼吸也开始急促。卡尔顿看着他，手又放到了前面口袋里。

“赶紧！”

囚徒只得又低下头写。

“否则的话，”卡尔顿的手又小心地，慢慢地往下移动，“我就没办法再利用这个更为持久的机遇了，否则，”那手放到了囚徒面前，“我的负担就会更加沉重，否则——”卡尔顿拿着笔，写出来的字迹已经没办法再认出来。

卡尔顿的手没办法再插回到前面口袋里，囚徒一跃而起，脸上露出批评的意思。可是卡尔顿用右手紧紧捂住他的鼻子，左手扶住他的腰。囚徒对于前来救赎他的人只微弱地动了两下，便一动不动了。

卡尔顿急切地穿上囚徒的衣服，又将自己的头发梳到后面，用囚徒的带子拢住，之后轻轻地叫道，“进来吧。”密探进来了。

“你看见了吗？”卡尔顿单膝跪在已经昏过去的人身边，同时将信放在上衣口袋里，这才抬头问道，“你会不会有很大的危险？”

“卡尔顿先生，”密探小心地打了个手势，说道，“这里太乱了，可是如果照你的思路往下进行的话，我就没什么危险。”

“不要为我忧心，我是无论如何会坚守承诺到底的。”

“如果要五十二个人的故事都完美无瑕，你必须得坚守承诺，卡尔顿先生。只要你照囚徒的样子打扮了，我就没有事。”

“不要担心，我很快就会让你置身事外了，他们也会走得远远的，上帝保佑！现在，请人帮忙来将我送到马车里去。”

“你？”密探小心地问道。

“他，我和他交换了呀，你刚才出去是从刚带我进来的那个门吧？”

“是啊。”

“你带我进来时，我已经非常虚弱。现在你带我离开，我禁不住这种分离的场面，已经昏迷过去。这样的情况在这里不是很正常吗，你的生命在你自己手里握着。赶紧，找人来帮忙。”

“你保证不会让我陷入危险中吗？”密探哆嗦着，过了好久才说。

“喂，”卡尔顿急得直跳脚，“我不是早就许下过诺言，一定坚守承诺到底的么？你为什么还要虚耗宝贵的时间！那院子你是知道的，你亲自把他带进马车，交给罗瑞先生，亲自跟他说让他畅快呼吸就好了，不要用任何解药，叮嘱他我曾经跟他说的话和他自己的诺言，赶紧走。”

密探走了，卡尔顿靠在桌边坐了下来，双手托着额头，密探随即带了两个人进来。

“怎么了?”两人中的一个看着已经昏迷在地的人说，“他的朋友要被判处死刑，他就如此悲伤吗?”

“如果这个贵族不会被送到断头台，”另外一个说，“杰出的爱国者也不会如此悲伤的。”

带来的担架早就放在了门口，他们将已经人事不省的人放进担架，蹲下身子正准备走。

“时间快到了，埃佛瑞蒙德。”密探暗示道。

“我知道，”卡尔顿回答，“希望你们善待我的朋友，去吧。”

“来吧，兄弟们，”巴萨说，“抬起来，走!”

门被关上了，只有卡尔顿一个人孤独地在这里。他用力认真听着，担心出现什么质疑的声音，还好什么都没有。钥匙放在锁孔里，门发出忽地一声，脚步声消失在走廊尽头，没有任何不一般的动作。没过多久，他的呼吸就开始均匀，坐在桌边认真地听。时间到了两点。

某些声音开始响起，他知道他意味着什么，并不害怕。几道门依次打开，最后，他的门也被打开了。一个看守举着名单朝里望，说：“埃佛瑞蒙德，跟我来。”便带到来到一处黑咕隆咚的大屋里。那是个暗沉的冬天，室内几乎一片漆黑，也因为天色不好，对带进来的人面孔，几乎很难看清。有的人站着，有的人坐着，有的人悲伤地哭泣，不过哭闹的人很少。大部分人都一动不动，一副视死如归的场面。

他被带到一个阴暗的角落，五十二个人随后都进来了。有个人因为和达尔内相识，还停下来和他拥抱了一下。他非常担心被看出来，心都提到了嗓子眼，可是那人随即又出来了。过了一会儿，一个年轻妇女来到他身边，要跟他说话。他刚才还看见她坐在那里，个子很小，像一个小女孩一样，一张可爱的脸一点肉都没有，面色也是惨白的，眼睛睁得大大的，似乎一副无所谓的样子。

“埃佛瑞蒙德公民，”她冰冷的手指碰着他的手说，“我是个小女裁缝，在拉福斯，我和你一起蹲过监狱。”

他回答时声音迷糊不清，“是的，他们说你犯了什么罪?我好像记不太清了。”

“说我图谋政治。公平的上帝会证明我的冤屈，我怎么可能有什么图谋。你看我这么瘦瘦小小，谁会来找我图谋呢，真是滑天下之大稽。”

她说话时那凄惨的微笑让他心头不禁一动，他也不禁开始潸然泪下。

“我并不惧怕死，埃佛瑞蒙德公民，可是我真的什么也没做啊。会给穷人谋那么多福利的共和国如果因为我的死可以得到福利的话，那么要我死也心甘情愿。可是我不知道这到底能带来什么福利，埃佛瑞蒙德公民，我是一个如此瘦小无助的人小女人。”

那是世界上最后一个让他心疼的人了，因为这个姑娘的话，他开始感动，内心充满了同情。

“我听说他们已经让你恢复自由了，埃佛瑞蒙德公民，我希望那不是一场梦，是吗？”

“确实是的，可是我又再次被逮捕，而且还是死刑。”

“如果我和你在一辆囚车上，我可以握住你的手吗，埃佛瑞蒙德公民？我不惧怕，可是我个子太小了，身体太差了，握住你的手，我就有了十足的勇气。”

她用一双无辜的大眼看向他的脸，猛然之间觉得诧异。他握了握那几根被饥饿和贫穷弄得枯树似的手指，在自己的嘴唇前嘘了一下。

“你是顶替他赴死吗？”她小声地说。

“还顶替他的妻子和孩子。”

“啊，你可以让我大胆地握住你的手吗？陌生人。”

“嗯，当然可以，可怜的妹妹，一直到最后。”

监狱上空的乌云也在同一时间落到关卡上，那里有一大群人，一辆从巴黎出来的马车正在接受盘查。

“车上是谁？把证件拿出来。”

证件被迅速拿了出来，接受盘查。

“亚历山大·曼内特，法国人，医生，是哪位？”

这个就是，那个口齿不清、大脑混沌的虚弱的老头被指认着。

“医生公民的头脑开始混乱了，是吗？革命的高烧让他无法抵抗了吗？”

太没办法了。

“哈，抵抗不了的人太多了。露西，他的女儿，也是法国人，哪位？”

这就是。

“很明显是她。露西，埃佛瑞蒙德的老婆，是吗？”

是的。

“埃佛瑞蒙德还有其他的案子要办，露西，她的女儿，英国人，这就是吗？”

是的，这就是。

“亲亲我，埃佛瑞蒙德的孩子，现在和一个杰出的共和主义者亲吻了。记住，这可是你的荣耀呢？西德尼·卡尔顿，律师，英国人，又是哪位？”

躺在马车角落里的人就是，“卡尔顿”被指认着。

“这位英国律师看来已经昏过去了，是吗？”

“希望自由的空气可以唤醒他，他身体本来就差，适才又和一个共和国讨厌的朋友生离死别了一场，伤心过度了。”

“为这就可以晕过去吗？真是见不得场面。共和国讨厌的人太多了，全都要从那个小窗口往外看呢。贾维斯·罗瑞，银行家，英国人，是哪位？”

“是我，我是最后一个。”

上面的问题都是贾维斯·罗瑞代为回答的。他下了车，一手按住车门，同时回答着官员们的提问。官员们漫不经心地顺着马车走了一圈，又缓缓地爬到马车车厢里面，检查了下车顶上带的为数不多的行李物品。乡下人也聚拢过来，靠近车门，往里细细看着。一个被妈妈抱在怀里的小孩子将短短的手臂伸出来，想要摸一个丈夫就要被执行死刑的贵族的妻子。

“让我检查一下你们的证件吧，贾维斯·罗瑞，已经签过字了。”

“公民，我们可以顺利通过了吗？”

“是的，车夫，祝你们一路顺风。”

“向你们致敬，公民们，总算顺利通过了第一道关口。”

这又是贾维斯·罗瑞的话，这时他双手环抱在胸前看着，马车里有害怕，有哭泣，还有已经晕过去的乘客压抑的呼吸。

“我们是不是走得太慢了一点？可否叫他们迅速点？”露西紧紧挨着老年人说。

“快了会让别人觉得我们像在逃跑样的，亲爱的，不能太赶了，要不然会被质疑的。”

“看看后面，有没有人跟踪我们？”

“路上一个人都没有，亲爱的，到现在为止没有人跟上我们。”

从我们眼前晃过的景物有村庄，有房屋，有废墟，有硝皮作坊等，除此以外，还有落叶树，还有广阔的原野。下面是崎岖不平的道路，两旁是深深陷下去的污泥。有时我们会从泥泞里穿过，因为要躲开石头，以免马车颠簸得厉害。有时我们会陷进泥地里，心里会恐惧，会害怕，会手足无措，只想赶紧下车跑掉。只要车子不停下来，我们做什么都可以。

走出一望无际的原野，又经过了倒塌一片的建筑物，孤单的农庄、硝皮作坊、农庄、落叶树等，赶车的是不是忽悠了我们，是要从其他路径再返回去吗？又到了原地吗？太感谢了，事情并不像我们想象的那么糟，我们看到了一座村庄，后面也没有人。真好，我们到驿站了。

我们的四匹马被换了，新的驿马又出现在我们眼前，之前的车夫漫不经心地点着钱，因为加法算错了，满脸的埋怨。新车夫过来了，嘴里咬着鞭梢，也是一副满不在乎的态度。在这整个过程中，我们的心都跳得很快，甚至比世界上奔跑速度最快的马还要快。

新车夫终于开始赶车了，原来的车夫落在了后头。我们穿过村庄，从山坡上上了又下来，来到低洼的平地。突然两个车夫猛烈争吵起来，忽然之间勒住马缰绳，马匹差点栽倒在地。是后面有追兵吗？

“喂，车里的客人，请允许我提个问题。”

“怎么了？”罗瑞先生看向窗外，说道。

“你们说是多少？”

“你们在说什么？”

“刚才在驿站里，他们说今天要杀头的有多少人？”

“五十二个啊。”

“看，我说是吧，多么吉利的数字！这位公民非说是四十二人，再杀十个人也是理所当然的嘛。断头台真是好样的，我太爱它了，走啊，驾，驾！”

夜幕渐渐深了，昏迷的人开始有了更多的动作。他开始清醒过来了，口齿也开始清楚了。他以为他们还在一起，叫着卡尔顿，问他手上拿的是什么？啊，上帝可怜我们，声援我们，小心，看后面是不是有追兵。

风呼啸着吹向我们，云也一直紧随着我们的脚步，月光铺天盖地地向我们袭过来，整个夜都席卷向我们。除此以外，就只剩下一片空白。

第十四章　编织结束

德伐日太太召集了复仇女神和陪审员雅克三号开了个小型会议，会议地点不是德日伐太太家的酒店，而是锯木工的小木屋，这个锯木工也就是之前的补路工。他们召开这个阴沉的会议时，另外五十二个人正等待着命运的判决。小小的锯木工似乎没有资格参加会议，只是在远处默默地待着，只有那三位会议主角问到他或者是需要他发言时，他才临时参与一下会议。

雅克三号说道："毋庸置疑，我们的德伐日先生是个优秀的共和分子，不是吗？"

复仇女神立刻尖声的附和道："那是当然，他是法国最优秀的共和分子。"

"小复仇，你不用这么大声，"德伐日太太伸出手指放在复仇女神的唇上，皱了下眉头说，"我们都知道，我的丈夫是个优秀的共和分子，而且还是个英勇果断的人，他是共和国的骄傲，是共和国值得尊重和信任的人。但是医生却是他的弱点，他总是对医生手下留情。"

"那就太遗憾了，"雅克三号摇了摇头，低沉地说道，"这样说来，他应该就不能算是个优秀的共和国公民了。"

德伐日太太接着说："可是对我而言，我并不在乎什么医生不医生的，他们的死活我毫不在意。但是埃佛瑞蒙德一家必须斩草除根，他的妻子和孩子不能留下活口。"

"他妻子的漂亮脑袋也要跟着一起去了呀，"雅克三号低声地说，"那些蓝眼睛金头发的漂亮脑袋我在这儿看过不少呢，它们被参孙提起来的样子很是迷人呢！"他说话的语气让不知道的人会误以为他是个美食家呢，实际上他是个吃人的恶魔。

德伐日太太低着头在思考。

雅克三号接着说:“那个小孩也是一样的蓝眼睛金头发呢,这样迷人的孩子倒是少见呢!”

“总的来说,”德伐日太太顿了一下接着说,“在这件事上我对我先生不太放心。昨天晚上我就决定,我们的计划细节不能透露给他,不然他很有可能泄露我们的计划,让他们有机会逃掉。”

“这样的事情绝对不能发生,”雅克三号仍然低沉地说,“一个也不能放过,本来人数就不够,要是可以,我恨不得一天杀他个一百二十个。”

“总的来说,”老板娘接着说,“我和我先生在这件事上不能达成一致,他不能理解我为什么要斩草除根,我也理解不了他为什么要对医生心慈手软。所以我决定我要亲自动手。你过来,小公民。”

听到德伐日太太叫他,他摸了摸他的红色便帽,立刻毕恭毕敬地走了过来。在她面前,他总是怕得要命。

德伐日太太严厉地问道:“小公民,你今天可以作证证明那个女人做奇怪手势的事情吗?”

“当然可以,任何时候都可以!”锯木工大声说道,“每天的两点到四点,不论刮风下雨,她都在那个位置打手势,有的时候还会带着那个小孩。这是我亲眼所见的,绝对真实。”

锯木工边说话边做着许多手势,就像是下意识地模仿着几个他从没见过的复杂手势。

雅克三号肯定地说道:“这已经很明显了,这绝对是在搞什么阴谋。”

德伐日太太阴沉地笑了笑,看向雅克三号:“那么陪审团这边都没问题吧?”

“亲爱的女公民,我可以向你打包票,我陪审团的伙计们都不会有异议的,相信我们陪审团吧,我们都是爱国人士。”

德伐日太太又沉思起来:“我再想想,我是否能够放过那个医生。我先生是那么希望能够放他一条生路,而对我来说也不是非杀他不可,那么我是不是要放过他呢?”

“好歹也能凑个数呢。”雅克低声说,“本来现有的数量都不够,放过他实在是可惜啊,我认为。”

“是的,不能放过他,我看到过他和那个女人一样都在打手势。”德伐日太太争辩说,“我必须一视同仁,这件事不能交给小公民一个人去办，我也可以做证人的，而且我做起证人来丝毫不比别人差。”

德伐日太太的话一说完，复仇女神和雅克三号便连连夸赞她一定会是最出色的证人，锯木工也争着夸赞她是举世无双的证人。

“我是不会放过医生的，”德伐日太太坚定地说，“他得拼命去逃了！三点的时候你要去看今天处决的这批人，是吗？”

老板娘问的是锯木工，他连忙答道是的，并力证自己是最积极的共和分子。事实上如果错过了午后一边抽烟一边欣赏国家级剃头师傅的表演，他会十分失落和孤独的。这时的表白显得有些过了，似乎他时刻都在害怕被怀疑不够积极而丢了小命。德伐日太太望向锯木工的眼神总是带着轻蔑的意味，也许她真的不信任他吧。

老板娘接着说：“我也要去那儿，等处决结束了，你们来找我，我们一起去圣安托万，去揭发那几个人，时间就定在八点吧！”

锯木工又画蛇添足的巴结老板娘，说是能陪伴着她一起做事是他的无上荣耀，结果却没能得到老板娘的好感，反而白了他一眼。锯木工尴尬地跑到角落里锯起木头来，借此躲避老板娘的目光，掩饰他的狼狈。

老板娘朝门边靠了靠，招呼陪审员和复仇女神到跟前，向他们说了她接下来的计划：“现在那个女人肯定在家里等待她丈夫死亡的消息，她肯定会难过、会伤心、会仇恨，会对共和国心生怨恨，对敌人心生同情。我现在就去找她。”

审判员高兴地叫道：“你是多么的令人钦佩，令人崇拜啊！”

“啊！你就是我的心肝！”复仇女神也跟着叫道，上前拥抱了一下老板娘。

老板娘把手里的毛线递给了小复仇：“喏，把我的编织活儿拿去放在我平时的座位上。今天去的人肯定比平时的要多，你赶紧去，先帮我占好座位。”

“好的，遵命！”小复仇立刻答道，并上前亲了亲她的脸颊，“你一定会准时到吧？”

“行刑前我肯定会到的。”

“一定要在囚车到之前来哦！我的心肝宝贝！”复仇女神生怕老板娘会迟到，冲着已经走上街的老板娘背影重复喊道，“囚车到来之前啊！”

德伐日太太并没有回头应答，只是抬手挥了挥，示意已经听到了，然后继续走过泥泞的街头，绕过监狱大墙。审判员和小复仇一直望着她走远，对她崇高的道德和美丽的背影称赞不已。

在这个时代许多妇女都经历了可怕的改造，变形的厉害，然而却没有一个人能胜过这个走在街上的女人，她比任何一个妇女都要无情、都要可怕。她具有精明的头脑、坚强的性格和坚定的决心，她具有一种坚定、仇恨的特色的美，这种美使人钦佩、赞叹不已。不论是在任何时代，她这样的人都是能够出人头地的。她的同情怜悯之心早在童年时期就泯灭干净了，孩童时所受的委屈让她从小就对阶级产生了仇恨，成长至今已是根深蒂固、无法动摇了。

在她看来，一个无辜的男人因为父辈的罪行而死是应该的，因为在她的眼里只看到父辈的罪孽深重，却看不到那个为此丧命的男人的无辜。包括这个男人的妻子和孩子，她们因此将变成寡妇和孤儿，但这对她来说也不算什么。甚至，她还要将她们的性命也取来作为她的战利品，在她眼里，她们也是有罪的，她们也该死。可怜她们、放过她们，那是不可能的，她不仅对她们没有怜悯之心，包括对待她自己也是。即使是为战斗牺牲，她也不会为自己可怜，如果被送上断头台的是她，她也只会恨不得让敌人与她一同身首异处，也不会为自己流露出一丝丝的伤感情怀。

这就是德伐日太太，粗布袍子下的心坚硬而冰冷。她随意穿着的布袍看起来怪异，却很合身，红色便帽下的黑发显得格外浓密。她的腰间别着一把锋利的匕首，胸前掖着一把上了膛的手枪，她就是以一身这样的装束，踏着自信的步伐走在大街上，像少女赤脚行走在沙滩上那般轻松、矫健。

这时旅行马车还在门口等待着。罗瑞先生从昨晚开始就在权衡思量是否要普洛丝小姐坐这辆车。马车不能超重，而且还要尽量减少马车和乘客的检查时间，因为这关系着他们是否能逃得掉，对他们来说分秒必争。经过一番认真思索，他最终决定让普洛丝小姐三点时乘坐最轻便型的马车出发，因为这些马车可以自由出入巴黎，没有沉重的行李包袱，行驶起来很快就可以追上驿车，赶到驿车前面提前去雇马，这样夜间就可以接着赶路，即使在黑夜里也不会耽误行程了。

这种安排中，普洛丝小姐乘坐的轻便型马车有着很重要的作用。她明白了这点后，很高兴地答应了这个安排。接着他们送走了驿车，接待了所罗门送来的人，接着胆战心惊地忙碌着追赶驿车的准备工作。德伐日太太正向这间公寓走来——此时这里除了还在计划商量的普洛丝小姐和克朗彻先生，其他的房客都已经撤走了。

普洛丝小姐此时激动得几乎不能自已，似乎连话都不会说了：“现在，克朗彻先生，如果我们也从这个院子出发，会不会让人起疑呢？我们能够不从这个院子出发吗？”

“我觉得你说的有道理，女士。”克朗彻先生答道，“只要是你的建议，我都会拥护的，不管对错。”

“为了这几个心肝宝贝，我的心一直都在提着，害怕和希望交织着折磨着我，我都快疯了。”普洛丝小姐说着说着放声大哭起来，“我现在紧张得什么主意都想不出来，求你帮我出出主意吧，亲爱的克朗彻先生。”

克朗彻先生答道：“如果是为将来的生活出点主意，我也许能行。但是在这种紧要关头，我的死脑筋也想不出什么好主意。不过我要在此时立下两道誓言，请你做个见证帮我记住可以吗？普洛丝小姐？”

“哦，上帝保佑！”普洛丝小姐的哭泣还没有停止，“我会记住的，但是请你像个真正的男子汉一样不要总是记挂在心上。”

“第一，”克朗彻先生说话时神色庄严，面色如土，浑身都在发抖，“只要这次他们能够安全逃离，我发誓以后再也不干这种事了，再也不！”

“我完全相信你，克朗彻先生，”普洛丝小姐答道，“不管是什么，你肯定都不会再干这样的事了。但我请求你不要具体说明那是什么，这样就够了。”

“好的，小姐，”他回答，“我不会说的。第二个誓言是，只要那几个可怜的人能脱险，我以后再也不会干涉我的太太做祈祷了，永远不会。”普洛丝小姐擦了擦眼泪努力镇定地说，“我相信，所有的家务事交给克朗彻太太来管是最好的。啊，可怜的人啊，我的宝贝们！”

“我还想说的是，”他接着往下说，他说话的样子庄重的让人吃惊，就像是在布道台上发表演讲一样，“请你把我的话都记住，有机会了，请亲自转告我的太太，我现在对祈祷的看法完全改变了，我真心地希望她此时就在跪地为我们祈祷。”

“好的，好的，亲爱的，我也希望她正在祈祷，”普洛丝小姐着急地叫道，“并且希望她的祈祷能够应验。”

“不，千万不可以应验！”克朗彻先生庄严、缓慢地说道，语气中含有坚持到底的意思，“千万不能让我的报应应验在我为那些可怜人们所祈祷的愿望上面！别应验（如果方便的话），我们应该跪下祈求他们能够安全逃离。别应验，我是说，别一应一验！”经过长久的思索得到更好的结论后，克朗彻先生下了这个结论。

此时，德伐日太太离这里越来越近了。

“你说得太感人了。”普洛丝小姐说，“请相信我，只要能回到故乡，我一定把我记住的听懂的话都亲自讲给克朗彻太太听。而且，不管将来如果，我都是你可以信赖的人，在这可怕的时刻，你一本正经的态度即可为我作证。现在，尊敬的克朗彻先生，我们再好好想想，再好好想想还有什么需要做的。”

此时，德伐日太太离这里越来越近了。

“如果你先走，然后在别的地方叫马车等我，会不会要更安全，更不容易被发现呢？”普洛丝小姐说道。

克朗彻先生很赞同她的说法。

普洛丝小姐又接着问道：“那你和马车在哪儿等我比较好呢？”

除了伦敦圣殿关，克朗彻先生再也想不到别的地方了，他的脑袋里已经一片混沌了。但是上帝啊！伦敦圣殿关远在千里之外，而德伐日太太却已经近在咫尺了。

“要不在大教堂门口吧！”普洛丝小姐提议道，“在那里停车等我不会耽误行程吧？就是大教堂两座钟楼之间的那个门口。”

“不会，小姐。”克朗彻先生回答道。

“那就好，现在，请你赶紧去车站更改路线吧！”

“可是留你一个人在这里我不放心啊！”克朗彻先生犹豫着摇摇头，不肯离去，“谁知道还会发生什么呢！”

“那只有天知道了。”普洛丝小姐说，“放心吧！快去，赶在三点之前在那里等我。我确定从那里出发比从这里出发要好得多。好了，就这样吧！克朗彻先生，愿上帝保佑！别担心我了，那几条命更值得担心，他们的安危还得靠我们呢！”

普洛丝小姐的一番苦口婆心，再加上她握着克朗彻先生的手苦苦哀求的样子，克朗彻先生终于同意了。他对着普洛丝小姐鼓励地点点头，就出门按计划行事去了。

制定好了防御措施，并且正顺利进行着，普洛丝小姐终于松了口气。为了显得自然一点，不引人注目，她必须保持镇定的样子，于是她渐渐安定下来。看看时间，已经是两点二十了，她必须抓紧时间做好准备了。

一个人还是会感到害怕的，空荡荡的房间就只剩她一个人，还有那些开着的门也让她感觉害怕，好像每扇门背后都藏着一双窥视的眼睛。她打了盆水想要洗洗哭肿的眼睛，但是心里的恐慌让她不敢安心地埋头洗，生怕水渍挡住了视线看不见周围，所以边洗边抬头四处望望，生怕出现什么人在看她。这次她再抬头看时，竟真的看见一个人影站在屋里，她吓得不禁大叫一声，往后退去。

脸盆掉落在地上，盆里的水向四处流去，流到了德伐日太太的脚边——她这双脚曾踏过血泊，脚步威严，步伐独特。

她冷冷地看着普洛丝小姐开口问道："埃佛瑞蒙德的太太在哪儿?"

普洛丝小姐猛然反应过来，屋里所有的门都还开着，一看就像是有人已经逃走的样子。于是她立刻冲到门前，把屋里的四扇门都关上了。关上门后，她便站在了露西的房间门前。

德伐日太太没有说话，只是默默地看着普洛丝小姐迅速地跑来跑去，眼神落在她的身上，仔细打量着她。普洛丝小姐并不漂亮，她的身上带着一股难以驯服的野性，即使是岁月也没能驯服她。她也是个特别厉害的角色，尽管招数不一样，她同时也用眼睛认真审视着德伐日太太身上每一个细节。

"还别说，你那样子和一个魔鬼的太太真的没有区别。"普洛丝小姐轻声嘀咕着，"你不可能在我面前逞英雄，我可是个英国女人。"

德伐日太太居高临下地看着她，她和想法和普洛丝小姐差不多。她俩也算是棋逢对手了，德伐日太太是个剽悍、反应迅速的妇女，就像多年前罗瑞先生眼中那个四肢发达的妇女一样。德伐日太太非常明白，普洛丝小姐是这家最可靠的伙伴，普洛丝小姐也非常明白，德伐日太太是这家不共戴天的仇人。

"你要去那边。"德伐日太太指向杀人地说，"我的毛线活和座位都在那里留着，我是顺路过来看看她的，我想和她见一面。"

"我明白你没安好心。"普洛丝小姐说，"可是你放一百个心，任何坏心眼在我面前都得露馅。"

她们两个一个讲英语，一个讲法语，谁也不知道对方在说什么，可是互相都提防着对方，希望从对方的神色举止中揣摩出对方是什么意思。

"这个时候不让她和我碰面，对她可是有百害而无一利。"德伐日太太说，"杰出的爱国者都知道那意味着干什么，让我和她见一面，向她传达我的意思，听见了吗?"

"即使你聪明得跟什么似的，"普洛丝小姐说，"我就像床四根坚实的柱子一样，不管你怎么想歪心思，都休想动我一根毫毛。不行，你这个心思狠毒的女人，我今天算是跟你耗上了。”

看上去德伐日太太并不知道这些语言是什么意思，可是却非常清楚对方并没有高看她一眼。

“笨蛋！”德伐日太太眉头皱得紧紧地，“我不需要你回答我，我只要你跟她传达我的意思，要不然你就躲开，让我自己去找她。”说时她愤怒地打着手势。

“我才懒得理你那些胡话呢。”普洛丝小姐说，“不过为了搞清楚你是否得知真相（也许只是明白一点点），我倒可以将所有东西都送人——当然这身衣服除外。”

两人一动不动地看着对方，德伐日太太从普洛丝小姐身上看到，自从她到这里来以后，她几乎没挪动半步的位置，现在往前走了一步。

“要知道，我是个不列颠人。”普洛丝小姐说，“今天我就和你一拼到底了，虽然这条命只值两便士，我也在所不惜了。我明白你把我拖延在这的时间越长，我的小鸟儿逃开的概率就更高。你要是敢动我一下，我就把你的头发全部拔完，让你变成秃头。”

就这样，普洛丝小姐每迅速说完一个音节，就要摇晃一个脑袋，睁大双眼，可是她的每句话又都说得上气不接下气。她就像这样开始了奋斗，似乎她这辈子都没有跟谁打过架似的。

可是她的勇气却不够理性，她的眼里已经全部是泪水。对她用这种形式表现出来的勇气，德伐日太太却理解错了，以为那是示弱。“哈哈！”她笑得很大声，“你这个懦弱鬼，还装什么英雄。我要跟医生对话。”说完便高声叫嚷了起来，“医生公民，埃佛瑞蒙德太太，小屁孩，除了这个令人同情的笨蛋，你们谁来和德伐日太太说话？”

或者是因为接下来是一片安静，或者是普洛丝小姐的表情暗示了什么，或者是和两者都没有关联的突然脑子一活，总的来说，德伐日太太明白他们已经不在这个屋里了。她赶紧将三道门都打开，看向里面。

“三间屋子都七零八碎的，明显有人收拾过行李，到处都是乱扔的东西。你后边的屋子应该也没有人了吧，让我瞅瞅。”

“你想都不要想。”普洛丝小姐知道她要干什么，就好像德伐日太太非常清楚她的答案一样。

“他们如果不是在这间屋里，他们就是跑了，我会派人去追，将他们全部抓回来。”德伐日太太小声嘀咕道。

“只要你搞不明白她们到底在没在这，你就不知道接下来该怎么办。”普洛丝小姐嘀咕道，“只要我让你糊涂，你就很难明白。不管你明不明白，只要我能拖住你，你就休想离开这里。”

“我从小就在街面上活动，没有什么东西可以阻挡我的脚步。我可以将你撕成碎片，我现在就将你轰走。”德伐日太太说。

“我们这院子一个人都没有了，现在高楼顶上也只有我们俩，看上去不会有人听见的。我希望上帝赐予我力量，让我将你死死缠住，你在这里多待一秒，我的宝贝儿逃跑的希望就更大一些。”普洛丝小姐说。

德伐日太太想要强行闯进这间屋子，普洛丝本能地抓住她。德伐日太太拼命挣扎，拳打脚踢，可是都起不到丝毫作用。普洛丝小姐满心的热爱，有非常强劲的力量，将她搂抱得更紧，这个世界，爱永远比恨力量大得多，在挣扎中她甚至让她的脚尖离开了地面。德伐日太太用双手打她，抓她，可是普洛丝小姐只一门心思地抱住她的腰，比怕被溺亡的女人抱得更紧。

德伐日太太马上不再拳打脚踢，伸手摸向她的腰间。“你那玩意儿就在我胳膊下面压着呢。”普洛丝小姐屏声静气地说，“你不要妄想拔出来，感谢老天爷，我的力气可远远比你大。我要一直困着你，直到我们其中一个人支持不住死去。”

德伐日太太的手已经到了胸前，普洛丝小姐看情形不妙，认出了那是个什么玩意，便呼哧给了她一拳，然后只见一道亮光闪过，之后便只剩下她一个人，硝烟弥漫，什么都看不到了。

这一切只不过发生在转瞬之间，硝烟散去，只剩下让人窒息的安静。硝烟就好像那怒发冲冠的妇女的灵魂一样在空气中不见了，那女人的身子却不再动弹了。

普洛丝小姐被这突如其来的情形吓坏了，她先是迅速冲到楼下，想远离那具尸体，去找根本不存在的人过来帮忙。幸亏她想起来了自己所闯下的祸的后果，便赶紧又折回来，快步跑回来。她非常恐惧再次进到这间屋子，可她还是进去了，而且从尸体身边经过，拿出了她的衣物，然后带上门，锁好，并把钥匙拔下来，在楼梯上穿戴整齐，又深呼吸了一会儿，抽咽了一会儿，然后才站起来快速跑掉。

幸亏她的帽子上有面纱挡着，要不然路上的行人看到她这副模样，肯定会盘问她的。也幸亏她长相与众不同，因此也不会让人觉得她穿戴不整齐。她需要具备这两个条件，因为她头发凌乱不堪，脸上还有很长的指甲，衣服也是长短不一，只是用不断打战的手稍微捯饬了一下。

过桥时，她顺手将钥匙扔了进去。她比她的保镖还早一会儿到达大教堂。在等他来时，她思虑万千。如果那钥匙被网住了怎么办？如果被认出是哪家的钥匙怎么办？如果门被打开，发现尸体横在屋中间会怎么样？如果在城门口她被盘问，然后被收押送监，给她判个死刑该怎么办？她正在满脑子思忖着，她的保镖来了，让她上了车，然后离开了这个地方。

“街上有吵闹声吗？”她问道。

“很平常的声音。”克朗彻先生说，他因为这个问题和她那个不同一般的表情而诧异不已。

“我没听到你在说什么，”普洛丝小姐说，“你刚刚在说什么？”

克朗彻又重复了一遍自己刚才的回答，可那也没有意义，普洛丝小姐依然没有听到。“那我就点头吧，”克朗彻先生惊讶极了，想着，“她是不管怎样都明白的。”她倒是清楚。

“街上现在吵吗？”没过多大一会儿，普洛丝小姐又问。

克朗彻先生依然点了点头。

“可我还是没有听见。”

“怎么才一个小时的时间，耳朵就听不见了。”克朗彻先生纳闷道，心里非常焦虑，“她到底怎么了？”

“我觉得，”普洛丝小姐说，“忽然灵机一动，又砰的一声，那就变成我这辈子听到的最后一声了。”

“她这个样子真是让人捉摸不透啊。”克朗彻先生越来越慌乱，“她喝了什么玩意儿，让自己胆子变大了吗？听，那让人惧怕的囚车又开始轰隆隆响起。你听到车声了吗，小姐？”

“什么都没有听见。”普洛丝看他说话便回答道，“啊，我的好人，先是一声剧烈的砰，然后世界就一片安静了，再也没有声音了，我这辈子恐怕就会这样了。”

“既然她根本听不见——囚车，就快要到达终点站了。”克朗彻先生回头看了一眼说，“我看她是真的失聪了。”

她的世界真的是清净了。

第十五章　足音断绝

囚车在巴黎的街道上轰隆隆经过，声音划破长空，尖锐而刺耳。六辆死囚车让断头台小姐又美美地喝上了一顿。自从想象可以被记载以后，有关美食，有关欲望不满的种种魔鬼形象便都汇聚在断头台上了。可是在法兰西，尽管有不一样的土壤和天气，可是却没有树木生长，没有草长莺飞，都比不上这个怪物的生长环境更为恒久。就算是用非常尖锐的东西让人类改变了模样，它也依然会想方设法变回自己曾经受尽折磨的样子。只要种下的依然是残暴被压迫的种子，那么结出来的果实肯定是被压榨和暴虐的。

六辆死囚车顺着大街一直朝前走。时间这个伟大的魔法师，你如果让死囚车变成原来的样子，它肯定就是帝王专制的马车、封建贵族的坐骑、弄权的耶洗别①的梳妆台，是成了贼窝②而不是上帝的教堂和数以万计的农民的村舍。不，那严谨拟定了造物主顺序的杰出魔法师从来都是顺应他的改变。“如果上帝让你改变模样，”聪明的天方夜谭中的先知对受到魔法的人说，“那你就维持现在的样子吧，可是如果你这副形象只是因为被魔法所施用，那你就回到原来的样子吧。”没有改变，也没有奢望，死囚车缓缓地向前行驶着。

这六辆车沉重的轮子向前转动着，好像在街上的人群中凿出了一条分明的沟畦。人的脸是坑洼的脊背，犁头平静地驶过，人的脸便被朝两面展开。街两边的居民对这种场面见得太多了，很多窗户前都是空的，有的窗户上开窗的手都还在，眼睛只看了一眼车上都是哪些人。有些窗户

---

① 耶洗别：以色列王来哈的王后，曾经设计把邻居拿帕害死，帮助亚哈夺了他的葡萄园，所以被上帝处罚被杀。

② 贼窝：《圣经·新约·马太福音》第二十一章第十三节：“我的殿肯定称为祷告的殿，你们倒让它变成贼窝了。”

的主人的客人没见过这场面，主人便像一副解说员的样子炫耀着说着什么，前面那辆车，后面那辆车，还有中间那辆车，之前都坐的那些人。

死囚车上有人观察到了前面所述的种种情形，却只是面无表情地看着；有人怀着对生命无限的眷恋；有人低头坐着，陷入难以言说的痛苦中；也有人还要整理自己的仪容，照他们在舞台上表演的样子急于在观众面前展示一番。有几个人在安静地思考，想要屏蔽那些乱七八糟的思想。只有一个可怜人害怕极了，形象极其癫狂，哼着歌儿，还手舞足蹈着。可是所有死囚都没有一个人用手势或语言请求他人可怜的。

几个骑兵组成的卫队和囚车走在一排，有的人时不时看一眼他们，向他们提问。问题大概都是一样，因为问过之后，人们就都涌向第三辆马车。和第三辆囚车并排走着的骑兵会经常用战刀指向其中一个人。人们会非常关心那个人在哪里。那人站在囚车最后面，和一个年轻姑娘交谈着。那姑娘坐在囚车一个角落里，紧紧握着他的手。那人对四周的景象一点兴趣都没有，只是一门心思和姑娘交谈着。在圣奥诺雷漫长的街道上不时有人朝他喊着，那叫喊即使可以让他发出一个多余的动作，也只不过是一个内敛的微笑，并随意将脸上的手头甩一下，他的手被禁锢着，很难摸到自己的脸。

密探也不是监狱的绵羊站在教堂的台阶上等着囚车的到来。他看了一眼第一辆囚车，没有看到，再看第二辆，也没有。他开始质疑，“难道他拿我做赌注?”在看到第三辆马车时，他马上镇静了下来。

“谁是埃佛瑞蒙德?”他身后响起质问的声音。

“是哪一个？是后面那个吗?”

“是手被一个姑娘牢牢握住的那个吗?”

“是的。”

那人尖声叫道，“打倒埃佛瑞蒙德，让所有贵族都去见阎王，打倒埃佛瑞蒙德!”

“小声点。”密探轻声说道。

“怎么了，公民?”

“他是去顶替他人的，五分钟以后就好了，让他安静一会儿吧。”

可是那人还在持续叫着，“打倒埃佛瑞蒙德!”埃佛瑞蒙德听到声音看了一眼，看了一眼密探，之后又看向了前方。

时钟过了三点，从人群中犁出的沟畦拐了个弯，顺利来到刑场。人的脸看向两边，之后又合拢了，一直在队伍最后面的铧犁也在朝前走——大家都是去断头台的。断头台前有几个妇女坐在那织着毛线，似乎这里不是刑场，而是公园。复仇女神坐在最前面的一把椅子上，她在四处搜索她的朋友。

"泰雷兹。"她用尖锐的声音叫道，"你们谁看到她了？泰雷兹·德伐日。"

"她从来都不会缺席的。"其中一个织着毛线的妇女说。

"不会的，现在也肯定不会缺席。"复仇女神怒气冲天地说，"泰雷兹。"

"你可以叫大声一点。"那女人提议说。

是的，再叫大声一点，复仇女神。声音又超出了多少个分贝，可是依然没有得到回音。再大一点吧，复仇女神，再加上几句谩骂的话，可是她依然没有得到响应。派其他女人到其他地方找找吧，是被困在什么地方了吗？可是去找的人不一定就愿意走很远，虽然她们干过很多让人畏惧的事情。

"真是的！"复仇女神急得在跳脚，"囚车到了！埃佛瑞蒙德马上就要去见阎王了。可是她竟然缺席了。你看，她的毛线活还在我手里攥着呢，她的座位也还空着，真是太让我失望了，我止不住要大喊。"

复仇女神从椅子上蹦下来时，囚车已经开始往下走人。上断头台的使者们已经武装完毕，万事俱备。"嚓"——一个脑袋掉落了下去，在那脑袋还具备自己的思想时，织毛线的妇女只是漠然地数着"一"。

第二辆囚车的人已经下完了，接下来是第三辆，"嚓——"没有丝毫的犹豫，织毛线的妇女接着数道："二。"

被误以为是埃佛瑞蒙德的人下了车，女裁缝也跟着下来了。下车时他也丝毫没有松开那双纤弱的手，一直兑现着自己的承诺。他非常体贴地让她背对着那个杀人的机器，那机器正一刻不停地工作着。她看向他的眼睛，对他表示感谢。

"如果不是有了你，陌生人，我肯定会慌乱的，因为我天性胆小。我也不能看上帝，上帝已经不在了。我想向他请示今天可以带给我们期待和抚慰，我觉得你就是上帝赐予我的。"

"你也一样，是上帝送给我的最好礼物。"西德尼·卡尔顿说，"你一直看着我吧，孩子，其他什么都不要想。"

"我握住你的手就好了，我想他们的动作会非常迅速的，我放手以后甚至可以脑袋一片空白。"

“他们动作会很迅速的，不要害怕。”

两人尽管在不断减少的死囚中，说起话来却是旁若无人，他们彼此看着对方，手拉手，心贴心。这一对万类之母的儿女本来咫尺天涯，还有很多不同点，现在却站起了一起，要一起回家，一同回到母亲的怀里休息。

“善良而勇敢的朋友，你可以回答我最后一个问题吗？我太愚昧了，所以这个问题让我很是懊恼，当然只是一点点。”

“什么问题啊，你可以跟我说。”

“我有一个表妹，是我在这世上唯一的亲人，也和我一样是个孤儿，我非常爱她。我比她大五岁，她住在南方一户农民家里。因为穷，我们迫不得已分开，对于我如今的命运，她完全不知情，因为我不会写信。如果我可以写信，我要如何跟她说呢？那总好过现在吧？”

“是的，比现在肯定要好一些。”

“来时我就一直在想，现在我看着你那英勇无畏的脸，觉得你给了我莫大的安慰。我依然在想这么一个问题，如果共和国真的是为穷人谋福利，穷人不再吃不饱饭了，受的各种苦也变少了，我的表妹就可以一直活下去，直到老年。”

“你想问什么问题呢？”

“你觉得，”那一双无知、经受得住打击的眼睛满是泪水，嘴唇略微张大了一点，“我会到天堂里等她，我相信在那里，我们都可以被善良的主保护，你觉得我要一直等下去吗？”

“不可能，不需要太久，那里一片祥和。”

“你给了我太多安慰，我太愚昧了。我现在是不是该和你道别了，时间到了吗？”

“到了。”

她亲吻了一下他的嘴唇，他也回吻了她。两人互相祝福对方，他松开了手，那双无比纤弱的手没有再哆嗦个不停。她在他前面走了，织毛线的妇女漠然地数道，“二十二。”

吵闹声不绝于耳，太多脸浮到水面上，太多脚步声从外围挤到里面，人潮朝前涌动，所有的东西都像闪电一般转瞬即逝。二十三。

那天晚上城里的人议论纷纷，说他的面孔是他们所见的最为镇定的面孔。很多人说他看起来非常高尚，像个圣人。

被同一把斧头杀死的还有一个妇女，不久以前，她曾经在同一个绞刑架前要求抒发她那心中激昂的思想①。如果卡尔顿可以表达他的思想，而他的思想又是预测，那么，他的想法肯定会是：

“我看见巴黎、克莱、复仇女神、德伐日、陪审员、法官，所有压迫者从被这个新的处罚工具所打倒的老压迫者身上冉冉升起，又在这个处罚工具还存留的时候被铲除。我看到一座非常漂亮的城市和一个光辉的民族从这个泥淖中升起。在他们努力获得自由的奋斗中，在他们想要得到成功和失败的中间，在将来的历史长河中，我看到这一时代的罪恶和前一时代的罪恶（前者造就了后者）慢慢给自己赎罪，然后消失。”

“我看见我为之献身的人在英格兰过着非常幸福、安宁的生活，我是没办法再回到英格兰了。我看到露西怀抱着一个以我名字命名的孩子，我看到露西的父亲变老了，背也不直了，其他方面却恢复了，并用自己的医术挽救着更多的人，过着安宁的生活。我看到他们的好朋友，那个忠诚的老人，在十年以后将他的财产赠送给了他们，并安静地离开了这个世界，去接受主的恩赐。

“我看到在他们和他们后辈的心目中，我的位置非常神圣。我看到露西变老了，在我的忌日伤心不已。我看到她和她的丈夫正慢慢走向生命的终点，一起躺在床上。我明白他们彼此在对方的精神世界里占有非常高的地位，而我在他们共同的精神世界里也占有非常重要的地位。

“我看到那个以我名字命名的孩子已经长大了，在我曾经走过的道路上奋力前进。我看到他学习成绩特别好，因为他的荣耀而让我的名字发扬光大。我看到我名字上所沾染的污渍正在慢慢消失。我看到他站在公正的法官和正直的人民的最前方。我看到他又生了一个同样以我名字命名的孩子，那时这里已经非常漂亮，曾经的邪恶都已经消失不见。那孩子有一头漂亮的金发，和我一样的前额，我听到他跟孩子们讲我的故事，声音打战，充满深情。

“我现在所做的超出我曾经所做的一切，我现在所获得的休息要比曾经所有的休息都要和谐、安宁。”

---

① 这个妇女是法国大革命中曾经出任过吉伦特党的内务总监，后来死在断头台上的罗兰夫人。在断头台上她的名言是，“自由，自由，多少罪恶假汝之名以行。”